The Best Collection of World Literature

베스트 세계 문학선

베스트 세계 문학선

—

초판 1쇄   2014년 7월 22일
지은이   알퐁스 도데 외
옮긴이   신혜선 외
펴낸이   김영재
펴낸곳   책만드는집

—

주소   서울 마포구 양화로3길 99 4층 (121-887)
전화   3142-1585·6
팩스   336-8908
전자우편   chaekjip@naver.com
출판등록   1994년 1월 13일 제10-927호

—

* 잘못 만들어진 책은 구입하신 서점에서 바꾸어드립니다.
* 책값은 뒤표지에 표시되어 있습니다.

—

ISBN   978-89-7944-482-7 (03800)

이 도서의 국립중앙도서관 출판사도서목록(CIP)은 e-CIP
홈페이지(http://www.nl.go.kr/cip.php)에서 이용하실 수 있습니다.
(CIP제어번호 : CIP2014016501)

The Best Collection of World Literature
World Literature

베스트 세계 문학선

알퐁스 도데 외 지음
신혜선 외 옮김

책만드는집

| 차례 |

별

알퐁스 도데

뤼브롱 산에서 양을 치던 시절, 나는 라브리라는 개 한 마리와 양들을 데리고 몇 주일씩이나 사람들의 얼굴을 보지 못한 채 지냈다.

가끔 몽 드 뤼르의 수도자들이 약초를 캐러 그곳을 지나거나 피에몽 근처에 사는 숯 굽는 남자들의 시커먼 얼굴을 보는 일은 있었지만, 그들은 오랫동안 혼자 살아서 말도 별로 없고, 말하는 것에 별 흥미도 없었다. 그리고 그들은 아랫마을이나 거리에서 사람들 입에 오르내리는 이야기는 전혀 알지 못하는, 세상사에 어두운 사람들이었다.

그래서 보름에 한 번 식량을 싣고 비탈진 언덕을 올라오는 농장의 노새 방울 소리가 울려 퍼질 때나, 귀여운 꼬마 미아로의 명랑하고 씩씩한 얼굴이며, 나이 지긋한 노라드 아주머니의 갈색 모자가 언덕 위로 조금씩 보일 때에는 정말 반가웠다. 그럴 때마다 나는 누가 세례를 받고 누가 결혼했는지 하는 이런저런 소식을 듣곤 했다. 그중에서도 가장 궁금한 소식은 주인집 딸인, 마을에서 제일 예쁜 스테파네트 아가씨가 어떻게 지내고 있는가 하는 것이었다. 겉으로는 그다지 관심 없는 척하면서도 아가씨가 요즘에도 저녁 초대를 받아 자주 파티에 가는지, 여전히 아가씨에게 잘 보이려는 젊은이들이 찾아오는지를 슬쩍 물어보았다. 가난한 양치기인 네가 그런 것은 알아서 무엇하느냐고 묻는다면 나는 대답할 것이다. 그때 나는 스무 살이었고, 스테파네트 아가씨는 그때까지 내가 본 여자들 중에서 가장 아름다웠노라고.

그러던 어느 일요일, 기다리고 있던 두 주일 치의 식량이 아주 늦게 도착한 일이 있었다. 아침나절에는 미사 때문이라고 생각했는데, 점심때가 되자 심한 비바람이 몰아치기 시작했고, 나는 그들이 날씨가 나빠 노새를 몰고 올 수 없을 거라고 생각했다.

드디어 세 시경, 하늘은 씻은 듯이 맑게 개고 촉촉하게 젖은 숲이 햇빛에 빛나고 있을 때, 나뭇잎에서 물방울 떨어지는 소리와 불어난 계곡의 시냇물 소리 사이로 노새의 방울 소리가 들려왔다. 부활절에 울려 퍼지는 종소리처럼 맑고 경쾌한 소리였다.

그런데 노새를 몰고 온 사람은 꼬마 미아로도, 노라드 아주머니도 아니었다. 바로…… 아가씨! 스테파네트 아가씨였다. 아가씨는 비 갠 오후, 산속의 상큼한 기운을 머금고 두 볼이 발갛게 물든 채 등나무 바구니 사이에 똑바로 걸터앉아 있었다.

미아로는 앓아누웠고, 노라드 아주머니는 휴가를 받아 식구들이 있는 집으로 갔다며, 아름다운 나의 스테파네트 아가씨는 노새에서 내리며 말했다. 그리고 도중에 길을 잃어 늦었다는 이야기도 덧붙였다. 그러나 꽃 모양으로 된 리본과 레이스 달린 예쁜 치마를 보니, 덤불 속에서 길을 잃어 헤맸다기보다는 숲 속 어딘가에서 춤이라도 추고 온 것처럼 보였다.

오, 사랑스러운 아가씨! 그녀는 아무리 봐도 싫증이 나지 않았다. 정말 이렇게 가까이에서 아가씨를 보는 것은 처음이었다. 겨울날 양 떼를 몰고 마을로 내려가 주인집에 저녁 식사를 하러 들어가면, 언제나 예쁘게 차려입은 아가씨가 약간은 새침한 얼굴로 식당을 가로질러 가는 것을 볼 수 있었다. 아가씨는 한 번도 하인들에게 말을 건넨 적이 없었다. 그런 아가씨가 바로 지금 내 앞에 있는 것이다. 오직 나만을 위해서……. 내 어찌 넋을 놓지 않을 수 있을까?

스테파네트 아가씨는 바구니에서 식량을 꺼내며 신기한 듯이 주위를 둘러보기 시작했다. 그리고 하늘거리는 치맛자락을 살짝 치켜들고 울타리 안으로 들어왔다.

아가씨는 내 방을 보고 싶어 했다. 내 잠자리며, 짚 위에 양 모피를 깔아놓은 마루, 벽에 걸려 있는 커다란 비옷, 지팡이, 총 등을 보며 무척 즐거워했다. 이 모든 것이 아가씨에겐 신기하게 보이는 모양이었다.

"어머! 여기에서 혼자 산단 말이야? 항상 혼자일 텐데 얼마나 심심할까……. 주로 뭘 하며 지내? 무슨 생각을 해?"

나는 '당신 생각을 한답니다, 아가씨'라고 대답하고 싶었다. 사실 그렇게 말한다고 해도 거짓은 아니다. 그러나 너무 긴장한 나머지 한마디도 할 수가 없었다. 아가씨는 그것을 눈치챘는지 일부러 짓궂은 농담을 던지고는 당황해하는 내 모습을 보며 즐거워했다.

"여자 친구는 가끔 찾아오니? 아마도 황금빛 염소이거나 아니면 산봉우리에서 뛰노는 예쁜 에스테렐 요정을 닮았을 것 같아."

그런 말을 하는 아가씨야말로 목을 뒤로 젖히며 사랑스럽게 웃는 모습이나, 갑자기 나타나 홀연히 사라져버리는 것이 영락없는 에스테렐 요정이었다.

"그럼, 안녕!"

"안녕히 가세요, 아가씨."

이렇게 아가씨는 빈 바구니를 들고 떠났다.

경사진 오솔길 끝으로 아가씨의 모습이 사라지자, 노새의 발굽에 차여 굴러가는 작은 돌멩이 하나하나가 마치 내 가슴 위로 떨어지는 것만 같았다. 나는 그 소리를 하염없이 듣고 있었다. 그렇게 날이 저물 때까지, 그 꿈결 같은 순간이 흩어질까 두려워 꼼짝도 하지 않고 앉아 있었다.

저녁나절이 되어 계곡 아래가 푸른빛을 띠기 시작하고 양들이 서로 몸을 비비며 우리로 들어올 무렵, 누군가가 비탈길에서 나를 부르는 소리가 들렸다. 바로 스테파네트 아가씨였다.

아가씨는 방금 전의 명랑하던 모습은 간데없고 추위와 두려움에 바들바들 떨고 있었다. 아마 조금 전에 내린 소나기로 범람한 소르그 강을 무리해서 건너려다가 물에 빠질 뻔한 모양이었다. 무엇보다도 난처한 일은 이미 날은 저물고 어두워져 집에 돌아가는 일은 생각조차 할 수 없게 되었다는 것이었다. 지름길이 있긴 했지만 아가씨 혼자서 지름길을 찾아가는 건 무리였고, 그렇다고 양 떼를 두고 내가 나설 수도 없는 노릇이었다.

산에서 밤을 보내야 한다는 사실에 아가씨는 무척 놀라고 난감해했다. 무엇보다도 걱정할 식구들 생각에 아가씨는 더욱 안절부절 못했다. 나는 아가씨를 안심시키기 위해 무슨 말이라도 해야 할 것만 같았다.

"7월의 밤은 아주 짧아요. 조금만 참으면 돼요, 아가씨……."

나는 강물에 젖은 아가씨의 발과 옷을 말리기 위해 급히 불을 지폈다. 그리고 우유와 치즈를 가져왔다. 하지만 애처롭게도 아가씨는 불을 쬐려고도, 뭘 먹으려고도 하지 않았다. 아가씨의 두 눈에 눈물이 가득 고인 것을 보니 나도 울고 싶어졌다.

그러는 동안 주위는 서쪽 산꼭대기에 안개 같은 어렴풋한 빛만 남기고 완전히 어두워졌다. 나는 아가씨를 목장 안에 들어가 쉬게 했다. 새로 깐 짚 위에 만든 지 얼마 안 된 깨끗한 모피를 깔고, "안녕히 주무세요!" 하고 인사를 했다. 그리고 밖으로 나와 문 앞에 앉았다.

나의 열정은 피가 끓듯 뜨거웠지만, 하늘에 맹세코 추호도 나쁜 마음은 품지 않았다. 단지 신기한 눈초리로 아가씨를 쳐다보고 있는 양 떼들 바로 옆에서, 세상의 어느 양보다도 소중하고 순결한 아가씨가 내 보호를 받으며 편히 쉬고 있다고 생각하니 마음이 뿌듯할 뿐이었다. 밤하늘이 이렇게 깊고, 별들이 이토록 아름답게 빛나 보이기는 처음이었다.

그때 갑자기 작은 울타리의 문이 열리더니 아름다운 스테파네트 아가씨가 밖으로 나왔다. 아마도 잠이 오지 않는 모양이었다. 양들이 움직일 때마다 짚단 부스럭대는 소리가 나는 데다가 이따금 "메에……!" 하고 울기까지 했으니 말이다. 그래서 아가씨는 모닥불 곁으로 오는 편이 낫다고 생각한 것이다.

나는 아가씨의 어깨에 양 모피를 덮어주고 불이 더 활활 잘 타오르게 했다. 그리고 아무 말도 하지 않고 나란히 앉았다.

만약 당신이 산속에서 밤을 지새워 본 적이 있다면, 모두들 잠들어 있을 때 어떤 신비로운 세계가 고요함 속에서 가만히 눈뜨는 것을 알고 있을 것이다. 샘물은 더욱 명랑하게 노래하고, 작은 불빛들은 연못 위에서 반짝이며 춤을 추었다. 산의 요정들도 마음껏 날개를 펼치고, 나뭇잎 스치는 소리와 풀잎 자라는 소리 같은 들릴 듯 말 듯 한 작은 소리들이 메아리처럼 느껴졌다.

낮이 살아 있는 것들의 세상이라면, 밤은 죽은 것들의 세상이다. 밤은 그것에 익숙하지 않은 사람에게는 무서운 법이다. 그래서 아가씨는 조금이라도 무슨 소리가 나면 몸을 바들바들 떨며 내게로 바짝 다가왔다. 그때 아래쪽의 반짝이는 연못으로부터 길고 구슬픈 소리가 물결치면서 우리 쪽으로 메아리쳐 왔다. 바로 그 순간, 아름다운 별똥별 하나가 우리의 머리 위로 스쳐 지나갔다. 마치 저 길고 구슬픈 소리가 하나의 빛을 끌고 가는 듯했다.

"저건 뭐지?"

스테파네트 아가씨가 작은 소리로 물었다.

"천국으로 들어가는 영혼이에요."

그렇게 말하고 나는 가슴에 성호를 그었다. 아가씨도 성호를 그었다. 그리고 잠시 뚫어져라 하늘을 올려다보더니, 나에게 물었다.

"목동들은 마법에 대해 알고 있다는 게 사실이야?"

"그럴 리가요. 아무래도 이곳에서 지내다 보면 별과 가깝기 때문에 산 아래에 있는 사람들보다 별에 대해 조금 더 알고 있을 뿐이죠."

아가씨의 눈동자는 변함없이 하늘을 향해 있었다. 양 모피를 두르고 손으로 턱을 받치고 있는 모습은 마치 하늘나라의 귀여운 목동 같았다.

"어머, 많기도 해라! 어쩜 저렇게 예쁠 수가! 이렇게 많은 별을 보기는 처음이야. 저 별들의 이름을 알고 있어?"

"그럼요. 저기 우리 바로 위에 있는 저 별은 '성 야곱의 길(은하수)'이에요. 저 별은 프랑스에서 곧장 스페인까지 뻗어 있어요. 용감한 샤를마뉴 황제가 사라센을 쳤을 때, 갈리스의 성 야곱이 저것을 만들어서 왕에게 길을 알려줬죠. 더 멀리 있는 저것은 '영혼의 차(큰곰자리)'로, 네 개의 축이 빛나고 있어요. 앞에 있는 세 개의 별은 '세 마리의 야수'이고, 그 맞은편에 있는 작은 별이 '마부'예요. 그 주위에 비 오듯이 마구 흩어져 있는 별들이 보이죠? 저 별들은 하느님께서 곁에 두고 싶어 하지 않는 영혼들이에요. 그 조금 아래에 있는 별은 '갈퀴'라고도 하고 '세 명의 왕(오리온)'이라고도 하는데, 우리에게는 시계나 다름없죠. 저 별을 보면 자정이 지났다는 것을 알 수 있어요. 저기서 남쪽 방향으로 조금 내려가면 '장 드 밀랑(시리우스)'이 빛나고 있어요. 별 속에서 타오르는 횃불이죠. 그 별에 관해서는 양치기들 사이에 이런 이야기가 있어요. 어느 날 밤, '장 드 밀랑'이 '세 명의 왕'하고 '병아리 바구니(북두칠성)'와 함께 친구 별의 결혼식에 초대를 받아 갔대요. '병아리 바구니'는 서둘러 먼저 나가 제일 높이 올라갔대요. 보세요. 저 높은 곳, 하늘 꼭대기 말이에요. '세 명의 왕'은 낮은 곳을 가로질러 '병아리 바구니'를 뒤

쫓아 갔어요. 그런데 게으름뱅이 '장 드 밀랑'은 그만 늦잠을 자다가 아주 늦어버렸어요. 화가 난 '장 드 밀랑'은 앞서 가는 두 별의 걸음을 막으려고 가지고 있던 지팡이를 던졌대요. 그래서 '세 명의 왕'은 일명 '장 드 밀랑의 지팡이'라고도 불리지요. 하지만 모든 별 중에서 가장 아름다운 별은 뭐니 뭐니 해도 우리의 별, '목동의 별'이에요. 새벽녘에 양 떼를 몰고 나올 때, 그리고 저녁나절 양 떼를 몰고 들어올 때도 저 별은 우리 위에서 반짝반짝 빛나고 있죠. 우리는 저 별을 '마글론'이라고도 불러요. 아름다운 '마글론'은 '피에르 드 프로방스(토성)'의 뒤를 쫓아가 칠 년마다 한 번씩 '피에르'와 결혼을 하죠."

"어머! 별들도 결혼을 해?"

"그럼요!" 하고 별들의 결혼에 대해 이야기하려 했을 때, 어깨 위에 무언가 부드러운 것이 가볍게 누르는 듯한 느낌이 들었다. 그 것은 잠이 들어 무거워진 아가씨의 머리였다. 아가씨는 리본과 레이스, 꼬불꼬불한 머리를 사랑스럽게 내 어깨에 기댄 채 별들이 아침 햇살을 받아 사라질 때까지 잠들어 있었다.

나는 가슴이 좀 두근거렸지만, 아름다운 생각만을 보내준 이 맑은 밤의 성스러움 속에서 잠든 아가씨의 모습을 가만히 지켜보았다. 우리를 둘러싸고 있는 별들은 양 떼와 같이 얌전하고 조용한 걸음을 재촉했다.

나는 생각했다. 이 별들 중에서 가장 예쁘고 아름답게 빛나는 별 하나가 길을 잃고 내 어깨에 기대어 잠들어 있다고……

마지막 수업

알퐁스 도데

나는 그날 아침, 수업 시간에 지각을 했다.

게다가 아멜 선생님이 나에게 분사에 대해 질문하겠다고 했는데 전혀 공부하지 않아서 혼나지 않을까 잔뜩 겁을 먹고 있었다. 혼이 날 바에는 학교에 가지 않고 들판이나 실컷 돌아다니는 것이 마음 편할 것 같았다.

날씨는 참으로 화창했다. 숲에서는 티티새가 노래 부르고, 제재소 뒤편에 있는 리베르 들판에서는 프러시아 병사들이 훈련하는 소리가 들렸다. 그날은 분사법보다는 그런 것들이 나를 더 유혹했다. 하지만 나는 유혹을 뿌리치고 학교를 향해 달렸다.

읍내 사무소 앞을 지날 때였다. 철책을 둘러놓은 게시판 앞에 사람들이 웅성거리며 서성대고 있었다. 순간 좋은 소식이 아니란 것을 알았다. 게시판에는 이 년 전부터 패전, 징집 명령, 프러시아 군 사령부의 명령 등 갖가지 안 좋은 소식이 나붙었기 때문이다.

'이번에는 무슨 일일까?'

나는 학교를 향해 달리면서 생각했다.

대장장이 바쉬테르 할아버지는 게시판을 보고 있다가 광장을 가로질러 달리는 내게 큰 소리로 말했다.

"꼬마야! 그렇게 달려갈 것 없다. 아무리 늦는다 해도 지각 같은 건 없을 거다."

나는 대장장이 할아버지가 내가 학교에 늦은 걸 보고 놀리는 거라 생각했다. 나는 가쁜 숨을 몰아쉬며 학교로 사용하고 있는 아멜 선생님의 집 마당 안으로 들어섰다.

수업이 시작될 무렵이면 책상 서랍을 열었다 닫았다 하는 소리, 뭔가를 외우기 위해 큰 소리로 책 읽는 소리, "조용! 조용히들 해!" 하는 아멜 선생님의 목소리와 함께 막대기로 교탁을 두드리는 소리 등이 뒤섞여 큰길까지 들려오기 일쑤였다. 그러면 나는 북새통을 이용해서 내 자리로 슬그머니 들어가 앉으면 그만이었다.

그런데 그날은 달랐다. 주일 아침처럼 조용했다. 교실의 열린 창문으로 안을 들여다보았더니 친구들은 제자리에 얌전히 앉아 있었고, 아멜 선생님은 그 무서운 막대기를 겨드랑이에 낀 채 칠판 앞을 왔다 갔다 하고 있었다.

나는 살며시 문을 열고 숨소리도 들리지 않는, 고요하다 못해 적막감마저 감도는 교실 안으로 들어갔다. 가슴은 콩닥거리며 뛰었고, 얼굴은 홍당무처럼 달아올랐다. 그때의 상황은 자세히 설명하지 않아도 상상이 되고도 남으리라. 그런데 이게 어찌 된 일일까? 아멜 선생님은 화를 내기는커녕 조용하고 부드러운 목소리로 말했다.

"프란시스, 어서 네 자리로 가서 앉아라. 하마터면 너를 빼놓고 수업을 시작할 뻔했구나."

나는 재빠르게 의자를 넘어 내 자리로 가서 앉았다. 자리에 앉자 심란하고 걱정스러웠던 마음이 조금은 가라앉는 듯했다. 그러고 보니 아멜 선생님은 장학관 검열 때나 시상식장에서만 입던 초록색 프록코트에 가느다란 주름이 잡힌 가슴 장식을 달고, 수가 놓인 검정색 비단으로 만든 테 없는 모자를 쓰고 있었다.

교실 안은 평상시와는 전혀 다른 분위기였고, 무척 조용하고 엄

17

숙해 비장하기까지 했다. 더욱 놀라운 일은 교실 안쪽에 놓여 있는 의자에 마을 사람들이 숨소리조차 내지 않고 앉아 있는 것이었다.

세모난 모자를 쓰고 있는 오제 할아버지, 예전에 읍장을 지냈던 아저씨, 우체부 아저씨, 그리고 낯익은 마을 사람들⋯⋯. 이들은 모두 비통해하는 표정이었다. 오제 할아버지는 프랑스어 문법책을 무릎 위에 펼쳐놓고 그 위에 돋보기를 올려놓고 있었는데, 그 문법책은 모서리가 모두 닳아 있었다.

내가 영문을 몰라 어리둥절해서 교실 풍경을 하나씩 눈여겨보고 있는 사이에 아멜 선생님은 교단으로 올라갔다. 그리고 나에게 했던 것처럼 조용하고 엄숙한, 그러나 부드러운 목소리로 말했다.

"여러분, 오늘이 제 마지막 수업입니다. 베를린으로부터 알자스와 로렌의 모든 학교에 독일어로만 교육하라는 명령이 내려왔습니다. 내일 새로운 선생님이 부임하실 겁니다. 지금 이 시간으로 프랑스어 수업은 마지막이 됩니다. 부탁하건대 열심히 마지막 수업을 들어주시기 바랍니다."

'그랬구나. 읍내 게시판에 붙은 명령서가 바로 이거였구나⋯⋯.'

선생님의 말을 듣는 순간, 나는 형언하기 힘든 감정에 휩싸였다.

'아! 마지막 프랑스어 수업이라니⋯⋯.'

나는 이제 겨우 프랑스어를 띄엄띄엄 쓸 정도에 지나지 않았다. 그런데 이제 그 글을 영원히 배울 수가 없단 말인가. 언제까지 이렇게 지내야 하는 걸까. 헛되이 보낸 지난날들이 후회스러웠다. 공부는 뒷전으로 하고 새 둥지를 찾아다니던 일, 자르 강으로 나가 신나게 얼음을 치고 놀았던 일들⋯⋯.

조금 전 교실 밖에서까지만 해도 따분하고 지겹고 무겁게만 느껴지던 책가방 속의 책들, 문법 교과서며 이야기 성서 등이 오랜 친구처럼 느껴졌다.

아멜 선생님에 대한 감정은 더욱 북받쳤다. 선생님이 떠나면 이제는 다시 볼 수 없을 것이다. 선생님께 벌 받았던 일이며, 막대기로 맞았던 일들이 아스라한 기억의 저편으로 천천히 사라지고 있었다.

'가엾은 아멜 선생님……'

마지막 수업을 위해 평상시에 입지 않던 옷으로 차려입으셨단 말인가. 그리고 마을 어른들이 교실에서 아이들과 함께 앉아 있는 이유도 알게 되었다. 교실에 앉아 아멜 선생님의 마지막 수업을 지켜보고 있는 마을 사람들은 그동안 학교에 자주 찾아오지 못했던 일에 대해 마음속으로 후회하고 있는 듯했다. 뿐만 아니라 사십 년 동안 선생님이 학교에 쏟은 열정과 헌신에 대해 진심으로 감사하고, 빼앗긴 조국에 대한 그들의 의무를 최대한 다하려는 의지로 저렇게 앉아 있는 것 같았다.

내가 이렇듯 복잡한 생각으로 혼란스러워하고 있을 때, 선생님이 내 이름을 부르는 소리가 들렸다. 내가 외울 차례였다. 그 문제의 분사법을 큰 소리로 또랑또랑하게 한 곳도 틀리지 않고 줄줄 외울 수만 있다면 얼마나 좋겠는가. 그러나 정작 외우려고 하니 첫마디부터 막히고 말았다. 당혹스러움과 슬픈 마음이 나를 감쌌다. 나는 고개를 숙인 채 몸을 비틀며 힘없이 서 있을 수밖에 없었다. 그런 내 모습을 본 아멜 선생님이 말했다.

"프란시스, 나는 너를 꾸중하지 않겠다. 너는 이미 너 자신을 꾸짖고 있을 테니까. 그리고 충분히 잘못을 뉘우치고 있을 테니까……. 그래, 그렇단다. 사람들은 이렇게 자신에게 말하지. '서두를 것 없어. 오늘 못 하면 내일 하면 되지'라고. 그런데 프란시스, 그 결과는 어떻게 되겠니? 네가 지금 겪고 있는 그대로란다. 아! 자녀들의 공부를 뒤로 미룬 것이 우리 알자스의 불행 중 가장 큰 불행이었어. 지금 프러시아 사람들은 우리를 비웃고 있겠지? 너희는 프랑스인이란 자부심을 갖고 있지만 우리 말을 읽고 쓸 줄 모르지. 우리 모두 반성하고 크게 뉘우쳐야 돼! 프란시스, 이것은 결코 너희의 잘 못이 아니란다. 부모님들은 너희를 열심히 공부시키려고 노력하지 않았어. 조금이라도 돈을 더 벌기 위해 너희를 들판이나 공장으로 내보내기를 원했으니까. 그렇다면 이 선생님은 반성할 일이 없을 까? 너희에게 수업 시간에 꽃밭에 물을 주게 하거나, 송어 낚시를 가고 싶을 때 아무 망설임 없이 수업을 빠뜨리고 가지는 않았는지 ……."

이어서 아멜 선생님은 프랑스어에 관해 여러 가지 이야기를 들 려주었다. 프랑스어는 지구 상에서 가장 아름답고 분명하며 가장 확실한 언어라는 것, 그래서 우리 모두는 그 말을 잘 지켜야 하고 절대 잊어서는 안 된다는 말이었다. 한 국민이 다른 나라의 노예가 된다고 해도 자기 나라 말을 잊지 않고 간직하면 그 감옥의 열쇠를 지니고 있는 것과 마찬가지라는 것이었다.

잠시 후 선생님은 문법책을 펼쳐 우리가 배워야 할 부분을 읽어 주었다. 선생님이 읽어주는 부분이 나 자신도 놀랄 정도로 귀에 쏙 들어왔다. 그것은 내가 지금처럼 이렇게 열심히 수업을 들은 적도 없었고, 선생님이 지금처럼 자상하고 정성스럽게 설명해준 적도 별 로 없었기 때문이었다. 선생님은 마지막 수업에서 자신이 알고 있 는 모든 지식을 우리에게 다 전달하려는 듯했다.

문법 시간이 끝났다. 그다음은 쓰기 시간이다. 이 시간을 위해 아멜 선생님은 새로운 글씨본을 준비했다. 거기에는 예쁜 론드체로 〈프랑스, 알자스, 프랑스, 알자스〉라고 쓰여 있었다. 그것은 마치 교실 이곳저곳에 꽂아놓은 작은 깃발이 펄럭이는 모습 같았다.

우리는 글씨 쓰기에 온 정신을 쏟았다. 모두들 열심히 쓰고 또 썼다. 교실 안은 너무나 조용해서 사각사각 종이 위에 펜 스치는 소 리만이 들릴 뿐이었다. 풍뎅이 몇 마리가 교실 안으로 날아 들어와 윙윙거렸지만 신경 쓰는 사람은 아무도 없었다. 그것이 마치 프랑스 말이라도 되는 듯 종이 위에 작대기만 긋는 어린아이들까지도 열성적이었다. 학교 지붕 위에서는 비둘기들이 구구구, 울고 있었다. 나는 비둘기들의 우는 소리를 들으며 생각했다.

'그들은 비둘기에게도 독일어로 울라고 명령하려는 것은 아닐까?'

잠시 책에서 눈을 돌려 교단을 바라보니 아멜 선생님은 꼼짝도 하지 않고 교실 안에 있는 물건들을 쳐다보고 있었다. 오랫동안 몸 담았던 이 작은 학교의 모든 것을 자신의 눈 속에 담아 가기라도 하려는 것 같았다.

생각해보면 아멜 선생님은 지난 사십 년을 똑같은 자리에서 똑같은 운동장을 바라보며 똑같은 교실에서 보낸 것이다. 다만 책상과 걸상만이 오래돼 긁히고 반질반질 윤이 났다. 마당에 심은 호두나무는 아름드리 자랐으며, 선생님이 직접 심었다는 호프 덩굴은 교실 창가를 지나 지붕까지 뻗어 올라가 있었다.

선생님은 이 모든 것과 이별해야 하는 것이다. 교실 바로 위층에서 짐을 꾸리느라 왔다 갔다 하는 동생의 발소리를 듣는다는 것은 선생님으로서는 견디기 힘든 슬픔일 것이다. 내일이면 그들은 이곳을 영원히 떠나야 한다.

선생님은 가슴 깊이 솟구치는 슬픔과 괴로움을 참으며 마지막까지 열심히 수업을 했다.

쓰기 공부를 마치고 다음에는 역사 공부를 했다. 그다음에는 꼬맹이들도 함께 바, 베, 비, 보, 뷔 하며 노래를 불렀다.

오제 할아버지는 교실 뒤쪽에 앉아 안경을 걸치고 우리와 함께 프랑스어 문법책을 한 자 한 자 더듬거리며 따라 읽었다. 할아버지는 있는 힘을 다해 열심히 읽었다. 할아버지의 목소리는 슬픔과 감동으로 뒤섞여 떨리고 있었다. 우리는 할아버지의 떨리는 목소리가 너무나 우스꽝스러워서 웃어야 할지 울어야 할지 참으로 난감했다.

나는 너무 슬펐다. 아아! 나는 정말이지 오늘의 마지막 수업을 어른이 된 후에도 평생 잊지 못할 것이다.

갑자기 괘종시계가 정오를 알렸다. 곧이어 삼종기도를 알리는 성당의 종소리가 들려왔다. 그 순간 아멜 선생님은 얼굴이 새파랗게 질려 자리에서 일어났다. 선생님의 그런 모습은 지금껏도 단 한 번도 본 적이 없었다.

"여러분!"

이 한 마디 뒤의 숨 막히는 침묵, 그리고 또 "여러분, 나는……, 나는……."

그러나 선생님은 끝내 말을 잇지 못했다. 무언가가 선생님의 가슴을 짓누르고 있는 것 같았다. 선생님은 결국 말을 채 잇지 못하고 칠판 앞으로 가서 분필을 집어 들었다. 그리고 있는 힘을 다해 가장 큰 글씨로 이렇게 썼다.

"VIVE LA FRANCE!"*

선생님은 칠판에 이마를 대고 꼼짝도 하지 않은 채 한참을 있었다. 이윽고 힘없이 우리를 향해 손짓을 했다.

"수업은 모두 끝났습니다……. 그만 돌아가세요."

* 프랑스어로 '프랑스 만세'라는 뜻.

마지막 잎새

오 헨리

워싱턴 광장에서 서쪽으로 가면, 길이 서로 교차되어 복잡하게 얽혀 있는 자그마한 동네가 나타난다.

그곳에 나 있는 '네거리'들은 짧은 띠처럼 잘려 있으면서, 또한 기묘한 각과 곡선을 이루고 있다. 말하자면 하나의 길이 한두 번쯤 그 길과 다시 교차하고 있는 것이다. 일찍이 어느 화가가 이러한 거리에서 기막힌 가능성을 발견했다. 한 예로, 그림물감이나 종이, 캔버스 값을 받아내려고 수금원이 청구서를 들고 이 길에 들어섰다고 치자. 길을 지나는 수금원은 외상값을 한 푼도 받지 못하고 다시 원위치로 돌아와 있는 자신을 발견하게 되는 것이다!

그리하여 이 특이하고 고색창연한 그리니치빌리지에 예술의 길을 걷고자 하는 사람들이 하나둘씩 모여들기 시작했다. 그들은 18세기식 박공牌栱에 어둡고 그늘진 창문이 있는 네덜란드식 다락방과 같은 값싼 거처를 찾아 돌아다니며, 백랍으로 만든 컵이나 탁상용 풍로 등을 6번가에서 구입해 와, 이곳에 '예술인 마을'을 만들었다.

벽돌로 지어진 나지막한 3층 건물의 꼭대기에 수와 존시의 화실이 있었다. '존시'는 조안나의 애칭이다. 수는 메인 주 출신이고, 존시는 캘리포니아 주 출신이었다. 두 사람은 8번가의 레스토랑 '델모니코'에서 식사를 하다가 알게 되었다. 치커리 샐러드나 비숍슬

리브*, 화풍에 대한 두 사람의 취향이 너무나도 잘 맞았기 때문에 공동 화실을 마련해 함께 지내기로 한 것이다.

그것이 지난 5월의 일이었다. 그런데 11월이 되자, 의사들이 '폐렴'이라고 부르는 눈에 보이지 않는 냉혹한 이방인이 거리 곳곳에 몰래 숨어들어 와, 그 얼음장 같은 손톱으로 사람들을 마구 할퀴며 돌아다녔다. 이 침입자는 맞은편 동쪽에서는 제 세상인 양 맹위를 떨치면서, 단번에 열 명이라는 한 묶음의 희생자를 냈다. 그러나 이 냉혈한도 비좁고 이끼가 무성한 '네거리'의 미로에서는 그 발걸음이 둔해졌다.

'폐렴' 씨는 이른바 남자의 기사도 정신을 갖춘 노신사는 아니었다. 피 묻은 주먹을 움켜쥔 채 씩씩대며 가쁘게 숨을 몰아쉬는 이 늙은 협잡꾼에게, 캘리포니아의 미풍을 받으며 자란 핏기 없고 가냘픈 작은 여자의 몸뚱어리는 아무리 봐도 배를 채울 만한 먹이라 할 수는 없을 것이다. 그런데도 그놈은 존시에게 달라붙었다. 존시는 조잡하게 페인트칠을 한 철제 침대 위에, 거의 손가락 하나도 꼼짝하지 못하고 누워 있었다. 그리고 옆의 벽돌집 건물의 높다란 벽을 조그만 네덜란드식 유리창 너머로 바라보고 있을 뿐이었다.

어느 날 아침, 환자를 돌보느라 바쁘게 뛰어다니는 의사가 덥수룩한 회색 눈썹을 움직이며, 수를 복도로 불러냈다.

"이거, 십중팔구는 어렵겠는데."

그는 체온계를 흔들어 수은을 떨어뜨리면서 말했다.

"본인에게 살고 싶다는 의지가 없는 한 그 어떤 노력도 소용없거든. 그런 사람들은 장의사에게 돈 벌어줄 생각만 하고 있으니, 약을 써도 효과가 없지. 저 아가씨는 아무리 노력해도 자신의 병은 좋아

---

* 영국국교회의 주교 복장과 같이 손목 부분이 넓은 부인복의 소매. 화가의 작업복 스타일.

지지 않을 거라고 생각하고 있어. 혹시 저 아가씨가 마음에 두고 있는 거라도 있나?"

"네. 언젠가 나폴리 만을 그리고 싶다고 말한 적이 있어요."

수가 말했다.

"그림을 그리고 싶다고? 허 참! 그런 것 말고 무언가 깊이 생각에 잠길 만한 것, 마음속으로 간절히 그리워하는 것이 없느냐는 말이야. 이를테면 애인이라든가."

"애인이라고요?"

수는 말도 안 된다는 듯이 되물었다.

"남자에게 그럴 만한 가치가……. 아뇨, 선생님. 전혀 없어요. 존시에게 그럴 만한 사람은 없어요."

"그렇다면 곤란한데……. 가능한 한 모든 방법을 동원해서 치료를 해보겠지만, 환자가 자기 장례식 행렬에 들어설 마차 수나 세고 있으면 약물의 효능은 반으로 뚝 떨어지는 거야. 만약 아가씨가 환자에게 올겨울에 유행할 외투의 소매 스타일에 관심을 갖게 만든다면, 열에 하나가 아니라 다섯에 하나 회복 가능성이 있다고 보증하지."

의사가 떠나자, 수는 작업실 쪽으로 가서 종이 냅킨이 흠뻑 젖도록 울었다. 그러고는 화판을 들고 휘파람으로 재즈곡을 불면서, 애써 명랑한 모습으로 존시가 있는 방에 들어갔다.

존시는 이불에 잔물결 하나 일으키지 않고 창문 쪽으로 얼굴을 돌린 채 누워 있었다. 수는 휘파람을 멈췄다. 존시가 잠들었다고 생각했기 때문이다.

수는 화판을 세워 펜을 잡고 잡지 소설에 사용할 삽화를 그리기 시작했다. 젊은 작가들이 대문호의 길을 지향하며 잡지 소설을 쓰듯, 젊은 화가들은 삽화를 그리면서 명화가의 길을 향한 초석을 닦아야 했다.

수가 소설의 주인공인 아이다호 주의 카우보이를 묘사하려 말 품평회를 위한 멋진 승마 바지와 외알 안경을 그리고 있자니, 나지막하게 중얼거리는 작은 목소리가 들려왔다. 그녀는 급히 침대 곁으로 다가갔다.

존시는 두 눈을 크게 뜨고 있었다. 그리고 창밖을 보며 숫자를, 그것도 거꾸로 세고 있었다.

"열둘" 하고 그녀는 말했다. 그리고 조금 뒤에 "열하나", 또 조금 있다가 "열", "아홉". 그리고 거의 동시에 "여덟", "일곱"을 헤아리고 있었다.

수는 궁금해서 창밖을 내다보았다. 무엇을 세고 있는 것일까? 어두침침하고 을씨년스런 뒤뜰과, 조금 떨어진 맞은편 벽돌집의 높다란 벽밖에는 보이지 않았다. 그 벽돌로 된 벽의 중간에, 뿌리가 썩어 울퉁불퉁해진 오래된 담쟁이덩굴이 뻗어 올라 있었다. 차가운 가을바람이 그 잎들을 덩굴에서 흔들어 떨어뜨려, 벌거숭이가 된 해골 같은 가지만이 다 허물어가는 벽에 달라붙어 있었다.

"애, 뭐를 세는 거니?"

수는 물었다.

"여섯."

존시는 속삭이듯 말했다.

"점점 빨리 떨어지고 있어. 사흘 전에는 그래도 백 개나 달려 있었는데. 세고 있으면 머리가 아플 정도로 많았는데. 하지만 지금은 간단해. 봐, 또 하나. 이제 다섯 개밖에 안 남았어."

"다섯이라니, 도대체 뭐가? 뭔지 말을 해봐."

"잎새……. 담쟁이덩굴의 저 잎새 말이야. 마지막 잎새가 떨어지면 나도 가야겠지. 난 사흘 전부터 알고 있었어. 의사 선생님도 그렇게 말했을 거야. 그렇지?"

"세상에, 그런 바보 같은 소리가 어디 있니? 나는 그런 말은 들은 적이 없어!"

수는 당치도 않다는 투로 존시를 나무랐다.

"네 병이 좋아지는 것과 담쟁이덩굴의 마른 잎이 무슨 상관이 있어? 그래, 너는 저 담쟁이덩굴을 아주 좋아했었지. 하지만 그런 바보 같은 소리는 하지 말아줘. 의사 선생님이 오늘 아침에 그랬는데, 네가 좋아질 가능성은…… 음, 어떤 식으로 말했더라……. 그래, 십중팔구라고 했어! 이 뉴욕 거리에서 시내 전차를 타거나, 새로 짓는 건물 옆을 지나갈 때도 그만한 위험은 따르는 것 아니겠니? 자, 그러니 수프를 좀 먹어봐. 그리고 내가 마음 놓고 그림을 그릴 수 있도록 해줘. 그래야 그림을 잡지사에 팔아서 병이 난 우리 아기에게는 포도주를 사주고, 먹성 좋은 나는 돼지고기 요리를 사 먹을 수 있잖아."

"이제 포도주는 더 사지 않아도 돼."

존시는 창밖으로 가만히 시선을 돌리며 말했다.

"또 하나 떨어졌다. 싫어, 수프도 필요 없어. 이제 남은 건 네 개뿐이야. 어두워지기 전에 마지막 잎새가 떨어지는 것을 보고 싶어. 그러면 나도 저세상으로 가겠지."

"이봐, 존시."

수는 존시에게 몸을 굽히며 말했다.

"제발 부탁이니 내가 그림을 다 그릴 때까지 눈을 감고 창밖을 보지 않겠다고 약속해주겠니? 내일까지 이 그림을 가져다주지 않으면 안 된단 말이야. 내가 작업하는 데 햇빛이 필요 없다면 커튼을 아예 내리겠지만……."

"저쪽 방에서 그리지 그래?"

존시는 차갑게 대꾸했다.

"여기 네 곁에 있고 싶어서 그래."

수가 말했다.

"무엇보다 네가 그런 바보 같은 담쟁이덩굴 잎을 보지 않았으면 좋겠어."

"그럼 그림 다 그리면 바로 알려줘."

존시는 기운 없는 창백한 얼굴로 눈을 감은 채 쓰러진 조각상처럼 꼼짝 않고 누워 말했다.

"나, 마지막 잎새가 떨어지는 걸 보고 싶어. 이제 기다리기도 지쳤어. 생각하는 것도 지쳐버렸고. 모든 것으로부터 집착의 끈을 끊어버리고 아래로 아래로 떨어져 가고 싶어. 바로 저기, 지칠 대로 지친 가련한 잎새들처럼."

"잠을 좀 자도록 해봐."

수는 말했다.

"난 버먼 할아버지에게 가서 세상을 등지고 은둔자가 된 늙은 광부의 모델이 되어달라고 해야겠어. 곧 돌아올 테니 내가 올 때까지 얌전히 누워 있어야 해."

버먼 노인은 그들의 방 아래층에 살고 있는 화가였다. 이제 예순을 넘긴 나이에, 미켈란젤로의 모세상과 같은 턱수염이 사티로스*와 같은 얼굴에서부터 도깨비와 같은 작은 몸을 따라 소용돌이치며 길게 늘어져 있었다. 버먼은 실패한 화가였다. 근 사십 년 동안이나 화필을 휘둘렀지만 예술의 여신에게 다가가기는커녕 그녀의 옷자락에 살짝 스치지도 못했다. 언젠가 걸작을 하나 그리겠다고 허구한 날 입버릇처럼 말하면서도, 여태 손도 대지 못하고 있는 것이었다. 최근 몇 년간은 광고 등에 사용되는 싸구려 상업용 그림을 그린 것이 고작이었다. 그는 전문 모델을 쓸 형편이 못 되는 이 화가촌의 젊은 화가들에게 모델이 되어주고, 얼마 안 되는 수입으로 근근이 살아가고 있었다. 버먼은 툭하면 독한 진을 마시고는 곤드

---

* 그리스 신화에 나오는 반인반수의 주색을 좋아하는 신.

레만드레 취해서 자신의 미래의 걸작에 대해 말하곤 했다. 그러나 한편으로 그는, 몸집은 작지만 고집이 센 노인이었다. 타인의 유약한 마음에는 신랄한 냉소를 퍼부으면서도 위층 화실의 젊은 두 화가 아가씨에게만은 그들을 지켜주는 특별한 맹견임을 스스로 자처하고 있었다.

수가 아래층에 있는 버먼의 어두침침한 방으로 내려가 보니, 그는 노간주나무 열매로 만든 술 냄새를 한껏 풍기며 앉아 있었다. 방의 한쪽 구석에는 걸작을 위한 최초의 붓질을 기다리며 그곳에 이십오 년이나 대기하고 있는, 아무것도 그려져 있지 않은 캔버스가 이젤 위에 놓여 있었다. 수는 버먼에게 존시의 허무맹랑한 공상에 대해 얘기했다. 이 세상에 매달려 있는 그녀의 실낱같은 힘이 더 약해지면, 그야말로 그녀 자신이 나뭇잎처럼 힘없이 떨어져 훌쩍 날아가 버릴지도 모른다고 걱정을 털어놓았다.

버먼 노인은 빨갛게 충혈된 눈에서 눈물을 뚝뚝 흘리며 존시의 터무니없는 공상에 경멸과 조소를 퍼부었다.

"아니, 뭐라고!"

그는 소리쳤다.

"다시 한 번 말해봐! 그 담쟁인가 뭔가에서 잎이 떨어지니까 자신도 죽게 될 거라는 멍청한 소리를 하는 얼간이가 있단 말이야? 그런 바보 같은 소리, 나는 들은 적이 없어. 나는 싫다고! 세상을 버린 얼간이 같은 은둔자의 멍청한 모델이 되는 것은 말이지. 수도 그래. 어째서 존시가 그런 상상을 하도록 내버려 두었지? 아아, 불쌍한 욘시(존시를 말함. 이 노인은 독일어 발음을 섞어 얘기하고 있음)."

"그 애는 병이 아주 심각해서 마음도 많이 쇠약해졌어요."

수는 말했다.

"그리고 열 때문에 마음에 병이 생겨 그만 이상한 상상에 사로잡혀 버린 거예요. 버먼 할아버지, 모델이 되어주고 싶지 않다면 됐어요. 하지만 할아버지도 너무하시네요. 그렇게 심한 말을 하실 것까지는 없잖아요."

"수도 별수 없는 여자로구먼!"

버먼은 소리쳤다.

"누가 모델이 되어주지 않는다고 했어? 자, 따라갈 테니 앞장서라고. 반 시간 전부터 언제든 기꺼이 모델이 되어주겠다고 말하려고 했어. 아무렴! 여기는 욘시 같은 좋은 사람이 병으로 누워 있을 곳이 못 되는데. 나는 머지않아 걸작을 그리고 말 거야. 그러면 우리 다 같이 이런 칙칙한 곳에서 벗어나는 거야. 정말이야! 암, 그렇고말고."

두 사람이 위층에 올라갔을 때, 존시는 잠들어 있었다. 수는 커튼을 창틀 밑까지 내리고는 눈짓과 손짓으로 신호를 하여 버먼을 옆방으로 들어오게 했다. 거기에서 두 사람은 불안한 마음으로 유리창을 통해 담쟁이덩굴을 바라보았다. 그러고 나서 그들은 잠시 아무 말 없이 서로의 얼굴을 쳐다보았다. 차가운 진눈깨비가 추적추적 내리고 있었다. 버먼은 낡은 푸른색 셔츠를 입고 바위 대신에 거꾸로 뒤집어놓은 냄비에 걸터앉아, 세상을 등진 광부의 포즈를 취했다.

다음 날 아침, 한 시간 정도 눈을 붙인 수가 자리에서 일어났을 때 존시는 생기 없는 눈을 크게 뜨고 초록색 커튼으로 가려진 창을 말없이 쳐다보고 있었다.

"커튼을 올려줘. 보고 싶어."

존시가 속삭이듯 말했다.

수는 마지못해 그녀의 말에 따랐다.

그런데 이게 어찌 된 일인가! 기나긴 밤사이 세찬 빗줄기가 끊임없이 창을 때리고 바람이 거세게 휘몰아쳤는데, 아직도 벽돌집 담벼락에는 담쟁이덩굴 잎새가 하나 매달려 있었다. 덩굴에 붙어 있는 마지막 잎새였다. 잎의 뿌리 부분은 아직 짙은 초록색이었지만, 톱니 모양의 가장자리는 말라서 누렇게 변해 있었다. 그래도 용감하게 땅에서 20피트 정도 되는 높이의 가지에 매달려 있었다.

"마지막 잎새야."

존시가 말했다.

"밤사이에 틀림없이 떨어져 버렸을 거라고 생각했는데. 바람 소리가 들렸거든. 오늘은 떨어질 거야. 그러면 그땐 나도 함께 가겠지."

"얘가 또 쓸데없는 소리를 하네!"

수는 초췌한 얼굴을 베개에 기대며 말했다.

"너 자신을 생각하고 싶지 않다면 나를 생각해봐. 난 어쩌라고?"

존시는 아무 대답도 하지 않았다. 이 세상에 그 무엇이 죽음이라는 멀고 먼 신비의 여로를 준비하는 인간의 영혼보다 쓸쓸할까? 그녀를 대지의 흙이나 우정과 같은 것에 묶어두고 있었던 매듭이 한 가닥씩 풀려나가면서 죽음에 대한 상상은 그녀를 더욱 강하게 사로잡는 것 같았다.

날이 저물어 해 질 무렵이 되어도 그 외톨이 담쟁이 잎새는 담벼락의 줄기에 찰싹 달라붙어 있었다. 또다시 밤이 찾아오고, 변함없이 북풍이 몰아치기 시작했다. 차가운 빗줄기가 유리창에 부딪치고, 네덜란드식 낮은 처마에서는 물방울이 뚝뚝 떨어졌다.

밤이 지나가고 날이 완전히 밝아지자, 무정한 존시는 커튼을 올려달라고 했다.

하지만 담쟁이 잎새는 여전히 거기에 있었다.

존시는 누운 채로 그 잎새를 한참 동안 가만히 바라보았다. 그러더니 가스스토브에 올려놓은 닭고기 수프를 휘젓고 있는 수를 불렀다.

"수, 난 정말 나쁜 아이였어."

존시가 말했다.

"내가 얼마나 나쁜 인간인가를 보여주기 위해서 그 무언가가 저 마지막 잎새를 남겨놓은 게 분명해. 죽고 싶다는 생각을 하면 벌을 받을 거야. 수프 좀 줘. 그리고 우유에 포도주를 조금 넣어주고. 아냐, 우선 손거울 좀 가져다줘. 그리고 베개를 몇 개 내 등 뒤에 받쳐 줬으면 좋겠어. 앉아서 네가 요리하는 것을 보고 싶어."

그리고 한 시간 정도 지나자 그녀는 말했다.

"수, 난 언젠가 나폴리 만을 그려보고 싶어."

오후에 의사가 왔다. 수는 일부러 핑계를 만들어 의사와 복도로 나갔다.

"아가씨가 살아날 가능성은 이제 반반이야."

의사는 수의 떨리는 여윈 손을 잡으며 말했다.

"간호만 잘하면 아가씨가 이기는 거야. 나는 곧 아래층의 환자를 보러 가야 해. 버먼이라는 노인인데 아마 화가인 것 같아. 역시 폐렴이야. 나이가 많아서 몸이 쇠약한 데다 급성이야. 그 노인은 살아날 가망이 거의 없어. 하지만 오늘은 병원에 입원하기로 되어 있으니까 조금은 편해질 거야."

다음 날 의사는 수에게 말했다.

"이제 위기를 벗어났어. 아가씨가 이겼어. 앞으로 영양 섭취를 잘하고 간호를 잘 받는 것, 그것만 잘하면 돼."

그날 오후, 존시는 초록색 털실로 별로 쓸모 있어 보이지 않는 목도리를 만족스런 표정으로 뜨고 있었다. 수는 침대 곁에 가서, 베개에 기대어 있는 존시의 어깨를 감싸고 "존시, 너에게 할 얘기가 있어" 하고 말했다.

"버먼 할아버지가 어제, 병원에서 폐렴으로 돌아가셨어. 겨우 이틀 앓고 말이지. 요전 아침에 수위 아저씨가 아래층 방에서 혼자 앓으며 괴로워하고 있는 할아버지를 발견했대. 구두도 옷도 비에 흠뻑 젖어 있고 온몸이 얼음 조각처럼 차갑게 식어 떨고 계시더래. 비

바람이 심하게 몰아치던 날 밤, 도대체 어디에 갔었는지 아무도 알 수가 없었다는 거야. 그런데 얼마 후, 아직 불이 꺼지지 않은 등불과 사다리가 발견됐어. 주위에는 붓이 몇 개 어질러져 있었고, 초록색과 노란색 물감이 섞여 있는 팔레트도 함께 발견됐지. 존시, 창밖을 좀 봐. 저 벽에 붙어 있는 담쟁이덩굴의 마지막 잎새. 바람이 불어도 조금도 흔들리거나 움직이지 않는 것이 이상하지 않아? 아! 존시, 저것이 바로 버먼 할아버지의 걸작이야……. 그분이 마지막 잎새가 떨어지던 날 밤, 저것을 그려놓으신 거야."

크리스마스 선물

오 헨리

1달러 87센트. 그것이 전부였다. 게다가 60센트는 1센트짜리 동전들이었다. 이것도 그나마 식료품 가게나 채소 가게, 정육점에서 물건을 살 때마다 흥정 끝에 값을 깎아 한 푼 두 푼 모은 것이었다. 물건을 살 때마다 가게 주인들이 자신의 구두쇠 같은 행동에 손가락질하는 것 같아 얼굴이 붉어진 적이 한두 번이 아니었다. 델라는 그 돈을 세 번이나 세어보았다. 세고 또 세어봐도 정확히 1달러 87센트였다. 그런데 내일은 크리스마스였다.

　델라는 낡고 초라한 작은 침대에 엎드려 큰 소리로 우는 것 말고는 별다른 도리가 없었다. 델라는 침대에 얼굴을 파묻고 울기 시작했다. 한참을 소리 내어 울다 보니 인생이란 흐느낌과 훌쩍임, 그리고 미소로 이루어져 있으며 그중에서도 훌쩍이며 우는 일이 가장 많다는 어느 명언이 생각났다.

　흐느껴 울고 있던 이 집의 부인이 마음을 가라앉히는 동안, 잠시 방 안을 둘러보기로 하자. 이 집은 일주일에 8달러를 내야 하는, 가구가 딸린 셋방이었다. 말도 못할 정도로 형편없지는 않았지만, 부랑자 단속 경관들이 들이닥치지는 않을까 경계해야 할 만큼 초라한 집이었다.

　아래층 현관에는 편지라곤 구경조차 한 일이 없는 우편함과, 아무리 눌러도 울리지 않는 초인종이 있었다. 거기에는 '제임스 딜링햄 영'이란 이름이 쓰인 문패도 붙어 있었다.

이 문패는 경기가 좋아 이 집의 남자 주인이 주당 30달러를 벌던 시절에는 산들바람에 가볍게 펄럭거렸으나, 수입이 20달러로 줄어든 지금은 '딜링햄'이라는 글자에 먼지가 뿌옇게 앉아, 겸손하고 눈에 띄지 않게 '디D' 자로 오그라든 것처럼 보였다. 그러나 바로 그 제임스 딜링햄 영 씨가 2층에 있는 자신의 집에 들어오면, 앞에서 소개한 제임스 딜링햄 영 부인 '델라'가 다정한 목소리로 "짐" 하고 남편을 부르며 품에 안기곤 했다. 그것은 정말로 보기 좋은 광경이었다.

델라는 울음을 그치고, 눈물로 얼룩진 얼굴에 분을 발랐다. 그리고 창가에 서서 회색빛 뒤뜰의 회색 담 위로 잿빛 고양이가 기어가는 것을 우울한 눈으로 멍하니 바라보았다. 내일이 크리스마스인데 사랑하는 짐에게 선물을 사줄 수 있는 돈은 고작 1달러 87센트뿐이었다. 하지만 이것도 그녀가 몇 개월 동안 안 쓰고 모은 것이었다. 일주일을 20달러로 생활하는 것은 무척 어려운 일이었다. 말할 것도 없이 지출은 늘 예산을 초과했다. 짐에게 선물을 사줄 수 있는 돈이 고작 1달러 87센트뿐이라니! 나의 짐에게……. 그 사람에게 사줄 멋진 선물을 생각하며 얼마나 행복한 시간을 보냈던가. 훌륭하고 아주 진기한 물건, 짐이 가질 만한 가치가 있는 그런, 조금이라도 그것에 가까운 것을 선물하고 싶었다.

방 안에는 창문과 창문 사이 벽에 전신 거울이 하나 달려 있었다. 8달러짜리 임대 아파트에서 흔히 볼 수 있는 거울이었다. 마르고 또 아주 민첩한 사람이라야 그 거울에 비친 자신의 단면을 재빨리 이어서, 가까스로 파악할 수 있는 거울이었다. 날씬한 몸매의 델라는 이 기술을 아주 훌륭히 터득하고 있었다.

델라는 갑자기 창가에서 몸을 돌리더니, 거울 앞에 다가섰다. 두 눈은 반짝반짝 빛나고 있었지만 얼굴은 핏기가 가셔 창백해 보였다. 그녀는 재빨리 묶어 올린 머리를 풀어 헤치고 아래로 길게 늘어 뜨렸다.

이 제임스 딜링햄 영 부부에게는 두 가지 소중한 재산이 있었다. 그것은 영 부부가 가장 자랑스럽게 여기는 것이었는데, 그중 하나 는 짐의 금시계였다. 그것은 그의 할아버지 때부터 대대로 내려온 것으로 짐의 아버지도 사용했던 것이었다. 그리고 다른 하나는 델 라의 긴 머리카락이었다. 만약 시바의 여왕이 건너편에 살고 있었 다면 델라가 젖은 머리를 말리기 위해 창가에 늘어뜨린 머리카락에 여왕의 보석이나 보물은 단번에 빛을 잃고 말았을 것이다. 또 솔로 몬이 관리인으로서 온갖 보물을 아파트 지하실에 쌓아두었다 해도, 짐이 그 앞을 지나면서 그의 시계를 내보였다면 솔로몬은 부러워서 연방 턱수염을 쓸어내렸을 것이다.

그런 델라의 아름다운 머리카락이 지금 갈색 물보라가 피어오르 는 폭포수처럼 윤기 있게 출렁거리면서 그녀의 어깨 아래로 흘러내 리고 있었다. 그녀의 머리카락은 무릎 아래까지 닿아서 마치 긴 외 투를 걸친 듯했다. 그녀는 다시 솜씨 좋게 머리를 감아올렸다. 그리 고 한순간 주저하는 듯한 모습을 보이더니, 가만히 선 채로 눈물을 한 방울, 두 방울 닳고 닳은 빨간 융단 위에 떨어뜨리는 것이었다.

델라는 오래된 갈색 재킷을 걸치고, 낡은 갈색 모자를 썼다. 그 녀의 두 눈에는 반짝이는 눈물이 맺혀 있었다. 그녀는 치마를 펄럭 이며 문을 열고 급히 계단을 내려갔다.

그녀의 발길이 멈춘 곳은 '마담 소프로니'라는, 머리 장신구를 파 는 상점이었다. 계단을 뛰어 올라간 델라는 가쁜 숨을 몰아쉬며 마 음을 가라앉혔다. 커다란 몸집에 속이 비칠 듯이 투명하고 하얀 옷 을 입은 차가운 인상의 여주인은, 아무래도 '소프로니'*라는 이름

---

* 우아한 미인을 연상시키는 이름.

과는 거리가 멀어 보였다.

"저, 머리카락을 팔고 싶은데, 사시겠어요?"

델라가 물었다.

"모자를 벗고 좀 보여주세요."

여주인이 말했다.

갈색 폭포수가 작게 물결치며 그녀의 어깨 위로 떨어졌다.

"20달러 드릴게요."

여주인은 익숙한 손길로 머리채를 들어 올리며 말했다.

"좋아요. 빨리 잘라주세요."

델라가 말했다.

아아, 그로부터 두 시간, 그 시간은 마치 장밋빛 날개를 단 것처럼 흘러갔다. 이런 상투적인 비유 같은 것은 아무래도 좋다. 델라는 짐의 선물을 사기 위해 거리에 있는 가게를 샅샅이 뒤지며 돌아다녔다.

그녀는 마침내 짐에게 줄 선물을 찾아냈다. 뭐라고 할까, 이것이야말로 짐을 위해 만들어진 물건 같았다. 다른 누구의 것도 될 수 없다. 다른 어떤 가게를 가도 이런 물건은 찾을 수 없을 것이다. 짐에게 줄 선물은 심플한 디자인의 산뜻한 백금 시곗줄이었다. 촌스러운 장식도 붙어 있지 않고, 품질만으로 충분히 그 값어치가 있는 물건이었다. 좋은 물건이란 모두 그렇겠지만 말이다. 그 시곗줄은 짐의 시계에 조금도 손색이 없었다. 델라는 그것을 보자마자 이것이야말로 바로 짐의 것이라고 생각했다. 그 시곗줄은 그에게 꼭 어울리는 물건이었다. 수수하면서도 기품 있어 보이는 짐의 이미지와도 잘 들어맞는 물건이었다.

델라는 시곗줄 값으로 21달러를 지불하고, 남은 돈 87센트를 들고 서둘러 집으로 돌아왔다. 그 시계에 이 시곗줄을 달면, 짐은 이제 누구 앞에서도 당당하게 시계를 꺼내 볼 수 있을 것이다. 시계는 훌륭했지만 시곗줄 대신 낡은 가죽 끈을 달고 있어서, 짐은 이제까지 시계를 볼 때마다 남몰래 살짝 꺼내 보곤 했던 것이다.

델라는 집에 돌아와서야 날아갈 것 같은 기쁨에서 잠시 깨어날 수 있었다. 분별력과 이성을 되찾게 된 것이다. 델라는 머리카락을 구불거리게 만드는 인두를 꺼내 가스스토브에 불을 붙인 뒤 남편을 사랑하는 마음으로 인해 볼품없어진 짧은 머리를 손질했다. 그런데 그 일은 꽤 만만치 않은 일이며, 대단히 성가신 일이었다.

사십 분도 채 못 되어 델라의 머리는 짧은 곱슬머리로 덮여 마치 개구쟁이 학생처럼 보였다. 델라는 거울에 비친 자신의 모습을 오랫동안 바라보았다.

"설마 짐이 나를 보고 화를 내진 않겠지?"

델라는 스스로를 위로하려고 애썼다.

"어쩌면 코니아일랜드의 합창단 단원 같다고 할지도 몰라. 하지만 어쩔 수 없는 일이잖아. 아아! 겨우 1달러 87센트를 가지고 뭘 살 수 있겠어?"

일곱 시가 되자 델라는 커피를 끓일 물을 준비하고, 고기를 굽기 위해 스토브 위에 프라이팬을 뜨겁게 달구었다.

짐은 좀처럼 늦는 법이 없었다. 델라는 시곗줄을 접어 손에 꼭 쥐고, 짐이 들어오는 문 가까이에 있는 테이블 의자에 걸터앉았다. 드디어 짐이 계단을 밟고 올라오는 발걸음 소리가 들려왔다. 순간, 아주 잠시 그녀의 얼굴은 백지장처럼 창백하게 변했다. 델라는 사소한 일에도 마음속으로 기도를 하는 습관이 있었다.

'오, 하느님! 부디 저이로 하여금 제가 여전히 예쁘다고 생각하도록 해주세요.'

마침내 문이 열렸다. 곧 짐이 방으로 들어오고 다시 문이 닫혔다. 몸이 마른 짐이 무척 진지한 표정을 하고 있었다. 아아, 그는 이제 겨우 스물두 살이었지만 가엾게도 가정이라는 무거운 짐을 지고 있었다. 그에게는 새 외투도 필요했고 장갑마저도 없었다.

짐은 문 안쪽으로 들어서더니, 메추라기의 냄새를 맡은 세터*처럼 멈춰서 꼼짝도 하지 않았다. 델라의 눈을 가만히 응시하고 있는 그의 눈에는 그녀가 헤아릴 수 없는 표정이 담겨 있었다. 그것은 노여움이나 놀라움, 비난이나 공포가 아니었다. 그녀가 예상하고 있던 그 어떤 감정도 아니었다. 그는 단지 이상야릇한 표정으로 그녀를 뚫어지게 바라볼 뿐이었다.

델라는 머뭇거리며 의자에서 일어나 짐에게 다가갔다.

"여보, 짐!"

그녀는 큰 소리로 말했다.

"그런 눈으로 쳐다보지 마세요. 당신에게 선물도 하지 않고 크리스마스를 보낼 수가 없었어요. 그래서 머리카락을 잘라 팔았어요. 하지만 짐, 머리카락은 또 자라요. 네? 그러니 걱정하지 마요. 나도 달리 방법이 없었어요. 내 머리카락은 아주 빨리 자라요. 짐, '메리 크리스마스!'라고 말해줘요. 네? 그리고 우리 즐겁게 보내요. 당신은 내가 얼마나 멋지고 근사한 선물을 준비했는지 모를 거예요."

"뭐라고? 머리카락을 잘랐다고?"

짐은 이 명백한 사실을 도저히 믿을 수 없다는 듯이 물었다.

"그래요, 잘라서 팔았어요. 하지만 짐, 그래도 당신은 나를 변함없이 사랑할 거죠? 머리카락 같은 거 없어도 나는 나예요. 네? 그렇죠?"

짐은 멍하니 방 안을 빙 둘러보았다.

"당신의 아름다운 머리카락이 이젠 없단 말이지?"

그는 거의 정신 나간 사람처럼 얼떨떨한 표정으로 되물었다.

"찾아봐도 소용없어요. 팔아버렸는걸요. 팔아서 이제는 없다고요. 짐, 오늘 밤은 크리스마스이브예요. 다정하게 대해줘요. 당신을 위

---

* 영국산 사냥개의 일종.

해서 그랬어요."

그녀는 부드러운 목소리로 말을 이었다.

"하지만 당신에 대한 내 사랑은 어느 누구도 헤아릴 수 없을 거예요. 짐, 고기를 불에 올려놓을까요?"

짐은 넋을 잃었다가 갑자기 깨어나는 것을 느꼈다. 그는 사랑하는 아내를 힘껏 품에 안았다. 여기서 잠시 눈을 돌려, 그다지 중요한 문제는 아니지만 한 가지 진지하게 생각해볼 일이 있다. 도대체 일주일에 8달러를 버는 것과, 일 년에 백만 달러를 버는 것에는 어떤 차이가 있는 걸까? 수학자나 지식인들에게 물어봐도 정확한 답변을 들을 수 없다. 성경에 나오는 동방박사들도 고가의 선물을 가져갔지만 해답을 얻을 수 없었다. 이 수수께끼 같은 말의 뜻은 어쨌든 잠시 뒤에 밝혀질 것이다.

짐은 외투 주머니에서 작은 꾸러미를 꺼내 테이블 위에 올려놓았다.

"이봐 델라, 나를 오해하지 말아줘. 당신의 머리 모양이 어떻든, 싹둑 잘라버렸던 머리를 감지 않았든 내가 어떻게 당신을 덜 사랑할 수 있겠어? 그 꾸러미를 펼쳐봐. 그러면 내가 방금 당신을 보고 어째서 한참 동안 멍해 있었는지 알게 될 거야."

델라의 하얀 손가락은 재빠르게 포장지의 끈을 풀었다. 그리고 그녀에게서 황홀한 기쁨의 탄성이 터져 나왔다. 하지만 그 기쁨의 탄성은 곧바로 눈물로 바뀌었다. 짐은 진심으로 델라를 위로했다.

그 꾸러미 속의 물건은 델라가 오래전부터 브로드웨이의 진열장을 바라보며 무척 갖고 싶어 했던 장식용 머리빗으로, 옆에 꽂는 것과 뒤에 꽂는 머리빗이 한 세트로 된 것이었다. 가장자리에 보석을 박아놓은, 진짜 귀갑*으로 만든 이 아름다운 머리빗은 지금은 사라

---

* 거북의 등딱지.

져버린 그녀의 아름다운 긴 머리에 잘 어울리는 환상적인 빛깔을 지니고 있었다. 그녀로서는 감히 엄두도 낼 수 없는 물건이라는 것은 알고 있었지만, 그래도 그녀는 그것을 볼 때마다 가슴 한구석에서 솟구치는 뜨거운 동경에 잠기지 않을 수 없었다. 그런데 그것이 지금, 자신의 것이 된 것이다. 하지만 그렇게 동경하던 머리빗에 광채를 더해야 할 머리카락은 이제 없었다.

그러나 델라는 그것을 가슴에 꼭 끌어안고, 고개를 들어 눈물 젖은 얼굴에 애써 미소를 지으며 말했다.

"짐, 내 머리카락은 아주 빨리 자라요!"

그러더니 천진난만한 델라는 털에 불이 붙은 아기 고양이처럼 벌떡 일어서며 "오, 어머나!" 하고 외쳤다.

짐은 아직 그녀가 준비한 아름다운 선물을 보지 못한 것이다. 델라는 정신없이 그 선물을 그의 눈앞에 가져가서 손바닥 위에 펼쳐 보였다. 찬란한 귀금속의 빛은 마치 그녀의 진실되고 열렬한 애정을 비추며 활활 타오르는 듯했다.

"짐, 어때요? 멋지죠? 이걸 구하려고 하루 종일 온 거리를 헤맸어요. 당신, 이제 하루에 백 번이라도 시계를 볼 수 있을 거예요. 자, 시계를 주세요. 이 시곗줄이 얼마나 잘 어울리는지 무척 궁금해요."

그러나 짐은 시계를 꺼내는 대신 소파에 풀썩 주저앉더니, 양손을 머리 뒤로 가져가며 빙그레 미소 지었다.

"델라!"

그가 말했다.

"우리의 크리스마스 선물은 잠시 넣어둬야겠어. 그것들은 지금 사용하기엔 너무 분에 넘치는 것들이야. 난 당신에게 머리빗을 사주려고 시계를 팔았어. 자, 이제 고기를 불에 올려놓을까?"

여러분도 알다시피 동방박사들은 현명한 사람들이었다. 그들은 구유 속에서 태어난 아기 예수에게 선물을 들고 찾아갔다. 사람들이 크리스마스 선물을 주고받게 된 것도 바로 그들에게서 시작된 것이다. 그들은 현명한 사람들이었기 때문에 그 선물 또한 현명한 선물이었다. 아마도 그것들은 물건이 서로 중복된 경우에는 다른 것과 바꿀 수 있는 특권을 가지고 있었을 것이다. 그래서 나는 여기에 자신의 가장 소중한 보물을 가장 현명하지 않은 방법으로 서로 희생한, 평범하게 사는 짐과 델라의 이야기를 짤막하게나마 소개한 것이다. 그러나 마지막으로 한마디, 오늘을 사는 현명한 사람들에게 말하고 싶다. 선물을 주고받는 사람들 중에서 이들 두 사람이야말로 가장 현명한 사람들이라고. 어디를 가도 가장 현명한 사람들, 이들이야말로 동방박사들이라고.

사람은 무엇으로 사는가

레프 톨스토이

1

한 구두 수선공이 부인과 아이들을 데리고 어느 농부의 집에 세들어 살고 있었다. 이 구두 수선공은 자기 집도 땅도 없었기 때문에 오로지 구두를 만들고 고치는 것만으로 살림을 꾸려가야 했다. 더구나 빵값은 비싸고 수공비는 저렴했기 때문에 버는 것은 모두 먹는 데 들어갔다. 그에게는 부인과 함께 입는 털가죽 외투가 딱 한 벌 있었는데, 그것마저도 낡고 해져서 그는 이 년 전부터 새 외투를 만드는 데 쓸 양가죽을 사기로 마음먹고 있었다.

가을로 접어들자 그도 얼마 되지는 않지만 조금의 여유가 생겼다. 그의 부인의 손가방에는 3루블의 지폐가 들어 있었고, 그것 말고도 마을 사람들에게 빌려준 돈이 5루블 20코페이카였다.

그래서 어느 날 구두 수선공은 아침부터 마을로 양가죽을 사러 갈 준비를 했다. 그는 아내의 면내의를 껴입고 그 위에 나사*로 된 긴 외투를 걸치고, 3루블의 지폐를 주머니에 넣고는 부러진 나뭇가지를 지팡이 삼아 아침을 먹자마자 곧장 집을 나섰다.

---

* 모직물의 하나.

그는 생각했다.

'꿔준 돈 5루블을 받으면 거기에 3루블을 더해서 양가죽을 사야지.'

마을에 도착한 그는 한 농부의 집을 찾아갔지만 농부는 외출 중이었다. 그 부인에게 이번 주 안으로 빌린 돈을 갚겠다는 약속만 받아낸 채 다음 농부의 집으로 향해야 했다. 그러나 그 농부 역시 하늘에 맹세코 돈이 없다며 장화 수선비로 겨우 20코페이카를 줄 뿐이었다. 하는 수 없이 그는 양가죽을 외상으로 사려고 했지만 가죽 장사는 외상은 절대로 안 된다고 했다.

"우선 돈을 가져오슈. 그런 다음 원하는 것을 사요. 외상값 받는 일엔 이제 진절머리가 난단 말이야."

결국 그는 겨우 구두 수선비 20코페이카를 받고 어느 농부에게서 낡은 털장화를 수선하는 일을 부탁받았을 뿐 헛수고만 하고 돌아오게 되었다.

구두 수선공은 기분이 상해서 20코페이카로 보드카를 마셔버리고는 양가죽은 사지도 못하고 집으로 향했다. 아침에 집에서 나올 때는 꽤 추웠던 것 같은데 술을 한잔 마시고 나니 외투 없이도 그럭저럭 견딜 만했다. 그는 한 손으로는 지팡이로 얼어붙은 땅을 두드리고, 다른 한 손으로는 털장화를 휘둘러가면서 혼잣말을 중얼거리며 걸었다.

"외투가 없어도 따뜻하네 뭐. 딱 한 잔 했는데도 온몸이 후끈후끈한걸. 모피 같은 건 필요 없어. 뭐든지 다 잊고 걸어갈 수 있어. 이 몸은 이런 분이야! 도대체 뭐가 어떻다는 거야? 외투 없이도 잘 살아갈 수 있어. 그런 건 내 평생 필요도 없어. 다만 마누라가 징징거리며 가만있지 않을 텐데…… 이거 정말 골치 아프군. 내가 화가 나는 건, 나는 네놈들을 도와줬는데 네놈들은 나를 바보 취급 한다는 거야. 두고 보겠어! 만약 다음에도 돈이 없다고 하면 네놈들

의 모자를 잡아채 줄 거니까. 반드시 빼앗아 버릴 거야. 그런데 이
건 도대체 무슨 경우야? 20코페이카밖에 안 주다니! 이걸로 도대
체 뭘 하라고! 고작 술 한잔하니 그걸로 끝이잖아. 말은 좋다! 곤란
하다고? 네놈들이 곤란하면 난? 네놈들은 집도 있고 가축도 있고
뭐든지 다 있지만, 나한텐 이것뿐인데. 네놈들 집엔 빵도 있지만 나
는 하나에서 열까지 모두 돈으로 사야 해! 적어도 일주일에 3루블
은 빵값으로 나가야 한다고. 지금 당장 집에 돌아갔는데 만약 빵이
떨어졌다면 또 1루블 반은 써야 돼. 그러니까 네놈들은 내 이런 형
편을 생각해서라도 나에게 돈을 갚아야지!"

이렇게 중얼거리면서 걷다 보니 어느새 길모퉁이에 있는 교회
근처까지 왔다. 그때 교회 뒤쪽에 뭔가 흰 물체가 보였다. 이미 노
을이 지고 있었기에 그는 뭔가 하고 빤히 쳐다보았지만 그것이 뭔
지는 알 수가 없었다.

'저쪽에 저런 돌은 없었는데……. 짐승인가? 하지만 짐승 같지는
않은데? 머리 모양을 봐서는 사람 같기도 한데. 하지만 사람치고는
너무 하얗단 말이야. 아무래도 이상한데? 게다가 사람이라면 왜 저
런 곳에 있는 거야?'

그는 좀 더 가까이 다가갔다. 그제야 그 물체가 또렷하게 보였
다. 그것은 확실히 사람이었다. 그런데 이상한 일은 그 사람이 도대
체 살았는지 죽었는지, 벌거벗은 채로 교회 벽에 기댄 채 꼼짝도 않
고 있는 것이었다. 그는 갑자기 무서운 생각이 들었다.

'아마 누군가가 이 남자를 죽이고 옷을 빼앗은 후 여기에 버리고
간 모양이야. 모르고 옆에 갔다가 나중에 어떤 봉변을 당할지 몰라.'

그래서 구두 수선공은 그곳을 그냥 지나쳤다. 그가 교회 모퉁이
를 지나자 그 남자의 모습은 보이지 않았다. 하지만 조금 가다가 다
시 생각해보니 그 남자가 이쪽을 보고 있는 것 같은 느낌이 들었다.
구두 수선공은 더욱 무서운 생각이 들었다.

'다시 한 번 옆으로 가볼까? 아님 이대로 그냥 가버릴까? 옆에 갔다가 무슨 억울한 일을 당할지도 모르는데. 어떤 놈인지도 모르잖아. 당연히 좋은 일로 저런 데 있을 리는 없고. 만약 옆에 갔다가 목이라도 조른다면 도망칠 수도 없을 텐데. 설령 목을 조르지 않는다고 해도 귀찮은 일을 당할 게 뻔해. 그나저나 저 벌거숭이를 어떻게 하지? 그렇다고 내가 걸치고 있는 것까지 벗어서 줄 수는 없고. 아! 하느님, 제발 그냥 아무 일 없던 것처럼 지나치게 해주소서!'

그는 걸음을 빨리했다. 하지만 교회를 지나자 슬슬 양심의 가책이 느껴졌다. 그는 길 가운데에서 멈춰 섰다.

'세몬! 대체 뭘 하고 있는 거야. 사람이 어려움을 당해 죽어가고 있는데 무섭다고 보고만 있다니. 네가 엄청 많은 돈이라도 가지고 있는 거야? 뭐 빼앗길 거라도 있는 거야? 그렇게 무서워? 어이, 세몬! 그건 좋지 않아!'

결국 세몬은 발길을 돌려 그 남자에게로 돌아갔다.

2

세몬이 그 남자에게 다가가 자세히 보니 그는 건장해 보이는 젊은이로, 누군가에게 얻어맞은 흔적은 보이지 않았다. 그저 추위에 몸이 얼어 있었고 몹시 두려워하는 듯했다. 그는 지쳤는지 벽에 기대어 앉은 채 세몬을 보려고 하지도 않았다. 하지만 세몬이 옆으로 바짝 다가서자 그제야 고개를 들어 세몬을 바라보았다. 세몬을 쳐다보는 그 눈빛만으로도 세몬은 그 남자에게 어떤 동정심이 들었다. 그래서 들고 있던 털장화를 땅에 내려놓고는 허리띠를 풀어 털장화 위에 던진 뒤 급히 외투를 벗었다.

"우선 이걸 입는 게 좋겠어, 자!"

세몬이 남자의 팔을 부축해 일으켜 세워보니 훤칠한 몸매에 상처 하나 없는 손과 발이 무척 선하고 귀여운 인상이었다. 세몬은 그의 어깨에 긴 외투를 걸쳐주었지만 팔이 소매 속으로 잘 끼워지지 않았다. 세몬은 청년의 두 팔을 소매 속에 끼워주고는 옷자락을 당겨 앞을 여미고 허리띠를 묶어주었다. 자기가 쓰고 있던 낡은 모자도 벗어서 청년에게 줄까 했지만, 갑자기 머리가 추워지자 '나는 이렇게 대머리인데 이 젊은이는 머리숱이 많잖아'라는 생각이 들어 다시 모자를 썼다.

'아무래도 모자보다는 구두를 신겨주는 게 좋겠다.'

그래서 그는 젊은이를 앉혀놓고는 털장화를 신겨줬다.

"이제 됐어, 젊은이. 자, 조금씩 걷다 보면 몸이 녹을 거야. 아무런 걱정 안 해도 돼. 어떻게든 잘될 거야. 그런데 걸을 수는 있겠나?"

젊은이는 부드러운 눈길로 세몬을 보고 있었지만 여전히 한마디도 하지 않았다.

"왜 아무 말이 없나? 어디 이런 곳에서 겨울을 날 수 있겠어? 집으로 돌아가야지. 자, 기운이 없으면 나한테 기대도 돼. 힘을 내게나!"

그러자 젊은이는 걷기 시작했다. 그는 뒤처지지 않고 잘 따라왔다. 두 사람이 나란히 걸으면서 세몬이 물었다.

"자네는 도대체 어디에서 왔나?"

"저는 이 고장 사람이 아닙니다."

"이 고장 사람이 아니라는 건 나도 알고 있네. 그러니까 왜 이곳에 왔느냐고. 더군다나 교회 같은 데를 말일세."

"그건 말씀드릴 수 없습니다."

"보아하니 못된 놈들한테 당한 것 같은데?"

"아닙니다. 누구도 저에게 나쁜 짓을 하지 않았습니다. 다만 저는 하느님께 벌을 받고 있는 것입니다."

"그렇담 모든 일이 하느님의 뜻이겠군. 그건 그렇고 어디라도 들어가서 쉬어야 할 것 아닌가? 도대체 어디로 갈 작정인가?"

"저는 어디든 괜찮습니다."

세몬은 놀랐다. 젊은이는 불량스러워 보이지도 않았고 아주 점잖았지만, 자신에 관해서는 조금도 말하려 하지 않았다. 그래서 세몬은 생각했다.

'뭔가 말 못 할 사정이 있는 게 분명해.'

그리고 그 젊은이에게 말했다.

"그럼 우리 집에 같이 가세나. 몸을 좀 녹이면 정신이 맑아질 거야."

세몬이 다시 걷자 젊은이도 뒤처지지 않고 따라왔다. 찬 바람이 불어 세몬의 외투 속으로 스며들자 점점 술이 깨면서 추위가 느껴졌다. 세몬은 코를 훌쩍거리며 아내에게 빌려 입은 속옷 자락을 여민 채 걸으며 생각했다.

'아무래도 외투는 날아가 버린 것 같군. 외투 사러 나와서 입고 있던 옷마저 벗어주고, 게다가 이런 벌거숭이 사내까지 데리고 가면 마트료나가 가만있지 않을 텐데.'

마트료나를 생각하자 세몬은 가슴이 답답해져 왔다. 그러나 옆에서 말없이 걷고 있는 젊은이를 돌아보니 처음 그를 발견했을 때 자신을 바라보던 그 눈빛이 생각나 왠지 모르게 가슴이 두근거렸다.

3

세몬의 아내는 일찌감치 서둘러 집안일을 끝냈다. 장작도 쪼개고 물도 길어 오고 아이들과 함께 식사도 마치고 난 다음 생각했다.

'빵은 언제 구울까? 오늘 할까, 아니면 내일 아침에 할까?'

빵은 아직 큰 것 한 토막이 남아 있었다.

'만약 세몬이 밖에서 뭔가를 먹고 온다면 저녁은 조금만 먹겠지.

그러면 내일 먹을 빵은 충분하네.'

그녀는 빵 조각을 몇 번이나 들춰보며 궁리했다.

'아무래도 빵은 내일 구워야겠어. 밀가루도 얼마 없고 금요일까지는 버텨야 하니까.'

마트료나는 빵 굽는 일을 그만두기로 하고 남편의 옷을 깁기 시작했다. 그녀는 바느질을 하면서 남편이 어떤 양가죽을 사올지 궁금해졌다.

'가죽 장사에게 속아 넘어가면 안 될 텐데. 뭐라 해도 그이는 사람이 좋기만 해서 남을 속이지는 못 해도 쥐방울만 한 애들한테까지도 속을 사람이니 걱정이야. 8루블이면 큰돈인데. 그 정도면 아주 좋은 모피 외투가 될 거야. 작년 겨울만 해도 모피 외투가 없어서 얼마나 고생했던지. 강에 물을 길으러 갈 수가 있나, 어디 나갈 수가 있나. 오늘만 해도 저 사람이 외출하느라 입을 만한 건 다 입고 나간 덕에 나는 뭐 하나 입을 게 있어야지. 그건 그렇고 이이가 늦네. 벌써 돌아올 시간이 지났는데. 설마 어디서 술을 마시고 있는 건 아니겠지?'

마트료나가 이런 생각을 하고 있을 때 현관의 계단이 삐걱거리며 누군가 들어오는 소리가 들렸다. 마트료나가 바늘을 옷감에 꽂아두고 입구 쪽으로 나가보니 사내 둘이 들어서고 있었다. 세묜 옆에 선 낯선 청년은 모자도 쓰지 않은 채 털장화를 신고 있었다. 그녀는 곧바로 남편이 술을 마셨다는 것을 알아차렸다.

'이것 봐, 내 이럴 줄 알았어!'

마트료나가 남편을 바라보니 그는 외투도 없는 속옷 차림으로, 그것도 빈손으로 서 있었다. 그녀는 화가 머리끝까지 치밀어 올랐다.

'그럼 그 돈으로 전부 술을 마셔버린 거야? 분명 이 낯선 건달하고 같이 마시고 그것도 모자라 여기까지 끌고 왔군.'

그녀가 두 사람을 방으로 들이면서 자세히 보니 그 낯선 젊은이가 입고 있는 외투는 바로 자기네들의 외투였다. 게다가 외투 속에는 내의도 입지 않은 것 같았다. 방에 들어온 젊은이는 우뚝 선 채로 움직이지도 않고 고개도 들지 않았다. 마트료나는 생각했다.

'뭔가 나쁜 짓을 저지른 사람 같아. 봐, 겁을 먹고 있잖아.'

마트료나는 얼굴을 찌푸린 채로 벽난로 쪽으로 가서 두 사람이 하는 행동을 지켜보았다. 세몬은 모자를 벗고 나서야 아내가 화가 나 있음을 알아차렸지만 태연하게 의자에 걸터앉았다.

"빨리 저녁을 준비해야지, 뭐 하는 거야?"

마트료나는 뭐라고 혼자서 투덜거렸다. 그리고 벽난로 옆에 선 채 꼼짝도 하지 않았다. 그녀는 남편과 낯선 청년을 번갈아 보면서 고개만 젓고 있었다. 세몬은 아내가 일부러 심술을 부리고 있다는 것을 알았지만 모른 체하고 젊은이의 손을 잡고 말했다.

"자, 앉게나. 저녁 먹어야지."

그러자 청년은 의자에 걸터앉았다.

"뭐야? 아직 저녁 준비가 안 됐어?"

그녀는 더욱 화가 치밀어 올랐다.

"됐어요. 하지만 당신들 몫이 아니에요. 외투 사러 나가서는 입고 간 외투마저 벗어주고 그것도 모자라 어디서 이런 부랑자까지 데리고 왔어요? 우리 집엔 당신들 같은 술주정뱅이들에게 줄 음식 같은 건 없어요."

"그만해, 마트료나. 그렇게까지 말할 건 없잖아. 그것보다 우선 이 사람이 어떤 사람인가부터 물어봐야 되는 거 아냐?"

세몬은 주머니를 뒤져 지폐를 꺼내 부인에게 내밀었다.

"돈이라면 여기 있어. 그런데 도리포노프한테서는 못 받았어. 내일 준다고 하더군."

마트료나는 기가 막혔다. 사 온다던 양가죽은 사 오지 않고 하나 밖에 없는 외투마저 낯선 사람에게 벗어주고, 그것도 모자라 그 남자를 집으로까지 끌고 오다니! 그녀는 테이블 위에 있는 지폐를 집어 들고는 이렇게 말했다.

"우리 집엔 저녁밥 같은 건 없어요. 누가 벌거숭이 술주정뱅이에게 밥을 주겠어요?"

"에이, 마트료나, 말조심해. 우선 우리 사정 얘기부터 들어봐야 되잖아."

"당신 같은 술주정뱅이한테서 무슨 말을 듣겠어요? 처음부터 당신 같은 사람한테 시집오는 게 아니었는데. 어머니가 주신 옷감들도 모두 술값으로 써버리고, 이번엔 옷감 사러 간다고 하고선 그것마저도 홀딱 써버리다니."

세몬은 아내에게 술을 마신 건 20코페이카뿐이라는 것과 이 젊은이를 데리고 온 경위 등을 설명하려 했으나 그녀는 들으려 하지 않았다. 어디서 그렇게 쏟아져 나오는지 쉴 새 없이 떠들어대더니 십 년도 더 된 이야기까지 끄집어내서는 세몬에게 달려들어 그의 옷소매를 잡고 흔들어댔다.

"내 옷 돌려줘요. 딱 하나밖에 없는 옷인데 그것마저 빼앗아 입더니 염치도 좋지. 어서 내놔요. 이 바보 같은 사람, 이럴 바에야 차라리 죽어버리는 게 낫지!"

세몬은 옷을 벗기 시작했다. 그러자 그녀가 소매를 세게 당기는 바람에 옷소매가 뜯어졌다. 그녀는 그걸 빼앗아 입고는 문 쪽으로 갔다. 그러고는 나가려다 말고 문득 걸음을 멈춰 섰다. 화는 났지만 그래도 저 낯선 남자가 어떤 사람인지 밝혀내고 싶어진 것이다.

4

마트료나는 선 채로 말했다.

"만약 온전한 사람이라면 저렇게 맨발로 돌아다닐 리가 없잖아요. 저 사람은 속옷도 입지 않았어요. 게다가 당신도 좋은 일을 했다면 어디서 이런 남자를 데려왔는지 왜 똑바로 말을 못 하는 거예요?"

"그러니까 내가 아까부터 말하려 했잖아. 내가 집으로 걸어오고 있는데 교회 옆에 앉아서 벌거벗은 채로 완전히 얼어 있더라고. 여름도 아닌데 다 벗은 채로 말이야. 하느님께서 도우신 거지. 그렇지 않았음 이 사람은 벌써 얼어 죽었을 거야. 살다 보면 별일이 다 있어. 그러니 마음을 좀 진정시키고 이 사람 처지를 생각해봐. 사람들은 모두 언젠가는 죽는단 말이야."

마트료나는 욕이라도 퍼부으려 했지만 낯선 젊은이를 보고는 그만두었다. 젊은이는 의자 끝에 앉아 움직이지도 않고 가만히 있었다. 양손을 무릎 위에 올려놓고 고개는 가슴께까지 늘어뜨리고는 눈을 감은 채 얼굴을 찡그리고 있었다. 마치 숨도 멈추고 있는 것 같았다. 마트료나가 잠잠했기에 세몬은 다시 말을 이었다.

"마트료나, 당신 마음속에는 하느님이 안 계시는 거야?"

마트료나는 그 말을 듣고 다시 한 번 젊은이를 바라보았다. 그러자 그녀의 분노는 차츰 가라앉았다. 그녀는 문 쪽에서 몸을 돌려 난롯가로 가서 저녁을 준비하기 시작했다. 테이블 위에 놓인 그릇에 쿠어스*를 붓고 남아 있던 빵 조각을 내놓았다.

"자, 다 됐어요. 식사들 하세요."

세몬은 젊은이를 식탁 앞으로 데려왔다.

"좀 더 옆으로 당겨 앉게, 젊은이."

세몬은 빵을 잘라서 잘게 뜯은 후 먹기 시작했다. 마트료나는 테이블 끝에 앉아서 한 손으로 턱을 받치고는 낯선 젊은이를 쳐다보았다. 마트료나는 그 젊은이가 불쌍하다는 생각과 함께 그를 돌봐

---

* 맥주와 유사한 음료.

쥐야겠다는 생각이 들었다. 그러자 갑자기 젊은이는 표정이 밝아지며 찡그렸던 얼굴을 펴더니 그녀를 쳐다보고는 싱긋 웃었다. 두 사람이 식사를 끝내자 그녀는 그릇을 치우며 젊은이에게 물었다.

"당신은 어디에서 왔어요?"

"저는 이곳 사람이 아닙니다."

"어째서 이런 곳까지 왔나요?"

"그것은 말씀드릴 수 없습니다."

"당신이 입고 있던 옷은 누가 빼앗은 거죠?"

"아닙니다. 하느님께 벌을 받고 있는 겁니다."

"그래서 벌거벗은 채로 쓰러져 있었던 거예요?"

"예, 벌거벗은 채로 쓰러져 죽어가고 있던 걸 세몬이 발견하고 가엾게 여겨 자신이 입고 있던 옷을 벗어서 제게 입혀주고는 여기까지 데리고 온 겁니다. 그리고 여기에 오니 당신이 또 먹을 것을 주시고 불쌍히 여겨주셨습니다. 하느님은 꼭 당신들을 도와주실 겁니다!"

마트료나는 자리에서 일어나 조금 전 바느질을 하고 있던 세몬의 낡은 내의를 집어 낯선 젊은이에게 주고는 바지도 찾아서 건네주었다.

"자요, 보아하니 내의도 안 입고 있는 것 같군요. 이걸 입고 아무데나 내키는 곳에 가서 주무세요. 침대 위든, 난로 옆이든."

마트료나는 외투 자락으로 몸을 감고 누웠지만 낯선 청년의 일이 머릿속에서 떠나지 않아 쉽게 잠을 청할 수 없었다. 그가 한 덩이밖에 없던 빵을 먹어버렸기 때문에 당장 내일 먹을 빵이 없다는 것과 내의와 바지까지 줘버린 일들을 떠올리고는 이내 울적해졌다. 하지만 그가 싱긋 웃던 표정을 생각하니 마음이 한결 가벼워졌다. 마트료나는 오래도록 잠을 이루지 못했다. 세몬도 쉬이 잠들지 못하는지 외투 자락을 자기 쪽으로 끌어당기곤 했다.

"세몬! 당신들이 조금 전에 남은 빵을 다 먹어버려서 내일 먹을

것이 없어요. 어떻게 해야 할지 모르겠어요. 말라냐 아주머니네서
라도 좀 빌려 올까요?"

"그래도 되고……. 설마 산 입에 거미줄이야 치겠어?"

마트료나는 가만히 누운 채 아무 말이 없었다.

"그런데 저 사람 나쁜 사람 같지는 않은데 왜 자신의 신분을 밝
히지 않을까요?"

"글쎄, 어떤 말 못 할 사정이 있겠지."

"세묜!"

"응……."

"우리 같은 사람도 남에게 뭔가를 베푸는데 왜 우리에게 베푸는
사람은 없는 걸까요?"

세묜은 뭐라 말해야 좋을지 몰랐다.

"아무렴 어때."

그렇게 말하고는 돌아누워 잠들어 버렸다.

5

아침이 되어 세묜은 눈을 떴다. 아이들은 아직 자고 있었고 마트
료나는 옆집으로 빵을 빌리러 갔다. 어젯밤에 데리고 온 젊은이만
그저 혼자 낡은 내의와 바지를 입은 채 의자에 앉아서 천장만 쳐다
보고 있었다. 그의 모습은 어제보다 한결 밝아 보였다.

"어이, 젊은이! 배는 먹을 것을 원하고 벌거벗은 몸은 입을 것을
원하네. 사람은 일해서 먹고살아야 해. 자네는 무슨 일을 할 줄 아
나?"

"저는 아무것도 할 줄 모릅니다."

세묜은 놀라서 이렇게 말했다.

"사람은 마음먹기에 달렸지. 어떤 일이라도 노력하면 할 수 있네."

"예, 모두들 일을 하니 저도 하겠습니다."

"자네 이름은 뭔가?"

"미하일입니다."

"미하일, 자네는 자신에 대한 이야기를 꺼리는 모양인데 그건 자네 사정이니 아무래도 좋지만 먹고살려면 벌지 않으면 안 되네. 내가 시키는 대로 일해준다면 우리 집에 머물러도 좋네."

"감사합니다. 열심히 배우겠습니다. 무슨 일이든 가르쳐주세요."

세몬은 실을 손가락에 감아서 꼬기 시작했다.

"어렵지 않으니 잘 봐두게……."

미하일은 잠시 들여다보더니 이윽고 금방 따라서 했다. 이번에는 그에게 실을 찌는 법을 가르쳤다. 미하일은 그 역시 금방 익혔다. 그다음엔 실 속에 단단한 것을 끼워 넣는 법과 가죽 깁는 법을 가르쳤다. 미하일은 이것 역시 금방 배웠다. 세몬이 어떤 일을 가르쳐도 그는 금방 배웠고 사흘째부터는 줄곧 구두 일을 해온 것처럼 능숙하게 일하기 시작했다. 그는 몸을 사리지 않고 일했으며 그다지 많이 먹지도 않았다. 한가할 때에도 농담을 하거나 웃는 법이 없었고 좀처럼 외출하지도 않았다. 그러니까 그가 웃는 모습을 본 것은 처음 온 날 마트료나가 그에게 저녁을 대접했을 때뿐이었다.

6

하루하루가 지나고 일주일이 지나 어느새 일 년이란 세월이 흘렀다. 미하일은 변함없이 세몬의 집에 살면서 일을 했다. 그리고 미하일의 솜씨에 대한 소문이 자자해서 미하일만큼 튼튼하고 모양 좋은 구두를 만들 사람은 아무도 없다는 얘기가 퍼졌다. 덕분에 여기저기서 주문이 밀려와 세몬의 수입도 늘었다.

어느 겨울날 세몬이 미하일과 함께 일하고 있는데, 삼두마차가 방울 소리를 내며 집 앞으로 달려왔다. 두 사람이 창문으로 내다보니 마차는 집 앞에서 멈추었고 젊은 남자가 마부석에서 뛰어내리더니 마차 문을 열었다. 그러자 마차 안에서 모피 외투를 걸친 점잖은 신사가 나왔다. 신사는 세몬의 집 계단으로 올라왔다. 곧 마트료나가 뛰어나가 문을 열어주었다. 신사는 허리를 구부려 집으로 들어와서는 다시 허리를 폈는데, 머리가 천장에 닿을 정도로 키가 컸고 몸집도 방을 채울 정도로 건장했다.

일어나서 인사를 마친 세몬은 그 신사의 거대한 몸집을 보고는 입을 다물지 못했다. 지금껏 그렇게 큰 사람을 본 적이 없었기 때문이다. 세몬은 호리호리한 체격이었고 미하일도 마른 편이었으며 마트료나로 말할 것 같으면 마치 마른 나뭇가지와 다를 바 없었기에, 그 사람은 다른 나라에서 온 사람 같았다. 신사의 얼굴은 불그스름하고 윤이 났으며 목은 황소처럼 굵고 몸 전체가 마치 무쇠로 만든 것 같았다. 신사는 크게 한 번 숨을 내쉬더니 외투를 벗고 의자에 앉았다.

"누가 주인인가?"

세몬이 앞으로 다가갔다.

"네, 제가 주인입니다, 나리."

신사는 자기 하인에게 큰 소리로 말했다.

"이봐, 페치카, 물건을 이리 가져와!"

그러자 하인이 달려가 무슨 꾸러미 하나를 가지고 왔다. 신사가 그것을 받아서 테이블 위에 놓고는 "풀어!"라고 말하자 하인이 꾸러미를 풀었다. 그것은 가죽이었다.

신사는 그 가죽을 가리키며 세몬에게 말했다.

"이봐, 이게 무슨 가죽인지 알겠나?"

"네, 나리! 알다마다요."

"이봐! 정말 이게 무슨 가죽인지 안단 말이야?"

세몬이 가죽을 만져보며 말했다.

"네, 아주 좋은 가죽입니다요."

"아주 좋은 가죽입니다요? 이런 얼간이! 자네 같은 사람이 이런 고급 가죽을 어디 구경이나 했을라고. 이건 독일제로 자그마치 20루블이나 주고 산 거야."

세몬은 겁먹은 표정으로 대답했다.

"감히 저 같은 놈이 어찌 구경이나 했겠습니까."

"그야 그렇겠지. 그러면 이 가죽으로 내 발에 꼭 맞는 장화를 만들 수 있겠나?"

"네, 나리! 만들 수 있습니다요."

신사는 큰 소리로 호통치듯 말했다.

"홍, 만들 수 있다고! 네 이놈, 이것으로 누구의 장화를 만드는 건지, 어떤 가죽으로 만드는 건지 잘 염두에 두어야 해. 내게는 일 년 정도 신어도 모양이 변하지 않고 이음새도 터지지 않는 장화가 필요해. 그러니 자신 있으면 맡아서 가죽을 재단해. 허나 못 할 것 같으면 일찌감치 포기하고 가죽에는 손대지 마. 미리 말해두지만 장화가 일 년도 되지 않아서 이음새가 터지거나 모양이 변하면 너를 감옥에 처넣겠다. 대신 일 년이 지나도 터지지 않고 모양도 변치 않는다면 너에게 수공비로 10루블을 주지."

세몬은 겁이 나서 뭐라 말도 못 하고 슬쩍 미하일을 봤다. 그러고는 팔꿈치로 그를 치며 작은 소리로 물었다.

"이봐! 미하일, 어떻게 하지?"

미하일은 일을 맡으라는 신호로 고개를 끄덕였다. 세몬은 미하일의 뜻에 따라 일 년을 신어도 모양이 변하지 않고 이음새도 터지지 않는 장화를 만들기로 했다. 신사는 하인을 불러 왼쪽 발의 신발을 벗기게 하고는 다리를 내밀었다.

"자, 치수를 재게!"

세몬은 50센티미터 정도 길이의 종이를 잘 편 다음 무릎을 꿇고 신사의 양말이 더러워지지 않도록 앞치마에 손을 잘 닦은 뒤 치수를 재기 시작했다. 세몬은 먼저 발바닥을 재고 발등을 잰 다음 종아리를 재려고 했으나 그 종이 자로는 잴 수가 없었다. 신사의 종아리가 마치 통나무처럼 굵었기 때문이다.

"조심해! 종아리가 꽉 끼지 않게 하란 말이야."

세몬은 다른 종이를 이어 붙였다. 신사는 의젓하게 앉은 채 양말 속의 발가락을 꼼지락거리며 주위를 둘러보았다. 그러는 동안 미하일이 눈에 들어왔다.

"저 남자는 누군가?"

"저희 집 직공인데 솜씨가 아주 좋습니다. 나리의 장화도 저 사람이 만들 것입니다요."

"그럼 너도 똑똑히 알아둬! 일 년 동안은 끄떡없는 장화를 만들어야 해!"

세몬도 미하일을 돌아보니 미하일은 신사는 쳐다보지도 않고 뒤쪽 구석을 뚫어지게 응시하고 있었다. 마치 그곳에 누군가 있어 유심히 살피는 것 같은 표정이었다. 미하일은 그런 모습으로 한참 동안 있더니 갑자기 싱긋하고 미소를 지은 후 환하게 웃었다.

"이런 바보 같은 놈, 뭘 보고 웃는 거야? 정신 차려서 기한 내에 틀림없이 만들도록 하라고."

그러자 미하일이 말했다.

"네, 기한 내에 틀림없이 맞추겠습니다."

"분명히 명심해!"

신사는 구두를 신고 모피 외투를 걸친 다음 문 쪽으로 향했다. 그런데 몸을 구부려야 되는 걸 깜빡 잊고는 심하다 할 정도로 세게 이마를 부딪혔다. 신사는 한바탕 욕설을 퍼붓더니 이마를 문지르며 마차를 타고 가버렸다.

신사가 탄 마차가 사라지자 세몬이 말했다.

"정말 대단한 분이야! 큰 망치로 맞아도 끄떡없을 것 같아. 좀 전에 그렇게 세게 부딪혔는데도 아무렇지도 않은가 봐."

그러자 마트료나도 말했다.

"저렇게 호강하며 사는데 마르고 싶어도 마를 수 있겠어요? 저런 크고 튼튼한 사람은 저승사자도 벌벌 떨 거예요."

7

세몬이 미하일에게 말했다.

"그런데 일을 맡긴 했지만 잘못했다간 감옥행이니 걱정이야. 가죽은 비싸고 나리의 성질은 불같고. 어떻게든 실수 없이 해야 될 텐데. 이봐, 미하일! 자네가 눈도 밝고 나보다 솜씨도 좋으니 여기 이 치수대로 재단을 하게나. 나는 겉가죽을 꿰맬 테니."

미하일은 세몬이 시키는 대로 신사가 가져온 가죽을 펼쳐놓고 가위를 들어 재단을 하기 시작했다. 미하일 옆에서 재단하는 모습을 지켜보고 있던 마트료나는 그의 행동을 보고는 깜짝 놀랐다. 그동안 장화 만드는 일을 많이 보아왔기 때문에 어느 정도 눈에 익었는데 미하일은 신사가 주문한 모양과는 다르게 재단을 하고 있는 것이었다. 마트료나는 한마디 하려다가 속으로 생각했다.

'내가 나리의 장화를 어떻게 만드는지 잘못 알아들었는지도 몰라. 그래도 미하일이 나보다는 잘 알고 있을 테니까 참견하지 않는 게 좋겠어.'

미하일은 재단을 끝내고는 실을 꿰매기 시작했다. 그런데 장화를 만들 때 쓰는 두 겹실이 아니라 슬리퍼를 꿰맬 때 사용하는 한 겹실을 사용하는 것이었다. 마트료나는 더욱 놀랐지만 역시 말하지는 않았다. 미하일은 열심히 가죽을 꿰맸다. 그러는 동안 점심때가 되어서 세몬이 자리에서 일어나 보니 미하일 곁에는 벌써 그 신사의 가죽으로 한 켤레의 슬리퍼가 만들어져 있었다. 세몬은 너무 놀라 한숨을 내쉬었다.

'아니, 이게 뭐야? 미하일은 일 년 동안 실수를 한 적이 한 번도 없었는데 하필이면 지금 이런 실수를 저지르다니. 나리는 굽이 있는 가죽 장화를 주문했는데 굽 없는 슬리퍼를 만들어서 가죽을 쓸 모없게 만들었으니 이제 나리에겐 뭐라 말해야 좋은가? 이런 가죽은 구할 수도 없는데.'

세몬은 미하일에게 물었다.

"이보게, 미하일. 대체 어찌 된 일인가? 내 목을 자르려고 그래! 나리는 장화를 주문했는데 자네는 대체 무엇을 만든 건가?"

세몬이 기가 막혀 미하일에게 야단을 치고 있는데 계단에서 소리가 나더니 누군가 문을 두드렸다. 두 사람이 창문으로 내다보니 누가 말을 타고 와서 말고삐를 매고 있었다. 문을 열고 들어오는 사람은 바로 조금 전에 왔던 신사의 하인이었다.

"안녕하세요?"

"네, 무슨 일로 오셨습니까?"

"아까 주문한 장화 일로 마님의 심부름을 왔습니다."

"장화 일이라니요?"

"나리는 이제 장화가 필요 없게 되었습니다. 갑자기 돌아가셨거든요."

"아니, 뭐라고요?"

"집으로 돌아가시던 도중에 마차 안에서 숨을 거두셨어요. 마차가 댁에 도착해서 내려드리려고 보았더니 나리께서 가마니처럼 쓰러져 이미 굳어 계시더군요. 그래서 간신히 마차에서 끌어 내렸지요. 마님께서는 저한테 이렇게 말씀하셨어요. '구둣방 주인에게 가서 전해라. 아까 나리께서 주문하신 장화는 필요 없게 되었으니 대신 죽은 사람이 신는 슬리퍼를 빨리 만들어달라고 말이야.' 그리고 만드는 동안 기다렸다가 가지고 오라셨습니다."

미하일은 재단하고 남은 가죽을 집어 들어 챙겨놓고는 완성된 슬리퍼를 툭툭 털어서 앞치마로 닦은 다음 하인에게 건네주었다. 하인은 슬리퍼를 받아 들고 돌아갔다.

"안녕히 계세요."

8

미하일이 세몬의 집으로 온 지 벌써 육 년째가 되었다. 그는 예전처럼 어디에도 가지 않고 쓸데없는 말도 하지 않았다. 그동안 딱 두 번 웃은 게 전부였다. 한 번은 이 집에 처음 온 날 마트료나가 그를 위해 저녁을 준비해줬을 때였고 또 한 번은 죽은 신사가 방문했을 때였다. 세몬은 미하일이 너무나 기특했다. 그는 미하일에게 어디서 왔는지 더 이상 묻지 않았다. 단지 미하일이 어느 날 홀쩍 떠나버리지는 않을까 걱정이 되었다.

어느 날 온 식구가 집에 모여 있을 때 마트료나는 난로에 냄비를 올려놓고 있었다. 아이들은 의자를 넘나들며 창밖을 내다보고 있었다. 세몬은 창가에서 열심히 구두를 꿰매고 있었고 미하일은 다른 창가에서 굽을 달고 있었다. 그때 아이들이 의자를 넘어 미하일 곁으로 와서는 그의 어깨를 흔들고 창밖을 가리키며 말했다.

"미하일 아저씨, 저것 좀 봐요. 어떤 아줌마가 여자애들을 데리고 우리 집으로 오고 있어요. 한 아이는 절름발이예요."

미하일은 하던 일을 멈추고 창문 쪽으로 고개를 돌려 밖을 내다
보았다. 세몬은 놀랐다. 여태껏 바깥일에 관심이 없던 미하일이 지
금은 창문에 얼굴을 바싹 갖다 붙이고 정신없이 뭔가를 보고 있었
기 때문이다. 그래서 세몬도 밖을 내다보니 실제로 어떤 부인이 자
기 집으로 오고 있었다. 그 부인은, 모피 외투를 입고 털목도리를
두른 두 여자아이의 손을 잡고 있었다. 여자아이들은 누가 누구인
지 구별이 안 될 정도로 닮아 있었다. 단지 한 아이는 왼쪽 다리를
절룩거렸다.
　부인은 계단을 올라와 문을 열었다. 그러고는 두 여자아이를 앞
세워 안으로 들어왔다.
　"안녕하세요, 여러분."
　"어서 오세요, 어떻게 오셨나요?"
　부인은 테이블 앞에 앉았다. 두 여자아이는 사람들을 낯설어 하
며 그녀의 무릎에 매달렸다.
　"봄에 이 아이들이 신을 구두를 맞추려고요."
　"그러세요. 이렇게 작은 구두는 아직 만들어본 적이 없지만 뭐든
만들 수는 있습니다. 여기 있는 미하일의 솜씨가 보통이 아니거든
요."
　세몬이 미하일을 돌아보니 그는 하던 일을 멈추고 여자아이들을
바라보고 있었다. 세몬은 미하일의 그런 태도에 깜짝 놀랐다. 사실
두 여자아이들은 얼굴이 예뻤다. 까만 눈동자에 포동포동하고 불그
레한 볼, 입고 있는 모피 외투와 목도리도 고급이었다. 세몬은 미하
일이 무슨 이유로 아이들을 그렇게 쳐다보는지 알 수 없었다. 마치
오랫동안 알던 사이인 것처럼 말이다.
　세몬은 이상하게 생각하면서 부인과 흥정을 했다. 곧 값을 정하
고 아이들의 치수를 재려 할 때, 부인이 다리가 불편한 아이를 무릎
에 안아 올리며 말했다.

"미안하지만 이 아이의 발로 두 사람분의 치수를 재주세요. 불편한 발을 먼저 재서 한 짝을 만들고 성한 발에 맞춰선 세 짝을 만들어주세요. 둘의 발 크기가 똑같거든요. 쌍둥이라서요."

세묜은 치수를 재고, 다리가 불편한 아이를 보며 말했다.

"어쩌다가 이렇게 되었어요? 이렇게 예쁜데……. 태어날 때부터 이랬나요?"

"아뇨, 애들 엄마의 실수로 그만."

그때 마트료나가 끼어들었다. 그녀는 부인과 아이들에 대해 알고 싶었던 것이다.

"그럼 부인은 이 아이들의 엄마가 아니신가요?"

"예, 전 생모는 아니에요. 제가 낳은 애들은 아니지만 제가 맡아서 키우고 있어요."

"친엄마가 아닌데도 정말 귀여워하시네요."

"어떻게 예쁘지 않을 수가 있겠어요. 전 이 둘을 제 젖을 먹여서 키웠답니다. 제게도 친자식이 하나 있었는데 하느님이 데리고 가셨어요. 그렇지만 그 아이도 이 아이들만큼 예뻐하지는 않았어요."

"그렇다면 이 아이들은 뉘 집 아이들인가요?"

9

부인은 이야기를 풀어놓기 시작했다.

"육 년 전의 일이에요. 이 아이들은 태어난 지 일주일 만에 고아가 되어버렸어요. 아버지는 아이들이 태어나기 사흘 전에 세상을 떠났고 어머니는 아이들을 낳은 후 바로 죽었거든요. 그때 저는 남편과 함께 농사를 지으며 살고 있었는데 이 아이들의 부모와는 서로 가족처럼 지내던 사이였답니다. 아이들 아버지는 숲 속에서 일을 하다가 나무에 깔렸어요. 겨우 집에 옮겼을 때는 이미 하느님 곁으로 간 뒤였죠. 그러고 나서 며칠 후에 쌍둥이가 태어났어요. 그렇지만 아이들 엄마는 가난한 데다 돌봐주는 사람도 없이 혼자서 아이들을 낳고는 외롭게 죽어간 거예요. 다음 날 아침 제가 들러보았더니 가엾게도 그 사람은 벌써 숨을 거두고 말았더군요. 그런데 숨을 거두면서 한 아이 위로 쓰러졌는지 보시다시피 이 아이의 한쪽 다리가 눌렸어요. 마을 사람들이 모여서 시체를 씻기고 관을 만들어 장례를 치러주었습니다. 다들 좋은 사람들이었죠. 그런데 남은 두 아이들이 문제였어요. 아이들을 누가 키울 건지가 걱정이었죠. 그곳에 모인 여자들 중에 젖먹이가 있는 사람은 저뿐이었어요. 저는 태어난 지 팔 주밖에 안 된 사내아이가 있었지요. 마을 사람들은 여러 가지로 생각한 끝에 저에게 부탁을 하더군요. '마리아, 당분간만 이 아이들을 맡아줄 수 없어? 그다음은 우리가 어떻게든 해보도록 할게.' 그래서 우선 당분간만 제가 쌍둥이들을 보살피기로 했어요. 저는 처음엔 성한 아이에게만 젖을 물리고 다리가 불편한 아이에게는 젖을 물리지 않으려고 했어요. 이 아이는 도저히 살아날 가망이 없다고 생각했거든요. 그런데 이 천사 같은 영혼을 이대로 시들게 해선 안 된다는 생각이 들면서 이 아이가 불쌍해졌어요. 그래서 이 아이에게도 젖을 주기 시작했죠. 그러니까 제 아이와 쌍둥이까지 세 아이를 제 젖을 먹여 키운 거예요. 다행히도 제가 젊고 건강한 데다 잘 먹었기 때문에 가능한 일이었죠. 전 언제나 둘을 한꺼번에 젖을 물리고 한 아이는 기다리게 했어요. 누구든 먼저 다 먹고 나면 기다리던 아이에게 젖을 먹였죠. 그렇게 하느님의 은혜로 이 두 아이들을 이만큼 키웠는데 제 아이는 두 살이 되던 해 그만 하느님이 거두시고 말았답니다. 그리고 그 후론 자식을 주지 않으셨지요. 그 뒤로 형편은 차츰 나아졌고 남편은 남의 일을 맡아서 하고 있어요. 수입도 좋고 사는 것도 편해졌지만 아이가 없잖아요. 만일 이 두 아이들이 없다면 저 혼자 무슨 재미로 살아가겠어요. 그러니 제가 어떻게 이 두 아이들을 사랑하지 않을 수 있겠어요? 제게 있어 이 아이들은 촛불과 같은 존재인걸요."

여인은 한 손으로 다리가 불편한 아이를 꼭 껴안고 한 손으로는 흐르는 눈물을 닦았다.

마트료나도 한숨을 내쉬며 말했다.

"아이는 부모 없이는 자랄 수 있어도 하느님 없이는 살 수 없다더니, 정말 그런 것 같군요."

주인과 잠시 이야기를 주고받은 뒤, 여인은 자리에서 일어났다. 세몬과 마트료나는 여인을 배웅하며 미하일 쪽을 돌아보았다. 그는 무릎 위에 손을 얹고 앉아서 천장을 쳐다보며 빙그레 웃고 있었다.

10

세몬은 미하일의 곁으로 갔다. 미하일은 의자에서 일어나 작업대를 정리하고는 앞치마를 풀고 주인 내외에게 공손히 인사를 한 뒤 말했다.

"어르신과 부인, 이제 전 떠나야겠습니다. 하느님께서 저를 용서해주셨습니다. 당신들도 부디 절 용서하십시오!"

그러자 미하일의 몸에서 갑자기 후광이 비쳤다. 세몬도 일어나 미하일에게 머리를 숙이며 말했다.

"미하일, 나도 자네가 평범한 사람이 아니라는 것과 자네를 붙잡아서는 안 된다는 것, 그리고 자네에게 물어서는 안 될 말이 있다는 걸 잘 안다네. 하지만 한 가지만 얘기해주게나. 어째서 자네는, 내가 자네를 발견하고 우리 집으로 데리고 왔을 때는 그렇게 어두운 표정을 하고 있더니, 아내가 저녁을 준비해주자 그걸 보고 싱긋 웃고 그 이후로는 밝은 얼굴을 보이지 않았나? 또 그 후, 나리가 장화를 주문했을 때 두 번째로 밝게 웃더니 방금 저 부인이 여자아이들을 데리고 왔을 때 세 번째로 웃었네. 미하일, 왜 자네는 세 번밖에 웃지 않았는지, 어째서 자네의 몸에서 밝은 빛이 나는지 그 이유를 들려주겠나?"

그러자 미하일이 말했다.

"제 몸에서 밝은 빛이 나는 것은 제가 지은 죄를 지금 하느님께서 용서해주셨기 때문입니다. 또 제가 세 번 웃은 것은 제가 하느님의 세 마디 말씀을 깨달았기 때문입니다. 하나는 부인께서 제게 친절히 대해주셨을 때 깨달았습니다. 그래서 웃은 겁니다. 두 번째 말씀은 부자 나리께서 장화를 주문하러 왔을 때 알았습니다. 그래서 두 번째로 웃었습니다. 그리고 조금 전 저 두 아이들을 봤을 때 마지막 세 번째 말씀을 깨달았습니다. 그래서 세 번째로 웃었던 겁니다."

이 말을 들은 세몬이 말했다.

"그렇다면 미하일, 자네는 무슨 일로 하느님께 벌을 받은 건가? 또 그 말씀이라는 것은 무엇인지 가르쳐주지 않겠나?"

미하일은 말했다.

"하느님께서 제게 벌을 주신 것은 제가 하느님의 분부를 거역했기 때문입니다. 저는 천사였습니다. 하느님은 제게 한 여인의 영혼을 거두어 오라는 분부를 내리셨습니다. 그래서 인간 세상으로 내려와 보니 그 여인이 아파서 누워 있었습니다. 그리고 그때 막 여자 쌍둥이를 낳은 터였습니다. 두 아기들은 엄마 곁에서 꼼지락거리고 있는데 엄마에겐 이미 아이들에게 젖을 물릴 힘조차 남아 있지 않았습니다. 저를 본 그 여인은 하느님이 자신의 영혼을 불러들이기 위해 절 보낸 것을 알고 흐느끼며 이렇게 말했습니다. '천사님! 제 남편은 죽어 장례를 치른 지 얼마 되지도 않았어요. 제겐 형제자매도 친척 어른도 계시질 않아요. 그러니 제발 절 데려가지 마시고 이 아이들을 키울 수 있게 해주세요. 아이들이 혼자서 일어설 수 있을 때까지만 보살필 수 있게 해주세요. 아이들은 부모 없이는 살 수 없어요.' 그래서 저는 여인의 말을 듣고 한 아기에게는 젖을 물려주고 다른 아이는 엄마 품에 안겨주고는 하늘나라로 돌아왔습니다. 그리고 하느님 곁으로 가 이렇게 말씀드렸죠. '전 방금 아이들을 낳은 여인의 영혼을 거둘 순 없습니다. 아버지는 나무에 깔려 죽고 엄마는 아이들을 이제 막 낳은 참이라, 그 여인은 제발 자기 영혼을 거두지 말아달라고 애원했습니다. 부디 아이들이 자라서 혼자 설 수 있을 때까지 엄마가 보살피게 해주소서. 부모가 없으면 아이들은 살 수 없습니다. 그래서 저는 그 어머니의 영혼을 거둬 오지 못했습니다.' 그러자 하느님께서 말씀하시길 '가거라. 가서 그 어머니의 영혼을 거두거라. 그러면 다음 세 가지 말의 뜻을 알 수 있을 게다. 인간의 마음속에 무엇이 있는가? 인간에게 허락되지 않은 것이 무엇인가? 사람은 무엇으로 사는가? 이 세 가지 말의 뜻을 깨달은 다음 하늘로 돌아오너라.' 그래서 전 다시 지상으로 내려와 그 여인의 영혼을 거두고 말았습니다. 아이는 엄마의 품에서 미끄러져 떨어져 있었습니다. 그런데 엄마의 시신이 침대 위로 쓰러지면서 한 아이의 한쪽 다리를 덮치고 말았습니다. 저는 마을을 떠나 그 여인의 영혼을 하느님께 바치러 올라가려 했습니다. 그런데 갑자기 거센 바람이 일더니 그만 제 날개를 부러뜨렸습니다. 그렇게 여인의 영혼만 하늘로 올라가고 저는 지상으로 떨어져 쓰러져 있었던 것입니다."

11

세몬과 마트료나는 자신들과 함께 살아온 상대가 누구인지 알게 되자 두려움과 기쁨으로 눈물을 흘렸다.

천사는 다시 말을 이었다.

"저는 혼자 벌거숭이가 된 채 버려졌습니다. 그때까지 전 인간의
괴로움도 모르고 추위와 배고픔도 몰랐습니다. 그러다가 갑자기 인
간이 되어버린 것입니다. 배는 고파오고 몸은 얼어가는데 어떻게
해야 좋을지 몰랐습니다. 그때 문득 들판 가운데 하느님을 섬기는
교회가 세워져 있는 것을 보고는 그곳으로 가 몸을 피하려고 했지
요. 그런데 교회는 열쇠가 채워져 있어 들어갈 수 없었고 바람이라
도 피해보려고 교회 뒤쪽에 앉아 있었습니다. 날은 저물어갔고 허
기는 더욱 심해지고 몸은 얼어 완전히 지쳐 있었습니다. 그때 문득
사람의 발소리가 들려 바라보니, 한 남자가 손에 장화를 들고 뭔가
혼잣말을 하며 걸어오고 있었습니다. 그 순간 저는 처음으로 언젠
가는 죽어야 할 인간의 얼굴을 보았기에 무서워 얼굴을 돌리고 말
았습니다. 그런데 듣고 있자니 그 남자는 이 추운 겨울을 어떻게 날
건지 어떻게 처자식을 먹여 살릴 것인지 등을 놓고 혼자 중얼거리
고 있었습니다. 그래서 전 생각했죠. '나는 허기와 추위로 죽을 것
만 같은데 이쪽으로 걸어오고 있는 사람은 자신과 아내가 입을 모
피 외투와 가족들이 먹을 빵을 걱정하는 처지니 나를 도와줄 수 없
겠구나.' 그 사람은 저를 보고는 이마를 찡그리며 점점 무서운 얼굴
로 변하더니 제 옆을 그대로 지나쳤습니다. 전 무척 실망했죠. 그런
데 다시 발소리가 나더니 그 사람이 되돌아오는 것이 아닙니까. 전
뒤돌아봤지만 조금 전의 그 사람이 아닌 것 같았습니다. 조금 전까
지만 해도 그 사람은 죽을상을 하고 있었는데 갑자기 얼굴에 생기
가 돌았습니다. 전 그 사람의 얼굴에서 하느님의 모습을 보았습니
다. 그 사람은 제 옆으로 와서 저에게 옷을 입혀주고 자기 집으로
데리고 가주었습니다. 그의 집에 가니 한 여인이 우리를 맞이하고
는 뭐라고 투덜거리기 시작했습니다. 그 여인은 조금 전의 그 남자
보다 더 무서운 형상을 하고 있었습니다. 그녀의 입에서는 독기가

뿜어져 나와 죽음의 입김 때문에 숨을 쉴 수가 없었죠. 그 여인은 저를 추운 밖으로 내쫓으려 했습니다. 만일 그대로 저를 내쫓았다면 그 여인은 금방 죽어버리고 말았을 겁니다. 그때 갑자기 그녀의 남편이 그녀에게 하느님을 상기시켜주었습니다. 그러자 그녀는 곧 태도가 바뀌었습니다. 그리고 저희에게 저녁을 차려주었고 저를 쳐다보는 그녀의 얼굴에는 이미 죽음의 그림자가 사라지고 생기가 흐르고 있었습니다. 전 그녀의 얼굴에서도 하느님의 모습을 보았습니다. 그때 저는 하느님의 첫 번째 말씀인 '인간의 마음속에 무엇이 있는지를 알게 될 것이다'를 떠올렸습니다. 그리고 인간의 마음속에 있는 것은 사랑이라는 것을 깨달았습니다. 저는 하느님이 저에게 약속하신 일을 이렇게 보여주시는구나 하는 생각에 기뻤습니다. 그래서 처음으로 웃었던 것입니다. 하지만 여전히 '인간에게 허락되지 않은 것은 무엇인가? 사람은 무엇으로 사는가?' 이 두 말씀을 알 수는 없었습니다. 제가 이 집에 온 지 일 년이 흘렀습니다. 그러던 어느 날 어떤 신사가 와서 일 년 동안 모양도 변하지 않고 이음새도 터지지 않는 장화를 만들어달라고 주문했습니다. 전 그 사람을 보면서 그 사람의 뒤에 제 친구인 죽음의 천사가 와 있는 걸 알아챘습니다. 저 말고는 누구도 그 천사를 보지 못했지만 저는 그를 알고 있었기에, 그날 해가 지기 전에 그 신사의 영혼이 거두어지리라는 것을 알 수 있었습니다. 그래서 전 생각했죠. 이 사람은 앞으로의 일 년을 준비하고 있지만 오늘 저녁까지만 살 수 있다는 것은 모른다. 그래서 하느님의 두 번째 말씀인 '인간에게 주어져 있지 않은 것이 무엇인지를 알게 될 것이다'라는 말씀을 떠올렸습니다. 인간의 마음속에 있는 것이 무엇인지는 벌써 알고 있었습니다. 그리고 인간에게 주어져 있지 않은 것이 무엇인지도 알게 되었습니다. 인간에게는 자신의 육체를 위해 없어서는 안 될 것이 무엇인지를 알 수 있는 지혜가 주어져 있지 않습니다. 그래서 전 두 번째로 웃음을 보인 것입니다. 친구였던 천사를 본 것과 하느님께서 두 번째 말씀을 계시하신 것이 기뻤기 때문입니다. 하지만 저는 전부를 깨닫지는 못했습니다. 아직 '사람은 무엇으로 사는가'를 알지 못했습니다. 정말이지 저는 계속해서 두 분께 신세를 지면서 하느님이 마지막 말씀의 의미를 계시해주실 때를 기다렸습니다. 그러다 육 년째에 쌍둥이인 두 여자아이가 한 부인과 함께 이곳에 왔습니다. 저는 그 아이들이 죽지 않고 살아 있다는 것을 알게 되었습니다. 그리고 생각했습니다. '그 어머니가 아이들을 위해 살려달라고 부탁했을 때, 나는 아이 엄마의 말을 믿고 부모 없이는 아이들이 살 수 없다고 생각했지만 다른 사람의 젖을 먹고도 이렇게 잘 자라지 않았는가.' 그리고 그 아이들을 키워준 부인이 아이들 때문에 감동의 눈물을 흘렸을 때 전 하느님의 모습을 발견했고 사람은 무엇으로 사는지를 깨달았습니다. 이렇게 해서 저는 하느님이 마지막 말씀을 제게 깨우쳐주시고 절 용서하셨다는 것을 알고 세 번째로 웃었던 것입니다."

12

그러는 동안 천사의 몸은 빛으로 둘러싸여 똑바로 쳐다볼 수 없게 되었다. 그는 점점 소리를 크게 내며 이야기했다. 그 소리는 그가 말하는 것이 아니라 마치 하늘에서 울려 나오는 것처럼 들렸다. 천사는 말했다.

"나는 모든 인간이 자신만을 생각하며 살아가는 것이 아니라, 사랑에 의해 살아간다는 것을 알게 되었다. 아이들을 낳고 죽어가던 그 어머니는 아이들이 살아가기 위해서 무엇이 필요한지 알 수 있는 힘을 지니고 있지 않았다. 또 그 신사는 자기 자신에게 무엇이 필요한지 알지 못했다. 사실 어떤 사람이라도 자신에게 필요한 것이 살아서 신을 장화인지 아니면 죽어서 신을 슬리퍼인지 그것을 알 수 있는 힘은 가지고 있지 않다. 내가 사람이 되었을 때 살아갈 수 있었던 것은, 내 스스로 자신의 일을 걱정했기 때문이 아니라 길을 가던 한 사람과 그의 아내의 마음에 사랑이 있어 그들이 나를 불쌍히 여겨 보살펴 주었기 때문이다. 또 두 고아가 잘 자랄 수 있었던 것도 한 여인의 진실한 사랑이 있어 그들을 불쌍히 여기고 사랑해주었기 때문이었다. 모든 인간은 그들이 자기 자신을 걱정하기 때문이 아니라 사람들의 마음에 사랑이 있기에 살아가는 것이다. 이전에도 나는 하느님이 사람들에게 생명을 내리시어 그들이 잘 살기를 바라신다는 것을 알고 있었지만 지금 또 다른 한 가지를 깨닫게 되었다. 하느님께서는 사람들이 떨어져 사는 것을 원하지 않으시기 때문에 각자 자기에게만 필요한 것이 무엇인지를 가르쳐주신 것이다. 나는 이제야 깨달았다. 사람이 오직 자기 자신의 일을 생각하는 마음만으로 살아갈 수 있다고 하는 것은 그저 인간들의 착각일 뿐이고 실제로는 인간은 사랑의 힘에 의해 살아가고 있다는 것을. 사랑의 마음으로 가득 차 있는 자는 하느님의 세계에 살고 있는 것이고 하느님은 그 사람 속에 계시는 것이다. 왜냐하면 하느님은 사랑이시기 때문이다."

그리고 천사는 하느님을 찬양하는 노래를 부르기 시작했다. 그러자 그 소리가 울려 퍼져서 온 집 안이 흔들리더니 천장이 갈라지고 한 줄기 불기둥이 하늘로 솟아올랐다. 세몬과 아내와 아이들은 일제히 땅에 엎드렸다. 순식간에 미하일의 등에 날개가 돋더니 그는 하늘로 올라가 버렸다.

이윽고 세몬이 정신을 차렸을 때는 집은 원상태 그대로였고 집 안에는 가족들 외에 다른 사람의 모습은 볼 수 없었다.

바보 이반

레프 톨스토이

1

옛날 어느 나라에 한 부유한 농부가 살고 있었다. 그 부유한 농부에게는 세 명의 아들, 즉 군인인 세몬과 배불뚝이 타라스와 바보 이반, 그리고 태어날 때부터 귀머거리이자 벙어리인 딸 말라냐가 있었다. 군인인 세몬은 왕에게 봉사하기 위해 전쟁터에 나갔고 배불뚝이 타라스는 장사를 하기 위해 마을의 상인에게 갔지만, 바보 이반은 여동생과 함께 남아서 몸이 가루가 될 정도로 일을 했다.

군인인 세몬은 높은 벼슬과 많은 땅을 얻고 귀족의 딸과 결혼했다. 그는 수입도 좋았고 땅도 많았지만 언제나 수지가 맞지 않았다. 왜냐하면 세몬이 아무리 많은 돈을 가져다주어도 사치가 심한 아내가 다 써버렸기 때문이다. 그래서 세몬이 도지세를 거두러 소작인들을 찾아가자 관리인은 그에게 이렇게 말했다.

"돈이 나올 구멍이 있어야지요. 우리에겐 가축도 없고 농기구도 없고 말도 소도 쟁기도 뭐 하나 있는 게 없어요. 우선 그런 것들이 갖춰져야 돈이 생기든지 하지요."

그래서 군인인 세몬은 아버지를 찾아가 말했다.

"아버지, 아버지는 재산이 많으시면서도 저에겐 아무것도 주지 않으셨습니다. 저에게 가지고 계신 재산의 3분의 1을 주십시오. 그러면 제 소유로 이전하겠습니다."

그러자 아버지가 말했다.

"네가 이 집을 위해서 한 일은 아무것도 없다. 그런데 어떻게 너에게 3분의 1씩이나 주겠느냐? 그렇게 하면 이반과 네 여동생이 좋아하지 않을 게다."

세몬은 말했다.

"이반은 바보잖아요. 게다가 말라냐도 귀머거리에다 벙어리예요. 그런 애들에게 뭐가 필요하겠어요?"

아버지는 말했다.

"그러면 어디 한번 이반이 뭐라고 하는지 들어보자."

그러자 이반은 이렇게 말했다.

"전 상관없어요. 형님에게 주세요."

군인인 세몬은 재산을 받아 자신의 명의로 이전한 다음 다시 왕을 섬기기 위해 돌아갔다.

배불뚝이 타라스도 그동안 많은 돈을 벌었지만 그 역시 불만이 많았다. 그래서 그도 아버지를 찾아와 이렇게 말했다.

"저에게도 제 몫을 나눠주십시오."

그러나 아버지는 타라스에게도 재산을 주고 싶은 마음이 없었다.

"네가 가족을 위해서 한 게 뭐가 있느냐? 지금 집에 있는 것은 전부 이반이 벌어들인 것이다. 나는 이반과 말라냐를 서운하게 하고 싶지 않다."

그러자 타라스가 말했다.

"저런 바보 같은 녀석에게 뭐가 필요하겠어요? 이반은 장가도 갈 수 없을 겁니다. 어떤 여자가 바보에게 시집을 오겠어요. 벙어리 말라냐도 마찬가지죠. 그 애에게 필요한 건 아무것도 없어요. 그렇지, 이반? 이반, 내게 곡식을 절반만 다오. 난 농기구 같은 건 됐고 가축 중에 회색 종마 한 마리는 나에게 주었으면 좋겠구나. 저 말은 농사짓는 데 필요하지도 않을 테니."

이반은 빙그레 웃었다.

"좋아요. 드릴게요."

그렇게 해서 타라스도 제 몫을 받았다. 타라스가 곡식을 시장으로 가지고 가고 회색 종마도 끌고 갔기 때문에 이반은 이전처럼 늙은 암말로만 농사를 지어 부모를 봉양했다.

2

대장 도깨비는 이들 형제가 재산 분배로 싸우지도 않고 사이좋게 헤어진 것이 화가 나 참을 수가 없었다. 그래서 그는 작은 도깨비 셋을 불렀다.

"자, 봐라. 저기 삼 형제가 있지. 군인인 세몬과 배불뚝이 타라스와 바보 이반 말이야. 난 저 녀석들에게 싸움을 걸어야겠는데 모두 사이좋게 지내고 있다. 싸움은커녕 서로 도와가며 살고 있어. 특히 저 바보 같은 놈이 내 일을 망치고 있다고. 지금부터 너희 셋은 저 녀석들에게 붙어서 무슨 방법을 써서라도 서로 눈을 부릅뜨고 싸우게 해라. 어때, 할 수 있겠어?"

"있고말고요."

세 도깨비가 대답했다.

"어떻게 할 작정이지?"

"우선 저들을 쫄쫄 굶을 정도로 가난하게 만드는 겁니다. 그러고 나서 셋을 한곳에 모이게 합니다. 그러면 틀림없이 싸우게 될 것입니다."

"그거 좋은 생각이다. 너희가 해야 할 일을 잘 알고 있구나. 자, 빨리 떠나라. 그리고 셋의 사이를 휘저어놓기 전에는 돌아올 생각 마라. 만약 그 일에 실패하면 네놈들의 가죽을 벗겨버릴 테다."

작은 도깨비들은 숲 속에 들어가 장차 어떻게 할 것인가를 의논했다. 서로 쉬운 일을 맡겠다고 실랑이를 벌인 끝에 결국 제비뽑기로 정하기로 했다. 그리고 먼저 일을 끝낸 자가 일이 남아 있는 자를 돕기로 했다. 작은 도깨비들은 제비를 뽑고 나서 언제 다시 이곳에서 만날 것인지를 정하고, 누가 누구를 도와주러 갈 것인지는 상황을 봐서 정하기로 했다. 그리하여 작은 도깨비들은 저마다 맡은 일에 충실할 것을 다짐하고 헤어졌다.

마침내 약속한 날이 되어 작은 도깨비 셋은 숲 속에 모였다. 그들은 자기가 처리한 일에 대해 설명하기 시작했다. 먼저 군인인 세몬을 맡았던 도깨비가 입을 열었다.

"내일 세몬 녀석은 제 아버지에게 달려가게 될 거야."

두 친구가 물었다.

"그래? 어떻게 했는데?"

"내가 말이야, 우선 세몬에게 쓸데없는 용기를 불어넣고 왕에게 전 세계를 정복하겠노라고 선언하게 만들었지. 그래서 왕은 세몬을 대장으로 임명하고 인도 왕을 정복하라고 보냈어. 하지만 내가 그날 밤 세몬의 군대에 들어가 화약을 전부 물에 적셔놓고, 인도 왕에게 달려가서는 짚으로 허수아비 군사를 무수하게 만들어놨지. 녀석의 군사들은 사방에서 짚으로 된 군사들이 몰려드는 것을 보고 순식간에 꼬리를 내리더라고. 세몬은 공격하라고 명령했지만 대포든 총알이든 쏠 수가 있어야 말이지. 세몬군은 놀라서 양 떼처럼 달아났어. 그때 기회를 놓칠세라 인도 왕이 그들을 추격했어. 세몬은 싸움에서 지고 돌아왔으니 재산을 압류당하는 건 물론 내일 사형당하게 생겼지. 그러니까 내 일은 하루가 더 남아 있을 뿐이야. 녀석을 집으로 돌려보내기 위해서 감옥에서 도망칠 수 있게 해줬어. 내일이면 완전히 끝낼 수 있을 거야. 누구든지 내 도움이 필요한 사람은 말하라고."

그러자 타라스를 맡은 도깨비도 자신의 성과에 대해 말했다.

"나도 특별히 도움받을 일은 없어. 내가 하는 일도 잘돼가고 있거든. 타라스 녀석도 이제 일주일도 못 버틸걸. 난 우선 그 녀석을 지독한 욕심쟁이로 만들었어. 그래서 남의 재산까지도 탐내고 뭐든 보이는 건 모조리 사야 직성이 풀리는 인간이 되어버렸지. 녀석은 돈이 있는 대로 다 사들이는 모양이야. 요즘 들어선 빚까지 얻어서 사들이고 있어. 하지만 너무 사대는 바람에 어떻게 처리해야 좋을지 모를 정도에 이르렀지. 게다가 일주일만 있으면 빚을 갚아야 하는 기간이 지나는데 그동안에 내가 녀석의 물건을 전부 거름으로 만들어버렸거든. 이제 녀석은 빚을 갚을 수 없을 테니 제 아버지에게 가게 되는 거지."

그는 이반에게 갔다 온 작은 도깨비에게 물었다.

"네가 맡은 일은 어떻게 됐어?"

"그게 말이야, 사실은 일이 잘 풀릴 것 같지가 않아. 난 녀석의 배를 아프게 해주려고 우선 쿠어스를 넣어두는 병 속에 침을 잔뜩 뱉어놓았어. 그러고는 밭으로 가서 녀석이 손을 다치도록 땅을 돌처럼 딱딱하게 만들었지. 이쯤 되면 녀석도 밭을 갈지 못하겠지 했는데, 그런데 저 바보 같은 놈이 쟁기를 가지고 나와서 밭을 갈기 시작하는 거야. 배가 아파서 끙끙 앓으면서도 멈추지 않고 말이야. 그래서 나는 녀석의 쟁기를 부러뜨렸어. 그러자 집으로 가서 다른 쟁기를 가지고 와서는 다시 밭을 갈기 시작하는 거야. 그래서 내가 땅 밑으로 들어가 쟁기 머리를 누르려 하는데 도무지 붙잡혀야 말이지. 녀석은 쟁기를 눌러대고 쟁기날은 날카로워서 결국 손만 베고 말았어. 그러고 나니 밭은 거의 다 갈아버리고 이제 마지막 한 고랑만 남아 있어. 그러니 친구들, 날 좀 도와줘. 만일 저 녀석을 해치우지 못하면 우리의 임무는 모두 허사가 되고 말잖아. 저 바보가 농사를 계속 지으면 아마도 제 형들을 먹여 살릴 거야."

그래서 군인인 세묜을 맡았던 작은 도깨비가 내일부터 도와주기로 약속을 하고 작은 도깨비들은 일단 헤어졌다.

3

이반은 묵혔던 밭을 거의 다 갈아서 이제 한 고랑만 남았다. 그래서 그걸 마저 갈아버리기 위해 말을 끌고 나갔다. 그는 배가 아파 어쩔 줄 몰랐지만, 일을 멈출 수는 없었다. 말고삐를 한 번 내리치고는 밭을 갈기 시작했다. 고랑 끝까지 갔다가 되돌아오는데 쟁기가 마치 나무뿌리에 걸린 것처럼 뭔가가 세게 당기는 게 느껴졌다. 작은 도깨비가 쟁기 부리에 달라붙어 단단하게 누르고 있었던 것이다.

'이상하다. 이곳에 나무뿌리 같은 건 없는데……'

이반은 땅속에 손을 집어넣었다. 그러자 뭔가 부드러운 것이 손에 닿았다. 그는 그걸 잡고 밖으로 끄집어냈다. 그것은 나무뿌리 같은 검은 물체였는데, 자세히 보니 도깨비였다.

"어라, 요놈 봐라. 이런 고약한 놈이 있나!"

이반은 그렇게 말하고는 도깨비를 한 번 돌려서 쟁기 부리에 던져버리려 했다. 그러자 도깨비가 숨넘어가는 소리로 말했다.

"제발 살려주세요. 그 대신 뭐든 시키는 대로 하겠습니다."

"그래? 네가 할 수 있는 일이 뭔데?"

"뭐든지 원하시는 걸 말씀해주세요."

이반은 잠시 머리를 긁적였다.

"내가 배가 몹시 아픈데, 낫게 할 수 있어?"

"물론이죠."

"그래? 그럼 고쳐봐."

작은 도깨비는 몸을 구부리고는 손으로 땅의 이곳저곳을 뒤져가며 무언가를 찾더니 이윽고 작은 줄기가 셋 달린 조그만 풀뿌리를 뽑아 이반에게 건넸다.

"여기 있습니다. 이 뿌리 하나만 먹으면 어떤 병이라도 금방 낫습니다."

이반은 그걸 받아 들고 뿌리 하나를 뜯어 씹어 삼켰다. 그러자 감쪽같이 복통이 사라졌다. 작은 도깨비는 다시 애원하기 시작했다.

"이제 제발 저를 놓아주십시오. 땅속으로 들어가 절대로 나오지 않겠습니다."

"좋아, 그럼 놓아주지. 잘 가."

이반의 말이 채 끝나기도 전에 작은 도깨비는 물속에 던져진 돌처럼 땅속으로 사라지고 그곳에는 그저 구멍 하나가 남았다. 이반은 남은 풀뿌리를 모자에 쑤셔 넣고 마지막 남은 고랑을 마저 갈고는 쟁기를 엎어놓고 집으로 돌아왔다. 말을 풀어놓고 집으로 들어오니 군인인 세몬이 아내와 함께 저녁을 먹고 있었다. 그는 재산을 몰수당하고 감옥에서 가까스로 도망쳐 나와 아버지에게 얹혀살 요량으로 달려온 것이었다. 세몬은 이반을 보자 이렇게 말했다.

"너한테 신세 좀 지러 왔다. 새로 일자리가 생길 때까지 나와 아내를 책임져 다오."

"좋아요. 언제까지 여기 계셔도 돼요."

이반은 대답했다.

그런데 이반이 의자에 앉으려고 하자, 이반에게서 나는 고약한 냄새가 형의 아내에게 거슬렸다. 그래서 그녀는 남편에게 말했다.

"전 이렇게 냄새 나는 농부와는 함께 식사 못 하겠어요."

그러자 세몬이 말했다.

"네 형수가 너에게서 나는 냄새가 싫다고 하니 문간에서 먹으면 안 되겠니?"

"그러죠, 뭐. 그렇지 않아도 밤일하러 나갈 시간이에요. 말에게 먹이도 줘야 하고……."

이반은 그렇게 말하고는 빵과 옷을 들고 밤일을 하러 나갔다.

4

군인인 세몬을 맡은 도깨비는 그날 밤 일을 마치고 약속한 대로 이반을 괴롭히는 일을 돕기 위해 이반 쪽 도깨비를 찾아왔다. 그는 밭에서 한참 동안 친구를 찾아보았으나 어디에서도 친구의 모습은 보지 못하고, 다만 땅에 구멍이 하나 뚫려 있는 것만 발견할 수 있었다.

'이런, 아무래도 뭔가 좋지 않은 일이 생긴 모양이군. 할 수 없지, 대신 내가 맡을 수밖에. 벌써 밭갈이는 끝났으니, 이번에는 풀밭으로 가 저 바보를 골탕 먹여야겠군.'

도깨비는 풀밭으로 가서 이반의 풀밭에 큰물이 들게 했다. 그래서 풀이란 풀은 전부 진흙탕에 잠겨버리고 말았다. 이반은 밤새 가축을 돌보는 일을 마치고 새벽녘이 돼서야 돌아와 낫을 들고 밭으로 나갔다. 낫을 들고 풀을 베기 시작했는데 날이 무뎌졌는지 잘 베어지지 않았다.

"안 되겠다. 집에 가서 숫돌을 가져와야지. 가는 김에 빵도 큰 걸로 가져와야겠어. 설령 일주일이 걸린다 해도 풀을 다 베기 전까지는 이곳을 떠나지 않을 테다."

도깨비는 이 말을 듣고 생각했다.

'이 바보는 정말 골치 아픈 놈이군. 이 정도로는 안 되겠는데. 뭔가 다른 방법을 생각해야겠어.'

이반은 집에서 숫돌을 가져와 낫을 갈고는 다시 풀을 베기 시작했다. 도깨비는 풀 속에 숨어 들어가 낫에 달라붙어 날 끝을 땅속으로 처박기 시작했다. 이반은 허리가 부러질 듯이 힘들었지만 가까스로 거의 다 베고 늪에 있는 한 줄만 남겨놓았다. 도깨비는 늪으로 들어가 생각했다.

'손가락이 잘리는 한이 있더라도 풀을 베지 못하게 해야 해.'

이반은 늪지로 들어갔다. 보기에는 풀이 그다지 억세 보이지 않았는데 어쩐지 낫이 말을 듣지 않았다. 이반은 약이 올라 있는 힘을 다해 낫을 휘두르기 시작했다. 도깨비는 도저히 자신의 힘으로는 배겨낼 수가 없었다. 휘둘러대는 낫을 피할 겨를도 없을 정도여서 이젠 안 되겠다고 생각하고 덤불 속으로 숨었다. 그런데 이반이 큰 낫을 마구 휘둘러 덤불을 치는 바람에 도깨비의 꼬리가 반쯤 잘려 버렸다. 이반은 풀을 전부 베고 나서 여동생에게 그것을 긁어모으라고 일러놓고는 자신은 호밀을 베러 갔다.

이반이 갈고랑이 낫을 가지고 갔을 때는 이미 꼬리가 잘린 도깨비가 먼저 와서 호밀을 마구 짓밟아놓은 뒤였기 때문에 갈고랑이 낫으로는 도저히 벨 수가 없었다. 이반은 집으로 가서 다른 낫을 가지고 와 베기 시작했다. 그리하여 호밀마저도 다 베었다.

"자, 이번에는 귀리를 베어야겠다"라고 그가 혼잣말을 하자 꼬리가 잘린 도깨비는 생각했다.

'이번엔 진짜로 골탕을 먹이고 말 테다. 뭔가 확실히 보여주지. 내일 아침에 두고 보자.'

도깨비가 그다음 날 아침 귀리밭에 가보았더니 어찌 된 일인지 이미 귀리가 전부 베어져 있었다. 이반이 귀리알이 떨어지는 것을 막기 위해 밤사이에 베어버리고 만 것이다. 도깨비는 더욱 약이 올랐다.

'저 바보 녀석은 내 꼬리를 잘라놓은 것도 모자라 이젠 나를 골탕 먹이는군. 전쟁에서도 이처럼 힘든 적은 없었어. 어떻게 된 놈이 밤에도 자지 않으니 당해낼 수가 있나. 이번에야말로 보릿더미에 들어가 전부 썩히고 말겠어.'

도깨비는 보릿더미가 있는 곳으로 가서, 보릿단 속으로 들어가 보리를 썩히기 시작했다. 그런데 보릿단을 따뜻하게 하는 사이 도깨비는 그 열기에 자신도 모르게 잠이 들어버렸다. 이때 이반이 말을 마차에 연결하고 동생과 함께 보릿단을 옮기러 왔다. 이반은 보릿더미에 다가가서 그것을 짐수레에 쌓기 시작했다. 두 단째를 던져 올리고 꾹꾹 누르는데 공교롭게도 잠들어 있던 도깨비의 등을 누르게 되었다. 감촉이 이상해 보릿단을 들어보니, 꼬리 잘린 도깨비가 손끝에 매달려 발버둥을 치면서 도망치려 하고 있었다.

"어라, 이놈 봐라. 또다시 왔잖아!"

"아닙니다. 지난번에는 제 친구였습니다."

"그래? 네가 어떤 놈이든 똑같이 혼을 내줘야겠다!"

이렇게 말하고 나서 이반이 도깨비를 밭이랑에 내리치려 하자 도깨비가 사정하기 시작했다.

"제발 용서해주십시오. 절대 다시 나타나지 않겠습니다. 저를 놓아주시면 원하시는 것을 무엇이든 들어드리겠습니다."

"그래? 넌 뭘 할 수 있는데?"

"저는 무엇을 가지고라도 군사로 바꿀 수 있습니다."

"하지만 군사가 나에게 무슨 필요가 있지?"

"군사들은 원하는 것을 무엇이든 들어줍니다."

"그럼 노래도 할 수 있나?"

"할 수 있고말고요."

"그럼 좋아, 어디 한번 만들어봐."

그러자 도깨비가 말했다.

"이 보릿단을 잡고요. 그 끝을 땅에 대고 흔들며 이렇게 말씀하시면 됩니다. '내 종의 명령이다. 너희는 다발이 아니라, 보릿짚 수만큼 군사가 되어라'라고요."

이반은 다발을 들어 땅에 대고 흔들며 도깨비가 시키는 대로 해보았다. 그러자 보릿단은 뿔뿔이 흩어져 수많은 군사로 변하더니 기수와 나팔수가 앞장서서 북을 치고 나팔을 불었다. 이반은 웃음을 터뜨렸다.

"야, 이거 재미있는데. 이걸 보면 여자들이 좋아하겠는걸."

"그럼 이제 저를 놓아주세요."

"아니야. 보릿단으로 군사를 만들면 곡식을 버리게 되잖아. 그러니까 다시 원래대로 되돌리는 방법을 가르쳐줘."

그러자 도깨비가 말했다.

"이렇게 말씀하시면 됩니다. '내 종의 명령이다. 군사의 수만큼 곡식이 되어 다시 원래의 다발이 되어라'라고요."

이반이 그대로 따라 하자 군사들은 원래의 다발로 돌아왔다. 도깨비는 다시 애원했다.

"이제 제발 저를 놓아주세요."

"그래, 좋아."

이반은 그를 밭이랑 위에 내려놓고 갈퀴에서 풀어주었다.

"잘 가."

이반의 말이 끝나기가 무섭게 도깨비는 땅속으로 사라졌다. 그리고 그 자리에는 휑하니 구멍이 하나 남았다.

이반이 집으로 돌아오자 집에는 둘째 형인 타라스가 아내와 함께 저녁을 먹고 있었다. 배불뚝이 타라스는 빚 갚을 능력이 안 되자 아버지에게로 도망쳐 온 것이었다. 그는 이반에게 말했다.

"이반, 내가 다시 장사를 시작할 때까지 집사람과 나를 돌봐다오."

"그럴게요. 언제까지라도 좋아요."

이반은 옷을 벗고 식탁에 앉았다. 그러자 둘째 형의 아내가 말했다.

"전 바보하고 같이 밥을 먹는 건 딱 질색이에요. 냄새가 나서 견딜 수가 있어야지요."

그러자 배불뚝이 타라스가 말했다.

"이반, 냄새가 너무 고약하구나. 저기 문간에 가서 먹으면 안 되 겠니?"

"네, 그럴게요."

이반은 제 몫의 빵을 들고 밖으로 나왔다.

"그렇지 않아도 밤일을 하러 나가야 할 시간이거든요. 말에게 먹 이도 줘야 하고……."

5

그날 밤 일을 마친 세 번째 도깨비는 약속대로 친구를 도와주고 자, 즉 이반을 골탕 먹이기 위해 타라스를 따라왔다. 도깨비는 밭으 로 가서 친구를 찾어 돌아다녔지만, 아무도 없었고 그저 작은 구멍 하나를 발견했을 뿐이었다. 그래서 풀밭으로 가보니 늪에 잘린 꼬 리가 떨어져 있는 게 보였다. 그리고 호밀을 베어낸 곳에서도 똑같 은 구멍을 발견했다.

'아무래도 친구들에게 나쁜 일이 생긴 게 틀림없어. 내가 대신 저 바보 녀석을 혼내줘야겠군.'

도깨비는 이반을 찾으러 탈곡장으로 갔다. 그러나 이반은 벌써 들일을 마치고 숲 속에서 나뭇가지를 치고 있었다. 두 형 내외와 함 께 살기엔 집이 좁았기 때문에 두 형들은 이반에게 자기네가 살 집 을 지어달라고 했고, 그래서 이반은 집 지을 나무를 베러 간 것이었 다. 도깨비는 숲으로 달려가 나무에 올라가서 이반이 나무를 베어 넘어뜨리는 것을 방해하기 시작했다. 이반은 걸리적거리는 것이 없 는 방향으로 나무를 넘어뜨리기 위해 필요한 만큼 밑동을 베어 쓰 러뜨렸지만 이상하게도 나무는 엉뚱한 방향으로 쓰러져서 다른 나뭇가지에 걸리고 말았다. 이반은 지렛대를 만들어 여기저기로 방향을 틀어 겨우 나무를 원하는 방향으로 쓰러뜨렸다.

이반은 다른 나무를 베기 시작했다. 그런데 역시 이번에도 같은 일이 일어났다. 몹시 힘을 들여 나무를 겨우 쓰러뜨리곤 세 번째 나무에 매달렸다. 하지만 그 역시 마찬가지였다. 처음 일을 시작할 때는 쉰 그루쯤 벨 작정이었는데 열 그루도 채 베지 못하고 벌써 날이 저물었다. 이반은 완전히 녹초가 되었다. 그의 몸에서는 숲 속에 안개가 낀 것처럼 열기가 피어올랐다. 하지만 그는 쉬지 않고 일을 했다. 그는 또 한 그루의 나무를 베었다. 그러자 등이 욱신거리며 온몸의 힘이 다 빠져나갔다. 그래서 도끼를 나무 밑에 박아놓고는 잠시 쉬려고 앉았다. 도깨비는 이반이 잠잠해진 걸 보고는 기뻐했다.

'흥, 드디어 지쳐서 그만두는군. 그럼 나도 좀 쉬어볼까?'

도깨비는 나뭇가지에 올라앉아 내심 기뻐하고 있었다. 그런데 이반이 일어나 도끼를 쳐들더니 반대편에서 나무를 내리쳤다. 나무는 우지직 소리를 내며 금방 갈라져 바닥에 털썩 쓰러졌다. 도깨비는 너무 갑작스럽게 당한 일이라 미처 피할 겨를도 없이 나뭇가지 틈에 발이 끼고 말았다. 이반은 도깨비를 발견하고는 깜짝 놀랐다.

"네 이놈! 이런 고약한 놈이 다 있나! 네가 또다시 나타나?"

"아뇨, 제가 아닙니다. 저는 당신의 둘째 형에게 붙어 있었던 놈이에요."

"글쎄 네가 어디에 있었든 나한테는 마찬가지야."

이반이 도끼를 들어 올려 도깨비를 내려치려 하자 도깨비는 필사적으로 애원했다.

"제발 절 해치지 말아주세요. 당신이 원하는 건 뭐든지 해드릴게요."

"어떤 일을 할 수 있는데?"

"당신이 원하는 만큼 얼마든지 돈을 만들어드릴 수 있습니다."

"그래? 그럼 어디 한번 만들어봐!"

그러자 도깨비는 말했다.

"이 떡갈나무 잎을 손에 들고 비벼보세요. 그러면 금화가 땅에 떨어질 겁니다."

이반이 나뭇잎을 들고 비벼보았더니 정말로 금화가 쏟아졌다.

"야, 이거 재미있는데. 한가할 때 아이들 데리고 놀기에 안성맞춤이겠는걸."

"이제 저를 그만 놓아주세요."

도깨비가 말했다.

"좋아, 놓아줄게!"

이반은 지렛대로 나무를 들어 도깨비를 풀어주었다.

"잘 가."

이반이 말했다. 그러자 그 말이 떨어지기가 무섭게 도깨비는 땅속으로 자취를 감추었고 그 자리엔 그저 구멍만 휑하니 남아 있을 뿐이었다.

6

형제들은 따로 집을 지어 살게 되었다. 이반은 들일이 끝나자 음식을 만들어 형들을 초대했다. 그러나 두 형 모두 이반의 초대를 무시해버렸다.

"우리는 농부의 식사 같은 건 먹어본 적이 없어"라고 형들이 말했다.

그러자 이반은 마을 사람들을 초대해서 식사를 대접하고 자신도 먹고 즐겼다. 거나하게 술기운이 돌자 이반은 마을 길가의 춤판이 벌어진 곳으로 갔다. 이반은 그곳에서 여자들에게 말했다.

"날 칭찬해주면 내가 지금까지 한 번도 본 적이 없는 것을 보여줄게요."

여자들은 웃음을 터뜨리더니 그를 칭찬해주었다. 그러고는 이렇게 말했다.

"자, 이제 보여주세요."

"지금 바로 가지고 올게요."

이반은 씨앗 상자를 안고 숲으로 뛰어갔다. 여자들은 "어머, 저 바보 좀 봐!" 하고 비웃었다. 그리고 그 일은 잊어버렸다. 그런데 문득 돌아보니 이반이 뭔가로 가득 채운 씨앗 상자를 가지고 쏜살같이 돌아오고 있었다.

"어때요, 줄까요?"

"그게 뭔데요? 어디 한번 봐요."

이반은 금화를 한 줌 쥐고는 여자들에게 던져주었다. 그러자 갑자기 난리가 났다. 여자들은 금화를 서로 주우려고 나뒹굴고 농부들도 달려와 다투듯 금화를 주웠다. 어떤 노파는 하마터면 밟혀 죽을 뻔했다. 이 광경을 지켜보던 이반은 껄껄 웃어댔다.

"싸우지 마세요, 더 가져다줄 테니까."

이렇게 말하고 다시 금화를 던지기 시작했다. 사람들은 계속 몰려왔다. 이반은 상자 안에 담긴 금화를 전부 던져버렸다. 사람들은 더 달라고 아우성을 쳤다. 그러자 이반이 말했다.

"이게 다예요. 다음에 또 줄게요. 그것보다 이번엔 춤이에요, 춤. 노래도 좀 불러봐요."

여자들은 노래를 부르기 시작했다.

"당신들 노래는 재미가 없네요."

이반이 말했다.

"내가 보여줄게요."

이반은 창고로 가서 보릿단 한 다발을 들고 그 씨앗을 털더니 그것을 세워놓고 흔들면서 말했다.

"내 종의 명령이다. 너는 다발이 아니라 보릿짚 수만큼 군사가 되어라."

그러자 보릿단이 뿔뿔이 흩어지면서 군사로 변하더니 북과 나팔을 연주하기 시작했다. 이반은 군사들에게 노래를 부르라고 명령하고 그들과 함께 길가로 나갔다. 마을 사람들은 눈이 휘둥그레졌다.

7

다음 날 아침, 군인인 세몬이 소문을 듣고 이반을 찾아왔다.

"어디, 나한테 얘기 좀 해봐라. 도대체 너는 그 많은 군사들을 어디서 데리고 왔으며, 어디로 데리고 간 거지?"

"그걸 알아서 뭘 하시게요, 형님?"

"뭘 하려느냐고? 나야 군사만 있으면 뭐든지 할 수 있어. 나라를 얻을 수도 있단다."

이반은 깜짝 놀랐다.

"예? 그럼 왜 진작 말씀하시지 않았어요? 군사라면 얼마든지 만들어드릴 수 있는데. 운 좋게도 말라냐와 제가 보리를 잔뜩 털어놨거든요."

이반은 세몬을 헛간으로 데리고 가서 이렇게 말했다.

"군사를 만들어드릴 테니 그들을 전부 데리고 가셔야 해요. 만일 그들을 두고 떠나면 하루 만에 온 마을의 음식이 동이 날 테니까요."

이반은 세몬에게 틀림없이 군사를 데리고 간다는 다짐을 받고 군사를 만들기 시작했다. 그가 보릿단을 들고 탈곡장으로 가서 바닥에 내리치자 1개 중대가 생겼다. 한 번 더 치니 또 1개 중대가 생겼다. 이렇게 해서 들판을 가득 메울 정도의 군사가 만들어졌다.

"어때요, 이만하면 됐죠?"

세몬은 매우 기뻐하며 말했다.

"됐다. 이만하면 충분해. 고맙구나, 이반."

"뭘요. 더 필요하시면 언제라도 말씀하세요. 얼마든지 만들어드릴 테니. 요즘은 보릿단이 흔하거든요."

세몬은 곧 군대를 지휘해서 행렬을 갖추고 전쟁터로 나갔다.

세몬이 떠나자 이번엔 배불뚝이 타라스가 이반을 찾아왔다. 마찬가지로 어제 일을 듣고 이반에게 부탁을 하러 온 것이었다.

"부디 말해다오. 도대체 어디에서 금화를 가져온 거니? 만일 나에게 그만한 돈이 있다면, 그 돈으로 온 세계의 돈을 다 모을 수 있을 텐데."

이반은 깜짝 놀랐다.

"예? 정말요? 그럼 진작 말씀을 하시지 않고요. 형님이 원하는 만큼 만들어드릴게요."

타라스는 뛸 듯이 기뻤다.

"나는 씨앗 상자로 세 상자만 있으면 돼."

"네, 그렇게 해드리죠. 저와 함께 숲으로 가세요. 하지만 잠깐만요, 말을 끌고 가요. 들고 오기가 무척 힘들 테니까요."

타라스와 함께 숲에 도착한 이반은 떡갈나무를 모아서 잎을 문지르기 시작했다. 그러자 금화가 뚝뚝 떨어졌다.

"어때요, 이 정도면?"

타라스는 기뻐서 어쩔 줄을 몰랐다.

"이 정도면 충분해. 고맙다, 이반."

"뭘요. 이 정도는 얼마든지 만들어드릴 수 있어요. 더 필요하시면 언제든지 오세요. 나뭇잎은 아직 많이 있으니까요."

배불뚝이 타라스는 말에다 금화를 가득 싣고는 장사를 하러 떠났다.

이렇게 해서 세몬은 전쟁에서 승리하여 나라를 정복하고, 타라스는 큰돈을 벌었다.

　어느 날 이반의 두 형은 한자리에 모여 서로 허심탄회하게 이야기를 털어놓았다. 세몬은 어디서 군사를 얻었으며, 타라스는 누구에게 돈을 얻었는지를.

　세몬이 동생에게 말했다.

　"나는 나라를 얻어 잘 지내고 있지만 다만 한 가지 돈이 좀 부족해서 군사를 먹여 살리기가 힘들어."

　그러자 타라스가 말했다.

　"저는 돈은 많지만 곤란한 건 그걸 지킬 사람이 없다는 거예요."

　그러자 세몬이 말했다.

　"그럼 우리 이반에게 가보자. 나는 군사를 더 만들어달라고 해서 그걸 너에게 줄 테니, 너는 내가 군사를 유지하기 위해 필요한 돈을 녀석에게 만들어달라고 하는 거야."

　이렇게 해서 두 형제는 이반을 찾아갔다. 이반의 집에 도착하자 세몬이 말했다.

　"이반, 아무래도 군사가 좀 부족한데 다시 만들어줄 수 있니?"

　이반은 고개를 내저었다.

　"안 돼요. 전 이제 더 이상 형님에게 군사를 만들어드릴 수 없어요."

　"뭐라고? 만들어준다고 약속했잖아?"

　"약속은 했지만 더 이상 만들어드릴 수는 없어요."

　"왜 만들어줄 수 없다는 거야, 이 바보 녀석아!"

　"왜냐면 형님의 군사들이 사람을 쏴 죽였기 때문이에요. 제가 얼마 전에 길에서 밭을 갈고 있는데 웬 부인이 그 길로 관을 메고 가면서 통곡하고 있잖아요. 그래서 제가 물어봤죠. '누가 죽었나 보죠?'라고. 그러자 그 부인이 말하길 '세몬의 군사들이 내 남편을 죽였어요' 하는 거예요. 저는 군사는 노래만 부르는 줄 알았는데 저들은 사람을 죽였어요. 그래서 더 이상은 절대로 만들지 않을 거예요."

이렇게 말하며 이반은 군사를 만들기를 거부했다. 이어 타라스가 이반에게 돈을 더 만들어달라고 부탁하자 이반은 역시 고개를 저었다.

"전 이제 돈을 만들지 않겠어요."

"뭐라고? 전에 약속했잖아?"

"약속했지만 더 이상 만들지 않을 거예요."

"왜 만들지 않겠다는 거야, 이 바보 녀석아!"

"왜냐면 형님이 그 돈으로 미하일로프네 암소를 빼앗았기 때문이에요."

"어떻게 빼앗았다는 거야?"

"미하일로프에게는 암소가 있어서 그 집 아이들이 그 우유를 마시고 있어요. 그런데 얼마 전 아침에 그 아이들이 제게로 와서 우유를 달라고 졸라대는 거예요. 그래서 제가 아이들에게 '너희 암소는 어떻게 했니?' 하고 물었더니 아이들이 말하길 '배불뚝이 타라스의 지배인이 와서 엄마에게 금화 세 닢을 주자 엄마는 그 사람에게 암소를 주고 말았어요. 그래서 우리는 더 이상 마실 우유가 없어요'라고 하지 뭐예요. 저는 형님이 금화를 장난감으로만 생각하시는 줄 알았는데 형님은 아이들에게서 암소를 빼앗아 버렸어요. 이제 뭐라 하신들 절대로 만들어드리지 않을 거예요."

이반은 좀처럼 고집을 꺾지 않았다. 두 형제는 할 수 없이 집으로 돌아갔다. 돌아가면서 그들은 어떤 방법으로 서로의 어려움을 도울 것인지에 대해 의논했다. 세몬이 말했다.

"이렇게 하자. 네가 나에게 군대를 먹여 살릴 돈을 주면 나는 너에게 군대의 절반을 주는 거야. 네 돈을 지킬 수 있게 말이지."

타라스도 동의했다. 그리하여 두 사람은 가지고 있는 것을 나누어 둘 다 잘 살게 되었다.

8

이반은 여전히 부모님을 모시고 벙어리 여동생과 함께 농사를 지으며 살았다.

그러던 어느 날, 이반의 집에 있는 늙은 개가 병이 들어 죽을 지경이 되었다. 이반은 개를 불쌍히 여겨 동생에게 빵을 받아 모자 속에 넣어가지고 가서 개에게 던져주었다. 그런데 모자의 뚫린 구멍에서 빵과 함께 조그만 풀뿌리 하나가 떨어졌다. 늙은 개는 빵과 풀뿌리를 모두 먹어버렸다. 그런데 개가 풀뿌리를 먹자마자 갑자기 뛰어오르더니 장난을 치고 짖으며 꼬리를 흔들기도 했다. 병이 완전히 나은 것이다.

이반의 부모는 그것을 보고 깜짝 놀랐다.

"어떻게 개의 병을 고쳤니?"

그러자 이반이 말했다.

"저는 어떤 병이라도 고칠 수 있는 풀뿌리를 두 개 가지고 있었거든요. 개에게 그중 한 뿌리를 먹였어요."

바로 그 무렵 왕의 딸이 병을 얻어서 왕은 방방곡곡에 방을 붙여 누구든지 공주의 병을 고치는 자에게는 큰 상을 내릴 것이며, 만일 그 사람이 총각이라면 공주와 결혼을 시켜주겠다고 했다. 이반이 사는 마을에도 방이 붙었다. 이반의 부모는 아들에게 말했다.

"너도 임금님께서 내린 방에 대해 들었겠지? 너는 모든 병을 고칠 수 있는 풀뿌리를 가지고 있으니 가서 공주의 병을 고쳐주렴. 그러면 평생 영화를 누리게 될 게 아니냐."

"네. 그러죠, 뭐."

이반이 말했다. 그러고는 곧 떠날 준비를 했다. 그는 부모님에게 좋은 옷을 얻어 입고 집을 나섰다. 그런데 문 앞에 손이 굽은 여자 거지가 서 있는 것이었다.

"전 당신이 병을 고칠 수 있다는 소문을 듣고 왔습니다. 제발 저의 손을 고쳐주세요. 이대로는 혼자 신발도 신을 수 없어요."

그러자 이반이 말했다.

"그러죠, 뭐."

이반은 풀뿌리를 꺼내서 거지에게 먹였다. 거지가 그걸 씹어 삼키자 금세 병이 나아 손을 흔들 수 있게 되었다. 이반을 왕에게 보내려던 그의 부모는 이반이 하나 남은 풀뿌리를 거지에게 줘버린 사실을 알고는 마구 욕설을 퍼부었다.

"이 얼빠진 놈아! 그래 거지 따위는 가엾고 공주님은 불쌍하지도 않냐?"

이반은 공주도 가엾게 생각됐다. 그는 수레에 말을 연결한 후 짚을 가득 싣고는 그 위에 올라탔다.

"도대체 어디 가니, 이 바보 녀석아."

"공주님의 병을 고치러 가요."

"넌 이제 병을 고칠 풀뿌리도 없잖아?"

"걱정하지 마세요."

이반은 말을 몰아 궁전에 도착했다. 그리고 문 앞에 내려섰는데 그 순간 공주의 병이 나아버렸다. 왕은 기뻐하며 이반을 불러 그에게 좋은 옷을 입혔다.

"자, 지금부터 그대는 나의 사위이니라."

"황공하옵니다."

그리하여 이반은 공주와 결혼을 했다. 그리고 왕은 얼마 되지 않아 세상을 떠났다. 그래서 이반이 왕의 자리에 올랐다. 이로써 세 형제가 모두 왕이 된 것이다.

세 형제는 각자 능숙하게 나라를 다스렸다.

장남인 세몬은 그야말로 호화스러운 생활을 했다. 그는 짚으로 만든 군사를 토대로 진짜 군사를 모집했다. 그리고 전국에 명을 내려서 열 집에 한 명씩 군사를 모집했는데, 군사들은 모두 키가 크고 하얀 피부에 잘생긴 사람으로 골랐다. 그는 이런 군사를 많이 모집하고는 모두 잘 훈련시켰다. 그리고 누구든지 자신을 거역하는 자가 있으면 바로 이 군사들을 내보내 자신에게 복종하도록 했다. 그래서 모든 사람은 그를 두려워하게 되었다.

그의 생활은 그야말로 휘황찬란했다. 갖고 싶은 것, 그의 눈에 들어온 것은 모조리 그의 차지가 되었다. 군사만 동원하면 그는 그것이 무엇이든 바라는 것을 손에 넣을 수 있었다.

배불뚝이 타라스의 생활도 호화롭기는 마찬가지였다. 그는 이반으로부터 얻은 돈을 낭비하지 않고 그것을 밑천으로 삼아 많은 재산을 모았다. 그 역시 자신의 나라에 그럴듯한 법률을 제정해놓고 백성들로부터 세금을 받아냈다. 인두세, 통행세, 마차세, 짚신세, 각반세, 심지어 복장세까지 거둬들였다. 백성들은 돈이 필요했기 때문에 돈이 될 만한 것은 무엇이든 그에게 가지고 왔고 그마저도 없는 사람은 노역을 해서 세금을 때웠다.

바보 이반의 생활도 역시 나쁘지 않았다. 그는 선왕의 장례를 마치자마자 왕의 의복을 벗어서 왕비에게 옷장에 넣어두라고 하고는 다시 삼베옷에 짚신을 신고 일했다.

"도무지 따분하고 답답해서 견딜 수가 없군. 점점 배만 나오고 제대로 먹을 수가 있나 마음대로 잘 수가 있나."

이반은 부모님과 벙어리 여동생을 불러와 다시 옛날처럼 들에 나가 일을 하기 시작했다. 사람들은 그에게 이렇게 말했다.

"하지만 당신은 왕이 아니십니까?"

"상관없네. 왕도 일을 해야지."

신하들이 그의 앞에 와서 말했다.

"저희에겐 녹봉을 지불할 돈이 없습니다만."

"걱정할 것 없네! 돈이 없으면 주지 않으면 그만이야."

"그러면 아무도 일을 하지 않을 겁니다."

"좋을 대로 하라지, 뭐. 일하지 않아도 좋아. 그러면 오히려 각자 알아서 일하게 될 거야. 모두들 거름이나 가져오라고 하게. 그자들이 거름을 잔뜩 만들어놓았을 테니."

이번에는 백성들이 이반에게 재판을 해달라고 찾아왔다. 한 사람이 말했다.

"저 남자가 제 돈을 훔쳤습니다."

그러자 이반이 말했다.

"그래? 좋아, 좋아! 그러니까 돈이 필요했단 말이지."

그러는 동안 백성들은 점점 이반이 바보라는 사실을 알게 되었다. 그래서 왕비는 그에게 말했다.

"모두들 당신을 바보라고 해요."

"그래요? 괜찮소. 걱정 마시오."

왕비는 생각하고 또 생각했다. 그러나 그녀 역시도 바보였다.

"제가 어떻게 남편 말씀을 거역할 수 있겠어요. 바늘이 가는 곳에 실도 따라가야지요!"

그녀는 이렇게 말하고 왕비의 옷을 벗어두고는 벙어리 처녀에게 농사일을 배워 남편의 일을 거들기 시작했다. 그래서 이반의 나라에는 똑똑한 사람들은 모두 떠나버리고 그저 바보들만 남게 되었다. 누구도 돈이란 걸 가지고 있지 않았다. 그들은 스스로 일해서 먹고살며 더불어 이웃 사람들도 먹여 살렸다.

10

대장 도깨비는 작은 도깨비들로부터 세 형제를 파멸시켰다는 소식이 오기만을 기다리고 있었지만 아무런 소식이 들려오지 않았다. 그래서 어찌 된 영문인지 알아볼 양으로 직접 나가서 이곳저곳을 둘러보았다. 그러나 작은 도깨비들의 모습은 찾아볼 수 없었고 단지 세 개의 구멍만을 발견했을 뿐이었다.

'아무래도 잘못된 게 틀림없어. 내가 손을 쓰지 않으면 안 되겠군.'

도깨비는 세 형제를 찾아 나섰지만 그들은 옛날에 살던 곳에 살고 있지 않았다. 그는 세 형제를 각기 다른 곳에서 찾아냈다. 셋은 모두 건재했고 게다가 나라까지 다스리고 있었다.

'결국 내가 직접 나서야 일이 처리되겠군.'

도깨비는 장군으로 위장하여 세몬 왕을 찾아갔다.

"들리는 바에 의하면 임금님께서는 대단히 훌륭한 군인이신 것 같습니다만, 저도 군사와 전쟁에 관해서라면 다소 아는 바가 있사오니 부디 전하 곁에서 전하를 섬기게 해주소서."

세몬 왕이 그에게 여러 가지를 물어보니 꽤 똑똑한 사람 같았다. 그래서 세몬 왕은 그를 옆에 두기로 했다. 새로 뽑힌 장군은 세몬 왕에게 강력한 군대를 만들 방법을 제시했다.

"우선 첫째로 많은 군사를 모집해야 합니다. 왜냐하면 이 나라에는 편히 놀고먹는 백성이 너무 많기 때문입니다. 젊은 사람들은 누구를 막론하고 한 사람도 남김없이 징집하십시오. 그러면 그들은 전하를 위해 목숨을 걸고 싸울 것입니다. 두 번째로 해야 할 일은 최신식 총과 대포를 만드는 것입니다. 제가 한 번에 백 발의 총알이 나가는 총을 만들겠습니다. 그리고 어떤 것이라도 태워버릴 수 있는 대포도 만들겠습니다. 사람이든 성이든 할 것 없이 모든 것을 태워버릴 만한 것으로요."

세몬 왕은 새로 온 장군의 제안에 따라 나라 안의 젊은이는 모두 군대에 들어올 것을 명령하고, 또 한편으로는 공장을 세워 최신식 총과 대포를 만들었다. 그리고 곧바로 이웃나라 왕에게 선전포고를 했다. 싸움이 시작되자 세몬 왕은 자신의 군사들에게 적군을 향해 총과 대포를 마구 쏘아대라고 명령을 내렸다. 그리하여 단번에 적을 물리쳤다. 이웃 나라의 왕은 놀라서 항복하고는 세몬 왕에게 자기 나라를 바쳤다. 세몬 왕은 크게 기뻐했다.

"이번에야말로 인도를 정복해주지."

세몬 왕의 소식을 들은 인도 왕은 그의 전략을 완전히 파악하고는 자신의 계략까지 덧붙였다. 그는 젊은 군사들뿐만 아니라 여자들까지 전부 군대에 징집했고 세몬 왕에게서 총과 대포 만드는 법을 훔치고 폭탄까지 개발해냈다.

세몬 왕은 인도 왕에게 전쟁을 선포했다. 그러나 잘 드는 낫이라도 영원히 잘 들지는 않는 모양이다. 인도 왕은 세몬의 군대가 사정거리 안으로 들어오는 것을 막는 한편 여자 군사들을 비행기에 태워 공중에서 폭탄을 퍼붓게 했다. 인도 왕의 군사들은 세몬의 군대 위로 마치 진딧물에 약을 뿌리기라도 하듯 폭탄을 퍼부어 세몬의 군대는 혼비백산해서 달아나고 남은 건 세몬 왕 혼자뿐이었다. 드디어 인도 왕은 세몬의 나라를 빼앗는 데 성공했다. 그러자 세몬은 걸음아 나 살려라 하고 도망쳐 버렸다.

대장 도깨비는 장남인 세몬을 해치우자 이번에는 둘째인 타라스 왕에게로 갔다. 상인으로 변장한 도깨비는 그 나라에 들어가 자리를 잡고 가게를 열어서 사람들에게 선심을 쓰듯 돈을 마구 뿌려대기 시작했다. 그리고 어떤 물건이라도 높은 가격을 쳐주었기에 백성들은 앞다투어 상인에게 몰려왔다. 이리하여 백성들은 주머니 사정이 좋아지자 밀린 세금도 깨끗하게 처리할 수 있었다.

타라스 왕은 기뻐했다.

"거참 고마운 일이군. 다 그 상인 덕분이야. 나는 점점 더 돈이 불어서 부자가 되겠군."

타라스 왕은 새로운 계획을 세우고 궁전도 새로 짓기로 했다. 그는 백성들에게 목재와 돌을 운반하게 하고 비싼 품삯을 쳐주겠노라고 약속했다. 그러나 목재와 돌은 전부 상인에게 실려 갔고 예전처럼 돈을 벌기 위해 몰려들 줄 알았던 노동자들은 한 사람도 남김없이 상인에게 가버렸다. 타라스 왕이 품삯을 대폭 올렸지만 상인은 그보다 더 많은 돈을 주기 때문이었다. 타라스 왕의 많은 돈도 상인 때문에 가치가 떨어질 수밖에 없었다. 결국 궁전은 완성되지 못했다.

또 타라스 왕은 정원을 만들 계획이 있었다. 가을이 되었으므로 타라스 왕은 백성들에게 정원 만드는 일을 하러 오라고 명령했다. 하지만 아무도 오지 않았고 모두들 상인의 연못을 파러 가버렸다. 겨울이 오자 타라스 왕은 새 모피코트를 만들기 위한 검은 담비 가죽이 필요해졌다. 그래서 신하를 보냈더니 신하가 돌아와서는 말하는 것이었다.

"담비는 없습니다. 그 상인이 비싼 값에 사들여 모조리 방석을 만들었다 합니다."

타라스 왕은 이번에는 종마를 사야겠다고 생각하고는 신하를 보냈다. 하지만 신하가 돌아와서 하는 말은 종마는 전부 상인의 손에 들어가 연못의 물을 나르고 있다는 것이었다. 다들 왕의 일이라면 아무것도 해주려 하지 않으면서 상인을 위한 일이라면 뭐든지 달려들었다. 단지 그 상인에게 받은 세금만이 왕에게 전달될 뿐이었다.

그리하여 타라스 왕의 수중에는 돈이 넘쳐났지만, 도리어 생활은 나빠졌다. 타라스 왕은 이제 모든 계획을 중단하고 당장 살 궁리를 해야 했다. 그의 곁에 있던 요리사와 마부, 하인들마저도 점점 상인에게로 옮겨 갔다. 이쯤 되니 식량까지 부족해졌다. 시장에 나가도 무엇 하나 살 수가 없었다. 몽땅 상인이 사버리고 타라스 왕은 그저 세금만 거둬들일 뿐이었다.

타라스 왕은 화가 나서 상인을 나라 밖으로 추방해버렸다. 그러나 상인은 국경에 눌러앉아 여전히 같은 짓을 이어갔다. 타라스 왕의 생활은 더욱 심각해졌다. 며칠째 먹지 못한 데다가, 들리는 소문에 의하면 그 상인이 왕비마저 사려 한다는 것이었다. 타라스 왕은 실성한 사람처럼 어떻게 해야 좋을지 몰랐다.

어느 날 세몬이 그에게 찾아와서 말했다.

"제발 도와다오. 난 인도 왕에게 패하고 갈 곳 없는 신세가 되었다."

하지만 타라스 왕도 뱃가죽이 등뼈에 달라붙을 정도로 어려운 형편이었다.

"저도 벌써 이틀째 굶고 있어요."

11

대장 도깨비는 두 형제를 해치우자 이번에는 이반에게로 갔다. 그는 장군으로 변장하고는 이반에게 찾아가 군대를 조직할 것을 권했다.

"임금님께서 군대도 없이 지내신다는 것은 어울리지 않습니다. 그저 분부만 내리시면 제가 전하의 백성들 중에서 군사를 모아 군대를 만들어드리겠습니다."

이반은 그 말을 듣고는 말했다.

"그래, 그럼 어디 만들어보게. 그리고 그 군사들을 될 수 있는 한 노래를 잘 부르도록 훈련시키게. 나는 그걸 제일 좋아하니까."

대장 도깨비는 나라를 돌아다니며 군사를 모집하기 시작했다. 그는 군대에 지원하는 사람에게는 술 한 병과 빨간 모자를 주겠다고 말했다.

바보들은 비웃었다.

"술 따위는 우리에게 얼마든지 있어. 술은 우리가 만들 수 있으니까. 또 모자만 해도 여자들이 원하는 대로 만들어주는걸."

그리하여 어느 누구 하나 군대에 지원하는 자가 없었다. 대장 도깨비는 다시 이반을 찾아갔다.

"임금님의 백성들은 바보라서 그런지 군대에 지원하는 자가 한 사람도 없습니다. 그러니 권력을 써서라도 그들을 끌고 오는 수밖에 없습니다."

"그래? 그러지, 뭐. 그럼 권력을 써서 군대를 만들어보게."

대장 도깨비는 포고령을 내렸다.

이 나라 백성들은 모두 군사가 되어야 하며, 만일 이를 거역할 시에는 이반 임금님께서 사형에 처하실 것이다.

그러자 바보들은 장군에게 몰려와 이렇게 말했다.

"당신은 우리에게 군사가 되지 않으면 임금님께서 사형에 처하실 거라고 했지만, 군대에 지원하면 어떻게 된다는 것은 말해주지 않았습니다. 군사가 되면 목숨을 잃게 된다고 하던데요."

"그런 일이 없다고는 못 하지."

그 말을 듣자 바보들은 고집을 부렸다.

"우린 군대에 가지 않을 겁니다. 둘 다 죽을 거라면 차라리 집에서 죽는 게 나아요."

"네놈들은 참 바보다. 어쩜 이렇게 한심할 수가. 군인이 된다고 해서 반드시 죽는 것은 아니야. 하지만 군대를 가지 않으면 반드시 이반 왕에게 사형을 당할걸."

바보들은 한참을 생각했다. 그리고 이반 왕에게로 갔다.

"장군님이 우리에게 와서는 우리 모두 군대에 들어오라고 합니다. 군대에 가면 죽을지 살지 모르지만, 가지 않으면 이반 임금님께서 우리를 사형에 처하실 거라고 했습니다. 그게 정말입니까?"

이반은 껄껄 웃었다.

"어찌 나 혼자서 너희를 전부 사형시킬 수 있겠느냐? 내가 바보가 아니라면 그 이유를 설명해줄 수 있겠지만, 우선 나도 잘 모르겠구나."

"그렇다면 저희는 군대에 가지 않겠습니다."

"그럼 그렇게들 하여라."

그래서 바보들은 장군에게 가서 군인이 되지 않겠다고 말했다.

대장 도깨비는 자신의 계획대로 일이 풀리지 않자, 이웃 나라의 타라칸 왕에게 가서 그에게 제안했다.

"이번 기회에 싸움을 걸어서 이반의 나라를 정복해버리세요. 저 나라는 돈은 없지만, 곡식이나 가축, 그 밖의 모든 것이 풍부합니다."

타라칸 왕은 전쟁을 시작했다. 큰 군대를 모아 총과 대포를 준비하고는 국경을 지나 이반 왕국에 침투하기 시작했다. 사람들은 이반에게로 달려와서 말했다.

"타라칸 왕이 전쟁을 선포했습니다."

"그래? 뭐 별일이야 있겠나? 얼마든지 하라지, 뭐."

타라칸 왕은 군대를 거느리고 국경을 넘었다. 우선 선발대를 파견하여 이반의 군대 상태를 살피게 했다. 선발대는 이곳저곳을 살펴보았지만 군대는 어디에도 없었다. 그러나 어디에서 갑자기 나타날지 모를 일이었다. 그래서 그들은 군대가 나타나기를 오래 기다렸지만 군대에 관한 소문조차도 들리지 않았다. 싸우려 해도 싸울 상대가 없는 것이었다. 타라칸 왕은 한 중대를 보내 마을을 점령하게 했다. 적군이 마을로 들이닥치자 바보 같은 백성들은 뛰쳐나와 적군을 보고는 기가 막힌 표정을 지었다. 군사들이 곡식과 가축을 빼앗아도 그들은 그저 바라보기만 할 뿐 누구 하나 자신을 지키려고 하지 않았다. 군사들은 다른 마을로 가보았다. 그곳 역시 마찬가지였다. 군사들은 하루 이틀 진군해보았지만, 어디를 가도 똑같았다. 사람들은 뭐든지 금방 다 내주고 오히려 적군들에게 자신들과 함께 살자고 권하기까지 했다.

"이봐요, 만일 당신들 나라에서 생활하기 어렵다면 모두 여기로 이사 오세요."

군사들은 점점 진군했지만 어디에도 군대는 보이지 않았고 백성들은 모두 일하면서 스스로 먹고살았으며 남들까지도 먹여 살렸다. 제 목숨을 지키겠다는 생각 따위는 조금도 하지 않았다.

군사들은 점점 따분해지기 시작했다. 그래서 타라칸 왕에게 가서 말했다.

"우리는 전쟁을 계속할 수가 없습니다. 부디 저희를 다른 나라로 보내주십시오. 한바탕 싸움이 벌어졌으면 좋겠는데 이건 도대체 어떻게 된 일인지 알 수가 없습니다. 마치 약하고 힘없는 자들을 무참하게 죽이는 것 같아서 싸울 기분이 안 납니다."

타라칸 왕은 화가 머리끝까지 나서 군사들에게 명령했다.

"그렇다면 나라를 휘저어가며 마을을 어지럽히고 집과 곡식에 불을 지르고 가축들을 죽여라. 만약 내 명령을 거역한다면 너희를 모두 추방해버리겠다."

군사들은 놀라서 왕의 명령을 따르기 시작했다. 집과 곡식을 불태우고 가축도 죽였다. 하지만 바보들은 그저 울고만 있을 뿐이었다. 어른이나 아이 할 것 없이 누구라도 울기만 했다.

"무엇 때문에 우리를 괴롭히는 겁니까? 왜 폭력을 써서 우리 재산을 빼앗아 가는 겁니까? 필요하다면 그냥 가지고 가면 될 것을."

군사들은 왠지 우울해졌다. 그들은 더 이상 전진할 수 없었다. 이윽고 군사들은 사방으로 흩어지고 말았다.

12

그리하여 대장 도깨비도 떠났다. 군대로는 이반을 무너뜨릴 수가 없었다. 도깨비는 다시 멋진 신사로 변장하여 이반의 나라로 들어갔다. 배불뚝이 타라스를 괴롭힌 것처럼 이반도 돈으로 골탕 먹이려는 계획이었다.

"저는 많은 지식을 전달해서 당신들에게 힘이 되고자 합니다. 그래서 먼저 이 나라에 집을 짓고 장사를 시작하려 합니다."

"그래, 그거 좋은 생각이군. 그럼 여기서 사시게."

하룻밤이 지나자 이 신사는 금화가 가득 들어 있는 커다란 자루와 종이를 가지고 광장으로 가서 이렇게 말했다.

"여러분은 마치 돼지와 같은 생활을 하고 있습니다. 그래서 내가 여러분에게 어떻게 살아야 하는지를 가르쳐주려고 합니다. 우선 이 설계도면대로 집을 지어주세요. 당신들이 일을 해주면 지시는 내가 하겠습니다. 내 지시를 따라주면 그 사례로 이 금화를 드리겠습니다."

신사는 이렇게 말하고는 사람들에게 금화를 보여주었다. 바보들은 깜짝 놀랐다. 그들은 지금까지 돈이라고 하는 것을 가져본 적이 없었다. 필요한 물건은 서로 교환을 했으며 힘든 일도 품앗이로 해결해왔기 때문이다. 그들은 금화에 반해버렸다.

"우와, 어쩜 저렇게 아름다울까."

그들은 온갖 물건과 노동력을 금화와 바꾸려고 그에게 몰려갔다. 대장 도깨비는 타라스의 나라에서 했던 것처럼 금화를 마구 뿌려대기 시작했다. 사람들은 모두 금화를 얻기 위해 어떤 물건이라도 그에게 가져가고, 무슨 일이라도 하러 그를 찾아갔다. 도깨비는 신이나서 생각했다.

'이 정도면 일이 꽤 순조롭게 풀리는데. 이번에야말로 저 바보 녀석을 타라스처럼 해치우고 말겠어. 녀석을 엉망으로 짓밟아놓겠어.'

그런데 바보들은 금화를 손에 넣자마자 목걸이에 쓸 물건으로 생각했는지 여자들에게 줘버렸다. 여자들은 그것으로 머리 장식을 하고 아이들까지도 금화를 장난감으로 가지고 놀 정도로 금화가 흔해졌다. 그들은 더 이상 금화를 탐내지 않게 되었다. 그러자 대궐같이 큰 신사의 집은 반 정도밖에 지어지지 않았고 곡식과 가축들도 일 년분도 채 되지 않았다. 그래서 신사는 자신에게 일을 하러 오라고 부추기며 곡식과 가축을 가지고 오면 더 많은 금화를 주겠노라고 말했다.

하지만 어느 누구도 일하러 온다는 사람이 없었고 무엇 하나 가지고 오는 사람도 없었다. 그저 가끔씩 어린아이들이 달걀을 가지고 와서 금화로 바꾸거나 할 뿐이었다. 신사는 점점 먹을 것이 궁하게 되었다. 마침내 그는 배가 고파 참을 수가 없어서 뭔가 먹을 것을 사려고 마을로 나갔다. 어느 집에 들어가 닭을 사려고 금화를 내밀었지만 부인은 눈길도 주지 않았다.

"금화 같은 건 우리 집에도 아주 많아요."

그래서 그는 이번에는 어떤 어부의 집에 가서 생선을 사려고 금화를 내밀었다. 그랬더니 어부가 하는 말이 "나한테는 이런 거 필요 없어요. 우리 집엔 아이들도 없어서 가지고 놀 사람도 없거든요. 신기한 거라 나도 벌써 세 개나 가지고 있답니다"라는 것이었다.

이번에는 빵을 사기 위해 어느 농부의 집으로 갔다. 그러나 그 농부는 금화를 받지 않았다.

"우리 집은 그런 거 필요 없어요. 하느님을 위해 적선을 하는 거라면 몰라도. 잠시만 기다려보시오. 집사람한테 빵 한 토막 잘라달라고 할 테니."

도깨비는 침을 뱉고는 농부 집에서 나와버렸다. 내가 적선을 받다니. 이렇게 해서 그는 결국 빵도 얻지 못했다. 다들 금화는 넘칠 정도로 많이 가지고 있었다. 도깨비가 어디를 가든, 누구 한 사람 금화로는 아무것도 주려 하지 않았다. 그러고는 모두들 이렇게 말하는 것이었다.

"이제는 뭔가 다른 것을 가지고 오거나 일을 하는 게 어떻겠소. 아니면 차라리 동냥을 하시구려."

그러나 도깨비가 가진 것이라곤 금화밖에 없었고 도깨비는 일하는 것도 싫어했으며 더군다나 동냥을 할 생각은 꿈에도 하지 않았다. 도깨비는 분노했다.

"도대체 돈을 준다고 하는데, 왜 필요 없다는 거야? 돈만 있으면 뭐든지 살 수 있고 어떤 일꾼도 부릴 수가 있잖아."

그러나 바보들은 한 사람도 귀를 기울이지 않았다.

"우리에게 그런 것은 필요 없어요. 여기선 돈을 쓸 일도, 세금을 낼 일도 없으니까요."

도깨비는 저녁도 못 먹고 잠자리에 들었다.

이 일은 바보 이반의 귀에 들어갔다. 백성들이 그에게 가서 이렇게 물었다.

"도대체 어떻게 하면 좋겠습니까? 어느 날 말쑥하게 차려입은 웬 신사가 나타났는데, 이 신사는 먹고 즐기는 것만 좋아하지 일하는 것도 싫어하고 남의 성의도 무시하며 그저 사람들에게 금화만 주려고 합니다. 처음 금화가 없었을 때에는 그 신사에게 무엇이든 주었지만 지금은 아무것도 주지 않습니다. 그 신사를 어떻게 하면 좋을까요? 저러다 굶어 죽는 건 아닌지 모르겠어요."

이반은 다 듣고 나서 말했다.

"그럼 그를 도와줘야겠군. 그를 양치기 목자처럼 이 집 저 집 돌아다니며 얻어먹게 하면 되겠어."

할 수 없이 도깨비는 이 집 저 집을 돌아다니며 밥을 얻어먹었다. 그러는 동안 이반의 궁궐까지 차례가 돌아왔다. 도깨비가 점심을 먹으러 와보니 이반의 집에서는 벙어리 여동생이 식사를 준비하고 있었다. 그녀는 지금까지 수없이 게으름뱅이들에게 속아왔었다. 게으름뱅이들은 하나같이 일은 하지 않고 언제나 다른 사람보다 일찍 와서 먼저 음식을 먹어치우는 것이었다. 그녀는 그들의 손만 보고도 게으름뱅이를 곧잘 가려냈다. 그래서 손에 굳은살이 박인 사람은 바로 식탁에 앉혔지만, 굳은살이 박여 있지 않은 사람에게는 먹고 남은 음식을 주었다.

도깨비가 식탁에 앉으려 하자 말라냐는 바로 그의 손을 들여다보았다. 그 손은 굳은살도 없이 깨끗하고 부드러웠고 손톱은 길게 자라 있었다. 그녀는 도깨비를 나무라며 식탁에서 끌어 내렸다.

그러자 이반의 아내가 도깨비에게 말했다.

"너무 기분 나빠하지 마세요. 우리 아가씨는 손에 굳은살이 박이지 않은 사람은 식탁 가까이에 오지 못하도록 하고 있어요. 조금만 기다렸다가 다른 사람들이 다 먹고 난 다음 남아 있는 것을 드세요."

도깨비는 궁궐에서 자기에게 돼지와 똑같은 것을 먹이려 한다고 생각하자 화가 치밀었다. 그래서 이반을 향해 말했다.

"당신 나라에서는 누구든지 손으로 일하지 않으면 안 된다는 대단히 어리석은 법률이 있는가 보군요. 이건 당신들이 어리석기 때문에 나온 생각에 불과합니다. 영리한 사람은 무엇으로 일하는지 아십니까?"

이반이 말했다.

"우리 같은 바보가 그걸 어떻게 알겠나? 우리는 모든 일을 손과 등으로 한다네."

"그건 당신들이 뭘 모르기 때문에 그러는 거예요. 우선 내가 머리로 어떻게 일하는지 그것을 가르쳐드리겠습니다. 그러면 당신들도 손보다 머리로 일하는 것이 편하다는 것을 알게 될 겁니다."

이반은 놀랐다.

"그렇군. 그래서 다들 우리를 바보라 하는군!"

그러자 도깨비는 설명하기 시작했다.

"그렇다고 머리로 일하는 것이 결코 쉬운 것은 아닙니다. 여러분은 내 손에 굳은살이 없다고 먹을 것도 주지 않는데, 그건 여러분이 머리로 일하는 것이 손으로 일하는 것보다 백 배는 힘들다는 것을 몰라서 하는 소리입니다. 어떨 땐 머리가 빠개질 정도로 힘들 때가 있어요."

이반은 골똘히 생각했다.

"하지만 그렇다면 그대는 왜 그렇게 자신을 괴롭히는 건가? 머리가 빠개질 정도가 쉬운 일이라고? 그럼 차라리 손과 등을 써서 좀 더 쉬운 일을 하는 것이 낫지 않을까?"

"내가 내 자신을 괴롭히는 것은 당신들같이 어리석은 사람들을 불쌍히 여기기 때문입니다. 만일 내가 내 자신을 괴롭히지 않는다면 당신들은 언제까지나 바보로 살겠지요. 하지만 나는 지금까지 머리로 일해왔기 때문에 이제부터 여러분에게 머리로 일하는 법을 가르쳐주려고 하는 겁니다."

이반은 놀랐다.

"그렇다면 가르쳐주게, 손이 지쳤을 때 머리로 일할 수 있도록."

도깨비는 그러마고 약속했다. 이반은 온 나라에 방을 붙였다.

멋진 신사가 머리로 일하는 방법을 가르쳐주기로 했다. 머리로 일을 하면 손으로 하는 것보다 훨씬 더 많은 일을 할 수 있다. 그러니 모두들 와서 배우도록 하라.

이반은 광장에 높은 망대를 만들어 그곳에 사다리를 놓고 그 위에 연단을 준비했다. 이반은 모두가 잘 볼 수 있는 곳에 신사를 데리고 갔다. 신사는 연단 위에 서서 이야기를 시작했다. 무식한 백성들은 그걸 보러 몰려왔다. 바보들은 생각했다. 저 신사는 손을 쓰지 않고 머리로 일하는 방법을 실제로 보여줄 것이라고. 그러나 도깨비는 어떻게 하면 일하지 않고 살아갈 수 있는지를 그저 입으로만 가르쳐주었다. 바보들은 무슨 말인지 도무지 이해할 수가 없었다. 얼마 동안 가만히 듣고만 있다가 이윽고 각자의 일을 하러 흩어졌다.

도깨비는 온종일 연단에 서 있었다. 그다음 날도 여전히 서 있었다. 그렇게 계속 떠들어댔다. 마침내 그는 배가 고파왔다. 하지만 바보들은 연단 위에 있는 그에게 빵을 가져다줄 생각을 하지 못했다. 만일 그가 머리로 일할 수 있다면 머리로 자신의 빵을 만드는 것쯤이야 아무 일도 아니라고 생각한 것이다. 그다음 날도 도깨비는 연단 위에 서서 계속 떠들어댔다. 그래도 사람들은 단지 옆으로 와서 잠시 듣다가는 바로 떠나버렸다.

이반은 가끔 사람들을 불러 물어보았다.

"어떤가? 그 신사는 이제 머리로 일하기 시작했나?"

"아직은 아니옵니다. 계속 혼자 떠들고 있기만 합니다."

도깨비는 여전히 연단에 서 있었고, 그러는 동안 점점 지쳐갔다. 어느 날은 한 번 비틀거리더니 기둥에 머리를 부딪치고 말았다. 한 바보가 그것을 보고 이반의 아내에게 일러주자 이반의 아내는 들판에 있던 남편에게로 달려갔다.

"자, 가봅시다. 드디어 신사가 머리로 일하기 시작했다고 하네요."

이반은 깜짝 놀랐다.

"그게 정말이오?"

이반은 말을 몰아 연단으로 달려갔다. 그가 연단에 도착했을 때, 신사는 이미 굶주림으로 쇠약해져서 비틀거리며 기둥에 머리를 부딪치고 있었다. 마침 이반이 그 밑으로 다가갔을 때 도깨비는 결국 쓰러지더니 머리로 계단을 치면서 요란한 소리와 함께 굴러떨어졌다.

"그렇군. 때로는 머리가 빠개질 수도 있다고 하더니 진짜로군. 이건 손에 굳은살 박이는 정도하고는 비교도 안 돼. 이렇게 일하다가는 머리가 혹투성이가 되겠어."

도깨비는 이렇게 사다리에서 굴러떨어져 무서운 속도로 땅바닥에 머리를 박았다. 그래서 이반은 그가 얼마나 많은 일을 했는지 보려고 옆으로 다가갔다. 그러자 순간 땅이 갈라지더니 도깨비가 그 속으로 떨어지고 말았다. 그리고 그 자리에는 그저 구멍 하나만이 남았다.

이반은 머리를 긁적거렸다.

"이놈이 또! 무슨 이런 고약한 놈이 다 있나! 또 그놈이었어! 그놈들의 아비가 틀림없어. 정말 못된 놈이군!"

이반은 지금까지도 살아 있으며 많은 백성이 그 나라로 몰려왔다. 두 형도 그에게로 찾아와서 그와 함께 살고 있다. 누군가가 와서 "부디 절 거두어주십시오"라고 말하면 그는 언제나 이렇게 말한다.

"그래, 좋아. 얼마든지 있어도 돼. 여기에는 무엇이든 잔뜩 있으니."

다만 이 나라에는 한 가지 관습이 있다. 손에 굳은살이 박인 사람은 대접을 받을 수 있지만 손에 굳은살이 없는 사람은 남이 먹다 남긴 것을 먹어야 한다는 것이다.

목걸이

기 드 모파상

그녀는 운명의 장난처럼 월급쟁이 가정에서 태어난 아름답고 매력적인 여자였다. 지참금도 없었고, 기대할 만한 것도 없었으며, 부유하고 지체 높은 남자에게 알려져 이해받고 사랑받으며 결혼할 수 있는 그 어떤 길도 없었다. 그래서 그녀는 국민교육부에서 근무하는 하급 공무원과 결혼해버렸다.

몸치장을 할 수 있는 형편이 아니어서 소박하게 살았지만, 그녀는 어느 날 갑자기 사회적 지위가 격하된 사람처럼 불행해했다. 여자란 신분이나 혈통보다는 미모, 우아함, 매력이 출신과 가문을 대신하는 법이다. 따라서 타고난 섬세함, 단아한 본능, 융통성 등만 있다면 서민의 딸이라도 귀부인과 동등할 수 있다.

모든 우아함과 사치를 위해 태어났다고 믿고 있는 그녀는 언제나 괴로웠다. 자신의 빈곤한 집, 초라한 벽, 낡은 의자, 빛바랜 커튼이 그녀의 마음을 아프게 했다. 같은 신분의 다른 여자라면 신경 쓰지도 않았을 이 모든 것이 그녀에겐 고문이었고, 그녀를 화나게 하는 이유였다. 브르타뉴 태생의 어린 하녀가 자신의 보잘것없는 살림살이를 청소하는 것을 볼 때면 슬픈 후회와 격렬한 갈망이 되살아나곤 했다. 그녀는 동양적인 벽지를 바르고 높은 청동 촛대로 불을 밝힌 방음이 잘된 응접실을 상상했고, 또 난방기의 후끈한 열기에 커다란 안락의자에서 선잠이 든 짧은 바지를 입은 두 명의 키 큰 하인을 상상해보았다. 그녀는 모든 여자가 갈망하고 관심을 갖는 저명하고 인기 있는 남자들과 가장 가까운 친구들이 모여 오후 다섯 시의 담화를 즐길 수 있는 고풍스런 비단으로 장식한 커다란 응접실을, 값을 평가할 수 없는 골동품들이 장식된 고급스런 가구를, 향기롭고 멋들어진 아담한 방을 상상하기도 했다.

저녁을 먹기 위해 삼 일 동안 사용한 식탁보가 덮인 둥근 탁자 앞에 앉았을 때, 마주 앉은 남편이 수프 그릇을 발견하고는 "이야, 맛있는 수프로군! 이보다 더 좋은 것이 없지" 하고 기쁜 표정으로 소리칠 때면, 그녀는 고급스런 만찬과, 화려한 은그릇과, 요정의 숲 한가운데에 사는 기이한 새들과, 고대 인물들로 온 벽을 가득 채운 장식 융단을 생각했고, 또한 멋진 접시에 차려 나오는 진미와 분홍빛 송어 살과 들꿩 날개를 음미하면서 스핑크스와 같은 미소를 지으며 속삭이고 귀 기울여 듣는 품위 있는 행동을 생각했다.

그녀는 옷도 보석도 아무것도 없었다. 그런데도 그녀는 오로지 그런 것들만 좋아했으며, 그것들을 위해 태어난 것같이 느꼈다. 그토록 그녀는 사람들의 마음에 들고 싶었고, 부러움을 받고 싶었으며, 매혹적으로 보여 환심을 사고 싶었다.

그녀에게는 수녀원 부속 여학교 동창인 부유한 친구가 한 명 있었는데, 그 친구를 만나고 돌아올 때면 너무도 마음이 아파서 다시는 그 친구를 만나고 싶지 않았다. 그녀는 슬픔과 후회와 절망과 고뇌에 젖어 삼 일 내내 울곤 했다.

그러던 어느 날 저녁, 그녀의 남편이 커다란 봉투를 손에 들고 의기양양한 표정으로 귀가했다.

"자, 여기 당신을 위한 것이오."

그녀는 봉투를 재빨리 찢은 후 다음과 같은 글이 인쇄된 카드 한 장을 꺼내 들었다.

국민교육부 장관과 조르주 랑포노 여사가 1월 18일 월요일 장관 관저에서 저녁 연회를 열 예정이니, 루아젤 부부께서는 참석하여 자리를 빛내주시기를 바랍니다.

기뻐하리라 생각했던 남편의 기대와 달리 그녀는 화를 내며 초대장을 탁자 위에 던지고는 중얼거렸다.

"이걸 가지고 어쩌라는 말이에요?"

"아니, 여보. 나는 당신이 좋아할 거라고 생각했는데. 당신은 외출해본 적이 없으니 아주 좋은 기회잖소! 내가 이걸 얻으려고 얼마나 노력을 했는지 몰라요. 모든 사람이 원했다고. 다들 가고 싶어 하던걸. 일반 공무원들에게는 몇 장 주지도 않았소. 그날 그곳에 가면 고관들을 모두 보게 될 거요."

그녀는 성난 눈으로 남편을 바라보다가 참을 수 없어 말했다.

"대체 뭘 입고 그곳에 가라는 거예요?"

남편은 거기까지는 생각해보지 않았다. 그가 더듬거렸다.

"그, 당신이 연극 공연을 보러 갈 때 입는 드레스 있잖소. 난 그 드레스가 참 좋아 보이던데……."

그는 부인이 우는 걸 보고는 놀라 어쩔 줄 모르고 입을 다물었다. 두 줄기 굵은 눈물방울이 눈가에서 입가로 천천히 흘러내렸다. 그는 중얼거리며 말했다.

"왜 그러오? 응?"

그녀가 간신히 마음을 가라앉힌 후 젖은 볼을 닦으며 침착한 목소리로 대답했다.

"아무것도 아니에요. 다만 옷이 없기 때문에 저는 그 파티에 갈 수 없어요. 저보다 옷을 더 잘 입을 수 있는 부인이 있는 당신 동료에게 그 초대장을 주세요."

남편은 미안했다. 그는 다시 말을 이었다.

"여보, 마틸드. 다른 때에도 입을 수 있는 좀 수수한 그런 옷은 얼마 정도 할까?"

그녀는 잠시 생각했다. 가격을 계산해보고 이 검소한 공무원이 깜짝 놀라 소리를 지르며 일언지하에 거절하지 않을 금액을 따져보았다.

마침내 그녀는 주저하며 대답했다.

"저도 정확히는 잘 몰라요. 하지만 4백 프랑 정도면 살 수 있을 것 같아요."

남편은 조금 창백해졌다. 다가오는 여름에 일요일마다 종달새를 잡으러 가는 몇몇 친구와 함께 낭테르 평원에서 사냥을 즐기기 위해 엽총을 사려고 정확히 이만큼의 돈을 모아두었던 것이다.

그러나 그는 말했다.

"좋아요. 4백 프랑을 주겠소. 예쁜 드레스를 사도록 해요."

연회 날이 다가오는데 루아젤 부인은 근심과 불안에 싸인 듯 침울해 보였다. 옷은 준비되어 있었다. 그래서 남편은 어느 저녁에 그녀에게 물었다.

"무슨 일 있는 거요? 사흘 전부터 당신 정말 이상하네."

"보석이든 장신구든 뭐 하나 치장할 것이 없어서 그래요. 제 모습이 정말 초라해 보일 거예요. 이번 연회는 가지 않는 게 좋겠어요."

남편이 대답했다.

"생화를 달구려. 이런 계절에는 아주 근사할 거라고. 10프랑이면 두세 송이의 멋진 장미를 살 수 있을 거요."

그녀는 전혀 수긍하지 않았다.

"싫어요…… 돈 많은 여자들 사이에서 가난하게 보이는 것만큼 치욕스러운 일은 없을 거예요."

그러자 남편이 말했다.

"당신도 참! 당신 친구인 포레스티에 부인에게 보석을 빌려달라고 부탁하면 되잖소. 그런 것쯤은 들어줄 수 있는 사이이니."

그녀는 기뻐하며 소리쳤다.

"맞아요. 그 생각을 전혀 못 했네요."

다음 날 그녀는 친구 집에 찾아가서 자신의 사정을 이야기했다. 포레스티에 부인은 거울이 달린 장롱으로 다가가 커다란 상자를 들고 와서 열어 보이며 루아젤 부인에게 말했다.

"골라봐."

먼저 팔찌 몇 개를 보았고, 그다음엔 진주 목걸이를, 베네치아산 십자가를, 잘 세공된 금은 보석을 보았다. 그녀는 거울 앞에서 장신구를 달아보고 망설이면서 벗어놓거나 돌려줄 마음의 결정을 내리지 못했다.

그녀가 물었다.

"다른 건 없어?"

"있고말고. 잘 찾아봐. 어떤 것이 네 마음에 들지 모르겠네."

순간 그녀는 검은 공단 상자에서 멋들어진 다이아몬드 목걸이 하나를 발견했다. 그녀의 가슴은 절제할 수 없는 욕망으로 뛰기 시작했다. 목걸이를 집는 그녀의 손이 떨렸다. 그녀는 가슴이 파이지 않은 드레스를 입은 목에 그것을 걸고는 스스로의 모습에 도취되어서 있었다.

잠시 후 그녀는 걱정스러운 듯 망설이면서 물었다.

"다른 것 말고, 이걸 빌려줄 수 있니?"

"그럼, 물론이지."

그녀는 친구의 목을 감싸 안고는 열렬하게 양 볼에 키스를 한 후, 보석을 들고 도망치듯 나왔다.

연회 날이 돌아왔다. 루아젤 부인은 성공을 거두었다. 그녀는 그 어떤 여자보다도 예뻤고, 품위 있었으며, 우아했고, 미소에는 기쁨이 넘쳐흘렀다. 모든 남성이 그녀를 바라보았으며, 그녀의 이름을 물었고, 소개를 받으려고 애썼다. 정부의 모든 고관이 그녀와 왈츠를 추고 싶어 했다. 장관도 그녀를 눈여겨보았다.

그녀는 아무것도 생각하지 않고 자신의 미모가 이룬 쾌거와 성공의 영광, 모든 찬사와 감탄, 환기된 갈망과 한없이 달콤하고 완벽한 이 승리가 빚어낸 일종의 행복의 구름 속에서 기쁨에 도취되어 춤을 추었다.

그녀는 새벽 네 시경에 그곳에서 나왔다. 그녀의 남편은 자정부터 정신없이 즐기고 있는 부인들을 기다리는 또 다른 세 명의 남자와 함께 사람이 없는 작은 응접실에서 졸고 있었다. 그는 그녀가 집으로 돌아갈 때 입으려고 가져온 겉옷을 아내의 어깨 위에 걸쳐주었다. 평상시에 입는 그 옷은 파티복의 우아함에 대비되어 누추함이 도드라졌다. 그녀는 값비싼 모피를 두른 다른 부인들의 눈에 띨까 봐 도망치고 싶었다.

루아젤이 그녀를 붙들었다.

"잠시만 기다려요. 밖이 추워 감기 들지도 몰라요. 마차를 부르리다."

하지만 그녀는 남편의 말을 듣지 않고 계단을 재빨리 내려갔다. 그들이 거리로 나왔을 때 마차는 보이지 않았다. 그래서 그들은 멀리 지나가는 마부들을 소리쳐 부르기 시작했다.

그러나 아무리 불러도 마차가 오지 않자 낙담한 그들은 추위에 떨며 센 강 쪽으로 내려갔다. 낮 동안에는 그 초라함이 부끄럽다는 듯 나오지 않다가 오직 밤에만 파리를 돌아다니는 밤 마차 한 대를 마침내 강가에서 발견했다.

마차는 그들을 마르티르 거리에 있는 집 문 앞까지 데려다 주었다. 그들은 쓸쓸하게 층계를 올라갔다. 그녀에겐 모든 것이 끝났다.

남편은 내일 아침 열 시까지 국민교육부에 출근할 일을 생각하고 있었다.

영광의 모습을 다시 한 번 보기 위해 그녀는 거울 앞에서 어깨에 걸쳤던 옷을 벗었다. 그 순간 그녀가 비명을 질렀다. 목에 걸었던 다이아몬드 목걸이가 보이지 않았던 것이다!

벌써 반쯤 옷을 벗은 남편이 물었다.

"무슨 일이오?"

미친 사람처럼 그녀는 남편을 돌아보았다.

"저…… 저…… 포레스티에 부인 목걸이가 없어졌어요."

남편은 놀라 벌떡 일어섰다.

"뭐요……! 어떻게…… 그럴 리가 없소!"

그들은 드레스며, 외투며, 주머니 속을 샅샅이 뒤졌다. 하지만 아무것도 찾지 못했다.

남편이 물었다.

"연회장을 떠날 때 목걸이를 걸고 있었던 것이 확실하오?"

"그럼요. 교육부 현관 입구에서 그걸 만졌는걸요."

"하지만 만약 당신이 길에서 잃어버렸다면 떨어지는 소리를 들었을 텐데. 그럼 마차에 있겠군."

"그래요. 그럴지도 몰라요. 마차 번호를 기억해요?"

"아니. 당신은, 당신은 번호를 보지 않았소?"

"아니요."

그들은 실망한 채로 생각에 잠겼다. 마침내 루아젤이 다시 옷을 입었다.

"내가 가보겠소. 목걸이를 찾을 수 있을지 모르니 우리가 왔던 길을 되짚어 가봐야겠소."

그리고 남편은 밖으로 나갔다. 그녀는 잠자리에 누울 기력도 없어 의자에 쓰러진 채, 불도 피우지 않고 아무 생각 없이 연회복 차림 그대로 있었다.

일곱 시쯤 남편이 돌아왔다. 손에는 아무것도 없었다.

그는 경찰서로, 현상을 걸기 위해 신문사로, 마차 회사로, 조금이라도 희망이 보이는 곳이면 어디나 찾아가 보았다.

그녀는 이 무서운 재난 앞에서 불안한 상태로 하루 종일 남편을 기다렸다.

루아젤이 저녁에 핼쑥하고 창백한 얼굴로 돌아왔다. 그는 아무것도 발견하지 못했다.

"당신 친구에게 목걸이 잠금 장치가 부러져 고치고 있는 중이라고 편지를 써야겠소. 그러면 돌려주는 데 조금이라도 더 시간을 벌 수 있을 거요."

그녀는 남편이 불러주는 대로 편지를 썼다.

일주일이 지나자 그들은 모든 희망을 잃어버렸다.

다섯 살은 더 늙은 것 같은 루아젤이 단언했다.

"똑같은 보석을 찾아봐야겠소."

다음 날 그들은 목걸이를 담아둔 상자를 들고 상자 안에 적힌 보석상을 찾아갔다. 보석상 주인은 장부를 살펴보았다.

"부인, 이 목걸이를 판 사람은 제가 아닙니다. 상자만 판 것 같군요."

그들은 똑같은 목걸이를 찾기 위해 자신들의 기억을 더듬어가며 슬픔과 고통으로 병든 사람처럼 이 가게, 저 가게를 돌아다녔다.

마침내 그들은 찾고 있는 것과 똑같아 보이는 다이아몬드 목걸이를 팔레루아얄의 한 상점에서 발견했다. 값은 4만 프랑이었다. 주인은 3만 6천 프랑에 팔겠다고 했다.

그들은 주인에게 사흘 안에 올 테니 목걸이를 다른 사람에게 팔지 말아달라고 부탁했다. 그리고 만약 그들이 목걸이를 산 후 2월

말 전에 잃어버린 목걸이를 다시 찾으면, 3만 4천 프랑에 물러달라는 조건도 덧붙였다.

루아젤은 아버지가 물려준 1만 8천 프랑을 가지고 있었다. 나머지는 빚을 얻어야 했다. 그는 이 사람에게 천 프랑, 저 사람에게 5백 프랑, 여기서 5루이,* 저기서 3루이를 부탁해 빚을 얻었다. 또 어음을 발행했고, 파산을 초래하는 저당을 잡혔으며, 고리대금업자를 비롯한 모든 대금업자와 거래를 했다. 그는 자신의 남은 인생을 위태롭게 하며, 이행할 수 있을지 없을지도 모르는 서류에 서명을 했다. 그리고 미래에 대한 불안과 그를 지치게 할 어두운 가난과 예상되는 모든 물질적 결핍과 정신적 고통에 몸을 떨며 새 목걸이를 사기 위해 보석상에 가서 3만 6천 프랑을 계산대 위에 올려놓았다.

루아젤 부인이 포레스티에 부인에게 그 목걸이를 돌려주자 그녀는 얼굴을 찡그리며 말했다.

"좀 더 일찍 돌려줬어야지. 필요한 일이 생겼으면 어쩔 뻔했어."

포레스티에 부인은 그녀가 걱정한 대로 보석 상자를 열어보지 않았다. 목걸이가 바뀐 것을 알아차렸다면 어떻게 생각했을까? 무슨 말을 했을까? 자신을 도둑으로 여기지는 않았을까?

루아젤 부인은 곧 궁핍한 생활의 끔찍함을 알게 되었다. 그녀는 비장한 결심을 했다. 무시무시한 빚을 갚아야만 했다. 내가 갚으리라. 그녀는 하녀를 내보냈으며, 집을 옮겨 지붕 밑 다락방으로 세를 얻었다.

그녀는 집안일이 얼마나 힘든지, 부엌일이 얼마나 귀찮은지를 알게 되었다. 기름때가 낀 사기그릇과 찌꺼기가 달라붙은 냄비 밑바닥을 분홍빛 손톱이 닳도록 닦아냈다. 더러운 옷가지, 셔츠, 행주를

---

* 루이 13세 때 만들어진 20프랑짜리 금화.

빨아 빨랫줄에 널어 말렸으며, 매일 아침 쓰레기를 버리러 길가로 내려갔고, 층계참마다 숨을 돌리면서 물을 길어 올렸다. 또 하층 계급의 여자처럼 옷을 입고 바구니를 손에 들고는 과일 가게며 식료품 가게며 정육점을 다녔는데, 한 푼이라도 절약하기 위해 욕을 얻어먹으면서까지 값을 깎기도 했다.

매달 어음을 결제해야 했고, 다른 어음은 새로 쓰거나 연장해야 했다.

남편은 매일 저녁 다른 상인들의 장부를 정서해주는 일을 했으며, 밤에는 한 페이지 당 5수*를 받으며 종종 사본을 만들어주곤 했다.

이런 생활은 십 년 동안 지속되었다.

십 년이 지났을 때 그들은 모든 빚, 고리대금 이자와 함께 축적된 이자의 이자까지도 모두 갚았다.

이제 루아젤 부인은 늙어 보였다. 그녀는 가난한 가정의 억세고 거친 여인이 되어버렸다. 빗질도 제대로 하지 않고 정갈하지 않은 치마를 입고 손은 발그스름해졌다. 큰 소리로 말을 했으며 큰 양동이로 물을 퍼부으며 마룻바닥을 닦아냈다. 하지만 가끔 남편이 출근하고 없을 때 그녀는 창가에 앉아서 그녀가 그토록 아름답고 즐거웠던 예전의 그 연회를 생각하곤 했다.

만약 그녀가 목걸이를 잃어버리지 않았다면 어떻게 되었을까? 누가 알 것인가? 누가 알 수 있단 말인가? 인생은 이토록 기이하고 변화가 많은 것이다! 사소한 일이 파멸을 가져오기도 하고 구원을 하기도 하다니!

그러던 어느 일요일, 그녀는 일주일 동안의 피로를 풀기 위해 샹

---

* 옛 화폐 단위.

젤리제 거리에 산책을 하러 나갔다가, 우연히 어린아이를 데리고 산책을 하는 한 여자를 발견했다. 여전히 젊고 여전히 아름다우며 여전히 매력적인 포레스티에 부인이었다.

루아젤 부인은 어떤 강렬한 감정을 느꼈다. 포레스티에 부인에게 말을 걸까? 물론이다. 지금은 빚을 다 갚았으니 포레스티에 부인에게 모든 것을 얘기할 것이다. 못 할 이유가 없지 않은가?

그녀가 다가갔다.

"잔, 잘 있었어?"

포레스티에 부인은 그녀를 전혀 알아보지 못했으므로 이 초라한 여자가 이토록 친근감 있게 자신을 부르는 것에 놀랐다. 그녀가 더 듬거리며 말했다.

"부인, 저는 댁을 잘 모르겠군요……. 사람을 잘못 보신 것 같네요."

"아니. 나 마틸드 루아젤이야."

친구가 소리를 질렀다.

"아……! 가엾은 마틸드, 이렇게 변하다니!"

"그래, 너를 마지막으로 본 후부터 아주 힘든 나날을 보냈어. 가난에 시달렸거든……. 너 때문에!"

"나 때문이라니…… 무슨 소리야?"

"교육부 파티에 가려고 내가 너에게 빌렸던 다이아몬드 목걸이 기억하지?"

"그럼, 그런데?"

"그런데 내가 그걸 잃어버렸었거든."

"뭐라고? 그건 나한테 돌려줬잖니."

"내가 준 것은 생긴 건 똑같지만 다른 목걸이였어. 그래, 그 돈을 갚는 데 십 년이나 걸렸지. 이해하겠지, 아무것도 없는 우리로서는 쉬운 일이 아니었어……. 어쨌든 다 지난 일이야. 지금은 아주 홀가

분해."

포레스티에 부인이 멈춰 섰다.

"네 말은 그러니까 내 것을 대신하기 위해 다른 다이아몬드 목걸이를 샀단 말이니?"

"그래. 못 알아봤구나, 그렇지? 목걸이가 아주 똑같았으니까."

그리고 그녀는 자랑스럽고 순박한 기쁨의 미소를 지었다.

포레스티에 부인은 감정이 북받쳐서 그녀의 두 손을 잡았다.

"아! 가엾은 마틸드! 내 것은 가짜였어. 그 목걸인 기껏해야 5백 프랑밖에 안 되는 거였는데……!"

검은 고양이

에드거 앨런 포

지금 여기에 써 내려가는 참으로 기괴하고도 단순한 이야기를 나는 다른 사람들이 믿어주리라 생각지도 않고, 또 그렇게 바라지도 않는다. 그렇다. 우선 내 눈과 귀가 받아들이지 못하는 그 사건을 다른 사람에게 간절히 믿어달라는 것 자체가 미친 짓일 것이다. 그러나 나는 정신이 이상한 것도 아니고, 꿈을 꾸고 있는 것도 아니다. 나는 이제 내일이면 이 세상 사람이 아니다. 그러니 적어도 오늘만큼은 이 무거운 마음의 짐을 내려놓고 싶은 것이다. 나는 그저 집 안에서 일어난 일련의 사건을 있는 그대로 솔직하게, 아무런 이유도 달지 않고 세상 사람들 앞에 드러내 놓고 싶은 것이다.

그 사건은 나를 공포의 도가니로 몰아넣고 괴롭히다가, 결국엔 나를 파멸시키고 말았다. 하지만 그 사건이 어떻게 일어나게 되었는지에 대해 구태여 설명할 생각은 없다. 나에게 있어서 그 사건은 몸서리쳐지는 공포, 오로지 공포 그 자체였지만 다른 사람들 눈에는 무섭다기보다 그저 황당무계한 사건에 지나지 않을 수도 있다. 그리고 그중에는 나에게 있어 악몽 그 자체였던 것도 별것 아닌 흔한 사건이라며 웃어넘길 사람도 있을 것이다. 나 같은 사람보다 더 냉정하고 논리적이며 쉽게 흥분하지 않는 사람에게는, 지금 내가 떨리는 손끝으로 써 내려가는 이 사건에서도 극히 자연스러운 인과 관계만을 더듬어갈 것이다.

어릴 적부터 나는 유독 정이 많고 유순한 성격이었다. 이런 여리고 착한 마음씨는 걸핏하면 친구들로부터 놀림거리가 되곤 했다. 특히 동물을 좋아해서 부모님은 내가 원하는 대로 여러 종류의 애완동물을 사주셨다. 아침에 눈을 뜨면서부터 잠자리에 들 때까지 나는 거의 하루 종일 동물들과 뒹굴면서 시간을 보냈고, 그들을 안아주거나 먹이를 줄 때가 나에게는 가장 행복한 순간이었다. 이러한 성향은 나이가 들면서 더욱 강해져, 어른이 되어서도 가장 큰 즐거움이라면 바로 애완동물들과 함께 있는 것이었다.

만약 한 번이라도 영리하고 충실한 개를 키워본 적이 있는 사람에게라면, 이러한 즐거움이 어떤 것인지, 얼마나 깊은 것인지 설명할 필요는 없으리라. 인간들의 치사한 우정이나 얄팍한 신뢰에 몇 번인가 고배를 마신 경험이 있는 사람들은 동물들의 그 순수하고 사심 없는 충성심에서 뼈에 사무치는 무언가를 느끼리라.

나는 젊은 나이에 결혼을 했다. 다행히 아내 역시 대체로 나와 취향이 맞는 여자였다. 내가 동물을 좋아하는 걸 알아차리고는 여러 귀여운 동물들을 사들였다. 작은 새와 금붕어, 강아지, 토끼, 원숭이 새끼, 그리고 고양이도 한 마리 들여왔다.

여기에서 마지막에 언급한 고양이, 이 고양이는 상당히 몸집이 크고 새까만, 무척 영리한 고양이였다. 적잖이 미신을 믿었던 아내는 종종 이 고양이의 영리함을 입에 올리며, 옛날부터 검은 고양이는 마녀의 화신이라는 등 항간의 속설까지 끄집어내며 이야기했다. 하지만 그렇다고 해서 아내가 정말로 진지하게 생각하고 있었던 것은 아니다. 지금 내가 이 말을 하는 것도 문득 떠올라서 하는 말일 뿐 별다른 의미는 없다.

플루토*, 이것이 고양이의 이름이었다. 플루토는 나의 사랑스런 놀이 친구이기도 했다. 먹이를 주는 건 으레 내 담당이었고, 고양이도 내가 가는 곳이라면 어디든지 졸졸 따라다녔다. 한번은 길거리까지 따라 나오는 것을 간신히 쫓아 보내느라 몹시 애를 먹기도 했다.

이런 식으로 우리의 우정은 수년간 지속되었는데, 그동안에 (고백하기에 부끄러운 얘기지만) 나의 성격은 그 술이라는 악마 때문에 완전히 타락해버린 것이다. 하루하루 나는 더욱 난폭해지고 사소한 일에도 화를 잘 내고, 다른 사람의 기분 따윈 아랑곳하지 않게 되었다. 아내에게까지도 폭언을 일삼고 결국에는 손찌검까지 했다. 물론 이 변화된 성격이 즉시 동물들에게까지 영향을 미친 것은 말할 나위도 없다. 나는 동물들을 괴롭히는 도를 넘어서 학대를 가하기 시작했다. 하지만 플루토에게만은 아직 자제심이 약간 남아 있었다고나 할까, 학대라고 할 정도의 행동은 하지 않았다. 반면 다른 토끼나 원숭이, 강아지에게는 내 앞에 나타나기만 하면 인정사정없이 학대를 했다. 그러나 나의 고질병—아, 술만큼 무서운 병이 또 있을까—은 점점 더 심해지고, 마침내 플루토까지도 내 발작의 희생양이 되고 말았다.

어느 날 밤, 여느 때처럼 술을 퍼마시고 고주망태가 되어 집으로 돌아오니, 왠지 플루토가 슬금슬금 나를 피하는 눈치였다. 나는 휙하니 그놈을 잡아 올렸는데, 플루토는 주먹이라도 날아올까 무서웠는지 내 손목에 살짝 이빨 자국을 냈다. 순간 나는 눈이 뒤집어지면서 부글부글 화가 치밀어 올랐다. 눈앞에는 아무것도 보이지 않았다. 순식간에 내 영혼은 몸 밖으로 빠져나가고 독한 술기운에 자극당한 시커먼 증오심이 온몸을 뒤흔들었다. 나는 조끼 주머니에서 주머니칼을 꺼내서는 고양이의 목덜미를 움켜잡고, 한쪽 눈을 깊이 도려냈다. 플루토는 처절한 비명을 질렀다. 입에 담기도 끔찍한 그

* 로마 신화에 나오는 지옥의 왕.

흉악함. 지금 이 글을 쓰면서도 펜 끝이 떨리고 얼굴이 화끈 달아오른다.

다음 날 아침, 한숨 자고 일어나니 전날 밤의 어지러운 술기운이 사라지고 제정신이 들면서, 동시에 내가 저지른 무시무시한 행동에 온몸에 소름이 돋았다. 하지만 자책감도 잠시, 결국 그것은 흐리멍덩한 감정에 지나지 않았고 마음은 여전히 그대로였다. 나는 다시 방탕한 생활로 돌아갔으며 얼마 안 가 이 사건에 대한 기억도 폭음 속에 까맣게 잊히고 말았다.

그러는 동안에 고양이는 서서히 회복되어갔다. 움푹 파인 한쪽 눈은 보기에도 소름 끼치는 몰골이었지만 이제 상처의 아픔은 느끼지 않는 것 같았다. 예전처럼 집 안을 돌아다니는 것도 여전했다. 하지만 내가 다가가려고 하면—당연한 일이지만—털을 곤두세우며 줄행랑을 치는 것이었다. 나에게도 조금은 온정이 남아 있었기에 전에 그렇게도 나를 따르던 동물이 이토록 나에게 진저리를 치는 걸 보고 처음에는 몹시 슬펐다.

그러나 그러한 감정은 머지않아 격한 분노로 바뀌고 급기야 악귀의 몰골로 탈바꿈하여 나에게 영원히 돌이킬 수 없는 최후의 파멸을 불러들이고 말았다. 인간의 이 '악마성'에 대해서는 철학도 아직 이렇다 할 해명을 하지 못하고 있다. 그러나 이 악마성이야말로 인간 본성의 가장 원시적인 충동 중 하나, 이른바 인간의 성격을 좌우하는 근원적인 능력 내지는 감정이라는 것은 살아 있는 나의 영혼과도 같이 명백한 사실이다. 해서는 안 된다는 단지 그 이유 하나만으로 사람들은 얼마나 많은 악행을 범하고 있는가? 우리는 뻔히 알면서도 최선의 판단을 거스르면서까지 법을 깨부수려 하는 묘한 경향이 있다. 그것은 어째서인가? 단지 그것이 법이란 것을 알기 때문이다. 그런데 그 악귀와 같은 근성이 마침내 내 목숨을 앗아 간 것이다. 즉, 이 무고한 동물을 끊임없이 괴롭히다 못해 결국에는 죽음으로까지 몰고 간 것도 근본을 따진다면 이러한 자기학대─스스로 자신의 본성을 모독하고, 단지 악을 위해서 악을 행한다는─불가사의하기 짝이 없는 영혼의 갈증에 지나지 않았던 것이다.

어느 날 아침, 나는 아주 멀쩡한 정신으로 이 고양이 목에 밧줄을 감고 나뭇가지에 매달았다. 두 눈엔 눈물이 흐르고 마음 한구석은 슬픔으로 저며오면서도 그렇게 한 것이다. 어째서인가, 고양이가 나를 따른다는 걸 알고 있고, 학대할 이유가 눈곱만큼도 없다는 걸 인정하기 때문에 그렇게 한 것이었다. 그것이 죄 중에서도 (이런 일이 가능하다면) 나의 이 불멸의 영혼을 위태롭게 하고, 지극히 어질고 지극히 준엄한 신의 한량없는 은총조차 이르지 못할 끝없는 지옥, 그 지옥으로 떨어뜨릴 무시무시한 죄인 것을 알고 있기에 바로 그 일을 저지르고 만 것이다.

잔인무도한 짓을 해치운 날 밤, 나는 "불이야!" 하는 비명 소리에 꿈에서 깨어났다. 내 침대 커튼에 불이 붙어 있었다. 집 안은 온통 불바다였다. 아내와 하인과 나는 가까스로 불길 속에서 벗어날 수 있었다. 하지만 그것은 완전한 파멸이었다. 전 재산은 순식간에 잿더미로 변하고, 이후 나는 절망의 늪에 빠질 수밖에 없었다.

나는 이 화재와 그 잔인한 행위, 양자 사이에서 어떤 인과의 고리를 더듬을 만큼 어리석지 않다. 단지 나는 일련의 사실을 그대로 기술하고 있을 뿐이다. 그리고 혹여라고 할 만한 연관성이라도 있다면 모두 분명하게 밝히고 싶은 것이다.

불이 난 다음 날, 나는 잿더미가 된 집터를 다시 찾아보았다. 벽은 한 곳만 남기고 모두 폭삭 무너져 있었다. 이상하게도 무너지지 않은 단 한 곳, 그곳은 집의 거의 중앙, 바로 내 침대의 머리판이 닿았던 부분이었다. 그다지 두껍지도 않은 칸막이 벽이었는데 유독 그 부분만이 강한 화력을 견딘 것으로 보였다. 나는 '회반죽 칠을 한 지 얼마 안 돼서 그렇겠거니' 하고 생각했다. 벽 주위에는 구경꾼들이 벌 떼같이 몰려들었고, 그중 몇 사람인가는 어느 한 부분을 특히 주의 깊게 살피는 것 같았다.

"와, 신기하기도 하지!", "정말 묘한 일이네!" 하는 말들이 하나 둘씩 귓가를 울리자 나는 호기심이 발동했다. 다가가 보니, 새하얀 벽면에 마치 돋을새김이라도 한 듯 커다란 고양이 형상이 나타나 있는 게 아닌가. 누군가 예리한 칼로 조각이라도 한 듯 분노로 치켜 뜬 눈까지 놀라울 만큼 정확하게 새겨져 있었다. 게다가 목 주위에 는 밧줄의 흔적까지 뚜렷하게 남아 있었다.

처음 이 환영—나에게는 그렇게밖에 생각되지 않았다—을 보았 을 때의 놀라움과 공포, 그것을 어찌 말로 표현할 수 있으랴. 하지 만 이런저런 생각을 해보고 나서 나는 가까스로 마음이 가라앉았 다. 돌이켜보면 고양이를 매단 것은 바로 집 앞의 마당에서였다. "불이야!" 하는 외침에 마당은 곧 구경꾼들로 가득 찼을 터, 그리 고 아마 그들 중 한 사람이 고양이를 매단 밧줄을 잘라내고 열린 창 을 통해 내 방으로 던져 넣었을 것이다. 필시 잠든 나를 깨우려고 한 일이었을 텐데, 마침 다른 벽이 모두 무너져 내린 상태였기 때문 에 나의 이 희생양은 칠한 지 얼마 안 된 그 회반죽에 박혀버린 것 이다. 그리고 회반죽의 석회가 사체에서 나오는 암모니아와 불길의 작용에 의해 공교롭게도 지금 본 것 같은 고양이 상을 만들어낸 것 이다.

이렇게 해서 나는 이 기괴한 사건에 대해, 찜찜한 감이 아주 없 지는 않았지만 어쨌든 별 어려움 없이 합리적인 설명을 부여할 수 있었다. 하지만 그렇더라도 나의 뇌리에 박힌 깊은 인상엔 변함이 없었다. 몇 개월간 나는 이 고양이의 환영을 씻어낼 수가 없었고 다 시금 내 마음엔 막연한 회한 같은 것이 솟구쳐 올랐다. 고양이가 없 어져 버린 걸 가슴 아파하면서(사실은 별로 그렇지도 않았으면서) 자 주 드나들던 술집 등에서 일부러 같은 종류의 고양이, 거기다 털 모양까지 닮은 게 어디 없나 열심히 찾게 되었다.

어느 날 밤, 나는 한 허름한 주점에서 얼큰하게 술이 올라 있었다. 휑한 방 안에 가구라고는 달랑 술통 하나뿐이었는데, 그때 문득 그 커다란 술통 위에 묵직한 검은 물체 하나가 놓여 있는 것이 눈에 띄었다. 그런데 그 술통이라면 아까부터 내가 줄곧 쳐다보고 있었던 것인데 왜 여태 그걸 깨닫지 못했을까 놀라지 않을 수 없었다. 나는 가까이 다가가 그 물체를 건드려보았다. 그것은 검은 고양이 —섬뜩할 정도로 커다란 검은 고양이—였다. 플루토만 한 고양이였는데 단 한 군데만 빼고는 플루토와 여러모로 매우 흡사했다. 플루토에겐 신체 어느 부위에도 흰 털이라곤 없었는데, 이 고양이는 가슴 언저리에 윤곽은 확실치 않지만 하얗고 큰 반점이 있었다.

손으로 만지자 고양이는 내 손길을 기다렸다는 듯이 내 손에 몸을 비벼댔다. 자기를 알아본 것이 꽤 기쁜 모양이었다. 이거야말로 애타게 찾아 헤매던 고양이였다. 나는 즉시 이 고양이를 사고 싶다고 주인에게 말했다. 그러자 주인은 자신이 키우는 고양이가 아니라며 처음 보는 고양이라고 말하는 것이었다.

나는 잠시 안고 쓰다듬어주다가 이윽고 돌아서려고 하는데 아무래도 같이 따라오고 싶어 하는 눈치였다. 그래서 그냥 따라오도록 내버려 두었다. 집에 오는 도중에도 나는 때때로 발걸음을 멈추고 몸을 구부려서 가볍게 쓰다듬어주었다. 집에 이르자 우린 곧 친숙해졌고 아내 역시 아주 마음에 들어 했다.

그런데 이게 웬일일까. 나는 또 얼마 안 가 이 고양이가 싫증 나기 시작했다. 참으로 예기치 않은 일이었다. 고양이가 나를 따르면 따를수록—어째서인지 나도 알 수 없지만—더욱 싫어서 견딜 수가 없었다. 그리고 이 혐오감과 불쾌감은 점점 더 격렬한 증오로 바뀌어갔다. 나는 가능한 한 고양이를 피하기로 했다. 일종의 수치심과 전에 저지른 잔인한 소행에 대한 기억이 나로 하여금 고양이에게 난폭하게 하는 것만큼은 자제하게 했기 때문이다. 그 후 몇 주 동안인가는 고양이를 때리거나 학대하는 일이 한 번도 없었다. 그러나 그만큼 점차—서서히—나는 고양이가 보기조차 싫어졌고, 행여 눈에 띄기라도 하면 전염병 환자를 피하기라도 하듯 말없이 도망치게 되었다.

더구나 나의 혐오감을 더욱 부채질한 것은, 고양이를 집으로 데리고 온 다음 날 아침, 문득 자세히 살펴보니 플루토와 마찬가지로 한쪽 눈이 없다는 사실이었다. 하지만 이러한 사정은 아내에겐 도리어 동정심을 불러일으켰다. 앞에서도 말했지만 예전에 나의 천성이자 소박한 행복의 원천이었던 착한 심성을 아내 역시 적지 않게 지니고 있었던 것이다.

그러나 내가 싫어하면 싫어할수록 고양이는 점점 더 나를 따르는 것 같았다. 이 글을 읽는 여러분은 이해하기 힘들겠지만, 내가 발걸음을 옮기는 곳마다 징그러울 만큼 집요하게 졸졸 따라붙는 것이었다. 내가 앉으면 따라와서 의자 밑에 웅크리든지, 그렇지 않으면 무릎 위로 뛰어올라 생각만 해도 혐오스러운 몸뚱이를 들이대고 한껏 교태를 부리며 앉았다. 일어나서 걸으면 양다리 사이로 기어들어와 몸을 휘감아 고꾸라질 뻔한 게 수차례다. 또 때로는 그 길고 날카로운 발톱을 내 옷자락에 박고 가슴팍까지 기어오르기도 했다. 그럴 때는 정말 주먹이라도 한 대 휘둘러 박살 내버리고 싶은 마음이 굴뚝같았지만 가까스로 참았다. 전에 저지른 잔혹한 행위가 떠올랐기 때문이다. 하지만 더 솔직한 이유는—무엇을 숨기랴—난이 고양이가 무서워서 견딜 수 없었던 것이다.

무섭다고 해도 그것은 꼭 육체적인 위해에 대한 공포는 아니었다. 그렇지만 달리 뭐라 표현해야 좋을까. 그것은 나도 잘 모른다. 사실 나도 이런 일을 고백하는 게 부끄럽다. 그렇다. 아무리 내가 중죄를 짓고 독방에서 몸부림치는 처지이긴 해도 이런 속내를 털어놓는 건 나로서도 창피하다. 요컨대 이 고양이에 대한 나의 공포와 전율은 한없이 기괴한 망상에 의해 나날이 부풀어 오르고 있었다. 앞에서도 말했듯이 이 떠돌이 고양이와, 전에 내가 죽인 고양이의 단 한 가지 뚜렷한 차이점이라면 그 하얀 반점뿐이었고 그것에 대해서는 아내도 여러 번 지적한 적이 있었다. 여러분도 기억하고 있겠지만 그건 꽤 큰 반점이었는데, 처음엔 이렇다 할 확실한 형태를 띠고 있지는 않았다. 그런데 그것이 서서히—아니, 거의 눈에 띄지 않을 만큼—변화를 보이며—사실 나 자신도 오랫동안 머리로는 강력히 부정해왔지만—마침내 어떤 분명한 윤곽을 드러내게 되었다. 입에 담기조차 꺼림칙한 그것은 어떤 사물이었다. 그리고 그 때문에 나는 이 괴물을 증오하고 두려워하며, 아아, 할 수만 있다면 당장 목이라도 비틀고 싶은 심정이었다. 그것은 무시무시하고 기분 나쁜—오오, 온몸을 떨게 하는 죄악과 고통, 죽음, 그 소름끼치는 것은—단두대의 형상이었던 것이다.

나의 비참함은 이 세상 어느 인간과도 비교할 수가 없었다. 기껏해야 짐승 한 마리가—지금까지도 얼마든지 대수롭지 않게 죽여왔을 이 하찮은 요물 나부랭이가—이래 봬도 신의 모습을 본떠 만들어진 인간인 나에게 이렇게도 견디기 힘든 고통을 안겨주다니! 아아, 더 이상 내 마음에선 밤이나 낮이나 편안한 안식이라곤 찾아볼 수가 없구나! 낮에는 한시도 내 곁을 떠나려 하지 않고, 밤에는 밤새도록 끔찍하고 무서운 악몽에 시달리다 눈을 뜬다. 그리고 정신을 차리고 보면 고양이의 뜨거운 입김이 얼굴을 적시고 있고—그 무시무시한 체중—그렇다. 나에겐 도저히 물리칠 힘이 없는 악몽의 화신이 영원히 물러서지 않을 듯 내 심장을 짓누르고 있는 것이다!

이렇게 사정없이 짓이기는 고통으로 인해 그나마 남아 있었던 일말의 선심마저 결국은 무너지기 시작했다. 흉악한 생각, 참으로 어둡고 무시무시한 생각만이 내 마음의 유일한 벗이 되었다. 평소의 발끈하는 성미는 점점 더 심해지고, 이윽고 모든 사물, 모든 인간에 대한 증오심으로 발전하게 되었다. 제정신을 잃고 시도 때도 없이 폭발하는 광기 섞인 발작에 불평 한마디 하지 않고 묵묵히 견뎌준 가장 큰 희생자는 늘 가련한 나의 아내였다.

어느 날 아내는 집안일에 쓸 물건을 찾으러 나와 함께, 살고 있던 낡은 집의 지하실로 내려갔다. 고양이도 역시 우리의 뒤를 쫓아서 경사진 계단을 내려왔는데, 그때 나는 고양이에 발이 걸려 굴러 떨어질 뻔했다. 순간 울컥 화가 치밀었다. 나는 격분한 나머지 눈이 뒤집혀서 손에 든 도끼를 번쩍 치켜들고 지금까지 날 억누르던 유치한 공포심은 내동댕이치고 고양이를 향해 정면으로 내리쳤다. 만약 바라던 대로 일격이 적중했더라면 물론 고양이는 즉사했을 것이다. 그런데 그 손을 붙잡는 것이 있었다. 바로 아내의 손이었다. 방해꾼이 끼어든 것을 알자, 나의 분노는 걷잡을 수 없이 폭발했다. 나는 아내의 손을 뿌리치자마자 가차 없이 아내의 정수리에 깊이 일격을 가했다. 아내는 그 자리에 쓰러져 죽고 말았다.

이 무시무시한 살인이 끝나자, 나는 곧바로 아주 용의주도하게 시체를 은닉하는 일에 착수했다. 낮이든 밤이든 시체를 집 밖으로 끌어낸다면 이웃 사람들 눈에 띌 것은 뻔한 일이었다. 온갖 수단이 머릿속에 떠올랐다. 차라리 시체를 토막 내어 불에 태워버릴까도 생각했다. 또 지하실 바닥을 파서 묻는 것도 생각했다. 아니면 안뜰의 우물에 던져버릴까, 아니, 차라리 평범한 물건처럼 아무렇지 않게 상자에 넣어 그대로 차에 실어 갈까? 어쨌든 여러 가지 방법을 궁리해보았다. 그러다 문득 마지막으로 생각이 미친 것은 어느 책에서 본 것으로, 중세의 수도승들이 살인을 저지르고는 벽 속에 시체를 넣어 흙으로 발라버렸다는 사실이었다. 나는 그 방법이 최선이라고 생각하며 실제 그것을 지하실에서 실행하기로 결심했다.

그 일을 하는 데 지하실은 안성맞춤이었다. 벽은 심하게 흔들거렸고 최근에 회반죽 칠을 한 모양인데 지하실 안의 습기 때문에 아직 마르지 않은 상태였다. 그리고 어떤 곳은 굴뚝이나 난로 같은 게 좀 튀어나와 있었지만 칠로 잘 메워놓아서, 언뜻 보기엔 벽의 다른 부분과 거의 구별되지 않았다. 이곳이라면 쉽게 벽돌을 빼내고 시체를 끼워 넣을 수 있을뿐더러 누구라도 의심하지 않을 만큼 원상태로 감쪽같이 칠해 감출 수 있을 것이었다.

나의 계산은 여기까지 완벽했다. 벽돌은 지렛대로 곧 빼낼 수 있었다. 나는 조심스럽게 시체를 안쪽 벽에 기대어놓고 그대로 버팀목을 대었다. 다음에는 벽면을 원상태로 복구하는 작업, 이것도 어렵지 않았다. 다음에는 모래와 솔, 모르타르를 가지고 아주 세심한 주의를 기울여 처음 것과 똑같은 회반죽을 만든 후, 새로운 벽돌 벽의 표면을 꼼꼼히 칠해 덮었다. 모든 일이 끝나고, 완벽함에 나는 만족했다. 벽면은 벽돌 하나 움직인 흔적도 보이지 않았다. 바닥에 떨어진 쓰레기들도 역시 말끔하게 주워 모았다. 의기양양하게 주위를 돌아보며 나는 생각했다.

'자, 적어도 이것으로 힘을 쓴 보람은 있군!'

다음은 바로 이 불행의 씨앗을 뿌린 그 고양이를 찾을 차례였다. 이번에는 무슨 일이 있어도 죽이고야 말겠다고 굳게 결심했다. 이때 만약 고양이가 눈에 띄었더라면 당장에 놈의 운명은 끝장이 났을 텐데, 이 교활하기 짝이 없는 요물은 좀 전에 휘두른 도끼날에 잔뜩 겁을 집어먹었는지 결심을 굳힌 내 앞에 모습을 드러내지 않았다. 그러나 한편으로는 그 저주스런 짐승이 모습을 보이지 않는다는 것, 그것이 나에게 얼마나 깊은 안도감과 행복을 가져다주었던지! 어쨌든 이렇게 해서 그날 밤은 결국 모습을 보이지 않았다. 그리고 그 고양이가 집에 발을 들여놓은 이래, 적어도 이날 하루만큼은 오래간만에 평화롭고 깊은 잠을 잘 수가 있었다. 그렇다. 마음에는 살인이라는 무거운 짐을 지고 있으면서도 어쨌든 편히 잠을 잔 것이다.

이틀이 지나고 사흘이 지나도 지옥의 악귀 같은 고양이는 다시 나타나지 않았다. 나는 마침내 다시 자유로운 인간으로 돌아왔다. 그 요물 덩어리도 기겁을 하고 영원히 이 집에서 줄행랑을 친 것이다! 이제 두 번 다시 놈의 얼굴을 보지 않아도 된다! 나는 너무나 행복하다! 나는 그 끔찍한 행위에 대한 양심의 가책을 받지 않았다. 아내가 사라지자 누군가가 경찰에 실종 신고를 냈다. 나는 두세 번 조사는 받았지만, 그럭저럭 변명을 둘러대 넘어갈 수 있었다. 가택수사도 했지만 특별한 것이 발견되지 않았다. 미래의 행복은 이제 손안에 든 것이나 다름없다고 생각했다.

이 사건이 있은 지 나흘째 되던 날, 뜻밖에 경관들이 찾아와서 새로이 엄중한 가택수사를 시작했다. 그러나 시체를 완벽하게 숨겼기 때문에 나는 아주 태연했다. 경관들은 나에게 수사에 입회하라고 말하고 집 안 구석구석을 샅샅이 뒤졌다. 세 번째인가 네 번째인가, 그들은 이윽고 지하실로 내려갔다. 하지만 나는 눈 하나 깜짝하지 않았다. 나의 심장은 곤히 잠을 자듯 조용히 맥박 치고 있었다. 나는 팔짱을 끼고 지하실 끝에서 끝까지 유유히 걸어 다녔다. 경관들도 그제야 만족했는지 슬슬 물러나려는 찰나, 나는 마음의 환희를 더 이상 억누를 수가 없었다. 단 한 마디라도 좋으니 승리의 표시라고나 할까, 뭐든 내뱉고 싶어 참을 수가 없었던 것이다. 나의 무죄에 대한 그들의 심증에 한층 더 확신을 주고 싶었다.

"여러분!"

경관들이 계단을 올라가려 하자, 드디어 나는 입을 열고 말했다.

"혐의를 씻게 해주어 정말 고맙습니다. 부디 건강하시길. 그런데 앞으로는 예의라는 걸 좀 갖춰줬으면 좋겠군요. 그리고 또, 다른 얘기지만 이 집, 이건 정말 아주 잘 만들어진 집이죠. (뭔가 지껄이고 싶다는 욕망에 사로잡혀 나 자신도 무슨 말을 하는지 몰랐다.) 아주 훌

139

룽하게 잘 만들어진 집이에요. 우선 이 벽 말인데—아니, 벌써들 돌아가십니까?—이 벽은 말입니다, 아주 튼튼한 벽돌로 지었답니다" 하고, 여기에서 나는 완전히 광기에 가까운 허세라고나 할까, 무심코 손에 쥐고 있던 방망이로 아내의 시체가 있는 그 부분을 있는 힘껏 내리쳤다.

아아! 신이시여, 나를 악마의 저주에서 지켜주소서! 방망이의 굉음이 사라지자, 그 벽 속에서 어떤 목소리가 들려왔다! 처음에는 아이의 훌쩍임처럼 드문드문 끊어지던 목소리가 순식간에 길고 높이 치솟는 오싹한, 도저히 인간의 목소리라 생각할 수 없는 비명으로 이어지더니 이윽고 포효로 변하고, 급기야 공포와 승리가 뒤섞인, 지옥의 밑바닥에서 업고에 몸부림치는 유령들의 신음과, 그것에 미쳐 날뛰는 악마들이 한데 얽혀 용솟음치는 듯한 격한 통곡으로 변했다.

그때의 내 심정은, 이제 그건 말하기조차 어리석은 일이다. 나는 비틀비틀 뒷걸음질 치며 맞은편 벽에 힘없이 미끄러져 내렸다. 한동안 경관들은 경악한 나머지 계단 위에 얼어붙어 움직이질 못했다. 그러나 다음 순간, 몇몇 건장한 팔뚝이 벽을 쳐 허물기 시작했다. 벽은 풀썩 무너져 내렸다. 피어오르는 먼지 속에 이미 썩을 대로 썩은, 검붉은 핏덩어리가 쑥 떠올랐다. 그리고 놀랍게도 머리 꼭대기엔 교묘하게 나를 자극하여 살인을 범하게 하고, 다시금 이를 폭로해 나를 교수대로 넘긴 그 소름 돋는 고양이가 한쪽 눈을 번득이며 시뻘건 입을 벌린 채 앉아 있었다. 내가 끝내 찾지 못했던 그 검은 고양이가! 나는 이 괴물을 아내의 시체와 함께 벽 속에 넣고 그대로 발라버렸던 것이다.

변신

프란츠 카프카

1

어느 날 아침 불안한 꿈에서 깨어난 그레고르 잠자는 침대에 있는 자신이 엄청나게 큰 해충으로 변해 있는 것을 발견했다. 그는 딱딱한 등딱지를 대고 누워 있었는데 고개를 약간 드니 갈색의 둥그런 배가 보였다. 불룩 솟아오른 배는 활처럼 휘어진 각질角質의 마디로 나뉘어 있었다. 이불은 거의 다 미끄러져 내려가 간신히 배를 덮고 있었다. 몸체에 비해 형편없이 빈약하고 가느다란 여러 개의 다리가 버둥대는 게 눈앞에 어른거렸다.

'대체 무슨 일이지?'

그는 생각했다. 꿈은 아니었다. 조금 조잡하기는 하지만 제대로 갖추어진, 사람이 사는 그의 방은, 낯익은 네 개의 벽으로 둘러싸인 채 그대로 있었다. 탁자 위에는 포장이 풀린 옷감 견본품이 펼쳐져 있었고—잠자는 출장 영업 사원이었다—벽에는 얼마 전에 화보 잡지에서 오려낸 그림을 넣은 금박 테두리의 예쁜 액자가 걸려 있었다. 모피 모자에 모피 목도리를 두른 여인이 똑바로 앉아 있는 그림이었다. 그림 속 그녀는 보는 사람을 향해 팔을 완전히 가린 두툼한 모피 토시를 쳐들고 있었다.

그레고르의 시선은 창문을 향했다. 흐린 날씨가—양철로 된 창문턱에 빗방울이 떨어지는 소리가 들렸다—그를 몹시 우울하게 만들었다.

'좀 더 잠을 푹 자고 나면 이 모든 괴상한 일을 깨끗이 잊을 수 있겠지' 하고 그는 생각했다. 그러나 그것은 불가능한 일이었다. 그는 오른쪽으로 누워 자는 버릇이 있었는데, 현재 그의 상태로는 그렇게 할 수가 없었던 것이다. 그는 오른쪽으로 누우려고 안간힘을 썼지만 그때마다 몸이 흔들리며 똑바로 누운 자세로 돌아왔다. 그는 백 번쯤 그런 시도를 해보았고, 버둥거리는 다리들을 보지 않으려고 눈을 질끈 감았다. 옆구리에 지금까지 한 번도 경험해본 적이 없는 둔탁한 아픔이 약하게 느껴지기 시작했을 때에야 비로소 그는 옆으로 눕기를 포기했다.

'아, 맙소사.'

그는 생각했다.

'내가 너무 고된 직업을 가진 탓이야! 하루가 멀다 하고 매일 출장을 가야 하니. 회사에 앉아 일하는 것보다 스트레스도 훨씬 많고, 게다가 출장을 다니는 고달픔은 늘 부담스러워. 매번 기차를 갈아타느라 신경 써야지, 불규칙하고 형편없는 식사에, 항상 상대가 바뀌어 결코 지속될 수도 진실로 대할 수도 없는 인간관계. 모두 지옥에나 떨어져 버려라!'

배 위가 약간 가려운 느낌이 들었다. 그래서 그는 머리를 좀 더 쳐들 수 있도록 천천히 등을 침대 기둥 쪽으로 밀었다. 하얀 색 작은 반점이 앉은 가려운 곳을 발견했지만, 그게 뭔지는 알 수 없었다. 다리 하나로 그곳을 만져보려 했으나 곧 움찔하고 제자리로 다리를 돌려놓았다. 그곳을 건드리자 소름이 쫙 끼쳤기 때문이다.

그는 다시 아까의 자세로 돌아왔다. 그리고 생각했다.

'이렇게 새벽에 일찍 일어나는 게 사람을 멍청하게 만드는구나.

사람은 잠을 푹 자야 하는데. 다른 출장 영업 사원들은 하렘 여자들처럼 느긋하게 지내잖아. 예를 들어 내가 오전에 주문받은 서류를 작성하려고 여관으로 돌아오면 그들은 그제야 아침 식사를 하며 앉아 있지. 나도 그러겠다고 사장에게 한번 말해볼까. 그러면 직장에서 쫓겨나겠지. 하지만 쫓겨나는 게 내게 더 좋은 일일지 누가 알겠어. 부모님 때문에 소심하게 있지 않았더라면 진작 사표를 냈을 텐데. 사장 앞에 딱 나서서 평소 마음에 품고 있던 말을 모조리 내뱉었을 거다. 그러면 사장은 털썩 주저앉겠지! 높은 책상 위에 걸터앉아 고용인을 내려다보며 말하는 태도도 꽤 괴상한 버릇이야. 더구나 사장은 귀가 어두워 직원들이 바짝 다가가야 하잖아. 어쨌든 아직은 희망이 전혀 없는 것도 아니야. 부모님이 사장에게 진 빚을 다 갚기만 하면—그러자면 한 오륙 년쯤 더 걸리겠지만—이 일은 반드시 해내고 말 테다. 그러면 큰일을 해내는 셈이야. 우선 빨리 일어나야겠다. 기차가 다섯 시에 떠나니까.'

그리고 그는 책상 위에 있는 자명종을 쳐다보았다.

'이런, 세상에!'

벌써 여섯 시 반이었다. 시곗바늘은 천천히 앞으로 가고 있었고, 이미 삼십 분도 훌쩍 지나 거의 사십오 분이 되어가고 있었다. 자명종이 울리지 않았나? 침대에서도 네 시에 시간을 맞추어놓은 것이 보였다. 그러니 시계는 틀림없이 울렸을 것이다. 그래, 하지만 가구가 흔들릴 정도로 요란한 소리에도 편안하게 잠을 잘 수 있었다는 게 가능한 일일까? 물론 그는 편안하게 잠을 자지는 못했다. 하지만 어쩌면 그랬기 때문에 더 깊이 잠들었는지도 모른다. 그런데 이제 어떻게 해야 하지? 다음 기차는 일곱 시에 있다. 그걸 타려면 한시바삐 서둘러야 한다. 견본품은 미처 꾸려놓지 못했고, 몸도 찌뿌드드한 게 잘 움직여지지 않는 느낌이다. 설사 그 기차를 잡아탄다 해도 사장의 호통을 면치 못할 게 뻔하다. 사환이 다섯 시 기차를

144

기다렸다가 그가 늦은 사실을 이미 알렸을 테니. 줏대도 이해심도 없는 사환은 사장의 꼭두각시였다. 아프다고 하면 어떨까? 그건 지극히 수치스럽고 의심을 사기에 더없이 좋은 핑계가 될 것이다. 왜냐하면 그레고르는 오 년 동안 근무를 하면서 단 한 번도 아파서 결근한 적이 없었기 때문이다. 분명히 사장은 의료보험조합의 의사와 함께 찾아와 게으른 아들을 두었다며 부모님에게 비난을 퍼부을 것이다. 게다가 의료보험조합 의사의 의견을 빌려 어떤 항변도 여지없이 가로막아 버릴 것이다. 그 의사의 입장에서 아픈 사람이란 건강하지만 일하기 싫어하는 사람일 뿐인 것이다. 그런데 이 경우에도 그가 완전히 틀렸다고 할 수 있을까? 그레고르는 실제로 오랜 시간 잠을 잔 후에 여전히 남아 있는 졸린 기운을 제외하고는 몸 상태가 꽤 좋을 뿐만 아니라, 심지어 배도 무척 고팠다.

그가 침대에서 나와야겠다는 결심을 하지 못한 채 짧은 시간 동안 이 모든 것을 고려해보고 있을 때—때마침 자명종은 여섯 시 사십오 분을 가리켰다—침대 머리맡에 있는 문에서 조심스럽게 노크하는 소리가 났다. 곧이어 "그레고르" 하고 부르는 소리가 들렸다. 어머니였다.

"여섯 시 사십오 분이구나. 나가야 된다고 하지 않았니?"

이 부드러운 목소리! 그레고르는 대답하는 자신의 목소리를 듣고 소스라치게 놀랐다. 그것은 틀림없는 예전의 자기 목소리였지만, 저 깊숙한 곳에서 나오는 것 같은, 참을 수 없는, 고통스럽게 삑삑거리는 소리가 섞여 있는 것이었다. 처음에는 분명하게 말이 나오다가 뒤에 가서는 삑삑대는 소리 때문에 말꼬리가 흐려져 무슨 말을 하는지 제대로 알아들을 수가 없었다. 그레고르는 충분히 대답하고 모든 것을 설명하려 했으나 이런 상태에서는 이렇게 대답할 수밖에 없었다.

"예, 예, 어머니, 고마워요. 벌써 일어났어요."

문이 나무로 되어 있어 밖에서는 그레고르의 목소리가 변했다는 것을 알아채지 못한 모양이었다. 어머니가 그 말에 안심을 하고 신발을 질질 끌며 자리를 뜬 걸 보면 말이다. 그러나 이 짧은 대화로 인해 다른 식구들도 그레고르가 아직 집에 있다는 사실을 알게 되었다. 금세 아버지가 주먹으로 약하게 옆문을 두드렸다.

"그레고르, 그레고르!"

아버지가 크게 불렀다.

"대체 무슨 일이냐?"

아버지는 잠깐 있다가 다시 좀 더 굵직한 목소리로 재촉했다.

"그레고르! 그레고르!"

또 다른 옆문에서는 여동생이 자그마한 목소리로 애원했다.

"오빠? 몸이 안 좋아? 뭐 필요한 것 있어?"

그레고르는 양쪽 문에 대고 대답했다.

"준비 다 됐어요."

그는 자신의 목소리가 이상하게 들리지 않도록 말 한 마디마다 충분히 사이를 두어 아주 세심하게 발음하려고 애썼다. 아버지는 먹다 만 아침 식사를 하러 돌아갔지만 여동생은 아직도 속삭이고 있었다.

"오빠, 문 좀 열어봐. 제발."

그러나 그레고르는 문을 열 생각이 전혀 없었다. 오히려 출장을 다니면서 얻은 버릇으로 밤에는 집에서도 문을 잠그는 조심성을 갖게 된 것을 다행으로 여겼다.

우선 그는 방해받지 않고 편하게 일어나 옷을 입고서, 무엇보다도 먼저 아침을 먹고 싶었다. 그런 후에 그다음 일을 좀 더 생각해보려 했다. 침대에 누워서는 마땅한 결론이 나지 않으리라는 것을 알았기 때문이다. 그는 불편하게 잔 탓인지 침대 속에 있을 때는 가벼운 고통이 느껴지다가도 막상 일어나면 그 고통이 순전히 착각이었던 적이 있었음을 기억해냈다. 그래서 그는 오늘 아침의 착각이 어떻게 사라질 것인지 궁금해졌다. 목소리의 변화는 출장 영업 사원의 직업

병인 지독한 감기 증상일 뿐이라는 것을 조금도 의심하지 않았다.

이불을 떨쳐내는 일은 아주 쉬웠다. 몸을 조금 부풀렸더니 스스로 미끄러져 내렸다. 그러나 그다음부터의 일은 어려웠다. 그의 몸이 옆으로 어마어마하게 퍼져 있었기 때문이다. 몸을 일으키기 위해서는 손과 팔이 있어야 하는데, 그 대신 작은 다리만 여러 개 있었다. 다리들은 끊임없이 제각각으로 놀았고, 그는 그것들을 마음대로 움직일 수 없었다. 다리 하나를 구부리려 하면 그 다리가 먼저 쭉 펴졌다. 그가 마침내 다리 하나를 겨우 원하는 대로 움직이도록 만들면 그 사이에 다른 다리들은 아픔을 느끼면서 모두 제멋대로 버둥거렸다.

"할 일 없이 침대에만 누워 있을 수는 없어."

그레고르는 혼잣말을 했다.

우선 그는 하체를 침대에서 끌어내기로 했다. 그러나 아직 자신도 보지 못했으며, 어떻게 생겼는지 상상도 할 수 없는 하체를 움직이기는 매우 어려웠다. 그것은 무척이나 천천히 움직였던 것이다. 마침내 화가 치민 그는 될 대로 되라는 식으로 있는 힘껏 하체를 앞으로 밀쳐냈는데, 그만 방향을 잘못 잡는 바람에 아래쪽 침대 모서리에 세게 부딪히고 말았다. 곧바로 지독한 통증이 느껴졌고, 그는 하체가 가장 예민한 부분이라는 것을 알게 되었다.

그래서 그는 상체를 먼저 침대에서 나오게 하려고 머리를 조심스럽게 침대 모서리로 돌렸다. 이 일은 쉽게 할 수 있었다. 몸은 넓적하고 무거웠지만 머리가 움직이는 방향으로 천천히 움직여주었다. 그러나 머리를 침대 밖 허공에 내놓았을 때, 그는 이렇게 계속 밀고 나가기가 겁이 났다. 이런 식으로 가서 몸이 아래로 떨어진다면 기적이 일어나지 않는 한 머리를 다치게 될 것은 뻔한 일이었기 때문이다. 지금은 무슨 일이 있어도 의식을 잃어서는 안 되었다. 그러니 차라리 침대에 머무는 게 나을 듯싶었다.

그러나 그가 한숨을 내쉬며 똑같은 노력을 들여 원래의 위치로 되돌아오자 다시금 작은 다리들이 아까보다 더 버둥대며 서로 다투었다. 이런 상황을 안정시키고 질서를 잡을 가망은 전혀 없어 보였다. 그래서 그는 다시 침대 속에만 있을 수는 없다고 생각했다. 조금이라도 희망이 있다면 온갖 희생을 불사하고서라도 침대에서 벗어나는 게 현명한 행동인 것 같았다. 그러나 동시에 자포자기에서 비롯된 결심보다는 침착한 숙고가 더 낫다고 간간이 마음을 다잡는 것을 잊지 않았다. 그런 순간이면 그는 한껏 날카로운 시선으로 창문을 향했다. 그러나 유감스럽게도 좁은 거리의 맞은편조차 짙은 아침 안개가 드리워져 있어 활기와 낙관적 기대를 얻는 데 도움이 되지는 못했다.

"벌써 일곱 시다."

그는 새로이 울리는 자명종 소리에 중얼거렸다.

"벌써 일곱 시인데, 아직도 저렇게 안개가 자욱하구나."

그는 잠시 얕은 숨을 내쉬며 가만히 누워 있었다. 마치 아주 고요한 휴식으로부터 혹시 실제의 자연스런 모습으로 돌아오지 않을까 기대라도 하는 것 같았다.

그러다 그는 혼잣말을 했다.

"무슨 일이 있어도 일곱 시 십오 분 전에는 침대에서 일어나야 해. 그때쯤이면 회사에서 나에 대해 물으러 올 거야. 사무실은 일곱 시 전에 문을 여니까."

그는 이번에는 몸 전체를 일정하게 흔들어 침대 밖으로 빠져나오려고 했다. 그런 식으로 몸을 떨어뜨릴 때 다치지 않도록 주의해서 머리를 잘 쳐들고 있으면 괜찮을 것이었다. 등은 딱딱한 것 같으니 양탄자 위로 떨어지면 아무런 문제가 없을 듯싶었다. 가장 걱정되는 것은 바닥으로 떨어질 때 틀림없이 크게 날 쿵 하는 소리였다. 그 소리에 문밖에 있는 식구들이 소스라치게 놀라지는 않더라도 걱정을 하게 될 것이 분명했다. 그러나 일을 감행해보는 수밖에 없었다.

그레고르가 절반쯤 몸을 침대 밖으로 내놓았을 때—새로운 방법은 힘들다기보다 재미있는 놀이에 가까워, 몸을 계속 좌우로 흔들기만 하면 되었다—문득 누가 자기를 도와주러 온다면 모든 일이 얼마나 수월할까 하는 생각이 들었다. 힘센 두 사람만 있으면—그는 아버지와 하녀를 생각했다—충분하고도 남을 것이다. 그들은 팔을 둥그런 등 밑에 밀어 넣고 그를 침대에서 들어내 허리를 굽혀 그대로 내려놓은 후, 바닥에서 그가 몸을 뒤집을 때까지 기다려주기만 하면 된다. 그다음엔 작은 다리들이, 바라건대 제구실을 할 테니 말이다. 그렇다면 문이 잠겨 있다는 사실은 그렇다 치고 정말로 도와달라고 외쳐야 할까? 그는 자신이 처한 모든 곤경에도 불구하고 그 생각을 하자 웃음을 참을 수 없었다.

그는 몸을 점점 더 세게 흔들어 이제 더는 중심을 잡기가 어려운 상태에 이르렀다. 곧 마지막 결단을 내려야만 했다. 오 분만 있으면 일곱 시 십오 분이 되기 때문이다. 그때 현관에서 초인종이 울렸다.

"회사에서 누가 왔구나."

그는 중얼거리며 거의 꼼짝도 않고 있었지만 작은 다리들은 더욱더 요란하게 춤을 추었다. 한순간 사방이 고요해졌다.

"식구들이 문을 열어주지 않는 걸까?"

그레고르는 중얼거리며 터무니없는 희망에 사로잡혔다. 그러나 늘 그래왔던 것처럼 하녀가 현관으로 척척 걸어가 문을 열었다. 그레고르는 방문자의 인사말 첫마디만 듣고도 그가 누군지 대번에 알 수 있었다. 지배인이었다. 그레고르는 왜 하필 지극히 사소한 게으름을 부려도 자기만 유난히 극도의 의심을 받는 그런 회사에 다니는 팔자가 되었을까? 다른 사원들은 모두가 한량이란 말인가? 그들 중에는 아침에 겨우 몇 시간 회사 일을 못 한 걸 가지고 죄책감 때문에 어쩔 줄 모르고, 마침내 침대를 떠날 수 없는 상태에 있는 충직한 사람이라고는 한 사람도 없단 말인가? 수습사원을 보내 물어봐도 충분하지 않을까?—도대체 물어보는 일이 필요하다면 말이다—그런데 지배인이 직접 찾아와 이런 의혹은 꼭 지배인만이 조사하고 판단할 수 있다는 사실을 아무 죄도 없는 가족들에게까지 다 알려야 한단 말인가? 그레고르는 옳은 결정을 내려서라기보다는 이런 생각에 잠겨 점차 흥분한 탓에, 마침내 온 힘을 다해 몸을 흔들어 침대 밖으로 떨어졌다. 부딪히는 소리가 났지만, 아주 커다란 소리는 아니었다. 양탄자 위로 떨어진 덕에 소리가 어느 정도 약해졌고, 등도 그레고르가 생각했던 것보다 탄력이 있었다. 그래서 그리 크지 않은 둔탁한 소리가 났을 뿐이었다. 단지 충분히 조심하지 않은 탓에 그만 머리를 부딪히고 말았다. 그는 화가 나고 아프기도 해서 머리를 돌려 양탄자에 대고 문질렀다.

"저 안에서 뭔가 떨어졌습니다."

지배인이 왼쪽 옆방에서 말했다. 그레고르는 지배인에게도 오늘 자신이 처한 일과 비슷한 일이 일어나지 않을까 상상해보았다. 그럴 가능성도 있었다. 그러나 이런 의문에 딱 잘라 대답이라도 하듯 지배인은 옆방에서 뚜벅뚜벅 몇 걸음 걸으며 에나멜가죽 장화가 삐걱거리는 소리를 냈다. 오른쪽 옆방에서는 여동생이 그레고르에게 귀띔해주기 위해 속삭였다.

"오빠, 지배인이 찾아왔어."

"알아."

그레고르는 무심코 말을 내뱉었다. 그러나 감히 여동생이 들을 수 있을 만큼 크게 목소리를 높이지는 못했다.

"그레고르."

이제는 아버지가 왼쪽 옆방에서 말했다.

"지배인님이 오셔서 네가 왜 새벽 기차로 떠나지 않았는지 물으시는구나. 우린 뭐라고 말씀드려야 할지 모르겠다. 게다가 너와 직접 얘기를 하고 싶어 하신단다. 그러니 제발 문을 열어다오. 방이 어질러져 있는 것쯤은 양해를 해주실 게다."

"잠자 씨, 안녕하십니까?"

그사이에 지배인이 다정하게 불렀다.

"애가 몸이 좋지 않은가 봐요."

아버지가 여전히 문에 대고 말하는 동안, 어머니가 지배인에게 말을 걸었다.

"몸이 아픈 모양이에요. 지배인님, 제 말이 틀림없어요. 그렇지 않고서야 그레고르가 왜 기차를 놓치겠어요! 머릿속이 회사 일로 가득한 아이인데요. 저로서는 애가 저녁에 외출도 하지 않는 게 몹시 속이 상할 지경이에요. 지금 여드레째 여기 시내에 있으면서도 저녁이면 집에만 틀어박혀 있답니다. 식탁에서 우리 옆에 앉아 조용히 신문을 읽거나 기차 시간표를 꼼꼼히 살펴보고 있지요. 실톱으로 뭔가 만드는 게 유일한 심심풀이예요. 이삼 일간 저녁 시간을 투자해서 작은 액자를 만든 적도 있답니다. 얼마나 잘 만들었는지 보시면 놀라실 거예요. 그 액자를 자기 방 안에 걸어두었지요. 그레고르가 문을 열면 금방 액자를 보시게 될 거예요. 그건 그렇고 지배인님께서 오시니 얼마나 기쁜지 모르겠어요. 우리만으로는 그레고르에게 문을 열라고 할 수가 없었답니다. 너무 고집을 부려서요. 틀림없이 몸이 안 좋은가 봐요. 애는 아침에 한사코 그렇지 않다고 했지만 말이에요."

"곧 갈게요."

그레고르는 생각에 잠겨 천천히 말하고는 밖에서 하는 대화를 한마디도 놓치지 않으려고 꼼짝도 하지 않았다.

"부인, 저도 달리 이해할 방법이 없군요."

지배인이 말했다.

"부디 심각한 일이 아니기를 바랍니다. 그러나 한편으로는 이렇게 말씀드려야겠습니다. 우리 사업하는 사람들은—다행인지 불행

151

인지 모르겠지만—가벼운 피로쯤은 일을 생각해서 참고 이겨내야 할 때가 많습니다."

"그러면 이제 지배인님을 네 방으로 들어가시도록 해도 되겠지?"

초조해진 아버지가 물으며 다시 문을 두드렸다.

"안 돼요."

그레고르가 말했다. 왼쪽 옆방에서 어색한 침묵이 흘렀다. 오른쪽 옆방에서는 여동생이 훌쩍거리기 시작했다.

왜 여동생은 다른 식구들이 있는 쪽으로 가지 않는 것일까? 아마 이제야 침대에서 일어나 옷을 다 갖추어 입지도 않은 모양이다. 그런데 왜 울까? 그가 일어나지도 않고 지배인을 들어오지도 못하게 해서? 그가 직장을 잃으면 사장이 부모님에게 예전의 빚을 갚으라고 독촉할까 봐? 하지만 당장에야 이런 걱정은 쓸데없는 것이다. 그레고르는 아직도 여기에 있고, 가족을 저버릴 생각은 조금도 하지 않았다. 물론 이 순간은 양탄자 위에 누워 있지만, 그의 상태를 아는 사람이라면 지배인을 들이도록 진정으로 요구하지는 않을 것이다. 나중에 적당히 둘러댈 수 있는 이런 사소한 결례 때문에 그레고르를 당장 해고할 수는 없을 것이다. 그래서 그레고르로서는 지금은 울며불며 설득하면서 자기를 괴롭히기보다는 조용히 내버려 두는 게 더 현명한 일로 생각되었다. 하지만 그들을 당황스럽게 만들고 또 그들의 행동을 그럴 만하다고 여기게 하는 것은 바로 상황의 불확실성이었다.

"잠자 씨."

이제 지배인이 언성을 높였다.

"대체 왜 그러시오? 당신은 방 안에 들어앉아 아무도 들어가지 못하게 막아놓고 그저 예, 아니요라는 대답만 하고 있으니 부모님에게 쓸데없는 걱정을 끼치고 있지 않습니까—말이 나왔으니 하는 말이지만—당신은 업무상의 의무를 정말 뻔뻔스런 방식으로 태만히 하고 있군요. 내가 당신의 부모님과 사장님을 대신해 말하는데,

즉시 짧고 분명한 해명을 해주기를 진심으로 바랍니다. 정말 놀랍습니다. 놀라워요. 나는 당신을 침착하고 이성적인 사람이라고 생각하고 있었는데, 이제 보니 느닷없이 괴상한 변덕을 부리려는 것 같군요. 사장님께서 아침 일찍 당신의 태만에 대해 그럴 만한 이유가 있음을 내비치시긴 했습니다만—얼마 전에 맡긴 수금 건 때문이라고 말이죠—어쨌든 나는 그런 이유는 당치도 않다고 내 명예를 걸고 진정으로 맹세를 했습니다. 그런데 이제 도저히 이해할 수 없는 당신의 고집을 보니, 조금이라도 당신을 변호해주려던 생각이 싹 달아나 버리는군요. 그리고 당신의 직위도 절대로 확고부동한 것이 아닙니다. 나는 애초에 당신과 단둘이 얘기하려고 왔는데, 당신이 내 시간을 헛되이 낭비하도록 하고 있으니 당신 부모님이 실상을 듣지 않게 말해야 할 이유를 모르겠군요. 최근에 당신의 실적은 아주 형편없었습니다. 요즘이 특별히 영업이 잘되는 시기가 아니라는 건 압니다. 하지만 전혀 영업이 안 되는 시기도 없지 않습니까? 잠자 씨, 물론 그런 시기는 있어서도 안 되겠지요."

"하지만 지배인님."

그레고르는 자기도 모르게 외쳤고, 흥분한 나머지 다른 것은 죄다 잊어버리고 말았다.

"지금 당장 문을 열겠습니다. 가벼운 몸살 때문에 현기증이 나서 일어날 수가 없었습니다. 아직도 침대에 누워 있습니다. 하지만 벌써 다 나았어요. 막 침대에서 일어나려는 참입니다. 아주 잠깐만 기다려주세요! 생각만큼 몸이 말을 듣지 않네요. 하지만 이미 좋아졌어요. 사람에게 어떻게 이런 일이 생길 수 있을까요! 어제저녁만 해도 아무렇지 않았는데 말이죠. 그건 부모님도 잘 알고 계실 거예요. 아니, 어쩌면 어제저녁부터 약간 조짐이 있었던 것도 같습니다. 제 안색을 보았다면 누구나 알아챘을 거예요. 왜 제가 그걸 회사에 미리 알리지 않았을까요! 하지만 보통은 집에서 쉬지 않고도 병을 이

길 수 있다고들 생각하잖아요. 지배인님! 부모님은 이 문제에 개입 시키지 말아주세요! 지금 저에게 퍼부으신 비난은 모두 말도 안 됩니다. 그런 일에 대해서 아무도 저에게 얘기한 적이 없어요. 아마 최근에 제가 보낸 주문서를 아직 보지 못하신 모양이군요. 그건 그렇고 여덟 시 기차를 타고 떠나겠습니다. 몇 시간 쉬었더니 기운이 납니다. 지배인님, 제발 여기 이러고 계시지 마세요. 제가 직접 회사로 나가겠습니다. 그리고 부디 사장님께 말씀 좀 잘 드려주세요!"

그레고르는 이 모든 말을 급히 쏟아내면서 자신이 무슨 말을 하는지도 거의 알지 못했다. 그러는 사이에 침대에서 이미 연습을 한 덕에 쉽사리 옷장 쪽으로 접근할 수 있었고, 이제 거기에 기대어 몸을 세우려고 애썼다. 그는 정말로 문을 열어 모습을 드러내고 지배인과 대화를 하려고 했다. 그리고 그토록 그를 보고 싶어 하는 사람들이 정작 그의 모습을 보면 뭐라고 할지 무척이나 궁금했다. 그들은 경악하겠지만, 이제 그레고르는 책임을 면하고 편안해질 수 있는 것이다. 그들이 모든 것을 차분하게 받아들인다면 그 역시 흥분할 이유가 없으니, 서두르면 실제로 여덟 시까지 역에 도착할 수 있을 것이다. 그레고르는 처음에는 반드러운 옷장에서 몇 번 미끄러졌지만 마침내 몸을 흔들어 똑바로 일어섰다. 하체가 불에 타는 듯 몹시 아팠지만 그런 고통 따위는 무시했다. 그는 가까이에 있는 의자 등받이로 몸을 던져 그 가장자리를 여러 개의 다리로 꽉 붙잡았다. 그렇게 해서 몸을 제어할 수 있게 된 그는 말없이 조용히 있었다. 다시 지배인의 말소리가 들려왔기 때문이다.

"무슨 말인지 한마디라도 알아들으셨습니까?"

지배인이 부모에게 물었다.

"그가 우리를 바보로 만들 작정은 아니겠지요?"

"아이고, 맙소사."

어머니는 울음을 터뜨리며 외쳤다.

"애가 몹시 아픈가 봐요. 우리가 애를 괴롭히고 있어요. 그레테! 그레테!"

어머니가 외쳤다.

"엄마, 왜요?"

여동생이 다른 쪽에서 소리쳤다. 그들은 그레고르의 방을 사이에 두고 대화를 나누었다.

"얼른 의사에게 가야겠다. 그레고르가 병이 났어. 빨리 의사에게 가. 그레고르가 지금 얘기하는 걸 들었니?"

"그건 짐승 소리였습니다."

지배인은 어머니의 경악스러운 외침에 비해 유난히 낮은 소리로 말했다.

"안나! 안나!"

아버지가 현관을 통해 부엌에 대고 소리를 지르며 손뼉을 쳤다.

"어서 가서 열쇠 수리공을 불러오너라!"

그러자 두 소녀는 치마를 와삭거리며 급히 현관을 가로질러 뛰어가더니ㅡ여동생은 어떻게 그토록 빨리 옷을 입었을까?ㅡ현관문을 벌컥 열었다. 문이 닫히는 소리는 들리지 않았다. 커다란 불행이 일어난 집에서 으레 그러는 것처럼 문을 활짝 열어둔 채 나간 게 분명했다.

그러나 그레고르는 한결 더 안정을 찾았다. 사람들이 그의 말을 이해하지 못하고 있음에도 불구하고 그에게는 자신의 말이 전보다 훨씬 또렷하게 잘 들렸다. 아마 그사이에 귀에 익숙해진 때문인 것 같았다. 어쨌든 사람들은 그에게 무슨 일이 있다고 생각하고, 도우려 하고 있었다. 그들이 처음으로 내린 조치에서 생긴 확신과 신뢰로 인해 그는 기분이 좋아졌다. 다시 사람들 사이에 끼어들었다는 느낌이 들었고, 의사든 열쇠 수리공이든 누구든지 간에 대단하고 놀라운 성과를 거두어주기를 바랐다. 그는 곧 다가올 결정적인 대

155

화에서 되도록 깨끗한 목소리를 내기 위해 헛기침을 몇 번 해보았다. 물론 기침 소리를 아주 낮추어 내려고 애썼다. 혹시 기침 소리도 이미 사람의 기침 소리가 아닐 수도 있었기 때문이다. 이제는 그혼자서 판단할 자신이 없었다. 그러는 사이에 옆방은 아주 조용해졌다. 부모님이 지배인과 함께 탁자에 앉아 귓속말을 나누고 있을지도 모르고, 어쩌면 모두들 문에 기대어 귀를 기울이고 있을지도모르는 일이었다.

그레고르는 천천히 몸을 일으켜 의자에 의지한 채 문 쪽으로 가서 의자는 그곳에 놔두고 문에 기대 몸을 똑바로 세운 뒤—작은 발들의 발꿈치에 뭔가 끈적거리는 것이 조금 붙어 있었다—힘이 들어 그 자리에서 한동안 쉬었다. 그런 다음 곧 입으로 자물쇠에 꽂혀 있는 열쇠를 돌려보고자 했다. 이빨다운 이빨이 없는 것이 유감이었다—무엇으로 열쇠를 잡을 수 있을까?—그러나 대신에 턱은 매우 강했다. 그는 턱을 이용해 실제로 열쇠를 돌릴 수 있었다. 그러면서 어딘가 상처를 입은 것 같았지만 신경 쓰지 않았다. 입에서 갈색 액체가 나와 열쇠 위를 흘러 바닥으로 뚝뚝 떨어졌다.

"들어보세요."

지배인이 옆방에서 말했다.

"그가 열쇠를 돌리고 있어요."

그 말은 그레고르에게 큰 힘이 되었다. 모두들 그에게 외쳐댄다면 얼마나 좋을까. 아버지도 어머니도 함께 "힘내, 그레고르. 지금처럼만 해. 열쇠를 꽉 붙들어!"라고 모두들 외쳐준다면. 그는 자기가 온 힘을 다해 애쓰고 있는 것을 모두가 바짝 긴장한 채로 지켜보고 있다고 상상하며 젖 먹던 힘을 다해 정신없이 열쇠를 물었다. 열쇠가 조금씩 돌아갈 때마다 그도 자물쇠 주위를 돌았다. 이제 그는 열쇠를 문 입으로만 몸을 지탱하고 있었는데, 필요에 따라 열쇠에 달라붙어 있기도 했다가 온 체중을 실어 열쇠를 아래로 누르기도

156

했다. 마침내 찰칵 하고 자물쇠가 열리는 경쾌한 소리에 그레고르는 번쩍 정신이 들었다. 그는 숨을 내쉬며 중얼거렸다.

"그러니까 열쇠 수리공은 필요치 않았어."

그리고 문을 완전히 열기 위해 손잡이에 머리를 올려놓았다.

그가 이런 식으로 문을 열어야 했기 때문에 이미 문은 상당히 많이 열려 있었지만 그 자신은 문에 가려 아직 보이지 않았다. 그는 우선 천천히 문 옆을 빙 돌아야 했다. 게다가 거실로 나가기 전에 뒤로 벌렁 나자빠지지 않으려고 무척 조심했다. 여전히 힘들게 움직이느라 다른 것에는 신경을 쓸 겨를이 없었다. 그때 지배인이 "아!" 하고 외치는 소리가 들렸고―흡사 바람이 부는 소리 같았다―그도 이제 지배인을 볼 수 있었다. 문에서 가장 가까운 곳에 서 있던 지배인은 딱 벌어진 입을 손으로 가리고, 마치 눈에 보이지는 않지만 규칙적으로 밀어내는 힘이 있어 그것에 의해 떠밀려 나가는 듯 천천히 뒤로 물러서고 있었다. 어머니는―지배인이 와 있는데도 불구하고 잠자리에서 엉망으로 흐트러진 머리를 그대로 놔두고 있었다―두 손을 모은 채 아버지를 잠시 바라보고 나서 두 걸음 그레고르에게 다가오더니 치마를 사방으로 둥그렇게 펼치며 풀썩 쓰러졌다. 어머니의 얼굴은 파묻혀 보이지 않았다. 아버지는 그레고르를 방 안으로 다시 들여보내려는 것처럼 무서운 표정으로 주먹을 불끈 쥐었다. 그러더니 불안스레 거실을 둘러보고는 손으로 눈을 가리고 튼튼한 가슴이 들썩일 정도로 울기 시작했다.

그레고르는 방으로 들어가지 않고 안에서 단단히 고정해둔 문짝에 몸을 기댔다. 그래서 몸 절반과 옆으로 기울인 머리가 보였다. 그렇게 기울인 머리로 그는 다른 사람들을 넘겨다보았다. 그사이에 날은 훨씬 밝아져 길 건너 거리에 끝없이 이어지는 짙은 회색 건물―그것은 병원이었다―의 일부가 분명하게 보였다. 건물의 전면에는 유난히 툭 튀어나온 창문이 규칙적인 간격으로 나 있었다. 비는 여전히 내리고 있었고, 눈에 보일 만큼 굵은 빗방울이 하나씩 뚝 뚝 땅으로 떨어지고 있었다. 아침 식사 때 사용한 그릇이 식탁 위에 한가득 쌓여 있었다. 왜냐하면 아버지가 하루의 식사 중 아침을 가장 중요하게 여겨, 여러 가지 신문을 읽으면서 몇 시간이고 앉아 아침을 먹었기 때문이다. 바로 맞은편 벽에는 그레고르가 군에 복무하던 시절에 찍은 사진이 걸려 있었다. 사진은 소위인 그가 손을 군도에 대고 근심 없이 웃는 모습을 담고 있었는데, 그 모습이 마치 자신의 태도와 군복에 경의를 표할 것을 요구하는 듯했다. 현관에 이르는 문은 열려 있었다. 거실 문도 열려 있어서 거실 출입구를 지나 계단으로 내려가는 부분까지 보였다.

"이제."

그레고르는 말했다. 그는 자신이 현재 침착을 유지하고 있는 유일한 사람인 것을 의식했다.

"곧 옷을 입고 견본품을 챙겨 떠나겠습니다. 지배인님, 지배인님은 떠나라고 허락하시겠지요? 지배인님은 제가 고집쟁이가 아니라 일하기를 좋아하는 사람이라는 것을 아실 겁니다. 출장이 힘들기는 하지만 출장이 없으면 살 수가 없습니다. 지배인님, 그런데 어디로 가십니까? 회사로 가시는 겁니까? 그렇죠? 모든 걸 사실대로 보고 하시겠어요? 사람은 일을 할 수 없을 때도 있지만, 그럴 때 이전의 업적을 기억해주십시오. 그리고 어려움을 극복한 후에는 한층 더 열심히, 더 열성적으로 일을 하게 된다는 것을 생각해주세요. 제가 사장님께 큰 신세를 지고 있다는 것을 잘 아시지 않습니까? 한편으로 저는 부모님과 여동생을 돌봐야 합니다. 저는 지금 궁지에 몰려 있는 셈입니다. 하지만 다시 헤쳐 나올 겁니다. 부디 제 처지를 더 어렵게 만들지는 말아주세요. 회사에서 제 편이 되어주세요! 사람들이 출장 사원을 좋아하지 않는다는 것은 저도 잘 압니다. 으레 대단한 돈을 벌어 그걸로 넉넉한 삶을 꾸리고 있다고 생각하지요. 그

들에겐 그런 편견을 바꿀 만한 특별한 이유도 없고요. 하지만 지배
인님, 지배인님은 다른 직원들보다 사정을 훨씬 더 잘 파악하고 계
십니다. 예, 완전히 믿고 드리는 말씀입니다만, 사장님보다 지배인
님이 사정을 더 잘 알고 계실 겁니다. 사장님은 주인이라는 특성상
직원에게 불리한 쪽으로 판단을 하기가 쉽지요. 지배인님은 출장
사원이 거의 일 년 내내 회사 밖에서 일을 하기에 자칫하면 험담과
우연, 이유 없는 비난의 희생자가 된다는 사실도 잘 아십니다. 출장
사원으로서는 그런 일을 막는 게 불가능한 것이, 대부분 무슨 일인
지 알지도 못하기 때문입니다. 여행을 마치고 완전히 지쳐 집에 돌
아와서는 영문도 모른 채 그저 좋지 않은 결과만 피부로 느낄 뿐이
죠. 지배인님, 한마디 말도 없이 떠나지 마세요. 적어도 제가 조금
이라도 옳다고 말씀해주세요!"

그러나 지배인은 그레고르가 첫마디를 시작했을 때 이미 돌아섰
고, 움찔거리는 어깨 뒤로 입술을 삐죽이며 그레고르를 힐끔힐끔
돌아볼 뿐이었다. 그리고 그레고르가 말하는 동안에 잠시도 가만히
있지 못하고 그레고르에게서 눈을 떼지 않은 채 문 쪽으로 다가갔
다. 마치 방을 떠나면 안 된다는 금지령이 비밀리에 내려지기라도
한 듯이 천천히 움직였다. 그는 벌써 현관에 가 있었다. 그리고 거
실에서 마지막으로 발을 빼내는 동작은 발바닥에 불이라도 붙은 것
처럼 갑작스러웠다. 현관에서 그는 마치 신의 구원이 그를 기다리
고 있는 양 계단 쪽으로 오른손을 쭉 뻗었다.

그레고르는 무슨 일이 있어도 지배인을 이런 분위기에서 떠나게
해서는 안 된다고 생각했다. 비록 그렇게 한들 회사에서의 자신의
위치가 극도로 위태롭게 되지는 않는다 해도 말이다. 부모는 모든
일을 잘 모르고 있었다. 그들은 오랜 시간이 지나는 동안 그레고르
가 이 회사에서 평생을 보장받을 거라고 확신하게 된 데다가 지금
의 순간적인 걱정에 정신이 팔려 미처 앞일을 생각할 겨를이 없었

다. 그러나 그레고르는 앞일을 생각했다. 지배인을 붙잡아 진정시키고 확신을 주고 신임을 얻어야 했다. 그레고르와 가족의 장래가 거기에 달려 있었다! 여동생이 곁에 있으면 좋으련만! 그 애는 영리했다. 그녀는 그레고르가 등을 대고 태연하게 누워 있을 때에도 이미 울고 있었다. 그리고 여자를 좋아하는 지배인은 그 애로 인해 마음을 돌릴 것이다. 여동생이라면 얼른 현관문을 닫고 경악해 놀란 지배인의 가슴을 달래줄 수 있을 텐데. 하지만 여동생은 지금 자리에 없었다. 그레고르가 직접 행동해야만 했다. 그는 이제 자신이 얼마나 움직일 수 있는지 그 능력에 대해 모른다는 사실은 생각지도 않고, 또한 사람들이 틀림없이 자신이 하는 말을 알아듣지 못하리라는 사실도 생각지 않은 채 문짝에서 몸을 떼었다. 그리고 열린 곳으로 몸을 내밀고 우스꽝스러운 자세로 현관의 난관을 꽉 붙들고 있는 지배인 쪽으로 가려고 했다. 그러나 그레고르는 잡을 곳을 찾다가 짧게 비명을 내지르며 수많은 다리를 깔고 엎어지고 말았다. 그러자마자 곧 오늘 아침 처음으로 육체적 편안함이 느껴졌다. 작은 발들이 바닥을 단단히 딛고 있었다. 발들은 마치 그의 기쁨을 알기라도 하듯 완전히 고분고분 말을 들었다. 더욱이 그가 가고자 하는 방향으로 몸을 옮기기까지 했다. 그는 곧 모든 고통이 다 사라질 것이라 생각했다. 그러나 그가 제한된 동작으로 인해 몸을 뒤뚱거리다 어머니와 가까운 곳에서 바닥에 엎드리게 된 바로 그때, 기절한 것 같았던 어머니가 갑자기 펄쩍 뛰어오르며 팔을 뻗고 손가락을 쫙 펼친 채 소리를 질렀다.

"사람 살려, 하느님 맙소사, 살려줘요!"

어머니는 그레고르를 좀 더 자세히 보려는 듯이 고개를 기울이면서도, 그와는 반대로 정신없이 뒤쪽으로 도망쳤다. 어머니는 등 뒤에 식사를 차려놓은 식탁이 있다는 사실을 잊고 있다가 식탁에 부딪히자 넋이 나간 사람처럼 황급히 그 위로 올라갔다. 옆에 커다

란 커피포트가 엎어져 커피가 양탄자 위로 줄줄 쏟아지고 있는 것
도 모르는 것 같았다.

"어머니, 어머니."

그레고르는 나직이 말하며 어머니를 올려다보았다. 그는 잠시
지배인에 대한 생각을 까맣게 잊어버렸다. 그 대신 흘러내리는 커
피를 본 순간, 자기도 모르게 허공에 대고 몇 번이고 입을 쩝쩝거리
지 않을 수 없었다. 그러자 어머니는 다시금 비명을 지르며 식탁에
서 달아나 서둘러 달려오는 아버지의 품 안으로 뛰어들었다. 그러
나 지금은 그레고르가 부모에게 신경을 쓸 시간이 없었다. 지배인
이 이미 계단에 가 있었다. 지배인은 턱을 난간에 대고 마지막으로
뒤를 돌아보았다. 그레고르는 어떻게든 그를 붙잡으려고 돌진할 자
세를 취했다. 지배인은 뭔가를 예감했는지, 계단을 한꺼번에 몇 개
씩 뛰어 내려가서는 사라지고 말았다. "휴!" 하고 외치는 소리가 계
단 전체에 울렸다. 지배인이 도망치자 안타깝게도 지금까지는 그런
대로 침착하게 있던 아버지조차 완전히 정신이 나간 것 같았다. 직
접 지배인을 뒤쫓아 가거나 적어도 그레고르가 뒤쫓아 가는 것을
그냥 내버려 둬야 할 아버지는 지배인이 안락의자에 모자며 외투와
함께 두고 간 지팡이를 오른손에 꽉 쥐고, 왼손에는 식탁 위에 있던
커다란 신문을 집어 들었다. 그리고 발을 쿵쿵 구르며 지팡이와 신
문을 휘둘러 그레고르를 다시 방으로 몰아넣으려 했다. 그레고르가
아무리 애원을 해도 소용없었다. 어떤 애원도 아버지에게는 통하지
않았다. 그가 고분고분하게 머리를 돌리려 하는데도 아버지는 더
세게 발을 쿵쿵 굴렀다. 저쪽에서는 어머니가 추운 날씨인데도 불
구하고 창문을 활짝 열어젖히고 두 손으로 얼굴을 가린 채 창밖으
로 몸을 내밀고 있었다. 좁은 골목과 계단 사이로 거센 바람이 몰아
쳐 창문의 커튼이 휘날리고, 식탁 위의 신문이 펄럭이다가 한 장 한
장 바닥으로 떨어졌다. 아버지는 무섭게 몰아대며 야만인처럼 거칠

게 쉿쉿 소리를 냈다. 그러나 그레고르는 뒤로 돌아가는 동작을 한 번도 해본 적이 없었기 때문에 매우 천천히 움직일 수밖에 없었다. 몸을 돌리기만 하면 곧 자기 방에 들어가게 될 것인데도, 그는 몸을 돌리는 데 시간이 많이 걸려 아버지를 초조하게 할까 봐 두려웠다. 순간순간 아버지의 손에 들려 있는 지팡이로 등이나 머리를 심하게 맞을 위험이 있었다. 그래도 결국 그레고르는 달리 어쩔 수가 없었다. 뒤로 가면서는 방향을 잡을 수 없다는 것을 그 자신도 무척 놀라워하며 깨달았던 것이다. 겁이 난 그는 곁눈질로 계속 아버지를 흘끔거리며 되도록 서둘러 몸을 돌렸다. 그러나 실제로는 동작이 아주 느렸다. 그사이 아버지는 그의 선한 의도를 알아챘는지 이제는 그를 방해하지 않고 멀찍이서 지팡이 끝으로 움직임의 방향을 이쪽저쪽으로 지시해주었다. 참기 힘든 아버지의 쉿쉿 소리가 없으면 좋으련만! 그레고르는 그 소리에 머리가 돌 지경이었다. 몸을 거의 돌렸는데 계속되는 쉿쉿 소리에 신경을 쓰다가 그만 헷갈려 방향을 잘못 잡고 조금 더 돌고 말았다. 드디어 열려 있는 문 쪽으로 머리를 댔을 때, 이번에는 몸이 너무 넓어 문을 더 열지 않고는 들어갈 수 없다는 사실을 알게 되었다. 현재 아버지의 마음 상태로는 그레고르가 들어갈 수 있는 충분한 공간을 마련해주자면 다른 쪽 문을 열어주어야 한다는 생각은 물론 떠오르지 않았다. 아버지의 생각은 오직 그레고르를 얼른 방 안으로 들여보내야 한다는 것 뿐이었다. 그는 그레고르가 몸을 세워 문을 통과하기에 필요한 번거로운 준비를 하도록 절대로 봐주지 않을 것이었다. 그러기는커녕 마치 아무런 장애도 없다는 듯이 유난히 더 요란한 소리를 내며 그레고르를 몰아댔다. 그레고르의 뒤에서 들려오는 목소리는 이제 세상에서 하나밖에 없는 아버지의 목소리 같지가 않았다. 더 이상 장난이 아니었다. 그래서 그레고르는—될 대로 되라는 식으로—문으로 돌진했다. 그리하여 몸 한쪽이 세워진 채 비스듬히 열린 문틈에 끼이게 되었다. 옆구리 한쪽이 문에 쓸려 상처가 났고, 하얀 문에는 보기 흉한 얼룩이 남았다. 그는 단단히 문에 끼여 혼자서는 꼼짝도 할 수 없었다. 한쪽의 작은 다리들은 허공에서 부들부들 떨렸고, 다른 쪽 다리들은 바닥에 짓눌려 아파왔다—그때 아버지가 뒤에서 실로 구원이라 할 만한 강한 타격을 날렸다. 그는 많은 양의 피를 흘리며 방 안으로 휙 날아들었다. 문이 지팡이에 의해 닫히고 나자 마침내 주위가 조용해졌다.

2

어둑어둑 땅거미가 질 무렵에야 비로소 그레고르는 혼수상태와도 같은 깊은 잠에서 깨어났다. 충분히 푹 잔 느낌이 드는 걸로 보아 누가 잠을 방해하지 않았더라도 분명히 그리 늦게 일어나지는 않았을 것이다. 그러나 그는 스치는 발자국 소리와 현관에서 조심스럽게 문을 닫는 소리가 잠을 깬 것 같았다. 거리의 가로등 불빛이 천장과 가구 윗부분을 여기저기 창백하게 비추고 있었지만, 그레고르가 있는 아래쪽은 어두웠다. 그는 천천히 몸을 일으켰다. 이제야 어떻게 쓰는 것인지 알게 된 더듬이로 서툴게나마 더듬으며 문 쪽으로 다가갔다. 거기서 무슨 일이 일어났는지 알아보기 위해서였다. 왼쪽 옆구리에 길게 그어진 상처가 하나 나 있었다. 상처는 불편하게 당기는 느낌이 들었으며 그는 두 줄의 다리를 절룩거려야 했다. 게다가 다리 하나는 오전에 떨어질 때 심하게 다친 것이 분명해서—다리 하나만 다쳤다는 것은 기적이나 다름없었다—축 늘어진 채로 질질 끌려왔다.

문에 다가가서야 그는 무엇이 그쪽으로 자기를 유혹했는지 알아차렸다. 그것은 어떤 음식 냄새였다. 그곳에는 신선한 우유가 대접에 가득 담겨 있었고, 우유 속에는 잘게 자른 흰 빵 조각이 둥둥 떠 있었다. 그는 아침때보다 더 배가 고팠던 터라 기뻐서 웃음을 터뜨릴 뻔했다. 그는 얼른 우유 속으로 눈이 잠길 만큼 머리를 처박았다. 그러나 곧 실망해서 머리를 도로 빼냈다. 왼쪽 옆구리의 불편한 상처 때문에 먹기가 어려웠을 뿐만 아니라—몸 전체를 같이 헐떡여야만 먹을 수 있었다—평소에 제일 좋아하던 음료라는 걸 여동생이 알고 가져다 놓은 것이겠지만, 지금은 너무나 맛이 없었다. 그는 구역질을 느끼며 대접에서 몸을 돌려 방 한가운데로 돌아왔다.

그레고르가 문틈으로 들여다보니 거실에는 가스등이 켜져 있었다. 보통 때 같으면 아버지가 어머니나 여동생에게 석간신문을 소리 높여 읽어줄 시간인데, 지금은 잠잠했다. 어쩌면 여동생이 항상 그에게 이야기를 하고 또 편지로 써 보내기도 했던 신문 낭독이 최근 들어 중단되었는지도 모른다. 하지만 집이 비어 있지 않은 것이 분명한데도 사방이 너무 조용했다.

"식구들이 참으로 조용한 생활을 하는구나."

그레고르는 혼잣말을 하고 어둠 속을 응시하면서 자신이 부모와 여동생에게 이런 좋은 집에서 이런 생활을 할 수 있도록 해주었다는 것에 커다란 자부심을 느꼈다. 그런데 현재의 이 모든 안정과 만족감이 끔찍한 종말을 맞게 되면 어떡하지? 그는 이런 생각을 떨쳐버리기 위해 차라리 움직이는 게 낫겠다 싶어서 이리저리 방 안을 기어 다녔다.

긴긴 저녁 내내 옆문이 한 번, 다른 쪽 문이 한 번 아주 조금 열렸다가 재빨리 닫혔다. 누군가 여기로 들어오려 하면서도 몹시 주저하는 것 같았다. 그레고르는 머뭇거리는 방문자를 어떻게든 들어오도록 하거나, 적어도 그가 누구인지 알아야겠다고 마음먹고 거실 쪽 문에 바짝 다가갔다. 그러나 문은 다시는 열리지 않아 그레고르는 부질없이 기다린 꼴이 되었다. 문이 잠겨 있던 아침에는 모두들 그의 방으로 들어오려고 하더니, 그가 문을 활짝 열어놓고 있는 지금, 그리고 다른 문들도 열려 있는 낮 동안에는 아무도 찾아오지 않았다. 그리고 이제는 열쇠가 바깥쪽에 꽂혀 있었다.

밤이 늦어서야 거실의 불이 꺼졌다. 부모님과 여동생이 그때까지 잠을 자지 않고 있었던 게 분명했다. 지금 세 사람이 발끝으로 살금살금 멀어지는 소리가 똑똑히 들렸던 것이다. 틀림없이 이제 아침이 올 때까지 아무도 그레고르의 방에 들어오지 않을 것이다. 그러니 앞으로 삶을 어떻게 새로이 정비할 것인가에 대해 방해받지 않고 충분히 생각해볼 시간이 있었다. 그러나 그가 마지못해 들어와 바닥에 납작하게 엎드려 있어야 하는 방, 천장이 높은 텅 빈 방이 그를 두렵게 했다. 두려운 이유는 알 수 없었다. 왜냐하면 그가 오년 전부터 살고 있는 방이었기 때문이다—그래서 그는 얼마간 수치심을 느끼면서 반쯤은 무의식적으로 얼른 소파 밑으로 기어 들어갔다. 거기서는 등이 조금 눌리고 머리를 들 수 없었지만 곧 편안한 느낌이 들었다. 다만 몸이 너무 넓어 소파 밑으로 몸 전체를 완전히 집어넣을 수 없는 게 유감이었다.

그는 밤새 소파 밑에 있었다. 비몽사몽의 상태에서 배가 고파 자꾸 깨어나기도 하고, 때로는 걱정과 막연한 희망으로 시간을 보냈다. 그러다가 그는 앞으로 조용하게 처신하고 최대한 인내하고 배려하여 현재 자신의 상태로 인해 갑작스레 불편해진 가족들이 그 불편함을 견뎌낼 수 있도록 해야겠다고 결론을 내렸다.

아직은 밤이라 할 이른 새벽에 그레고르는 조금 전의 결심을 시험해볼 기회를 갖게 되었다. 여동생이 옷을 다 차려입고는 현관에서 문을 열고 잔뜩 긴장한 채 엿보고 있었던 것이다. 그녀는 그를 금방 발견하지는 못했다. 그러나 소파 밑에 있는 그를 알아보고는—어쨌든 방 안 어딘가에는 있지 않겠는가, 날아갈 수는 없으니까—화들짝 놀라 어쩔 줄 모르고 밖에서 얼른 문을 닫아버렸다. 하지만 자신의 행동을 뉘우쳤는지 곧 다시 문을 열고 마치 중환자나 낯선 사람 곁에 오는 것처럼 발끝으로 살그머니 들어왔다. 그레고르는 머리를 소파 밖으로까지 거의 다 내밀고 그녀를 관찰했다. 그가 우유를 그대로 남겨둔 것을 알아챘을까? 그건 배가 고프지 않아서가 아니라는 것도 알까? 혹시 그녀가 그의 입맛에 더 맞는 음식을 들여보낼까? 만약 그녀가 알아서 그렇게 해주지 않는다면 그는 차라리 굶어 죽고 싶었다. 하지만 사실은 소파 밑에서 기어 나와 여동생의 발밑에 몸을 던지고 좀 더 먹을 만한 음식을 가져다 달라고 부탁하고 싶은 마음이 간절했다. 그런데 여동생은 주위에 조금 흘렸을 뿐 우유가 가득 담긴 대접을 보더니 흠칫 놀랐다. 그러고는 곧 대접을 맨손으로 건드리지 않고 걸레를 이용해 집어 들더니 가지고 나가버렸다. 그레고르는 그녀가 우유 대신 무엇을 가지고 올까 잔뜩 호기심에 차서 별의별 궁리를 다 해보았다. 그러나 마음 착한 여동생이 실제로 어떻게 할지는 도무지 짐작할 수 없었다. 그녀는 그의 입맛을 시험해보기 위해 여러 가지를 가져와 헌 신문지 위에 펼쳐놓았다. 거기에는 오래되어 반쯤 시든 야채, 저녁 식사 때 먹다 남은 흰 소스가 말라붙은 뼈다귀, 건포도와 아몬드, 그리고 이틀 전에 그레고르가 맛이 형편없다고 말한 치즈, 마른 빵 조각, 버터 바른 빵, 버터를 바르고 소금을 뿌린 빵이 있었다. 그 밖에도 여동생은 그레고르의 것으로 정한 것 같은 대접도 갖다 놓았는데, 그 안에는 물이 들어 있었다. 그녀는 그레고르가 자기 앞에서는 먹지 않으리라는 것을 알았는지 그레고르를 배려하는 뜻으로 서둘러 방을 나가며 열쇠로 문을 잠가주었다. 그렇게 함으로써 그레고르가 마음 편히 양껏 먹어도 된다는 것을 알려주었다. 음식이 있는 곳으로 가는 그레고르의 다리에서 윙윙 소리가 났다. 다리의 상처가 벌써 말끔히 나은 것이 분명했다. 그는 이제 불편을 느끼지 않았는데, 그 사실이 몹시 놀라웠다. 한 달도 더 전에 손가락이 칼에 조금 베인

적이 있었는데, 그 상처가 그제만 해도 제법 아팠던 기억이 났다. '이제 내 감각이 무뎌진 걸까?'라고 생각하며 그는 어느 결에 치즈를 핥았다. 다른 음식보다도 치즈에 강렬하게 끌렸다. 그는 만족감에 눈물까지 흘리며 허겁지겁 치즈, 야채, 소스를 차례차례로 먹어 치웠다. 신선한 음식은 전혀 입맛에 맞지 않았고, 냄새조차 참을 수 없었다. 그래서 그는 먹고 싶은 음식들을 좀 떨어진 곳으로 끌어다 놓기까지 했다. 그가 진작 다 먹어치우고 그 자리에서 늘어지게 누워 있을 때, 제자리로 돌아가라는 신호를 보내는 듯 여동생이 천천히 열쇠를 돌렸다. 깜빡 잠이 들려던 찰나에 그 소리에 깜짝 놀란 그는 서둘러 소파 밑으로 다시 기어 들어갔다. 비록 여동생이 방 안에 머문 것은 아주 짧은 순간이었지만, 소파 밑에 있는 것은 그에게 대단한 인내심을 요구했다. 많이 먹은 탓에 몸이 제법 불룩해져 그 비좁은 곳에서는 거의 숨을 쉴 수가 없었기 때문이다. 가벼운 질식 증상이 일어난 가운데 그는 약간 불거진 눈으로, 아무것도 모르는 여동생이 그가 먹다 남긴 것뿐만 아니라 건드리지도 않은 음식까지 빗자루로 쓸어 모으는 것을 지켜보았다. 그녀는 마치 그 음식들이 더는 쓸모없다는 듯이 얼른 통 속에 모조리 털어 넣고는 나무 뚜껑으로 덮은 다음 전부 들고 나가버렸다. 그녀가 돌아서자마자 그레고르는 소파 밑에서 기어 나와 몸을 쭉 뻗고 부풀렸다.

이날부터 그레고르는 이런 식으로 매일 음식을 받아먹었다. 한 번은 부모님과 하녀가 아직 잠들어 있는 아침에, 두 번째는 모두가 점심을 먹은 후였다. 점심 식사 후에 부모님은 잠깐 낮잠에 들고, 하녀는 여동생이 뭔가 심부름을 시켜 내보냈다. 그들도 그레고르가 굶어 죽기를 바라는 것은 분명히 아니지만, 그의 식사에 대해 전해 듣는 것 이상으로는 알고 싶지 않았을 것이다. 또는 여동생이 부모님에게 조금이나마 걱정거리를 덜어주려는 것일 수도 있다. 실제로 부모님은 이미 충분히 고통을 겪고 있었기 때문이다.

첫날 오전에 어떻게 둘러대서 의사와 열쇠 수리공을 돌려보냈는지 그레고르는 전혀 알지 못했다. 사람들은 그의 말을 알아들을 수 없었기 때문에 아무도, 여동생조차도 그레고르가 다른 사람의 말을 알아들을 수 있다고 생각하지 않았다. 그래서 그는 여동생이 방에 들어와 있을 때 가끔 내는 한숨 소리와 성자들에게 탄원하는 소리를 듣는 걸로 만족해야 했다. 나중에 그녀가 모든 일에 조금이나마 익숙해진 다음에야—물론 모든 것에 완전히 익숙해질 수는 없었다—비로소 그레고르는 가끔 다정한 뜻으로 하는, 또는 그렇게 해석될 수 있는 말을 듣게 되었다.

"오늘은 음식이 맛있었나 봐."

그레고르가 음식을 깨끗이 비웠을 때 여동생은 그런 말을 했다. 한편 그가 음식을 남기는 일이 점점 잦아졌는데, 그런 때에는 거의 슬픈 어조로 말했다.

"이번에도 다 남겼네."

그레고르는 새로운 소식을 직접 전달받지는 못했지만, 때로 옆방에서 나는 소리를 엿들을 기회는 있었다. 그는 그곳에서 뭔가 목소리가 들리기만 하면 당장 문께로 달려가 온몸을 문에 딱 붙였다. 특히 초기에는 비밀리에 이야기를 나누었는데, 어쨌거나 그와 관계되지 않은 이야기는 없었다. 이틀 내내 식사 때마다 앞으로 어떻게 해야 할지 의논하는 소리가 들렸고, 식사 시간이 아닌 때에도 똑같은 주제를 놓고 이야기를 나누었다. 왜냐하면 아무도 혼자서는 집에 남아 있지 않으려 했고, 그렇다고 완전히 집을 비워놓을 수도 없는 노릇이었기 때문이다. 식모조차도 바로 첫날에—식모가 사건에 대해 무엇을 얼마나 많이 알고 있는지는 확실치 않았다—어머니에게 무릎을 꿇고 당장 해고해달라고 청했다. 그리고 십오 분 뒤에 집을 떠나면서 식모는 자기를 해고시켜준 일이 이 집에서 베풀어준 최고의 친절인 양 눈물을 흘리며 감사의 인사를 했다. 게다가 아무도 요구하지 않았는데도 이 일에 대해 누구에게도 절대로 얘기하지 않겠다고 단단히 맹세했다.

그때부터 여동생이 어머니와 함께 음식도 만들어야 했다. 물론 다들 거의 먹지 않았기 때문에 그다지 힘든 일은 아니었다. 그레고르는 식구들이 서로 먹으라고 권하고 "괜찮아. 많이 먹었어"라든가 그와 비슷한 대답만 하는 대화를 계속해서 들었다. 술을 마시는 일도 없는 것 같았다. 여동생은 때로 아버지에게 맥주를 좀 하시겠느냐고 물으며 자기가 직접 사 오겠다고 나섰는데, 그럴 때 아버지가 아무 말도 않고 있으면 여동생은 걱정을 끼치지 않으려고 집 관리인의 아내를 보내도 된다고 말했다. 아버지가 마침내 큰 소리로 "싫다"라고 말하면 그때야 비로소 그에 대해서는 다시 입에 올리지 않았다.

일이 있던 첫날부터 이미 아버지는 집안의 재산 사정과 앞으로의 전망을 어머니와 여동생에게 설명했다. 아버지는 간혹 탁자에서 일어나 오 년 전에 사업이 망했을 때 건져낸 작은 금고에서 영수증이나 장부 따위를 꺼내 왔다. 아버지가 복잡한 자물쇠를 열어 찾던 것을 꺼낸 후에 다시 잠그는 소리가 들렸다. 아버지가 하는 설명 중 일부는 그레고르가 방 안에 갇힌 후에 들을 수 있었던 첫 번째 기쁜 소식이었다. 그는 아버지가 예전의 사업에서 조금도 남긴 것이 없다고 생각하고 있었다. 적어도 아버지는 그에게 그렇지 않다는 이야기를 한 번도 한 적이 없었고, 그레고르도 물론 그에 대해 물어본 적이 없었다. 그 당시 그레고르의 걱정은 오로지 식구들이, 모든 희망을 앗아 가 버린 사업 실패를 되도록 빨리 잊어버릴 수 있도록 온 힘을 기울이는 데 있었다. 그래서 그때 그는 아주 열성적으로 일을 시작해, 거의 하룻밤 사이에 말단 사원에서 출장 영업 사원이 되었다. 물론 출장 사원은 다른 형태로 돈을 벌 수 있었으니, 일이 성사되면 중개료를 즉시 현금으로 받았다. 그는 집에 돌아와 식탁 위에 돈을 올려놓음으로써 식구들이 놀라며 기뻐하도록 만들 수 있었다.

그때가 좋은 시절이었다. 그러나 그 후로 그레고르가 매우 많은 돈을 벌어 식구들의 모든 생활비를 책임질 수 있게 되고, 또 실제로 그렇게 했지만 다시는 그와 같은 영광이 되풀이되지 않았다. 식구들이나 그레고르나 그 일에 익숙해진 것이다. 식구들은 고맙게 돈을 받았고 그도 기꺼이 돈을 가져다주었지만, 특별한 온정은 더는 생겨나지 않았다. 오직 여동생만 그레고르와 늘 가깝게 지냈다. 그녀는 그와는 달리 음악을 무척 사랑했다. 그는 바이올린을 감동적으로 켤 줄 아는 여동생을 많은 비용이 들더라도 내년에 음악학교에 보낼 계획을 남몰래 세우고 있었다. 돈은 어떻게든 마련할 수 있을 것이었다. 그레고르가 시내에 와서 집에 잠시 머무르는 동안 종종 여동생과 대화를 나누며 음악학교에 대한 얘기를 했지만, 현실로 이루어지는 것은 생각지도 못할 아름다운 꿈으로만 여겨졌다. 부모님은 그런 희망 사항조차 듣기를 싫어했다. 그러나 그레고르는 그 일을 매우 확고하게 생각하고 있었고, 크리스마스 저녁에 엄숙하게 발표할 작정이었다.

그가 문에 착 달라붙어 소리에 귀를 기울이는 동안, 현재 그의 상태로는 아무 쓸모도 없는 그런 생각이 머릿속을 스쳐 지나갔다. 가끔 너무 피곤해서 소리를 계속 들을 수 없어, 무심코 머리를 쿵 하고 문에 처박을 때가 있었지만 얼른 머리를 다시 쳐들었다. 왜냐하면 그럴 때 나는 아주 작은 소리마저 옆방에 들렸고, 그러면 모두들 잠잠해졌기 때문이다. "또 뭘 하는 모양이다"라고 아버지가 분명히 문 쪽을 향해 한참 만에 말하면, 끊겼던 대화가 차츰 다시 시작되었다.

그레고르는 이제 충분히 알게 되었다. 아버지가 한편으로는 그런 일을 한 지가 오래되기도 했고, 또 한편으로는 어머니가 한 번에 다 알아듣지 못했기 때문에 설명을 여러 번 되풀이한 덕분이었다. 이 모든 불행에도 불구하고 예전의 재산이 조금이나마 남아 있었고, 그사이에 손도 대지 않은 이자까지 늘어나 있었다. 그 밖에도 그레고르가 매달 집에 가지고 온 돈도—그 자신은 겨우 몇 푼밖에 가지지 않았다—다 써버리지 않고 얼마간의 재산으로 모여 있었다. 그레고르는 문 뒤에서 열렬히 고개를 끄덕이며 기대치 못한 이런 신중함과 절약 정신에 대해 기뻐했다. 사실 이렇게 모아둔 돈으로 아버지가 사장에게 진 빚을 다 청산했더라면 그가 직장을 그만둘 날을 훨씬 더 당길 수도 있었을 것이다. 그러나 지금으로써는 아버지가 돈을 그렇게 모아둔 것이 더할 나위 없이 옳은 처사였다.

그러나 돈은 현재 가족들이 이자를 받아 지낼 수 있을 만큼 충분하지는 않았다. 그 돈은 가족들이 일 년이나 기껏해야 이 년 정도 지낼 만큼은 될지 모르지만, 그 이상은 아니었다. 그러니까 그 정도의 액수는 사실상 비상시를 위해 손대지 않고 남겨두어야 하는 것이었다. 생활비는 벌어서 써야 했다. 하지만 현재 아버지는 건강하지만 나이가 많은 데다가 오 년 전부터 일을 하지 않았고, 자신감도 별로 없었다. 고된 일에 실패를 본 끝에 처음으로 쉰 오 년간의 세월에 아버지는 살이 많이 쪄서 몸이 무척 둔해진 상태였다. 그러면 이제 늙은 어머니가 돈을 벌어야만 한단 말인가? 천식을 앓고 있는 어머니는 집 안을 한 바퀴만 돌아도 숨이 가빠지고, 호흡 장애 때문에 이틀에 한 번 꼴로 열어둔 창문 밑 소파에 드러누워 있는 형편이었다. 그러면 여동생이 돈을 벌어야 할까? 그녀는 아직 열일곱 살밖에 안 된 어린아이인 데다, 여태까지 살아온 방식이란 예쁜 옷이나 차려입고, 실컷 늦잠을 자고, 집안일을 좀 돕고, 몇 가지 유흥을 즐기고, 특히 바이올린을 켜는 게 전부였다. 그레고르는 문에서 떨어져 나와 그 옆에 있는 서늘한 가죽 소파에 몸을 던졌다. 부끄러움과 슬픔으로 몸이 뜨겁게 달아올랐던 것이다.

종종 그는 잠을 이루지 못하고 가죽 소파 위에서 밤을 지새우며 내내 소파 가죽을 긁어댔다. 또는 엄청난 수고를 아끼지 않고 안락의자를 창문가로 밀어놓은 후에 창턱에 기어올라 안락의자에 몸을 받치고 창문에 기대기도 했다. 예전에 창밖을 내다보며 자유로움을 느끼던 기억에 잠긴 때문이었을 것이다. 사실 하루하루가 지나면서 불과 얼마 떨어지지 않은 사물이 점점 불분명하게 보였다. 예전에는 너무나 자주 보아 지겨웠던 맞은편 병원 건물도 이제는 보이지 않았다. 적막하긴 해도 도심지인 샤를로텐 가街에 살고 있다는 사실을 확실히 알지 않았다면, 그는 창문 밖으로 보이는 광경은 흐릿한 회색 하늘과 회색 땅이 구분 없이 한데 섞여 있는 황야라고 믿을 지경이었다. 딱 두 번, 여동생은 안락의자가 창가에 있는 것을 보았는데, 그 후로는 방을 청소할 때마다 안락의자를 정확히 창문 밑에 밀어놓았다. 심지어 그때부터는 안쪽 창문을 열어놓기까지 했다.

그레고르가 여동생에게 말을 건넬 수만 있다면, 그래서 자기를 위해 해주는 모든 일에 대해 고맙다고 할 수만 있다면, 그는 그녀의 봉사를 좀 더 가벼운 마음으로 받아들일 수 있었을 것이다. 그러나 미안하기만 했다. 물론 여동생은 모든 일에서 번거로움을 최대한 없애려 했고, 시간이 지날수록 능숙해졌다. 한편 그레고르 역시 시간이 갈수록 모든 일을 더 잘 파악할 수 있게 되었다. 그는 여동생이 들어오는 것이 두려워졌다. 그녀는 전에는 그레고르의 방을 아무에게도 보이지 않으려 신경을 쓰더니, 지금은 방을 들어서자마자 문을 닫을 새도 없이 곧장 창문으로 달려갔다. 그러고는 마치 질식이라도 할 것 같다는 듯이 황급히 두 손으로 창문을 열어젖히고 아무리 추운 날씨에도 한동안 창가에 서서 숨을 깊이 들이마셨다. 그녀는 그런 달음질과 소란으로 하루에 두 번씩 그레고르를 깜짝 놀라게 했다. 그럴 때마다 그는 내내 소파 밑에서 부들부들 떨었지만 그녀가 창문을 닫은 채로 자기와 방에 있는 일이 가능했더라면 그토록 자기를 괴롭게 하지 않았으리라는 것을 잘 알고 있었다.

한번은 이런 일이 있었다. 그레고르가 변신한 지 이미 한 달이 흘렀으니 여동생에게는 그레고르의 모습에 놀랄 이유도 딱히 없을 때였는데, 여동생이 전보다 조금 일찍 들어와 마침 그레고르와 딱 마주치게 되었다. 그는 사람들이 보면 깜짝 놀랄 만한 자세로 창밖을 내다보며 꼼짝도 않고 있었다. 그레고르로서도 그녀가 들어와 곧장 창문을 여는 데 방해가 되기에 자기가 그곳에 서 있으면 그녀가 들어오지 않을 수도 있다는 것을 짐작하지 못한 것은 아니었다. 그런데 그녀는 방을 들어오지 않는 정도가 아니라 뒤로 물러서더니 즉시 문을 닫아버렸다. 아마 모르는 사람이 봤더라면 그레고르가 숨어서 기다리고 있다가 그녀를 덥석 물려고 했던 것으로 생각했을 것이다. 물론 그레고르는 곧장 소파 밑에 몸을 숨겼지만 여동생은 점심때가 되어서 다시 돌아왔는데, 여느 때보다 훨씬 불안해 보였다. 그것으로 그는 자신의 모습을 보는 것이 여동생에게는 여전히 참을 수 없는 일이며, 앞으로도 견디지 못할 일이라는 사실을 알게 되었다. 또한 그녀가 소파 밑에서 비죽이 나온 그의 몸 일부를 보고도 도망치지 않으려면 많은 자제를 해야 한다는 사실도 깨닫게 되었다. 그는 여동생에게 자신의 몸을 조금이라도 보이지 않기 위해 어느 날 침대 시트를 등으로 날라 소파 위에 걸쳐놓았는데—이 일을 하는 데 네 시간이 걸렸다—그런 식으로 시트를 펼쳐놓으니 완전히 가려져 여동생이 몸을 숙여도 그를 볼 수 없게 되었다. 만일 그녀가 이 침대 시트가 쓸모없다고 생각했다면 시트를 걷어버렸을 것이다. 왜냐하면 그렇게 완전히 뒤덮여 있는 것이 그레고르에게 기분 좋은 일이 아니라는 것은 분명했기 때문이다. 그러나 그녀는 시트를 그대로 내버려 두었다. 그리고 그레고르가 새로이 시트를 덮어놓은 것을 여동생이 어떻게 받아들이는지 보려고 조심스럽게 시트를 뚫고 머리를 내놓았을 때, 그녀는 오히려 고마워하는 눈치를 보이는 것 같았다.

처음 두 주 동안 부모님은 그의 방에 들어올 엄두조차 내지 못했다. 그는 부모님이 요즘에 여동생이 하는 일에 대해 칭찬하는 소리를 자주 들었다. 여태까지 부모님은 여동생을 쓸모없는 아이로만 보았기 때문에 걸핏하면 그녀에게 화를 내곤 했는데, 지금은 여동생이 그레고르의 방을 치우는 동안 두 분이 종종 방 앞에서 기다리며 서 있곤 했다. 그녀는 방을 나오자마자 방이 어떤 상태에 있는지, 그레고르가 무엇을 먹었는지, 이번에는 어떤 태도를 취했는지, 혹시 좀 나아진 것 같지는 않은지 등을 자세히 얘기해주어야 했다. 한편 어머니는 조만간 그레고르에게 들어가 볼 생각이었지만, 아버지와 여동생은 그럴듯한 이유를 들어 어머니를 말렸다. 그레고르도 그 이유를 자세히 듣고는 전적으로 옳다고 수긍했다. 나중에는 "그레고르에게 가게 해줘! 그 불쌍한 애는 내 아들이야! 난 그 아이에게 가야 해. 이해 못 하겠어?"라고 외치는 어머니를 힘으로 말려야 했다. 그럴 때면 그레고르는 물론 매일은 아니더라도 어머니가 한 주에 한 번만이라도 들어왔으면 좋겠다고 생각했다. 어머니는 동생보다는 모든 것을 훨씬 더 잘 이해할 것이다. 여동생이 아무리 용감하다 한들 아직 어린아이에 불과하지 않은가. 결국 이런 어려운 임무도 어린애다운 경솔함으로 떠맡은 것인지도 모른다.

어머니를 보고 싶은 그레고르의 소원은 곧 이루어졌다. 그레고르는 부모님을 생각해서 낮 동안에는 창가에 나타나지 않았다. 그러나 몇 평 안 되는 방바닥을 한없이 기어 다닐 수도 없는 노릇이었다. 밤에 가만히 누워 있는 것도 이제는 견디기 힘들었고, 먹는 일도 더는 즐거움을 주지 못했다. 그래서 그는 심심풀이로 벽과 천장을 이리저리 기어 다니는 버릇을 들였다. 특히 천장에 매달려 있는 것이 좋았다. 그 일은 방바닥에 누워 있는 것과는 전혀 달랐다. 숨쉬기가 훨씬 자유로웠고, 가벼운 전율이 온몸을 훑고 지나갔다. 그레고르는 천장에 매달려 거의 행복에 가까운 방심 상태로 있다가 그만 바닥으로 털썩 떨어질 때가 있어 스스로도 깜짝 놀라곤 했다. 하지만 이제는 전과 달리 몸을 잘 다룰 수가 있어서 그렇게 높은 곳에서 떨어져도 다치지 않았다. 여동생은 그레고르가 만들어낸 새로운 오락거리를 대번에 알아채고—그가 여기저기 기어 다니면서 끈적거리는 점액의 흔적을 남겨놓은 것이다—그레고르가 기어 다닐 공간을 넓혀주려면 그것을 방해하는 가구, 무엇보다 옷장과 책상을 치워야겠다는 생각을 했다. 하지만 혼자서 옮길 수는 없었다. 아버지에게는 감히 도와달라고 하지도 못했다. 물론 하녀도 어림없을 것이 분명했다. 열여섯 살쯤 되는 이 하녀는 비록 지난번에 식모가 그만둔 후로 꿋꿋하게 버티고 있긴 했지만 늘 부엌문을 잠가두고 특별한 일로 부르는 경우에만 문을 열게 해달라고 간청했기 때문이다. 그러니 여동생은 아버지가 안 계신 틈을 타 어머니를 부르는 수밖에 다른 도리가 없었다. 어머니는 기쁨에 겨워 환성을 지르며 여동생을 따라오기는 했지만, 정작 그레고르의 방문 앞에선 입을 꾹 다물었다. 여동생은 우선 방이 제대로 되어 있는지 둘러본 다음에 어머니를 들어오게 했다. 그레고르는 황급히 침대 시트를 당겨 주름이 더 많이 지게 구겨놓았고, 전체적으로는 우연히 소파 위로 떨어진 시트처럼 보였다. 그레고르는 이번에는 시트 밑에서 훔쳐보기를 하지 않았다. 이번에 어머니를 보는 것은 단념하기로 했다. 어머니가 온 것만으로도 기뻤던 것이다.

"들어오세요. 오빠는 안 보여요."

여동생은 이렇게 말하며 어머니의 손을 잡고 안으로 함께 들어왔다. 그레고르는 이제 연약한 두 여인이 무겁고 낡은 옷장을 자리에서 밀어내는 소리를 들었다. 그리고 너무 무리한다고 걱정하는 어머니의 말에도 개의치 않고 여동생이 일을 대부분 다 하고 있는 것도 알 수 있었다. 일은 매우 오래 걸렸다. 십오 분쯤 지났을 무렵에 어머니가 차라리 옷장을 그대로 두는 게 좋겠다고 말했다. 첫 번째 이유는 옷장이 너무 무거워 아버지가 돌아올 시간에도 일을 마치지 못할 것이니 옷장을 방 한가운데에 두면 그레고르가 자유롭게 움직일 수 없을 거라는 것이었고, 두 번째 이유는 가구를 치우는 것

175

을 그레고르가 좋아할지 어떨지 확실히 모른다는 것이었다. 어머니
는 오히려 가구가 있는 게 좋다고 했다. 어머니로서는 텅 빈 벽을
보니 가슴이 찡한데, 그레고르라고 왜 그런 느낌을 갖지 않겠느냐
는 것이었다. 그레고르는 가구에 정이 들었으니 방이 텅 비면 버림
받은 느낌이 들 것이라고 했다.

"사실 그렇지 않니."

어머니는 거의 속삭이는 듯이 나지막한 소리로 결론을 내렸다.
그레고르가 어느 방향에 있는지는 알 수 없지만 그가 말을 알아듣
지 못한다고 굳게 믿는 어머니는 목소리의 울림조차 들려주지 않으
려는 것 같았다.

"사실 그렇지 않니. 만약 우리가 가구를 다 치워버리면 나아지리
라는 희망을 포기하고 몰인정하게 그 애를 혼자 내버려 두는 것처
럼 보이지 않겠니? 내 생각에는 방을 예전 그대로 두는 게 좋을 것
같다. 그래야 그레고르가 다시 우리에게 돌아왔을 때 모든 게 변하
지 않았다는 것을 알고 좀 더 쉽게 그동안의 세월을 잊을 수 있을
거야."

어머니의 말을 듣자 그레고르는 사람들과의 직접적인 대화 없이
가족들 간의 단조로운 생활 속에 엮여 있던 이 두 달 동안 자신의
머리가 혼란스러워진 것이 틀림없다고 생각했다. 그렇지 않다면 자
기 방이 텅 비어버리기를 진심으로 바라는 마음을 달리는 설명할
수가 없었기 때문이다. 정말로 그는 물려받은 가구로 아늑하게 꾸
며진 이 방을 동굴로 바꾸고 싶은 걸까? 그 속에서 방해받지 않고
자유롭게 사방을 기어 다니는 대신 인간으로서의 자신의 과거를 최
대한 빠르고도 완전하게 잊어버리려 하는 걸까? 지금도 거의 잊어
버렸는지도 모른다. 다만 오래전부터 듣지 못한 어머니의 목소리가
지금 그를 일깨워 놓은 것이다. 아무것도 치워서는 안 된다. 모든
것이 그대로 있어야 한다. 그는 자신의 상태에 가구가 주는 좋은 영

향을 무시할 수 없었다. 그가 무의미하게 이리저리 기어 다니는 일을 가구가 방해한다면 그것은 해가 되는 게 아니라 오히려 큰 득이 되는 것이었다.

그러나 유감스럽게도 여동생은 의견이 달랐다. 전혀 당치 않은 일은 아니겠지만, 그녀는 그레고르에 대해 부모님과 얘기할 때는 특히 전문가 행세를 하며 맞서는 버릇이 생겼다. 그래서 지금도 어머니의 충고는 오히려 여동생으로 하여금 처음 생각처럼 옷장과 책상만 치울 게 아니라, 꼭 있어야 하는 소파를 제외한 가구를 모두 들어내자고 주장하게 하는 데 훌륭한 빌미가 되었다. 물론 그녀는 단순히 어린애 같은 고집과 최근 들어 예기치 않게 어렵게 얻은 자신감만으로 그런 주장을 하는 것은 아니었다. 그녀는 그레고르가 기어 다니기 위한 넓은 공간이 필요하다는 것을 실제로 관찰했고, 반면에 누구나 알 수 있듯이 가구는 전혀 사용되지 않았기 때문이다. 어쩌면 기회가 있을 때마다 자기만족을 추구하는 그 또래의 소녀들이 가지는 열광적인 성향이 한몫했는지도 모른다. 그래서 그레테는 이제 그를 위해 여태까지 한 일보다 더 많은 것을 해주기 위해 그레고르의 상태를 한층 더 끔찍하게 만들려는 유혹에 사로잡혀 있는 것이다. 그레고르 혼자서 아무것도 없는 텅 빈 벽을 차지하고 있는 공간이라면 그레테 말고는 아무도 들어가려 하지 않을 것이기 때문이다.

그래서 그녀는 어머니의 만류에도 불구하고 결심을 굽히지 않았다. 방 안에 있으면서 몹시 불안해하던 어머니도 곧 입을 다물고 장을 끌어내는 여동생을 힘껏 도왔다. 그레고르는 정 그래야 한다면 장은 없어도 괜찮지만, 책상만은 반드시 있어야 했다. 그래서 여자들이 끙끙거리며 옷장을 가지고 방을 나가자마자 어떻게 하면 조심스럽고 가능한 한 신중하게 개입을 할지 살펴보기 위해 소파 밑에서 머리를 내밀었다. 그런데 불행하게도 먼저 돌아온 사람은 어머니였다. 그사이에 그레테는 옆방에서 혼자 조금도 움직이지 않는

장을 껴안고 이리저리 흔들어보고 있었다. 어머니는 그레고르의 모습에 익숙하지 않았고, 그가 어머니에게 충격을 주어 병이 나게 할지도 모르는 일이었다. 그레고르는 화들짝 놀라 뒷걸음질로 소파의 다른 쪽 귀퉁이로 갔다. 그러나 침대 시트 앞부분이 조금 들썩이는 것은 어쩔 도리가 없었다. 그것만으로도 어머니의 주의를 끌기에는 충분했다. 어머니는 멈칫 서서 한순간 꼼짝도 않고 있다가 그레테에게로 돌아갔다.

비록 그레고르는 아무 일도 아니라고, 그저 가구 몇 개를 옮기는 것일 뿐이라고 계속 혼잣말을 했지만 곧 스스로 그렇지 않다는 것을 인정할 수밖에 없었다. 여자들이 들락날락하는 소리, 서로 나지막하게 부르는 소리, 가구가 바닥에 끌리는 소리 따위가 그에게는 사방에서 밀려오는 야단법석처럼 느껴졌다. 그는 머리와 다리를 잔뜩 웅크린 채 몸을 바닥에 착 붙이지 않을 수 없었고, 그 모든 일을 더는 견딜 수 없다고 실토하지 않을 수 없었다. 그녀들이 그의 방을 치우고 있었다. 그가 좋아하던 것을 모조리 빼앗고 있었다. 실톱이며 다른 연장이 들어 있던 장은 이미 내가버렸다. 이제는 바닥에 단단히 박아놓았던 책상을 떼고 있었는데, 그것은 그가 상과商科 대학생, 고등학생, 심지어 초등학생 때에도 숙제를 하던 책상이었다—이제는 정녕 두 여자가 어떤 좋은 의도를 가지고 있는지 생각해볼 때가 아니었다. 게다가 그는 그녀들의 존재조차 완전히 잊고 있었다. 그녀들은 이미 지쳐 아무 말도 없이 일만 하고 있어서 무거운 발자국 소리만 들렸기 때문이다.

그래서 그는 밖으로 나와—여자들은 옆방에서 한숨 돌리기 위해 책상에 기대어 있었다—달리는 방향을 네 번이나 바꾸었다. 그는 무엇부터 건져야 할지 사실 알 수가 없었다. 그때 이미 텅 비어버린 벽에 걸린, 모피로 몸을 감싸고 있는 여인의 사진이 눈에 띄었다. 그는 서둘러 사진 위로 기어 올라가 액자 유리에 몸을 찰싹 붙였다.

유리는 그의 몸에 딱 달라붙어 뜨거운 배를 시원하게 해주었다. 적어도 그레고르가 완전히 가리고 있는 이 사진만큼은 아무도 가져가지 못할 것이다. 그는 여자들이 돌아오는 것을 지켜보기 위해 머리를 문 쪽으로 돌렸다.

그녀들은 오래 쉬지 않고 금방 돌아왔다. 그레테는 어머니를 팔로 껴안고 부축하다시피 하고 있었다.

"그럼 이제 무엇을 내갈까요?"

그레테는 말하며 주위를 둘러보았다. 그 순간 그녀의 시선이 벽에 붙어 있는 그레고르의 시선과 딱 마주쳤다. 그녀는 어머니가 계시기 때문인지 정신을 잃지 않은 채, 어머니가 주위를 둘러보는 것을 막기 위해 얼굴을 어머니 쪽으로 숙이고 덜덜 떨면서 아무렇게나 말했다.

"저기, 잠시 거실로 다시 돌아가는 게 어떨까요?"

그레고르로서는 그레테의 의도가 뻔히 보였다. 어머니를 안전한 곳에 데려다 놓고 나서 그를 벽에서 몰아낼 작정인 것이다. 어디 할 테면 해보라지! 그는 사진 위에 앉아서 그것을 절대 내주지 않을 작정이었다. 그러느니 차라리 그레테의 얼굴 위로 뛰어내릴 것이다.

그러나 그레테의 말은 어머니를 무척 불안하게 만들었다. 어머니는 옆으로 비켜서 꽃무늬 벽지 위에 있는 커다란 갈색 덩어리를 보자마자 눈에 띈 것이 그레고르라는 것을 알아채기도 전에 거친 비명을 내질렀다.

"아이고 맙소사, 아이고 맙소사!"

그러고 나서 어머니는 모든 것을 포기했다는 듯이 두 팔을 벌리고 소파 위로 쓰러져 움직이지 않았다.

"오빠, 정말!"

여동생은 주먹을 치켜들고 노려보며 소리를 질렀다. 그것이 변신을 한 후에 그녀가 그에게 직접 건넨 최초의 말이었다. 그녀는 기절해 쓰러진 어머니를 깨울 약물을 가지러 옆방으로 달려갔다. 그레고르도 돕고 싶었다―사진을 구하는 것은 나중에도 할 수 있는 일이었다―그는 유리에 착 달라붙어 있었던 탓에 힘겹게 몸을 떼어내야 했다. 그리고 예전처럼 동생에게 뭔가 충고라도 해줄 수 있을까 싶어서 옆방으로 달려갔다. 하지만 그녀 뒤에서 속수무책으로 우두커니 서 있을 수밖에 없었다. 그러는 사이에 여동생은 여러 가지 병을 뒤적이다가 뒤로 돌아서면서 소스라치게 놀랐다. 병 하나가 바닥에 떨어져 깨졌다. 파편이 튀어 그레고르의 얼굴에 상처를 냈고, 부식성의 약품이 흘렀다. 그레테는 지체하지 않고 두 손 가득 약병을 쥐고 어머니에게로 달려갔다. 그리고 발로 문을 닫았다. 그레고르는 이제 자신의 잘못으로 죽음에 가까워졌을지도 모르는 어머니와 단절되었다. 어머니 옆에 있어야 하는 여동생을 쫓아낼 생각이 아니라면, 그는 문을 열어서는 안 되었다. 지금 그로서는 기다리는 것밖에 달리 할 수 있는 일이 없었다. 그는 죄책감과 걱정에 휩싸여 기어 다니기 시작했다. 벽, 가구, 천장 할 것 없이 온 데를 기어 다니다가, 방이 자기 주위를 빙글빙글 도는 것 같을 때 마침내 절망에 빠져 커다란 탁자 위로 쿵 떨어졌다.

그레고르가 축 늘어져 누워 있는 채로 얼마간 시간이 흘렀다. 사방이 고요했다. 어쩌면 좋은 조짐인 것 같았다. 그때 초인종이 울렸다. 하녀는 부엌에 틀어박혀 있으니 그레테가 문을 열어야 했다. 아버지가 온 것이다.

"무슨 일이냐?"

아버지의 첫마디였다. 그레테의 모습이 모든 것을 드러낸 모양이었다. 그레테는 둔탁한 목소리로 대답했는데, 분명 얼굴을 아버지의 가슴에 묻고 있는 것 같았다.

"어머니가 기절하셨어요. 하지만 이젠 괜찮아지셨어요. 오빠가 밖으로 나왔었거든요."

"내 그럴 줄 알았다."

아버지가 말했다.

"내가 늘 말하지 않았니. 그런데 여자들이 통 말을 들어먹어야지, 원."

그레고르가 생각할 때 아버지는 그레테의 짤막한 말을 나쁘게 해석하고 그레고르가 어떤 폭력을 저지른 것으로 받아들인 것이 분명했다. 그레고르는 우선 아버지를 진정시켜야 했다. 아버지에게 해명을 하기에는 시간도, 그럴 가능성도 없었기 때문이다. 그래서 그는 자기 방 문 쪽으로 도망쳐 문에 몸을 착 붙였다. 현관에 들어서는 아버지에게 자신은 즉시 방으로 들어가려는 좋은 의도를 가지고 있으니, 자기를 몰아댈 필요 없이 문을 열어두기만 하면 당장 방으로 사라지겠다는 것을 보여주기 위해서였다.

그러나 아버지는 그런 섬세한 뜻까지 알아차릴 만한 기분이 아니었다.

"아!"

아버지는 들어서면서 기쁜 것 같기도 하고 화가 난 것 같기도 한 어조로 외쳤다. 그레고르는 문에서 머리를 떼고 아버지를 향해 쳐들었다. 그는 아버지가 지금 이런 모습을 하고 있으리라고는 상상도 하지 못했다. 물론 최근에 새로운 방식으로 기어 다니는 일에 몰두하느라 집이 어떻게 돌아가는지 전처럼 신경을 쓰지 못한 것이 사실이었다. 그러니 실제로 달라진 상황에 맞닥뜨릴 대비를 했어야 했다. 하지만 그렇다 해도 정녕 저 사람이 아버지란 말인가? 예전에 그레고르가 출장을 다녀오면 지쳐서 침대에 푹 파묻혀 있던 그 남자란 말인가? 저녁때 집에 돌아오면 잠옷을 입고 안락의자에 앉아 그를 맞아주던 사람, 일어서기는커녕 반가운 표시로 두 팔만 쳐들었던 사람, 일 년에 고작 몇 번 일요일이나 명절 때 어쩌다 같이 산책을 나가면 워낙 느리게 걷는 어머니와 그레고르 사이에 서서 낡은 외투를 두르고 항상 조심조심 지팡이를 내짚으며 점점 뒤처져 걷던 사람, 게다가 뭔가 할 말이 있으면 늘 걸음을 멈추고 앞서 가는 사람을 불러 세우던 그 사람이란 말인가? 그런데 이제 그 사람은 꼿꼿이 서 있었다. 은행 사환처럼 금색 단추가 달린 빳빳한 푸른색 제복을 입고 있었다. 상의의 높고 빳빳한 칼라 위로 강한 이중 턱이 튀어나와 있었고, 숱이 많은 눈썹 밑 검은 눈동자는 생생하고 날카로운 빛을 발하고 있었다. 예전에 헝클어져 있던 흰머리도 아주 반듯하게 가르마를 갈라 윤이 나게 빗어 넘긴 모습이었다. 아버지는 은행의 마크인 것 같은 금색 머리글자가 달린 모자를 휙 내던졌다. 모자는 포물선을 그리며 방을 가로질러 소파 위로 떨어졌다. 아버지는 자락이 긴 제복을 뒤로 젖히고 두 손을 바지 주머니에 찌른 채 험악한 표정으로 그레고르에게 다가왔다. 아버지는 자신도 뭘 해야 할지 정확히 모르는 것 같았다. 어쨌든 아버지는 발을 유난히도 높이 쳐들며 걸어왔는데, 그레고르는 장화의 밑창이 무척 큰 것을 보고 놀랐다. 그러나 그는 그대로 얼어붙지는 않았다. 그는 자신이 새로운 생활을 시작하게 된 첫날부터 아버지가 자기를 아주 엄격하게 대하는 것을 합당하게 여겨왔음을 잘 알고 있었다. 그래서 그는 아버지에게서 달아났다. 아버지가 서면 그도 멈추었고, 아버지가 조금만 움직여도 황급히 앞쪽으로 나갔다. 그런 식으로 뭔가 결정적인 일은 일어나지 않은 채 두 사람은 방을 몇 바퀴나 돌았다. 그 모든 일은 아주 느린 속도로 진행되었기 때문에 이들의 행동은 쫓고 쫓기는 것처럼 보이지도 않았다. 그래서 그레고르는 우선 바닥에 머물러 있기로 작정했다. 무엇보다 벽이나 천장으로 도망치면 아버지가 그것을 특별한 악의로 여길까 두려웠다. 물론 그레고르는 이렇게 달리는 일을 계속할 수는 없다고 생각했다. 아버지가 한 걸음을 뗄 때마다 그는 숱하게 많은 동작을 해야 했기 때문이다. 예전에도 썩 튼튼하지 않은 폐를 가졌던 그는 벌써 숨이 턱까지 차

182

올랐다. 이제 오직 달리기 위해 온 힘을 다해 휘적거리느라 눈도 뜰 수 없을 지경이었다. 감각이 둔해진 상태에서 달리는 것 외에 다른 구원책은 전혀 생각할 수도 없었다. 그는 벽을 자유자재로 이용할 수 있다는 사실도 까맣게 잊고 있었다. 물론 거실 벽은 톱니 모양과 뾰족한 모양의 장식으로 세공된 가구로 가로막혀 있었지만 말이다. 바로 그때 그의 옆에 뭔가가 가볍게 날아와 떨어지더니 앞쪽으로 굴러왔다. 그것은 사과였다. 곧 두 번째 사과가 날아왔다. 그레고르는 놀라서 그 자리에 멈춰 섰다. 이젠 계속 달려봤자 소용없는 일이었다. 아버지가 그에게 사과 세례를 퍼붓겠다고 결심했기 때문이다. 아버지는 식탁 위의 과일 접시에서 사과를 집어 주머니에 잔뜩 넣고 정확히 겨냥도 하지 않은 채 그것을 던지고 또 던졌다. 작고 빨간 사과들은 마치 전기에 감전된 듯 데굴데굴 바닥을 구르며 서로 부딪쳤다. 약하게 던진 사과 하나가 그레고르의 등을 스쳤지만, 상처를 내지 않고 그대로 떨어졌다. 그러나 뒤이어 날아온 사과는 정통으로 그레고르의 등에 박혔다. 그레고르는 위치를 바꾸면 급작스럽게 찾아온 지독한 통증이 사라지기라도 하는 듯이 계속 기어가려고 했다. 하지만 못에 단단히 박힌 것 같은 느낌과 함께 모든 감각이 완전히 혼란해지면서 그는 그대로 쭉 뻗어버렸다. 그가 마지막으로 본 것은, 자기 방문이 활짝 열리면서 뒤편에서 비명을 지르는 여동생에 앞서 어머니가 황급히 뛰어나오는 광경이었다. 어머니는 내의만 입고 있었는데, 여동생이 실신한 어머니가 숨을 편히 쉴 수 있도록 옷을 벗겨놓은 때문이었다. 어머니가 아버지에게 달려오는 동안 끈이 풀린 치마들이 하나씩 하나씩 바닥에 떨어졌다. 그 치마에 걸려 비틀거리다 아버지에게 엎어진 어머니는 아버지를 꽉 껴안음으로써 아버지와 완전히 하나가 되더니—그때 그레고르는 이미 시력을 잃었다—두 손으로 아버지의 목을 끌어안고 그레고르를 살려달라고 애원했다.

3

그레고르가 한 달이 넘도록 고통을 당한 심한 상처는―아무도 사과를 떼어내겠다고 나서지 않았기 때문에 그것은 눈에 보이는 기념물처럼 살에 그대로 박혀 있었다―비록 그레고르가 현재 처량하고 역겨운 몰골로 있다 해도 가족의 일원이며, 그를 적대시하기보다 혐오감을 누르고 참고 또 참는 것이 가족으로서의 도리라는 것을 아버지에게까지도 기억에 새기도록 하는 것 같았다.

그레고르는 상처 때문에 어쩌면 움직이는 능력을 영원히 잃어버릴지도 모르고, 우선은 방을 가로지르는 데도 늙은 상이군인처럼 시간이 무척이나 오래 걸렸지만―높은 곳으로 기어오르는 일은 생각할 수도 없었다―그는 자신의 상태가 이렇게 악화된 것에 대한 보상을 충분히 받고 있다고 생각했다. 그때 이후로 저녁 무렵이 되면 그가 한두 시간 전부터 미리 주의 깊게 살펴보고 있던 거실 문이 항상 열리게 된 것이다. 그럼으로써 그는 거실 쪽에서는 보이지 않도록 어두운 자기 방에 엎드려, 불 켜진 식탁에 온 가족이 앉아 있는 것을 보면서 그들의 이야기를 들을 수 있었다. 말하자면 전과는 완전히 달리, 어느 정도의 허락하에 가족들의 대화를 듣게 된 것이다.

물론 그것은 그레고르가 작은 호텔 방에서 피곤에 지친 몸을 눅눅한 침대에 던지고 아쉬움 속에 떠올리곤 하던 예전과 같은 생기 넘치는 대화는 아니었다. 요즘은 대부분 너무도 조용하기만 했다. 아버지는 저녁 식사를 마치자마자 곧 안락의자에서 잠이 들었고, 어머니와 여동생은 서로 조용히 하라고 주의를 주었다. 어머니는 등불 아래로 고개를 숙이고 양장점에서 받아 온 고급 내의를 바느질했다. 판매원의 자리를 얻은 여동생은 나중에 좀 더 좋은 자리를 얻을 요량인지 저녁마다 속기와 프랑스어를 공부했다. 가끔 아버지가 잠에서 깨어나 자신이 잠들었다는 사실을 전혀 모르는 것처럼 어머니에게 "오늘도 바느질을 너무 오래하는군!"이라고 말하고는 곧 다시 잠이 들었다. 그러면 어머니와 여동생은 서로에게 피곤한 얼굴로 미소를 지어 보였다.

아버지는 일종의 고집으로 집에서도 사환 제복을 벗지 않으려 했다. 그래서 잠옷은 쓸모없이 늘 옷걸이에 걸려 있는 한편, 아버지는 언제라도 일할 자세로 윗사람의 지시를 기다리기라도 하듯 완전히 옷을 갖춰 입은 채 자리에서 졸았다. 그런 이유로 처음부터 새것이 아니었던 제복은 어머니와 여동생이 아무리 세심하게 손질해도 깨끗하질 못했다. 그레고르는 자주 저녁 내내 언제나 반짝거리는 금색 단추가 달린 지저분하기 짝이 없는 아버지의 옷을 보았다. 그런 옷을 입은 노인은 불편한 자세에도 불구하고 편안하게 잠을 잤다.

시계가 열 시를 치면 어머니는 아버지를 조용히 깨워 침대에 가서 자라고 설득했다. 의자에서는 제대로 잠을 잘 수 없을뿐더러 여섯 시면 일을 시작해야 하는 아버지에게는 잠을 푹 자는 것이 무엇보다도 중요했기 때문이다. 그러나 아버지는 사환 일을 시작하면서 생긴 고집에 빠져, 매번 잠이 들면서도 계속 식탁에 더 있겠다고 버티곤 했다. 그래서 아버지를 안락의자에서 침대로 옮기기란 무척 수고스러운 일이었다. 이럴 때 어머니와 여동생은 질책을 약간 섞어 아버지를 설득했는데, 그런데도 아버지는 십오 분이나 고개를 천천히 저으며 눈을 감은 채 일어서지 않았다. 어머니가 아버지의 팔을 잡아당기며 귀에 대고 좋게 달래는 말을 속삭이고, 여동생은 하던 과제를 놔두고 어머니를 거들었지만 아버지는 꿈쩍도 하지 않았다. 안락의자 속으로 점점 깊이 들어갈 뿐이었다. 두 여자가 겨드랑이를 잡아 올릴 때에야 아버지는 겨우 눈을 뜨고 어머니와 여동생을 번갈아 보며 말하곤 했다.

"이것이 인생이로군. 이것이 내 노년의 휴식이야."

그러고는 마치 자신의 몸 자체가 커다란 짐이라도 되는 양 두 여자에 의지해 귀찮아하며 몸을 일으켰다. 아버지는 문 앞까지 그렇게 부축을 받다가 거기에서 두 사람을 물러가게 하고 혼자 걸어갔다. 하지만 어머니는 바느질감을, 여동생은 펜을 급히 놓고 아버지를 뒤따라가 계속 거들어주었다.

이토록 일에 지쳐 피곤한 식구들 중에 누가 반드시 필요한 일 이상으로 그레고르를 보살피겠는가? 살림은 점점 궁핍해졌다. 이제 하녀도 내보냈다. 그 대신 흰 머리카락이 흩날리는, 몸집이 크고 뼈대가 굵은 파출부가 아침저녁으로 와서 어려운 일을 거들었다. 그 외의 모든 일은 어머니가 많은 바느질 일을 하면서 동시에 해냈다. 심지어 전에 어머니와 여동생이 아주 좋아해 모임이나 잔치 때 달고 다녔던 장식품까지 내다 팔았다. 그레고르는 저녁에 가족들이 나누는 대화 중에 얼마를 받고 팔까 의논하는 소리를 듣고 그 사실을 알게 되었다. 그러나 식구들의 가장 큰 걱정거리는 항상 지금의 형편으로는 너무 큰 이 집을 떠날 수 없다는 사실이었다. 그레고르를 어떻게 옮길지 방법을 생각해낼 수가 없었기 때문이다. 그러나 그레고르는 이사를 어렵게 하는 것은 자기를 고려하기 때문만은 아니라는 것을 잘 알고 있었다. 자기는 적당한 상자에 구멍을 몇 개 뚫으면 간단하게 옮길 수 있을 터였다. 그보다 가족들이 실제로 이사를 하지 못하는 이유는, 자기들이 친척이나 친지들을 통틀어 아무도 당하지 않은 불행을 당했다는 생각과 극심한 절망감 때문이었다. 식구들은 세상이 가난한 사람들에게 요구하는 온갖 일을 최대한으로 해냈다. 아버지는 말단 은행원들에게 아침 식사를 날라다 주었고, 어머니는 낯선 사람들의 속옷을 바느질했으며, 여동생은 손님들이 지시하는 대로 판매대 뒤에서 이리저리 뛰어다녔다. 그러나 식구들의 힘은 그 이상 오래갈 수 없었다. 어머니와 여동생이 아버지를 침대에 모셔드리고 다시 돌아와서, 하던 일을 놔둔 채 둘이 서로 뺨과 뺨이 맞닿을 정도로 가까이 앉아 있다가 어머니가 그레고르의 방을 가리키며 "그레테, 저기 문을 좀 닫아라"라고 말할 때, 그래서 그레고르가 다시금 어둠 속에 있는 동안 부둥켜안은 여자들이 눈물을 섞거나 혹은 눈물도 흘리지 못하고 식탁만 멍하니 쳐다보고 있을 때, 그는 등에 생긴 상처가 마치 새로 생긴 것처럼 아파왔다.

그레고르는 밤낮으로 거의 잠을 이루지 못했다. 때때로 그는 다음번에 문이 열리면 예전처럼 가족의 일을 다시 도맡으리라는 생각을 했다. 오랜만에 그의 머릿속에 사장, 지배인, 직원, 수습사원, 아둔한 사환 아이, 다른 회사에 다니는 두세 명의 친구, 어느 시골 호텔의 하녀, 스쳐 지나간 아름다운 추억, 진심이었지만 너무 늦게 구혼했던 모자 가게 아가씨 등이 떠올랐다—이들은 모두 낯선 사람들이나 혹은 이미 잊힌 사람들과 뒤섞인 채 나타났는데, 그와 가족들을 도와주기는커녕 모두 가까이하기 어려운 사람들이었다. 그래서 그들이 사라지자 그는 기뻤다. 하지만 그런 후엔 다시금 가족들을 돌보고 싶은 기분이 싹 사라졌고, 푸대접에 대한 분노로 가득 찼다. 그는 무엇을 먹고 싶은지 전혀 알지도 못하면서 식품 저장실에 갈 계획을 세웠다. 배는 고프지 않았지만 그곳에서 뭔가를 먹을 작정이었다. 요즘은 여동생이 그레고르가 특별히 좋아하는 것이 무엇인지 생각지도 않고 아침과 점심때 가게로 달려가기 전에 그레고르의 방에 아무 음식이나 급하게 발로 밀어 넣었다. 그리고 저녁때는 음식을 조금이라도 먹었는지 혹은—가장 빈번한 일이었다—전혀 입도 대지 않았는지 상관하지 않고 무심하게 한 번에 빗자루로 쓸어내 버렸다. 이제는 늘 저녁때에 하는 방 청소도 어찌나 빠른지, 그보다 더 빠를 수는 없을 정도였다. 벽에 더러운 줄이 죽죽 그어져 있고, 먼지와 오물 더미가 여기저기에 쌓였다. 처음에 그레고르는 여동생이 들어오면 특히 그런 오물이 있는 구석에 가서 그녀를 비난하는 뜻을 내비치려 했다. 그러나 그가 그 자리에 몇 주를 서 있

187

는다 해도 여동생은 조금도 나아지지 않을 것 같았다. 여동생 역시 분명히 똑같이 더러운 것을 보았으면서도 그대로 내버려 두기로 작정한 것이다. 사실 온 가족이 신경과민이 되었지만, 그녀는 전과 달리 굉장히 예민해져서 그레고르의 방 청소는 자기에게 맡겨진 몫이라고 유난히 신경을 곤두세웠다. 한번은 어머니가 그레고르의 방을 대청소한 적이 있었는데, 물을 몇 양동이나 써서 겨우 청소를 마칠 수 있었다. 물론 그레고르도 방이 온통 젖은 것이 불쾌해 소파 위에 벌렁 누워 꼼짝도 않고 있었다. 어머니는 곧 그 일로 곤혹을 면치 못했다. 저녁에 여동생이 집에 돌아오자마자 그레고르의 방이 달라진 것을 알아채고 대단한 모욕을 당했다는 듯이 거실로 달려가더니 어머니가 두 손을 들고 애원하는 것도 아랑곳하지 않고 와락 울음을 터뜨린 것이다. 부모님은—물론 아버지는 안락의자에 앉아 있다가 깜짝 놀랐다—처음엔 놀라서 망연히 쳐다보고만 있었으나 곧 반응을 보이기 시작했다. 아버지는 오른편에서 어머니에게 그레고르의 방 청소를 왜 딸에게 맡기지 않았느냐고 야단을 쳤고, 여동생은 왼편에서 앞으로 다시는 그레고르의 방을 치우지 말라며 악을 썼다. 어머니가 화가 나서 어쩔 줄 모르는 아버지를 침실로 끌고 가려고 애쓰는 한편, 여동생은 흐느끼느라 몸을 떨면서 작은 두 주먹으로 식탁을 마구 쳐댔다. 그레고르는 이런 광경과 소음을 가려주기 위해 문을 닫아주는 사람이 아무도 없는 것에 화가 치밀어 씩씩거렸다.

그러나 직장 일에 지쳐 돌아온 여동생이 전처럼 그레고르를 돌보는 일이 지겨워졌다 하더라도 어머니가 대신해서 들어올 필요는 전혀 없을 뿐 아니라, 또 그레고르가 소홀히 취급당할 필요도 없었다. 왜냐하면 이제 파출부가 있었기 때문이다. 억센 골격 덕에 평생토록 지독한 고생을 이겨냈을 듯한 늙은 과부는 그레고르를 별로 끔찍하게 여기지 않았다. 그녀는 호기심에서가 아니라 우연히 그레고르의 방문을 열고 그의 모습을 본 적이 있었다. 그때 그는 깜짝 놀란 나머지 아무도 쫓아오지 않는데도 우왕좌왕하며 달리기 시작했다. 그런데 파출부는 깍지 낀 두 손을 배에 걸치고 멍하게 서 있기만 했다. 그 후로 그녀는 아침저녁으로 지나가며 문을 조금 열고 그레고르를 들여다보는 일을 거르지 않았다. 처음에는 "이리 와봐라, 늙은 말똥구리야!"라고 하거나 "저 말똥구리 좀 봐!"라고 하는 등 제 딴에는 다정한 뜻으로 그를 불렀다. 그레고르는 이런 식으로 부르는 말에 대답하지 않고, 마치 문이 열려 있지 않기라도 한 듯 그 자리에 꼼짝도 않고 가만히 있었다. 이 파출부더러 제멋대로 그를 성가시게 하지 말고 차라리 그의 방을 매일 치우라고 시키면 오죽이나 좋을까! 어느 날 이른 아침―벌써 봄이 온다는 신호인지 거센 비가 창문을 때리고 있었다―파출부가 또 그 말버릇으로 떠들려고 하자, 무척 화가 난 그레고르는 매우 느릿하고 힘도 없지만 공격이라도 할 듯이 그녀를 향해 돌아섰다. 그런데 할멈은 무서워하기는커녕 문 가까이에 있던 의자를 높이 쳐들었다. 입을 떡 벌리고 서 있는 폼이 손에 들고 있는 의자를 그레고르의 등에 내려치고 나서야 입을 다물겠다는 뜻이 분명했다.

"왜, 더 해보지 그러냐?"

그레고르가 몸을 돌리자 그녀는 말하며 의자를 다시 구석에 조용히 내려놓았다.

그레고르는 요즘 들어 먹는 게 거의 없었다. 우연히 넣어준 음식 가까이로 지나갈 때 장난삼아 한 입 베어 물지만, 입안에 음식을 넣은 채 몇 시간이고 머금고 있다가 대부분 다시 뱉어냈다. 처음에 그는 달라진 방 때문에 슬퍼서 식욕이 없나 보다고 생각했다. 하지만 방이 달라진 것은 사실 금세 적응되었다. 식구들은 다른 곳에 둘 수 없는 물건을 그의 방 안으로 들여놓기 시작했다. 이제 그런 물건이 아주 많아졌는데, 방 하나를 세 명의 하숙인에게 세를 놓았기 때문이다. 이 엄숙한 신사들은—그레고르는 문틈으로 보고 알게 되었는데, 세 남자 모두 얼굴이 온통 수염으로 뒤덮여 있었다—정리 정돈에 대해 아주 까다롭게 굴었다. 그들은 자기들이 세를 든 이상 자기네 방뿐만 아니라 집 전체, 특히 부엌이 정리되어 있어야 한다고 생각했다. 또 쓰지 않는 물건이나 지저분한 잡동사니를 참지 못했다. 게다가 자기들이 쓰던 세간을 거의 가지고 왔기 때문에 많은 물건이 남아돌게 되었는데, 그 물건들은 내다 팔 만한 것도 아니었지만 식구들은 버리려고도 하지 않았다. 이 모든 물건이 그레고르의 방으로 옮겨졌다. 심지어 부엌에 있던 재 담는 통과 쓰레기통까지 왔다. 언제나 서둘러대는 파출부는 어떤 물건이 당장에 쓸모없어 보이기만 하면 냉큼 그레고르의 방에 내던졌다. 다행스럽게도 그레고르에게는 대부분 그런 물건이나 그것을 쥐고 있는 손만 보였다. 파출부는 아마도 시간이나 기회가 있으면 물건들을 다시 가지고 가거나 한꺼번에 버리려는 생각을 했는지도 모른다. 그러나 그레고르가 그 물건들 사이를 꿈틀꿈틀 기어 다니며 움직여놓지 않았더라면 그것들은 처음 던져진 곳에 그대로 있었을 것이다. 처음에는 기어 다닐 공간이 없어서 마지못해 물건들을 건드리고 다녔지만, 나중에는 그 일에 점점 재미를 붙이게 되었다. 비록 그런 식으로 돌아다닌 후에는 죽을 만큼 지치고 슬퍼져 몇 시간이고 꼼짝도 못했지만 말이다.

하숙인들이 가끔 거실에서 저녁 식사를 했기 때문에, 어떤 때는 저녁에도 거실 문이 닫혀 있었다. 그러나 그레고르는 문이 열리길 바라진 않았다. 게다가 몇 번인가 문이 열려 있는 저녁에도 그 기회를 이용하지 않고 식구들이 알아채지 못하게 방의 가장 어두운 구석에 엎드려 있었다. 한번은 파출부가 저녁에 거실 문을 조금 열어두었는데, 하숙인들이 들어와 불을 켤 때까지 그대로 열려 있었다. 그들은 예전에 아버지, 어머니, 그레고르가 앉았던 식탁에 앉아 냅킨을 펼치고 나이프와 포크를 손에 쥐었다. 곧바로 어머니가 고기

그릇을 들고 왔고 뒤이어 여동생이 감자가 수북이 얹힌 그릇을 들고 문에 나타났다. 음식에서 무럭무럭 김이 나고 있었다. 하숙인들은 먹기 전에 검사라도 하듯 앞에 놓인 그릇 위로 몸을 숙였다. 그리고 다른 두 사람보다 권위가 있어 보이는 가운데 앉은 사람이 그릇에 담긴 고기를 한 조각 잘랐다. 고기가 연하게 잘 익었는지 아니면 다시 부엌으로 돌려보내야 하는지 결정하기 위해서였다. 그가 만족해하자, 그때까지 바짝 긴장해서 지켜보고 있던 어머니와 여동생은 안도의 한숨을 내쉬며 미소를 지었다.

정작 가족들은 부엌에서 식사를 했다. 그러나 아버지는 부엌으로 가기 전에 거실에 들어가 모자를 든 채 허리를 굽혀 꾸벅 절을 하고는 식탁 주위를 한 바퀴 돌았다. 하숙인들은 모두 일어나 수염에 덮인 입으로 뭐라고 중얼거렸다. 그들은 자기들만 남게 되자 아주 조용히 식사를 했다. 그레고르에게는 식사를 하면서 내는 여러 가지 소리 중에서도 유독 그들이 이로 씹어대는 소리만 계속 들리는 것이 굉장히 이상하게 여겨졌다. 마치 그럼으로써 음식을 먹기 위해서는 이가 필요하다는 것, 그리고 이가 없는 턱은 아무리 멋져봤자 아무 쓸모가 없다는 것을 그레고르에게 알려주기라도 하는 것 같았다.

"나도 뭔가 먹고 싶다."

그레고르는 근심스레 혼잣말을 했다.

"하지만 저런 음식은 싫어. 저들은 잘만 먹는데, 나는 죽어가고 있구나!"

바로 그날 저녁—그레고르는 오랫동안 바이올린 소리를 들은 기억이 없었다—바이올린 소리가 부엌 쪽에서 울렸다. 하숙인들은 이미 식사를 끝낸 뒤였다. 가운데 앉은 남자가 신문을 꺼내 다른 두 사람에게 한 장씩 나누어주었고, 그들은 뒤로 기대 신문을 읽으며 담배를 피우고 있었다. 바이올린이 연주되기 시작하자 그들은 귀를 기울이더니 일어나 발끝을 들고 현관문 쪽으로 가서 나란히 붙어 섰다. 부엌에서 기척이 들렸는지 아버지가 외쳤다.

"혹시 연주가 마음에 들지 않으십니까? 그러시다면 당장 그만두라고 하겠습니다."

"천만에요."

가운데 있는 남자가 말했다.

"아가씨가 이리 거실로 와 연주하면 어떻겠습니까? 여기가 훨씬 더 편안하고 아늑하지 않을까요?"

"오, 그러지요."

아버지는 자기가 바이올린 연주가인 양 외쳤다. 신사들은 거실에 자리를 잡고 기다렸다. 곧 아버지는 보면대를, 어머니는 악보를, 여동생은 바이올린을 들고 왔다. 여동생은 침착하게 연주할 자세를 갖추었다. 전에는 한 번도 방을 세놓은 적이 없었던 부모님은 하숙인들에게 지나치게 예절을 지키느라 감히 자기들의 안락의자에도 앉을 엄두를 내지 못했다. 아버지는 여민 제복의 단추 사이에 오른손을 끼운 채 문에 기댔고, 어머니는 한 남자가 의자를 내주며 앉으라고 권하자 그 사람이 아무렇게나 가져다 놓은 그대로 한쪽 구석에 앉았다.

여동생이 연주를 시작했다. 아버지와 어머니는 둘 다 자기 자리에서 그녀의 손놀림을 유심히 지켜보았다. 바이올린 소리에 이끌린 그레고르는 조금씩 앞으로 나와 어느새 머리를 거실에 들이밀고 있었다. 그는 요즘 들어 자기가 다른 사람들을 별로 염두에 두지 않는다는 것도 그다지 이상하게 생각지 않았다. 예전에는 남에 대한 배려를 자랑스럽게 여겼던 그였는데 말이다. 게다가 지금이야말로 몸을 숨겨야 할 이유가 더 많다고 할 수 있었다. 그의 방 어디에나 쌓여 있는 먼지가 조금만 움직여도 풀풀 날려 그는 먼지를 잔뜩 뒤집어쓰고 있었기 때문이다. 그는 실오라기, 머리카락, 음식 찌꺼기를 등과 옆구리에 붙인 채 이리저리 기어 다녔다. 예전에는 하루에도 몇 번씩 등을 양탄자에 대고 문질렀는데, 이제는 모든 것에 대해 너무나도 무심해져 버렸다. 그래서 이렇게 지저분한 상태임에도 불구하고 말끔한 거실 바닥에 몸을 내미는 것에 거리낌이 없었다.

물론 아무도 그에게 주의를 기울이지 않았다. 가족들은 바이올린 연주에 온통 정신을 빼앗기고 있었다. 반면에 하숙인들은 처음에는 바지 주머니에 손을 집어넣은 채 모두가 악보를 들여다볼 수 있을 정도로 여동생의 보면대 뒤로 바짝 다가가 그녀의 연주를 방해하더니, 곧 머리를 숙이고 뭐라고 떠들며 창문께로 다시 물러갔다. 아버지는 근심스러운 시선으로 그들을 살펴보았다. 아름답고 즐거운 연주를 기대했다가 실망하고 싫증이 났지만 예의상 가만히 있는 것 같았다. 특히 그들이 입과 코로 담배 연기를 공중에 대고 뿜어대는 태도는 몹시 신경질이 난 것처럼 보였다. 하지만 여동생은 아주 멋지게 연주하고 있었다. 그녀는 고개를 옆으로 기울이고, 조심스럽고도 슬픈 시선으로 악보를 따라가고 있었다. 그레고르는 조금 더 앞으로 기어 나가 어떻게든 여동생과 시선을 맞추기 위해 바닥에 머리를 바짝 갖다 댔다. 이토록 음악에 감동하는데도 그가 동물이란 말인가? 그에게는 마치 동경하던 미지의 양식에 이르는 길이 열리는 것 같았다. 그는 여동생 앞으로 나가 치마를 잡아당김으로써 바이올린을 들고 자기 방에 오라는 암시를 주기로 결심했다. 여기에는 자기만큼 그녀의 연주를 알아주는 사람이 없었기 때문이다. 그는 최소한 그가 살아 있는 동안은 다시는 여동생을 자기 방에서 나가지 않게 할 작정이었다. 그의 끔찍한 모습이 처음으로 쓸모가 있을 것 같았다. 그는 자기 방으로 통하는 모든 문에서 동시에 공격자를 물리칠 것이다. 하지만 여동생은 억지로가 아니라 스스로 그의 방에 있어야 한다. 그녀를 소파 위 자기 옆에 앉히고 자신의 말에 귀를 기울이게 할 것이다. 그리고 자기에게 여동생을 음악학교에 보낼 확고한 의지가 있었으며, 이런 불행한 일만 생기지 않았더라면 지난 크리스마스 때—크리스마스가 벌써 지나갔나? —어떤 반대를 무릅쓰고라도 모두에게 그 계획을 말했을 것이라고 털어놓으리라. 그런 설명을 들으면 여동생은 감동을 받아 울음을 터뜨릴 것이며, 그레고르는 그녀의 어깨에까지 몸을 세워 그녀가 직장에 다니면서부터 리본이나 옷깃도 없이 드러내고 있는 목에 입을 맞출 것이다.

"잠자 씨!"

가운데 남자가 아버지에게 소리치더니 할 말을 잃고 천천히 앞으로 움직이고 있는 그레고르를 손가락으로 가리켰다. 바이올린 소리가 멈추었다. 가운데 남자는 고개를 가로저으며 친구들에게 미소를 지어 보였다. 그러더니 다시 그레고르를 쳐다보았다. 아버지는 그레고르를 몰아내기에 앞서 하숙인을 진정시키는 것이 우선이라고 생각한 듯했다. 그런데 이 사람들은 조금도 흥분하지 않고, 바이올린 연주보다 그레고르에게 더 흥미를 느끼는 것 같았다. 아버지는 서둘러 그들에게 다가가 두 팔을 쫙 벌리고 그들을 그들 방으로 밀어 넣으려 하는 동시에 머리로는 쳐다보지 못하도록 그레고르를 가렸다. 그러자 그들은 정말로 화를 좀 냈는데, 그것이 아버지의 행동 때문인지 혹은 그레고르 같은 존재가 옆방에 있었던 사실을 지금에야 알게 된 때문이지 알 수 없었다. 그들은 아버지에게 해명을 요구하며 팔을 쳐들고 불안스레 제 수염을 잡아당기고 하더니 천천히 자기네 방 쪽으로 물러갔다. 그사이에 갑작스레 연주가 중단되어 얼이 빠져 있던 여동생은 마음을 가다듬었다. 그녀는 한동안 축 늘어진 손으로 바이올린과 활을 잡고 마치 연주를 계속할 것처럼 악보를 쳐다보았다. 그러더니 갑자기 정신을 차려, 호흡곤란으로 숨을 헐떡거리며 안락의자에 망연히 앉아 있는 어머니의 무릎에 악기를 내려놓고 옆방으로 달려갔다. 하숙인들은 아버지가 재촉하는 바람에 방으로 더 빨리 다가가고 있었다. 여동생이 재빠른 손놀림으로 침대의 이불과 베개를 풀썩이며 정돈하는 것이 보였다. 그녀는 하숙인들이 방에 들어오기도 전에 침대 정돈을 마치고 방에서 나왔다. 아버지는 세를 든 사람들에게 마땅히 보여야 하는 예절도 까맣게 잊어버리고 다시 고집을 피우는 것 같았다. 아버지는 자꾸만 재촉했고, 마침내 방문에 다다르자 가운데 남자가 발을 쾅쾅 굴러 아버지를 세웠다.

"이 자리에서 밝혀두겠습니다."

그는 한 손을 쳐들며 눈으로 어머니와 여동생도 찾았다.

"이 집과 가족을 둘러싼 혐오스러운 상황을 고려해—그는 이 말을 하면서 단호하게 바닥에 침을 탁 뱉었다—방을 즉시 빼겠습니다. 물론 지금까지 여기서 지낸 날에 대한 방세도 지불하지 않겠습니다. 오히려 내가—정말입니다—당신에게 어떤 배상을 청구해야 하지 않을까 신중하게 고려해보려 합니다. 그 근거는 아주 쉽게 찾을 수 있겠죠."

그는 입을 다물고 마치 뭔가를 기다리는 것처럼 앞을 똑바로 보았다. 그러자 다른 두 친구가 입을 열었다.

"우리도 당장 방을 내놓겠습니다."

그리고 그는 문고리를 잡고 문을 쾅 닫았다.

아버지는 비틀거리며 손으로 안락의자를 더듬어 털썩 앉았다. 습관대로 몸을 쭉 뻗고 저녁잠을 자려는 것 같았으나 쉴 새 없이 머리를 끄덕이는 것으로 보아 전혀 잠이 든 게 아니었다. 그레고르는 하숙인들이 그를 발견한 자리에서 내내 꼼짝도 않고 가만히 있었다. 계획이 실패로 끝난 것에 대한 실망과 더불어 너무 굶어 쇠약해진 탓인지 움직일 수가 없었다. 그는 한꺼번에 폭발하는 뭔가가 곧이어 그를 덮칠 것 같은 두려움에 떨며 그것을 기다렸다. 바이올린이 어머니의 떨리는 손가락에서 미끄러져 요란한 소리를 내며 떨어졌지만 그 소리에도 그는 조금도 놀라지 않았다.

"어머니, 아버지."

여동생이 손으로 식탁을 치며 입을 열었다.

"더는 이렇게 살 수 없어요. 두 분은 모르신다 해도 전 잘 알아요. 전 저런 괴물에게 오빠의 이름을 붙여 부르기 싫어요. 저는 이 말밖에 할 말이 없어요. 우리는 저것에게서 벗어나야 해요. 저것을 보살피고 견디기 위해 인간이 할 수 있는 일은 다 했어요. 아무도 우리를 비난할 수 없을 거예요."

"그 말이 백번 옳아."

아버지가 혼잣말을 했다. 아직 숨을 고르지 못한 어머니는 정신이 나간 눈빛을 하며 손으로 입을 가리고 낮은 기침을 하기 시작했다.

여동생이 다급히 어머니에게 가서 이마를 받쳐주었다. 아버지는 여동생이 한 말로 뭔가 생각을 굳힌 것 같았다. 그는 하숙인들이 저녁 식사를 하느라 놓아둔 접시 사이에서 사환 모자를 만지작거리며 가끔씩 꼼짝도 않고 있는 그레고르를 쳐다보았다.

"우리는 저것을 떨쳐낼 방법을 찾아야 돼요."

어머니는 기침을 하느라 듣지 못하고 있었기 때문에 여동생은 아버지에게만 말했다.

"저것이 두 분을 돌아가시게 하고 말 거예요. 저는 그게 뻔히 보여요. 우리 모두가 고되게 일을 해야 하는 처지에 집에서까지 저런 끊임없는 두통거리를 감당할 수는 없어요. 저도 더는 못 하겠어요."

그러고는 와락 울음을 터뜨리는 바람에 어머니의 얼굴로 눈물이 떨어졌다. 그녀는 기계적인 손놀림으로 어머니의 얼굴에서 연방 눈물을 닦아냈다.

"얘야."

아버지가 남다른 이해심과 연민에 가득 차 말했다.

"그러면 우리가 어떻게 해야 한단 말이냐?"

여동생은 조금 전의 단호하던 태도와는 달리 자기도 모르겠다며 울면서 어깨를 으쓱해 보였다.

"그레고르가 우리의 말을 알아듣는다면."

아버지는 반쯤 물어보는 뜻으로 말했다. 여동생은 울다 말고 그런 일은 생각할 수도 없다는 듯 세차게 손을 저었다.

"그레고르가 우리의 말을 알아듣는다면."

아버지는 같은 말을 되풀이했다. 그리고 불가능하다는 여동생의 확신에 동의하는 뜻으로 지그시 눈을 감았다.

"그렇다면 저 애와 무슨 합의라도 할 수 있으련만. 하지만 저렇게……."

"내쫓아야 해요."

여동생이 버럭 소리쳤다.

"그게 유일한 방법이에요. 아버지, 저게 오빠라는 생각을 버리세요. 그렇게 생각해왔던 것이 바로 우리의 진정한 불행이에요. 어떻게 저게 오빠일 수가 있어요? 만일 저게 오빠라면 사람이 저런 짐승하고 같이 사는 것이 불가능하다는 사실을 벌써 알았을 거예요. 그리고 제 발로 떠났겠죠. 그랬다면 오빠는 없지만 우리는 계속 생활을 이어나가면서 오빠에 대한 좋은 기억을 간직할 수 있었을 거예요. 하지만 저 짐승은 우리를 못살게 굴고 하숙인들을 몰아냈어요. 나중엔 분명히 집 전체를 차지하고 우리를 길바닥에 내쫓을 거예요. 저것 좀 보세요, 아버지."

갑자기 그녀가 비명을 질렀다.

"또 시작해요!"

그러더니 그녀는 그레고르로서는 전혀 알 수 없는 공포에 사로잡혀 그레고르의 가까이에 있느니 차라리 어머니를 희생시키겠다는 듯 안락의자에 앉아 있는 어머니마저 저버리고 후다닥 아버지의 뒤로 달려갔다. 그녀의 행동에 자극을 받은 아버지도 자리에서 일어나 딸을 보호하려는 듯이 두 팔을 엉거주춤 쳐들었다.

그러나 그레고르는 여동생은 물론 누구에게도 겁을 줄 생각이 없었다. 그는 단지 자기 방으로 돌아가려고 몸을 돌리기 시작했을 뿐이었다. 그런데 그 동작이 유난히 두드러져 보였다. 고통스러운 상태에서 힘겹게 몸을 돌리자니 머리를 같이 움직일 수밖에 없었는데, 이때 머리를 여러 번 쳐들었다가 바닥에 쿵쿵 찧었기 때문이다. 그는 멈춰 서서 주위를 살펴보았다. 가족들은 그에게 악의가 없다는 것을 알아차린 것 같았다. 조금 전엔 순간적으로 놀랐을 뿐이었다. 이제는 모두가 말없이 슬픈 표정으로 그를 쳐다보고 있었다. 어머니는 쭉 뻗은 다리를 모으고서 의자에 누워 있었는데, 몹시 지쳐 눈이 거의 감겨 있었다. 아버지와 나란히 앉은 여동생은 아버지의 목을 끌어안고 있었다.

'이제 몸을 돌려도 되겠지.'

그레고르는 생각하며 다시 움직이기 시작했다. 그는 힘이 들어 숨을 헐떡이지 않을 수 없었고, 가끔씩 쉬어야 했다. 그를 재촉하는 사람은 아무도 없었다. 모든 것이 그 자신에게 맡겨져 있었다. 몸을 완전히 돌리자마자 그는 방을 향해 기어갔다. 그는 지금 있는 곳과 자기 방과의 거리가 그토록 멀다는 것에 놀랐다. 이토록 쇠약한 몸으로 잠깐 사이에 그 먼 길을 자기도 모르게 기어 나왔다는 사실을 도무지 이해할 수 없었다. 빨리 기어가려는 생각에만 골몰한 그는 식구들이 소리를 지르거나 무슨 말을 해서 그를 방해하지 않았다는 사실도 미처 깨닫지 못했다. 문에 이르러서야 비로소 그는 고개를 돌렸다. 하지만 목이 뻣뻣해져 고개를 완전히 돌릴 수는 없었다. 다만 그의 뒤에서 여동생이 일어선 것 외에 아무런 변화도 일어나지 않았음은 확인할 수 있었다. 그의 마지막 시선은 완전히 잠이 든 어머니를 스쳤다.

그가 방에 들어가자마자 문이 재빨리 닫히더니 빗장이 걸렸다.

그레고르는 뒤에서 나는 갑작스러운 소음에 깜짝 놀라 그만 다리가 꺾였다. 그처럼 서두른 사람은 여동생이었다. 그녀는 아까부터 일어나 기다리고 있다가 가볍게 튀어나왔기 때문에 그레고르는 여동생이 오는 소리를 전혀 듣지 못했다.

"됐어요!"

그녀는 열쇠를 자물통에 넣고 돌리며 부모님에게 외쳤다.

'이젠 어떡하나?'

그레고르는 자문하며 어둠 속에서 주위를 둘러보았다. 곧 그는 전혀 몸을 움직일 수 없다는 것을 알게 되었다. 그 사실이 이상하게 생각되지는 않았다. 이토록 가는 다리로 지금까지 움직일 수 있었다는 것이 오히려 부자연스럽게 느껴졌다. 한편 비교적 편안한 느낌이 들었다. 온몸이 아팠지만, 그 아픔마저 서서히 약해지다가 완전히 사라질 것 같았다. 등에 박혀 썩은 사과와 그 주변의 곪은 부분에 얇게 먼지가 덮여 있었는데, 느낌은 거의 없었다. 그는 가족들을 다시 감동과 사랑의 마음으로 돌이켜 생각했다. 자신이 사라져야 한다는 생각은 여동생보다 그가 더 확고히 가지고 있을 것이다. 이런 상태로 그는 시계탑의 종이 새벽 세 시를 칠 때까지 공허하고도 평화로운 생각에 잠겨 있었다. 창밖으로 날이 밝아오기 시작하는 것도 아직 느낄 수 있었다. 그런 후에 그의 머리가 저도 모르게 푹 수그러졌다. 그리고 콧구멍에서 마지막 숨이 약하게 새어 나왔다.

이른 아침에 파출부가 와서—제발 그러지 말라고 여러 번 말을 해도 무작스러운 힘으로 문을 쾅쾅 닫는 바람에 그녀가 오면 집 안 어디에서든 편안히 잠을 잘 수가 없었다—평소처럼 그레고르를 잠깐 들여다보았을 때 그녀는 처음에는 특별한 점을 발견하지 못했다. 그녀는 그가 일부러 꼼짝도 않고 누워 기분이 상한 척한다고 생각했다. 그녀는 그가 온갖 분별력을 가지고 있다고 믿었던 것이다. 마침 그녀는 긴 빗자루를 들고 있던 터라 문에 서서 그것으로 그레고르를 간질여보았다. 그러나 아무런 반응이 없자 화가 난 그녀는 그레고르를 살짝 찔러보았다. 그런데도 그레고르가 아무 저항도 없이 있던 자리에서 밀려나자 비로소 유심히 살펴보았다. 그녀는 곧 사태를 알아채고 눈을 휘둥그레 뜨고 휘파람을 휙 불었다. 그녀는 그 자리에 오래 서 있지 않고 잠자 부부의 침실 문을 열어젖히더니 어둠 속을 향해 큰 소리로 외쳤다.

"와서 보세요. 그것이 뒈졌어요. 저기 자빠져 있어요. 완전히 뒈졌다고요!"

잠자 부부는 침대에 똑바로 앉아 파출부가 무슨 말을 하는지 미처 알아차리기도 전에 우선 그녀로 인해 깜짝 놀란 가슴을 진정시켜야 했다. 그런 다음에 두 사람은 서둘러 침대에서 내려왔다. 잠자 씨는 어깨에 이불을 걸치고 있었고, 잠자 부인은 잠옷 바람이었다. 그런 모습으로 두 사람은 그레고르의 방으로 들어갔다. 그사이에 하숙인을 받은 이후로 그레테의 잠자리가 된 거실 문이 열렸다. 그녀는 마치 한숨도 자지 않은 것처럼 옷을 다 갖춰 입고 있었다. 얼굴도 잠을 자지 않았다는 것을 증명하듯 창백했다.

"죽었다고요?"

잠자 부인은 파출부에게 묻는 듯 쳐다보았다. 그러나 그것은 직접 알아볼 수도 있고, 또 굳이 알아보지 않아도 알 수 있는 일이었다. "제 생각엔 그런 것 같아요"라고 파출부는 말하며 그레고르의 시체를 빗자루로 저만치 밀어보았다. 잠자 부인은 빗자루를 막으려는 듯 움직였지만 실제로 그러지는 않았다.

"그럼."

잠자 씨가 입을 열었다.

"이제 하느님께 감사를 드려야겠군."

그가 성호를 긋자 세 여자가 따라 했다. 시체에서 눈길을 떼지 않으며 그레테가 말했다.

"보세요. 너무 말랐어요. 그는 이미 오래전부터 아무것도 먹지 않았어요. 음식을 들여보내면 그대로 되나오곤 했죠."

실제로 그레고르의 몸은 완전히 납작하고 바싹 말라붙어 있었다. 사람들은 그제야 그 사실을 알 수 있었는데, 그가 이제는 다리로 몸을 지탱하고 있는 상태가 아니라서 그 외에 어떤 것도 시선을 돌리게 하는 것이 없었기 때문이다.

"그레테, 잠깐 우리에게로 오너라."

잠자 부인이 슬픈 미소를 지으며 말했고, 그레테는 시체를 돌아보지 않고 부모님을 따라 침실로 들어갔다. 파출부는 문을 닫고 창문을 활짝 열었다. 이른 아침이었지만 신선한 공기 속에 따스한 기운이 감돌았다. 벌써 3월 말이었다.

세 하숙인이 자기들 방에서 나와 어리둥절해하며 아침 식사를 찾았다. 모두가 그들을 잊고 있었던 것이다.

"아침 식사는 어디 있습니까?"

가운데 신사가 투덜거리며 파출부에게 물었다. 그러자 파출부는 말없이 입에 손가락을 대고 얼른 그레고르의 방으로 들어가 보라는 눈치를 보냈다. 그들도 방으로 들어갔다. 약간 낡은 상의 주머니에 손을 찔러 넣은 채 그들은 이미 완전히 밝아진 방에서 그레고르의 시체 주위에 둘러섰다.

그때 침실 문이 열리고 제복을 입은 잠자 씨가 한쪽 팔에는 부인을, 다른 한쪽 팔에는 딸을 끼고 나타났다. 모두들 좀 울고 난 모습이었다. 그레테는 이따금 아버지의 팔에 얼굴을 묻었다.

"당장 내 집에서 나가시오!"

잠자 씨는 여자들을 떼놓지 않은 채 문을 가리키며 말했다.

"무슨 말씀입니까?"

가운데 남자가 좀 당황한 듯 슬며시 미소를 지으며 물었다. 다른 두 남자는 등 뒤로 쉴 새 없이 손을 비벼댔다. 마치 자기들에게 유리하게 끝날 것이 틀림없는 한바탕 싸움을 신이 나서 고대하고 있는 것 같았다.

"내가 말한 대로요."

잠자 씨는 대답하더니 두 명의 여자와 나란히 하숙인에게로 다가갔다. 그 남자는 처음에는 말없이 자리에 서 있더니, 마치 사건을 머릿속에서 새로이 정리하려는 듯 바닥을 내려다보았다.

"그러시다면 나가겠습니다."

그는 갑작스럽게 겸손에 사로잡히기라도 한 듯이 자신이 내린 결정을 재차 승낙받으려는 양 잠자 씨를 쳐다보았다. 잠자 씨는 눈을 부릅뜨고 짧게 고개를 몇 번 끄덕였다. 그러자 그 남자는 즉시 성큼성큼 현관으로 걸어갔다. 그의 두 친구는 아까부터 손을 가만히 둔 채 듣고 있더니 얼른 그의 뒤를 따라갔다. 마치 잠자 씨가 자기들보다 먼저 현관으로 가 대장과의 관계를 끊어놓을까 두렵기라도 한 듯한 모습이었다. 현관에서 세 사람 모두 옷장에서 모자를 꺼내고, 지팡이 통에서 지팡이를 들어 말없이 인사를 하고 집을 떠났다. 전혀 근거가 없는 불신감으로 곧 밝혀지긴 했지만, 잠자 씨는 혹시나 하는 생각으로 두 여자를 데리고 층계참으로 나가 난간에 몸을 기댄 채 세 남자가 느린 속도로 긴 층계를 내려가는 모습을 지켜보았다. 그들은 계단이 휘어지는 곳마다 사라졌다가는 곧 다시 모습을 보였다. 그들이 아래로 내려갈수록 그들에 대한 잠자 가족의 관심도 점점 사라져갔다. 밑에서 정육점 점원이 머리에 짐을 이고 당당한 태도로 올라오고 있었다. 잠자 씨와 여자들은 층계참을 떠나, 가벼워진 마음으로 집 안으로 돌아왔다.

그들은 오늘 하루를 푹 쉬며 산책을 나가기로 결정했다. 이렇게 일을 쉬는 데는 그만한 이유가 있을 뿐만 아니라, 절대적으로 필요하기도 했다. 그래서 모두들 식탁에 앉아 세 통의 결근 사유서를 썼다. 잠자 씨는 관리부에, 잠자 부인은 일거리를 준 사람에게, 그레테는 상점 주인에게. 글을 쓰는 동안 파출부가 들어와 아침 일을 끝냈으니 가겠다고 말했다. 사유서를 쓰던 세 사람은 처음에는 쳐다보지도 않고 고개만 끄덕였는데, 파출부가 여전히 가지 않고 있자 그제야 언짢은 듯 쳐다보았다.

"뭐요?"

잠자 씨가 물었다. 파출부는 가족들에게 커다란 행복을 전해줄 게 있는데, 적극적으로 물어봐야만 알려주겠다는 듯 빙긋이 웃으며 문가에 서 있었다. 그녀의 모자에 빳빳하게 서 있는 작은 타조 깃털이 가볍게 이리저리 흔들렸다. 잠자 씨는 그녀가 일하는 내내 그 깃털이 거슬렸다.

"대체 무슨 일이죠?"

파출부가 그래도 식구 중에 가장 존경하는 잠자 부인이 물었다. 파출부는 "예" 하고 대답하고는 친절한 웃음을 보이느라 즉시 말을 잇지 못했다.

"그러니까 옆방에 있는 그걸 처리하는 일은 걱정하지 않으셔도 된다고요. 벌써 치웠거든요."

잠자 부인과 그레테는 계속 글을 쓰려는 듯이 편지 위로 몸을 숙였다. 파출부가 자세하게 설명하려는 것을 눈치챈 잠자 씨는 손을 쭉 뻗어 단호하게 거절했다. 이야기를 늘어놓지 못하게 되자 그녀는 문득 자기가 바쁘다는 것을 기억해내고는 상한 기분을 드러내며 외쳤다.

"다들 안녕히 계세요."

그녀는 홱 돌아서더니 문을 쾅 닫고 집을 떠났다.

"저녁에 해고해야겠군."

잠자 씨가 말했지만 아내도 딸도 대답하지 않았다. 어쩌다 얻은 평온을 파출부가 다시 방해한 것 같은 기분이 들었기 때문이다. 두 사람은 일어나 창가로 가서 서로 껴안은 채 그 자리에 서 있었다.

잠자 씨는 안락의자에 앉아 그들 쪽으로 몸을 돌리고 한동안 말없이 그들을 지켜보았다. 그러더니 외쳤다.

"자, 이리들 오지그래. 지난 일은 그만 잊어버려. 그리고 내 생각도 좀 해줘야지."

여자들은 그 말에 따라 얼른 그에게로 와 그를 안아주고는 서둘러 편지를 마쳤다.

그런 후에 세 사람은 같이 집을 나섰다. 몇 달 만의 일이었다. 그들은 전차를 타고 교외로 나갔다. 그들만 앉은 전차에 따스한 햇살이 들어오고 있었다. 그들은 편안히 뒤로 기대어 앉아 앞으로의 전망에 대해 얘기했다. 잘 생각해보니 그리 암담할 것도 없었다. 지금까지는 서로 자세히 물어본 적이 없는 세 사람의 직장이 제법 괜찮은 곳인 데다 특히 훗날이 유망했기 때문이다. 상황을 당장 개선하는 것은 이사를 하는 것으로 간단하게 해결될 것이다. 이제 그들은 그레고르가 구했던 지금의 집보다 좀 더 작고 싸면서도 좋은 위치에 있는 실용적인 집을 구할 작정이었다. 그런 이야기를 나누는 동안 잠자 부부는 점점 더 생기를 띠어가는 딸에게 거의 동시에 눈길을 주었다. 딸은 최근에 뺨이 창백해지도록 많은 고생을 했음에도 불구하고 아름답고 풍만한 처녀로 꽃피고 있었다. 부부는 점차 말수를 줄이고 거의 무의식중에 시선을 나누며 이제 딸을 위해 좋은 남자를 구할 때가 온 것 같다고 생각했다. 목적지에 도착해 제일 먼저 자리에서 일어난 딸이 젊은 육체를 죽 늘이고 기지개를 펴는 모습이, 그들에게는 새로운 꿈과 훌륭한 계획에 대한 확신처럼 보였다.

어린 왕자

생텍쥐페리

레옹 베르트에게

이 책을 어른에게 바치게 된 것에 대해 모든 어린이에게 용서를 빈다. 굳이 변명을 하자면, 이 어른은 이 세상에 하나밖에 없는 내 친구다. 또 다른 이유를 들자면, 이 어른은 모든 것을, 어린이를 위한 책까지도 모두 이해할 수 있기 때문이다. 세 번째 이유는, 이 어른은 프랑스에서 살고 있는데 춥고 배고픈 생활을 하고 있다는 점이다. 이 어른에게는 따뜻한 위로가 필요하다. 그래도 이 모든 이유가 부족하다면 나는 이 책을 어린 소년이었을 때의 그에게 바치고 싶다. 어른들도 처음에는 다 어린아이였다(하지만 그걸 기억하는 어른은 많지 않다). 따라서 나는 이 헌사를 이렇게 고쳐 쓰고 싶다.

어린 소년이었을 때의 레옹 베르트에게

1

나는 여섯 살 때 『밀림의 실화』라는 원시림에 관한 책에서 엄청난 그림을 본 적이 있다. 그것은 보아뱀 한 마리가 사자나 호랑이 같은 무서운 동물을 삼키려고 하는 무시무시한 그림이었다. 위의 그림은 그것을 옮겨 그린 것이다.

그 책에는 이렇게 쓰여 있었다.

"보아뱀은 먹이를 씹지 않고 통째로 삼켜버린다. 그러고는 삼킨 것을 소화시키기 위해서 꼼짝도 하지 않고 육 개월 동안 잠을 잔다."

나는 이 글을 읽고 밀림 속에서 벌어지는 사건들에 대해 곰곰이 생각해보았다. 그리고 고심 끝에 색연필로 내 생애 첫 번째 그림을 완성했다. 이것이 나의 제1호 그림이다.

나는 내 걸작을 어른들에게 보여주면서 무섭지 않으냐고 물었다. 그러자 어른들은 한결같이 "모자를 보고 놀라는 사람도 있니?"

라며 내 물음이 싱겁다는 듯 대답했다. 하지만 나는 모자를 그린 게 아니었다. 그것은 통째로 삼킨 코끼리를 소화시키고 있는 보아뱀이었다. 어른들이 내 그림을 이해하지 못했기 때문에 이번에는 보아뱀의 배 속을 그려 보여주었다. 어른들은 그제야 정확히 알아보았다. 내가 그린 두 번째 그림은 바로 이것이다.

내 그림을 본 어른들은 보아뱀의 배 속인지 거죽인지 하는 그림은 집어치우고 지리, 역사, 수학, 그리고 문법 공부나 열심히 하라며 충고했다. 나는 그 사건으로 인해 화가가 되는 것을 포기해버렸다. 나는 내가 그린 첫 번째, 두 번째 그림이 성공을 거두지 못해 무척 실망했다. 어른들은 설명해주지 않으면 아무것도 이해하지 못한다. 그러니 일일이 설명해줘야 하는 어린아이들에겐 맥 빠지는 일이 아닐 수 없다.

나는 다른 직업을 선택할 수밖에 없어서 비행기 조종을 배웠다. 나는 비행기를 타고 세계 곳곳을 날아다녔다. 이때 지리학은 나에게 많은 도움을 주었고, 중국과 애리조나를 한눈에 구별할 수도 있었다. 그것은 또 한밤중에 길을 잃어버렸을 때 매우 쓸모가 있었다.

나는 이런 생활을 하면서 중요한 일을 하고 있는 점잖은 사람들과 많이 만나게 되었다. 주로 어른들과 시간을 보내면서 가까이에서 그들을 보기는 했지만, 어른들에 대한 내 생각은 쉽게 변하지 않았다. 여러 어른들 중 좀 똑똑해 보이는 사람을 만날 때면 늘 지니고 다니던 내 첫 번째 그림을 보여주며 시험을 해보곤 했다. 그 사람이 내 그림을 진실로 이해할 수 있는지 궁금했던 것이다. 그러나 대답은 늘 한결같았다.

"모자군요."

그래서 그 후로는 보아뱀이나 원시림, 또는 별에 대해서는 그들에게 한마디도 언급하지 않았다. 그들의 수준에 맞춰 그들의 관심거리인 브리지 게임이나 골프, 정치, 넥타이 이야기 같은 것을 꺼내곤 했다. 그러면 그들은 성실한 청년을 만났다며 몹시 기뻐했다.

2

나는 마음을 터놓고 이야기할 수 있는 친구 한 명 없이 외롭게 지내고 있었다. 비행기 고장으로 사하라 사막에 추락했던 육 년 전까지는 말이다. 사고는 내 비행기의 모터에 문제가 생겨 발생한 것이었다. 정비사도, 승객도 없이 혼자 탄 비행기라 모든 것을 혼자서 수리해야 했다. 그것은 목숨이 걸린 문제였다. 가지고 있는 물도 일주일 정도 버틸 양밖에 남아 있지 않았다.

첫날 밤은 사람들이 사는 곳에서 수천 마일이나 떨어진 사막에서 잠을 자야 했다. 망망대해에서 난파되어 뗏목에 의지하고 있는 고립된 선원보다도 더 고독했다. 그런데 해가 뜰 무렵, 어떤 이상한 작은 목소리가 나를 깨웠을 때, 내가 얼마나 놀랐는지는 상상할 수 있을 것이다. 가까운 곳에서 이런 목소리가 들려왔다.

"양 한 마리만 그려줘."

"뭐라고?"

"양 한 마리만 그려달라고."

나는 깜짝 놀라서 벌떡 일어났다. 눈을 비벼 뜨고는 주위를 조심스럽게 둘러보았더니, 어떤 이상하게 생긴 작은 소년이 나를 뚫어지게 쳐다보고 있었다. 훗날 내가 그린 그림 중에서 가장 잘된 그

소년의 초상화가 바로 이것이다.

물론 실물이 내 그림보다 훨씬 매력적이다. 하지만 그것은 내 탓만은 아니다. 내가 여섯 살 때 어른들이 화가로 대성할 수 없다며 화가의 길을 막아버렸기 때문이다. 기껏해야 속이 훤히 들여다보이는 보아뱀과 속이 보이지 않는 보아뱀 외에는 어떤 것도 그려본 적이 없었다.

나는 갑자기 나타난 소년 때문에 놀라서 눈을 휘둥그렇게 뜨고 그를 빤히 쳐다보았다. 다시 말하지만 나는 사람이 사는 곳에서 수천 마일이나 떨어진 곳에 있었다. 그런데 이 소년은 사막에서 길을 잃은 것 같아 보이지도 않았고, 허기지거나 피곤에 지친 것 같지도 않았다. 또 갈증에 시달리거나 두려움에 떠는 것 같지도 않았다. 아무리 생각해봐도 사람이 사는 마을에서 수천 마일이나 떨어진 사막 한복판에서 길을 잃고 헤매는 어린아이라고는 볼 수 없었다. 나는 멍하게 있다가 가까스로 정신을 차리고는 소년에게 말을 걸었다.

"여기서 뭘 하고 있는 거니?"

그러나 그 소년은 무슨 비밀스런 이야기라도 꺼내는 듯 아까 했
던 말을 조심조심 되풀이했다.

"저……, 양 한 마리만 그려줘……."

누가 됐든 갑자기 신비스러운 일을 당하면 자신도 모르는 사이
에 상대방이 이끄는 대로 순순히 따라가기 마련이다. 사람들이 사
는 마을에서 수천 마일이나 떨어진, 생명에 위협을 느끼는 곳에서
양 그림을 그린다는 것은 참으로 어처구니없는 일이기는 했지만,
나는 호주머니에서 종이와 만년필을 꺼냈다. 그 순간 지금까지 내
가 배운 것이라고는 지리, 역사, 산수와 문법 외에는 없다는 것이
생각났다. 나는 소년에게 시무룩한 표정으로 그림을 그릴 줄 모른
다고 말했다. 그러자 소년은 이렇게 대답했다.

"상관없어. 양 한 마리만 그려줘……."

나는 한 번도 양을 그려본 적이 없었다. 그래서 잠시 생각을 하
다가 내가 쉽게 그릴 수 있는 두 가지 그림 중 하나를 그려주었다.
그것은 속이 보이지 않는 보아뱀이었다. 그런데 그림을 본 소년의
말에 나는 깜짝 놀랐다.

"아니야, 이게 아니란 말이야! 나는 코끼리를 삼킨 보아뱀 그림을
원하는 게 아니야. 보아뱀은 아주 위험해. 그리고 코끼리는 너무 거
추장스러워. 내가 사는 곳에 있는 건 모두 작아. 내가 갖고 싶은 건
양이란 말이야. 제발 양을 그려줘."

나는 할 수 없이 양을 그려주었다. 소년은 그림을 유심히 살펴보
더니 투정을 부렸다.

"싫어, 이 양은 병들어 있잖아. 빨리 다른 양을 그
려줘."

나는 다시 양을 그렸다.

소년은 내 입장을 이해한다는 듯이 다정한 미소
를 지으며 말했다.

"이것 좀 봐. 이건 양이 아니라 염소네. 뿔이 나
있잖아."

그래서 나는 다시 그림을 그렸다.

그러나 이번에도 역시 소년은 마음에 들어 하
지 않았다.

"이 양은 너무 늙었어. 나는 건강하고 오래 살 수
있는 양을 원해."

이렇게 되자 내 인내심은 한계에 다다랐다. 또
비행기 모터 고치는 일이 급했으므로 대충 아무렇게나 그려버렸다.
그러고는 한마디 툭 던졌다.

"이건 상자인데 네가 원하는 양은 이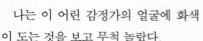
상자 안에 있어."

나는 이 어린 감정가의 얼굴에 화색
이 도는 것을 보고 무척 놀랐다.

"이게 바로 내가 원하던 양이야! 이 양은 풀을 많이 먹어?"

"그런 건 왜 묻지?"

"응, 내가 사는 곳은 모든 게 아주 작거든."

"충분할 거야. 내가 그린 양도 아주 작거든."

소년은 고개를 숙여 그림을 들여다보았다.

"그렇게 작지는 않은데? 아! 잠들었나 봐……."

이 일로 인해 나는 어린 왕자를 알게 되었다.

3

나는 어린 왕자가 어디서 왔는지를 알아내는 데 꽤 오랜 시간이
걸렸다. 어린 왕자는 내게 귀찮을 정도로 많은 것을 물어보면서도

내 질문에는 별 관심을 보이지 않았다. 다만 그가 어쩌다가 한마디 씩 내뱉는 말로 조금씩 짐작할 수 있었다.

예를 들면, 어린 왕자가 처음으로 내 비행기를 보았을 때(아마 비행기를 그려달라고 했다면 못 그렸을 것이다. 비행기는 내가 그리기에 너무 복잡하다) 그는 나에게 물었다.

"저 물건은 뭐야?"

"저건 물건이 아니야. 하늘을 날아다니는 비행기라고 하는데, 내 거야."

내가 하늘을 날 수 있다는 사실에 어깨가 으쓱해져서 자랑스럽게 말했더니 어린 왕자는 크게 소리쳤다.

"그럼 아저씨는 하늘에서 떨어졌어?"

"그래."

"야! 재미있는데."

어린 왕자는 귀여운 목소리로 깔깔거리며 웃어댔다. 나는 그의 웃음소리에 기분이 언짢았다. 내 불행한 사고를 걱정해주길 바랐는데 오히려 신이 난 듯했다.

어린 왕자는 한바탕 깔깔거리며 웃더니 불쑥 또 물었다.

"그럼 아저씨도 하늘에서 왔구나? 어느 별에서 왔어?"

문득 추측하기 어려운 그의 존재에 대해 한 가닥 희미한 빛이 잡히는 듯해 그에게 물어보았다.

"그럼 넌 어느 별에서 왔니?"

그러나 어린 왕자는 아무 말도 하지 않았다. 내 비행기를 한참 동안 들여다 보더니 조용히 고개를 끄덕였다.

"저걸 타고 왔다면 그리 멀리

서 온 건 아니겠네……."

그러고는 한참 동안 무슨 생각에 빠져 있는 듯하더니, 호주머니에서 내가 그려준 양 그림을 꺼내서 마치 보물이라도 되는 것처럼 조심스럽게 들여다보았다.

다른 별에서 왔을 것이라는 생각에 내 몸은 호기심으로 달아올랐다. 그래서 이 문제에 대해 좀 더 자세히 알고 싶어졌다.

"도대체 넌 어디서 왔니? '내가 사는 곳'이란 어디를 말하는 거야? 그 양은 어디로 데리고 갈 거니?"

어린 왕자는 곰곰이 생각하더니 대답했다.

"아저씨가 상자를 줘서 다행이야. 밤에는 집으로도 쓸 수 있으니까."

"그래. 내 말을 잘 들으면 끈도 줄게. 낮에 양을 묶어놓을 수 있는 말뚝이랑."

어린 왕자는 내 말에 몹시 놀란 듯했다.

"묶어둔다고? 참 이상한 생각이네……."

"하지만 묶어놓지 않으면 여기저기 돌아다니다가 길을 잃어버릴지 모르잖아."

그러자 어린 왕자는 또다시 소리 내어 깔깔대고 웃었다.

"아니, 가긴 어딜 가?"

"어디든. 곧장 앞으로 갈 수도 있지, 뭐."

그러자 어린 왕자는 진지한 말투로 말했다.

"걱정하지 않아도 돼. 내가 사는 곳은 아주 작으니까!"

그러고는 갑자기 서글픈 표정을 짓더니 다시 말했다.

"똑바로 가도 얼마 못 가는걸……."

4

이렇게 해서 어린 왕자에 대한 두 번째 중요한 사실을 알게 되었다. 어린 왕자가 사는 그 별은 겨우 집 한 채 크기 정도밖에 되지 않는다는 것을.

그러나 그 사실은 나에게 그리 놀라운 일이 아니었다. 나는 지구, 목성, 화성, 금성 같은 큰 별 말고도 너무 작아서 망원경으로도

보기 힘든 아주 작은 별들이 무수히 많다는 것을 잘 알고 있었다. 천문학자는 이런 별들이 발견되면 이름 대신 번호를 붙여 준다. 예를 들면 '소행성 325'라는 식이다.

나는 어린 왕자가 살던 별이 소행성 B612호라고 추측했다. 그렇게 생각한 데는 이유가 있다.

이 소행성은 오직 단 한 번, 1909년 터키의 천문학자에 의해서 망원경으로 관찰되었다. 당시 그는 국제천문학회에서 자기가 발견한 별에 대해 멋지게 증명하는 발표회를 열었다. 그러나 그가 입고 있던 터키식 옷 때문에 아무도 그의 말을 믿으려고 하지 않았다. 어른들이란 언제나 이런 식이었다……

그러나 다행히도 터키의 한 독재자가 시민들에게 유럽식 옷을 입지 않으면 사형에 처한다는 법을 공포했다. 이에 그 천문학자는 1920년에 아주 멋있는 옷을 입고 다시 그 소행성 B612호에 대한 발표회를 가졌다. 그러자 이번에는 모두 그의 말을 인정했다.

내가 소행성 B612호에 대해서 이렇게 자세히 말하고 그 번호까지 쓰는 것은 어른들의 생활 태도 때문이다. 어른들은 숫자를 무척 좋아한다.

새로 사귄 친구에 대해 말하면, 그들은 가장 중요한 것은 물어보지 않는다.

"그 애 목소리는 어떠니? 어떤 놀이를 가장 좋아하지? 나비 채집도 하니?"와 같은 말은 물어보지 않고, "그 애는 몇 살이니? 형제는 몇 명이라니? 몸무게는 얼마야? 그 애 아버지는 돈을 많이 버니?"라고 물어댄다. 어른들은 그 숫자들로 마치 내 친구가 어떤 사람인지 다 아는 것처럼 생각한다.

어른들에게 "창가에는 제라늄 화분이 놓여 있고 지붕에는 비둘기가 놀고 있는 장밋빛 벽돌로 지어진 아름다운 집을 봤어요"라고 말하면 그들은 그런 집에 대해서는 전혀 관심을 보이지 않는다. 그러나 "십만 프랑짜리 집을 봤어요"라고 말하면 "야, 정말 굉장한 집을 봤구나!" 하며 감탄한다.

그러므로 "귀엽고 잘 웃고, 양 한 마리를 갖고 싶어 하는 어린 왕자를 봤어요. 그것이 어린 왕자가 이 세상에 있었던 증거예요"라고 말하면 어른들은 당치도 않다는 듯 어깨를 으쓱해 보이며 바보 취급을 할 것이다. 그러나 "어린 왕자가 소행성 B612호에서 왔어요"라고 하면 어른들은 쉽게 알아듣고, 더 이상 질문을 해대며 귀찮게 굴지 않을 것이다.

어른들이란 다 그렇다. 그렇다고 어른들을 무조건 나쁘게 생각하면 안 된다. 아이들은 어른들을 항상 너그럽게 대해야 한다.

인생을 이해하고 있는 우리는 숫자 같은 것에는 별 신경을 쓰지 않는다. 나는 이 이야기를 옛날 동화를 들려주는 것처럼 시작하고 싶었다.

"옛날 옛적에 자기 집보다 약간 큰 별에 사는 어린 왕자가 있었습니다. 그 어린 왕자는 양 한 마리를 갖고 싶어 했습니다……."

인생을 이해하는 사람들은 내 이야기를 듣고 어떤 진실을 느낄 것이다. 나는 누가 됐든 이 책을 대충 훑어보는 것을 용납할 수 없다. 나는 이 이야기를 하면서 어린 왕자와의 지난 일을 생각하니 가슴이 아프다. 내 친구가 양과 함께 날 떠난 지도 벌써 육 년이나 됐다. 내가 여기에 그 친구 이야기를 하는 것은 그를 영원히 잊지 않기 위해서다. 친구를 잊는다는 것은 슬픈 일이다. 그리고 누구나 진실된 친구가 있는 것은 아니다. 만일 내가 그 친구를 잊는다면 나 또한 숫자에만 관심이 있는 어른들과 다를 바가 없게 된다.

그래서 나는 다시 그림물감 한 상자와 연필을 샀다. 여섯 살 때 속이 보이는 보아뱀 그림과 속이 보이지 않는 보아뱀 그림을 그린 이후로는 단 한 번도 그림을 그려본 일이 없다. 이런 내가, 지금 이 나이에 다시 그림을 그리는 것은 결코 쉬운 일이 아니다. 물론 가능한 한 실물에 가까운 초상화를 그리기 위해서 노력할 것이다. 그러나 기대는 하지 말았으면 좋겠다. 어떤 그림은 내 마음대로 되는데 어떤 것은 전혀 달랐다. 키를 맞추는 데도 여러 번 실수를 했다. 너무 크거나 혹은 너무 작아서 엉망이었고, 그가 입고 있던 옷 색깔에 대해서도 자신이 없다. 비록 서툴기는 하지만 그럭저럭 그럴듯하게 그려놓았다. 하지만 중요한 부분을 잘못 그렸을지도 모른다. 그러나 그것은 내 잘못이 아니다. 난 내 친구에게 그 어떤 설명도 듣지 못했기 때문이다. 아마 나를 자기 자신과 비슷하다고 생각했는가 보다. 하지만 나는 안타깝게도 상자 안에 있는 양을 볼 줄 모른다. 어쩌면 나 또한 어른들을 닮아가고 있는지도 모겠다. 나도 나이를 먹었으니까.

5

하루하루 지나면서 어린 왕자가 살던 별과 그가 별을 떠날 때의 일, 그리고 그의 여행에 대해서 조금씩 알게 되었다. 어린 왕자가 생각에 잠겨 있다가 무심코 던진 말들 때문이었는데, 사흘째 되던 날에는 바오밥나무의 비극에 대해 알게 되었다.

그 이야기를 듣게 된 것도 역시 양 덕분이었다. 어린 왕자가 꽤 심각한 표정으로 나에게 물었다.

"양들이 작은 나무를 먹는다는 게 사실이야?"

"그럼, 사실이고말고."

"야! 진짜 잘됐다."

양이 작은 나무를 먹는다는 게 왜 중요한지 영문을 알 수 없었다. 어린 왕자는 바로 이어서 물었다.

"그러면 바오밥나무도 먹어?"

나는 어린 왕자에게 바오밥나무는 작은 나무가 아니라 성당만큼이나 큰 나무라서 코끼리 떼를 끌고 가서 먹여도 다 먹어치우지 못한다고 설명해주었다.

어린 왕자는 코끼리 떼라는 말에 피식 웃으며 말했다.

"그럼 코끼리를 포개놓으면 되잖아."

그리고 어린 왕자는 퉁명스럽게 말했다.

"바오밥나무도 처음에는 작은 나무였잖아."

"물론 그렇지. 그런데 왜 바오밥나무를 양에게 먹이려고 하지?"

"아이 참!"

어린 왕자는 너무도 당연한 질문을 한다는 듯이 대꾸했다. 그래서 나는 혼자서 그 문제를 생각하느라 한참 동안 머리를 쥐어짜야 했다.

어린 왕자가 살던 별에는 다

른 별들과 마찬가지로 좋은 풀과 나쁜 풀이 있었다. 좋은 풀의 좋은 씨앗과, 나쁜 풀의 나쁜 씨앗이 같이 있었는데, 씨앗이 좋은지 나쁜지는 눈으로 구별할 수가 없었다. 씨앗들은 캄캄한 땅속에서 깊이 잠들어 있는데 그중 하나가 잠에서 깨어나고 싶은 욕망에 사로잡힐 때가 있다. 그러면 이 작은 씨앗은 차츰 자라기 시작하여 귀엽고 예쁜 어린싹을 햇빛을 향해 쏙 내밀며 땅으로 올라온다. 그것이 무나 장미의 어린싹이면 자라는 대로 내버려 두어도 된다. 하지만 나쁜 풀의 싹이라면 눈에 띄는 대로 바로 뽑아버려야 한다.

그런데 어린 왕자의 별에는 나쁜 씨앗이 있었다. 바로 바오밥나무의 씨앗이었다. 그 별의 땅속은 온통 바오밥나무의 씨앗투성이였다. 바오밥나무는 빨리 없애버리지 않으면 나중에 전혀 손쓸 수 없게 된다. 바오밥나무가 별 전체에 퍼지면 온통 그 뿌리가 별에 구멍을 뚫어버린다. 작은 별에 바오밥나무가 너무 많으면 별은 산산조각이 나고 말 것이다.

어린 왕자는 한참 후에야 입을 열었다.

"그건 규칙에 관한 문제야. 아침에 몸단장을 끝내고 나면 그다음엔 별도 몸단장을 해줘야 해. 규칙을 세워놓고 작은 바오밥나무를 뽑아버리면 돼. 장미나무와 구별이 잘 안 되지만 바오밥나무가 조금만 더 크면 구별할 수 있거든. 그때 바로 뽑는 거야. 무척 귀찮은 일이기는 하지만 어렵진 않아."

하루는 어린 왕자가 말했다.

"아저씨가 살고 있는 나라의 아이들이 바오밥나무가 어떻게 생겼는지 알 수 있도록 그림을 그려놓아야 해. 나중에 아이들이 여행할 때 도움이 될지도 모르니까."

어린 왕자는 잠시 숨을 내쉬고는 다시 말을 이었다.

"때론 할 일을 뒤로 미루는 게 아무렇지도 않을 때가 있어. 하지만 바오밥나무의 일은 미루면 큰 사고가 생겨. 난 게으름뱅이가 살고 있던 별을 알고 있어. 게으름뱅이는 어린 바오밥나무 세 그루를 그냥 내버려 두었다가……."

나는 어린 왕자가 설명해주는 대로 바오밥나무를 그렸다. 나는

무슨 위엄 있는 사람처럼 거만하게 굴고 싶지는 않다. 그러나 바오 밥나무의 위험성이 거의 알려져 있지 않기 때문에, 소행성에서 길을 잃어버린 사람에게 어떤 위험이 닥칠지도 모르므로 이번 한 번만 침묵을 깨고 이렇게 말하고 싶다.

"어린이 여러분! 바오밥나무를 조심해야 합니다!"

나를 포함한 내 친구들은 오랫동안 바오밥나무의 위험성에 대해 의식하지 못하면서 이 위험에 둘러싸여 있었다. 그래서 나는 그들을 위해 이 그림을 그렸다. 그들이 이 그림을 보고 마음속에 경각심을 갖는다면 나는 애써 그린 것에 대해 보람을 느낄 것이다.

어쩌면 당신들은 내게 이런 질문을 할지도 모른다.

"왜 이 책에는 바오밥나무 그림처럼 장엄한 그림이 없습니까?"

그 대답은 간단하다. 다른 그림은 최선을 다했지만 내가 원하는 대로 그려지지 않았다. 하지만 바오밥나무를 그릴 때에는 절박한 심정으로 모든 열성을 쏟아서 그렸다.

6

아, 어린 왕자! 나는 쓸쓸한 네 마음에 대해 조금씩 알게 되었어 ……. 네가 붉게 물든 석양을 바라보면서 외로운 마음을 달래는 것도. 나흘째 되던 날 아침, 네가 한 말을 듣고 새로운 사실도 알게 되었지.

"나는 해 질 무렵을 가장 좋아해. 해 지는 걸 보러 가자."

"기다려야 돼."

"기다려? 뭘?"

"해가 질 때까지 기다려야지."

넌 처음에는 매우 놀란 표정을 짓더니 곧 웃음을 터뜨리며 말했어.

"난 아직도 내 별에 있는 걸로 착각을 했거든!"

실제로 있을 수 있는 일이다. 누구나 알고 있듯이 미국이 정오일 때 프랑스에서는 해가 진다. 당장이라도 프랑스로 날아간다면 해 지는 광경을 볼 수 있을 것이다. 그러나 불행하게도 프랑스는 여기서 너무나 멀리 떨어져 있다. 그런데 너의 작은 별에서는 의자를 조금만 움직여도 마음대로 해 지는 것을 볼 수 있었지⋯⋯.

"어떤 날은 해가 지는 것을 마흔네 번이나 보았어!"

그리고 어린 왕자는 잠시 뜸을 들이다가 말했다.

"슬플 때는 해 지는 풍경을 보는 게 좋아⋯⋯."

"그래, 그럼 마흔네 번이나 해 지는 걸 본 날은 무척 슬픈 날이었겠구나."

그러나 넌 아무 말도 하지 않았어.

7

닷새째 되던 날, 역시 양의 도움을 받아 어린 왕자의 비밀 한 가지를 더 알게 되었다. 그는 어떤 문제를 오랫동안 곰곰이 생각하더니 갑자기 생각났다는 듯이 불쑥 내게 물었다.

"양이 작은 나무를 먹는다면 꽃도 먹겠네?"

"응, 양은 닥치는 대로 다 먹어."

"가시 있는 꽃도?"

"물론, 가시 있는 꽃도 먹지."

"그럼 가시가 있으나 마나네?"

그건 나도 모르는 일이었다. 그때 나는 엔진을 꽉 죄고 있는 나사를 풀려고 갖은 애를 쓰고 있었다. 비행기 상태가 상당히 심각하다는 것을 깨닫고는 여간 불안하지 않았다. 게다가 마실 물까지 다 떨어져 이대로 죽는 건 아닐까 하는 생각에 무척 두려웠다.

"가시는 어디에다 쓰는 거야?"

어린 왕자는 한번 질문을 하면 그 대답을 들을 때까지 포기하지 않았다. 나는 나사를 푸느라 신경을 곤두세우고 있어서 내키는 대로 아무렇게나 대답해버렸다.

"가시는 아무 쓸모가 없어. 꽃들이 괜히 심술을 부리는 거야!"

"그래?"

그러나 잠시 후 어린 왕자는 나를 원망스러운 눈빛으로 쳐다보았다.

"그렇지 않아! 꽃들은 연약한 식물이야. 순진하고. 꽃들은 자기를 보호하고 있는 거야. 가시를 무서운 무기로 생각하고 있거든……."

나는 말문이 막혀버렸다. 그 순간 나는 이런 생각을 하고 있었다.
'이 나사가 풀리지 않으면 망치로 부숴버려야겠어.'

그때 어린 왕자가 또 내 생각을 흔들어놓았다.

"아저씬 꽃들이 그렇다고 생각해?"

"아니, 아니야! 아니라니까! 그냥 생각나는 대로 대답한 거야. 너도 알겠지만, 난 지금 중요한 일을 하고 있어."

어린 왕자는 깜짝 놀란 눈으로 나를 쳐다보았다.

"중요한 일?"

어린 왕자는 시커멓게 기름투성이가 된 손으로 무슨 괴상한 물건 앞에 엎드려 있는 나를 이상한 눈으로 쳐다보고 있었다.

"아저씬 꼭 어른처럼 말하네!"

나는 그 말에 얼굴이 화끈 달아올랐다. 그러나 어린 왕자는 상관없다는 듯이 계속 말을 이었다.

"아저씬 모든 걸 혼동하고 있어……."

어린 왕자는 정말로 화가 난 듯했다. 그의 금빛 머리카락이 바람에 휘날렸다.

"어떤 별에 얼굴이 빨간 신사가 살고 있어. 그는 꽃향기를 맡아본 적도, 별을 쳐다본 적도, 누군가를 사랑해본 적도 없어. 하는 일이라고는 계산하는 일밖에 없지. 그리고 하루 종일 아저씨처럼 '나는 중요한 일로 바쁘단 말이야!' 하며 오만한 태도로 외쳐. 하지만 그는 사람이 아니야. 버섯일 뿐이지!"

"뭐라고?"

"버섯이라고!"

어린 왕자는 정말 화가 났는지 얼굴이 하얗게 질려 있었다.

"꽃들은 수백만 년 전부터 가시를 가지고 있었어. 양도 수백만 년 전부터 꽃을 먹어왔고. 그런데 왜 아무

225

쓸모도 없는 가시를 만들고 있는지 그걸 알려는 게 중요하지 않다고? 양과 꽃들의 전쟁이 아무런 의미가 없단 말이야? 내 별에는 다른 별에서는 찾아볼 수 없는 유일한 꽃 한 송이가 있는데, 아무것도 모르는 꼬마 양이 먹어버릴지도 모르잖아. 그런데 그 일이 중요하지 않단 말이야?"

어린 왕자는 얼굴이 새빨개져서 계속 말했다.

"수백만 개의 별들 중에서 단 한 송이밖에 없는 꽃을 사랑한다면, 그 사람은 그 꽃이 있는 별을 바라보는 것만으로도 행복할 거야. 그리고 마음속으로 생각하겠지. '어딘가에 내 꽃이 있겠지……'라고. 하지만 양이 그 꽃을 먹어버린다면 세상은 순식간에 캄캄해져 버릴 거야. 그런데도 그게 중요하지 않단 말이야?"

어린 왕자는 더 이상 말을 잇지 못했다. 갑자기 쏟아진 눈물에 목이 멘 것이다.

이윽고 어두워졌다. 나는 들고 있던 연장들을 내려놓았다. 망치도 나사도 갈증도 죽음도 뭐가 그리 중요한가? 어떤 별, 어떤 떠돌이 별, 내 별, 이 지구 위에 내 보살핌을 필요로 하는 어린 왕자가 있는데 말이다. 나는 어린 왕자를 두 팔로 살며시 껴안고 부드럽게 흔들면서 말했다.

"네가 사랑하는 꽃은 이제 위험하지 않을 거야. 내가 너의 양에게 입마개를 그려줄게. 그리고 나는……"

순간 무슨 말을 해야 좋을지 난감했다. 나 스스로도 어색한 느낌이 들어서 머뭇거렸다. 어떻게 어린 왕자를 진정시키고 그의 마음을 달래야 할지 머리가 복잡해졌다. 눈물이라는 것은 그처럼 신비스러운 것이다.

8

얼마 후 나는 이 꽃에 대해 더 많은 것을 알게 되었다. 어린 왕자의 별에는 꽃잎이 한 겹인 소박한 꽃들이 늘 피어 있었다. 그 꽃들은 거의 자리를 차지하지 않고 아무도 귀찮게 하지 않았다. 아침에 피어났다가 밤이면 조용히 시들어버렸다.

그러던 어느 날 어딘지 모를 곳에서 씨앗 하나가 날아와 싹을 틔웠다. 어린 왕자는 그 전에 보던 싹과는 전혀 다른 이 싹을 유심히 관찰했다. 어쩌면 새로운 종류의 바오밥나무인지도 모르기 때문이었다.

그러나 그 싹은 작은 나무가 되더니 성장을 멈추고 꽃 피울 준비를 했다. 꽃봉오리가 맺힌 것을 지켜본 어린 왕자는 거기에서 어떤 기적이 일어날 것 같은 예감이 들었다. 그러나 그 꽃은 자신의 연초록 방에 꼭꼭 숨어서 예쁘게 치장만 했다. 꽃은 세심하게 자신의 색깔을 고르고 있었다. 조심스럽게 옷을 입으며 꽃잎을 하나하나 다듬고 있었다. 그 꽃은 들판에 핀 양귀비꽃처럼 엉망이 된 모습으로 눈뜨고 싶지 않았던 것이다. 눈부실 만큼 아름다운 모습이 되었을 때 자신을 드러내려고 했다. 아, 정말 요염한 꽃이었다. 그렇게 그 꽃의 신비로운 치장은 며칠이고 계속되었다.

그러던 어느 날 아침, 태양이 막 떠오를 무렵 그 꽃이 세상에 모습을 드러냈다.

정성 들여 꼼꼼히 치장한 그 꽃은 하품을 하면서 말했다.

"아! 이제야 잠에서 깨어났어요. 어머, 미안해요. 내 머리가 너무

엉망이네요……."

그 순간 어린 왕자는 꽃의 아름다움에 반해서 감탄을 금치 못했다.

"당신은 정말 아름다워요!"

"그렇죠? 저는 해님과 같은 시각에 태어났답니다……."

꽃은 수줍은 듯이 말했다.

어린 왕자는 그 꽃이 겸손하지 못하다는 생각이 들었다. 그러나 너무나 아름답지 않은가!

"어머! 아침 먹을 시간이네. 제게 물을 좀 줄 수 있나요?"

넋을 잃고 있던 어린 왕자는 뜻밖의 말에 잠시 당황하다가 맑은 물이 담긴 물뿌리개를 찾아 꽃에게 물을 주었다.

이렇게 그 꽃은 태어나자마자 까다로운 허영심을 부려 어린 왕자를 놀라게 만들었다. 어느 날은 자신이 가지고 있는 네 개의 가시에 대해 어린 왕자에게 말했다.

"호랑이가 날카로운 발톱을 세우고 덤벼들어도 난 끄떡없어요!"

"내 별에는 호랑이가 없어요. 그리고 호랑이는 절대 풀을 먹지 않아요."

어린 왕자가 반박했다.

"전 풀이 아니에요."

꽃이 살며시 대답했다.

"미안해요."

"호랑이 같은 건 무섭지 않아요. 하지만 바람은 아주 질색이에요. 혹시 바람막이가 있나요?"

'바람이 무섭다고? 그것 참 안된

228

일이군. 이 꽃은 아주 까다로운걸······.'

"저녁이 되면 유리 덮개를 씌워주
세요. 이곳은 너무 추워요. 전에
내가 살던 곳은······."

갑자기 꽃이 입을 다물
어버렸다. 그 꽃은 이곳
에 씨앗의 모습으로
왔다. 따라서 다른 세
계에 대해 알 리가 없
었다. 너무나 뻔한 거짓말을 하려다 들
킨 것이 부끄러웠는지 얼버무리려는 듯
헛기침을 두세 번 했다.

"바람막이가 있냐고 물었는데······."

"찾아보려고 했는데 당신이
계속 말을 해서······."

그러자 꽃은 어린 왕
자에게 미안한 마음이
들게 하려는지 더 심하게 기침을 했다.

아무리 마음씨 좋은 어린 왕자지만 점점 꽃이 의심스러워지기
시작했다. 그는 꽃이 대수롭지 않게 한 말을 심각하게 받아들이고
몹시 불쾌해했다.

어느 날 어린 왕자는 내게 자신의 마음을 솔직히 털어놓았다.

"꽃의 말에 귀 기울일 필요는 없었는데. 꽃이 하는 말은 들을 필
요가 없다고. 꽃은 그저 바라보고 향기만 맡으면 되는 거야. 내 꽃
은 내 별을 향기로 채웠는데. 그런데 나는 그걸 즐길 줄 몰랐어. 그
발톱 이야기에 기분이 나빴어도 불쌍하게 생각했어야 했어."

그리고 말을 이었다.

"나는 그때 아무것도 이해할 수 없었어. 나는 꽃의 말이 아닌 행동을 봤어야 했어. 꽃은 내게 달콤한 향기를 선사했고, 내 마음을 밝게 해주었지. 떠나지 말았어야 했는데……. 그 불쌍한 거짓말 뒤에 애정이 숨어 있다는 것을 알아챘어야 했는데. 꽃은 모순덩어리거든. 하지만 꽃을 사랑하기에 난 너무 어렸어……."

9

나는 어린 왕자가 철새들의 이동을 틈타서 그의 별을 떠나왔으리라고 생각한다. 떠나던 날 아침, 그는 그의 별을 깨끗하게 정돈했고, 불을 뿜어내는 화산을 정성스럽게 청소했다. 그 별에는 불을 뿜는 화산이 두 개 있었는데 그것들은 아침밥을 해 먹는 데 유용하게 사용되었다. 그리고 그곳에는 불 꺼진 화산도 하나 있었다. 그러나 어린 왕자의 말처럼 언제 폭발할지 몰랐다. 그래서 불 꺼진 화산도 똑같이 청소해놓았다. 화산은 청소만 잘해주면 폭발하지 않고 서서히 규칙적으로 연기를 내뿜는다. 그곳에서 일어나는 화산 폭발은 마치 굴뚝에서 뿜어내는 연기와 같다. 물론 우리 인간들은 지구에서 화산을 청소하기엔 너무 작기 때문에 화산 폭발로 온갖 어려움을 겪는 것이다.

어린 왕자는 좀 서글픈 마음으로 바오밥나무의 어린싹을 다 뽑아버렸다. 그는 다시는 자기 별에 돌아오지 못할 거라고 생각했다. 그래서 그날 아침에는 늘 하던 일이 무척 소중하게 느껴졌다. 마지막으로 꽃에 물을 주고 유리 덮개를 씌우려는 순간 눈물이 핑 돌았다.

"잘 있어."

어린 왕자는 꽃에게 슬픈 작별 인사를 했다.

그러나 꽃은 아무 말도 하지 않았다.

"안녕……."

어린 왕자는 다시 한 번 작별 인사를 했다.

그러자 꽃이 기침을 했다. 감기 때문은 아니었다.

"내가 어리석었어요. 용서해줘요. 부디 행복하길 바랄게요……."

어린 왕자는 꽃이 불평하지 않는 것이 놀라웠다. 그는 유리 덮개를 손에 든 채 어쩔 줄 몰라 하며 멍하니 서 있었다. 꽃이 왜 이렇게 얌전하고 다정한지 이해할 수 없었다.

"그래요, 난 당신을 좋아했어요. 당신은 전혀 눈치채지 못하더군요. 하지만 상관없어요. 당신도 나처럼 어리석었으니까요. 부디 행복하세요…… 유리 덮개는 그냥 놔두세요. 이제 그런 건 필요 없어요."

"하지만 바람이 불면……."

"내 감기는 대단한 것이 아니에요……. 서늘한 밤공기는 내게 더 좋을 거예요. 나는 꽃이니까."

"하지만 짐승들이……."

"나비와 친해지려면 두세 마리의 쐐기벌레는 참아야겠죠. 나비는 정말 예뻐요. 나비가 아니면 누가 나를 찾아주겠어요? 당신은 멀리 가버릴 거고……. 커다란 짐승이 와도 무섭지 않아요. 난 가시가 있으니까요."

꽃은 천진난만하게 네 개의 가시를 보여주었다. 그리고 말했다.

"그렇게 우물쭈물하지 마세요. 떠나기로 결심했으면 어서 가세요!"

꽃은 울고 있는 자신의 모습을 어린 왕자에게 보이고 싶지 않았던 것이다. 꽃은 그토록 자존심이 강했다.

10

어린 왕자의 별은 소행성 325호, 326호, 327호, 328호, 329호, 그리고 330호의 별과 가까이 있었다. 그래서 일거리도 얻고 견문도 넓힐 생각으로 그 별들을 찾아가기로 했다.

첫 번째 별에는 왕이 살고 있었다. 왕은 자줏빛 천과 흰 담비 모피로 만든 옷을 입고, 매우 검소하면서도 위엄 있는 옥좌에 앉아 있었다.

"오! 신하가 한 명 왔구나."

왕은 어린 왕자를 보자마자 크게 소리쳤다.

순간 어린 왕자는 이상한 생각이 들었다.

'한 번도 만난 적이 없는데, 어떻게 나를 알
아보지?'

어린 왕자는 왕에게 있어서 세상은 단순
한 것이라는 사실을 몰랐던 것이다. 왕에게
는 모든 사람이 다 신하였다.

"좀 더 자세히 볼 수 있도록 이리 가까이 오라."

왕은 자신이 왕 노릇을 하게 된 것을 뽐내려는 듯이 말했다.

어린 왕자는 앉을 자리를 찾았으나 사방이 온통 멋진 모피 망토
로 되어 있었다. 그래서 어린 왕자는 똑바로 서 있어야 했는데 어느
새 피곤이 몰려와 하품이 나왔다.

"짐 앞에서 하품을 하다니! 예의에 어긋난 짓이로다. 하품을 금하
노라."

"도저히 참을 수가 없어요. 긴 여행을 하느라 지쳤고 게다가 잠도
못 잤거든요."

"그렇다면 네게 명하노니 하품을 하라. 하품하는 사람을 본 지가 하도 오래돼서 하품하는 걸 보니 참으로 재미있구나! 자, 또 하품을 하여라!"

"그렇게 말씀하시니까 무서워서…… 하품이 나오지 않아요."

무안해진 어린 왕자가 머뭇거리며 말했다.

"흠, 그렇다면 짐이…… 명하노니 어떤 때는 하품을 하고 어떤 때는……."

왕은 뭐라고 중얼거렸는데 약간 성난 목소리였다. 왕은 자신의 권위를 존중받기를 바랐기 때문이다. 자신에게 불복종하는 것은 절대 용납할 수 없었다. 그는 전제군주였다. 그러나 왕은 성품이 좋은 사람이었기 때문에 타당한 명령만 내렸다.

왕은 늘 이렇게 말하곤 했다.

"만약 짐이 한 신하에게 물새로 변신하라고 명령을 내렸는데 그가 내 명령을 어긴다면 그건 그 신하의 잘못이 아니라 내 잘못이니라."

"앉아도 될까요?"

어린 왕자가 조심스레 물었다.

"앉기를 명하노라."

왕은 담비 모피로 만든 긴 망토 자락을 위엄 있게 걷어 올리며 대답했다.

그런데 어린 왕자는 한 가지 의문이 생겼다.

'이렇게 작은 별에서 도대체 뭘 지배하고 있는 거지?'

"폐하, 외람되지만 한 가지 여쭈어봐도 될까요?"

"네게 명하노니, 물어보라."

"폐하……, 폐하는 무엇을 다스리고 계신지요?"

"모든 것을 다스리지."

왕은 근엄한 표정으로 대답했다.

"모든 것을요?"

"음, 그렇지."

왕은 위엄 있는 몸짓으로 자신의 별과 다른 별들을 손가락으로 가리키며 말했다. 그 말은 그가 전제군주일 뿐만 아니라 우주 전체의 군주라는 의미였다.

"그럼 별들도 폐하에게 복종하나요?"

"물론. 무조건 복종하지. 불복종은 절대 용납하지 않으니라."

어린 왕자는 왕의 막강한 힘에 경탄을 금치 못했다. 만약 어린 왕자에게 그런 절대적인 권위가 있었다면 의자를 움직이지 않고도 해가 지는 풍경을 하루에 마흔네 번, 아니 일흔두 번, 아니 백 번, 이백 번까지도 볼 수 있었을 것이다. 순간 자신이 떠나온 작은 별이 생각나서 슬퍼진 어린 왕자는 용기를 내어 왕에게 간청했다.

"해 지는 광경을 보고 싶어요……. 제발…… 해가 지도록 명령을 내려주세요……."

"내가 만약 신하에게 나비처럼 이 꽃에서 저 꽃으로 날아다니라고 명령하거나, 비극적인 작품을 한 편 쓰라고 하거나, 물새가 되라고 명령을 내렸는데도 그 신하가 명령에 따르지 않는다면 그건 그의 잘못인가, 짐의 잘못인가?"

"그야 폐하의 잘못이지요."

어린 왕자는 자신만만하게 대답했다.

"맞다. 누가 됐든 가능한 것을 요구해야 한다. 정당한 권위는 합리적이어야 하느니라. 만약 네가 너의 백성에게 바다로 뛰어들라고 하면 그들은 혁명을 일으킬 것이다. 내가 복종을 강요할 수 있는 것은 내 명령이 사리에 맞기 때문이다."

"그럼 제가 해 지는 광경을 보게 해달라고 한 건요?"

한번 한 질문은 반드시 답을 듣고야 마는 어린 왕자가 물었다.

"해 지는 것을 보여주겠다. 짐이 명령을 내리겠노라. 하지만 내 통치 철학에 따라서 조건이 갖추어질 때까지 기다려야 하느니라."

"그때가 언젠가요?"

"음…… 오늘 저녁 7시 40분경이다. 짐의 명령에 얼마나 잘 복종하는지 보게 될 것이다."

어린 왕자는 하품을 했다. 그는 해 지는 광경을 볼 수 없어 섭섭했다. 그리고 차츰 그 별에 싫증이 나기 시작했다.

"이제 여기에는 제가 할 일이 없군요. 떠나야겠어요."

"가지 마라. 너를 대신으로 임명하겠노라!"

신하가 생긴 것이 무척 자랑스러웠던 왕이 말했다.

"무슨 대신인데요?"

"그러니까…… 법무대신이다!"

"하지만 누구를 재판하죠? 여기엔 재판받을 사람도 없는데요?"

"그건 모르는 일이다. 짐은 아직 이 왕국을 다 둘러보지 못했느니라. 짐이 너무 늙은 데다가 마차를 세워놓을 곳도 없고, 걷기에는 너무 피곤해서 못 했느니라."

"전 이미 둘러보았는데요? 하지만 이 별엔 우리 말고는 아무도 살지 않아요……."

어린 왕자는 허리를 굽혀 별의 저편을 다시 한 번 힐끗 바라보면서 말했다.

"그러면 네 자신을 심판하여라. 그건 참으로 어려운 일이다. 남을 심판하는 것보다 자기 자신을 심판하는 일이 백배 천배 더 힘들다. 네가 네 자신을 심판할 수 있다면, 너는 분명히 현명한 사람이 될 것이다."

"저는 어느 곳에서나 제 자신을 심판할 수 있어요. 그러니 저는 굳이 여기 있을 이유가 없습니다."

"으흠! 이 별 어딘가에 늙은 쥐 한 마리가 살고 있을 것이다. 밤이면 찍찍거리는 소리가 들린다. 그 쥐를 재판하여라. 경우에 따라

선 그 쥐를 사형에 처해도 좋다. 그 쥐의 운명은 네 손에 달려 있다. 그러나 매번 특사를 내려서 그 쥐를 구하여라. 오직 한 마리밖에 없으니 가엾게 여겨야 한다."

"사형을 선고하는 건 싫어요. 그만 가봐야겠어요."

어린 왕자는 왕의 제안을 거절했다.

"안 된다! 가지 마라."

어린 왕자는 떠날 채비를 했지만, 왕을 슬프게 하고 싶지는 않았다.

"폐하의 명령에 복종하길 원한다면 제게 합당한 명령을 내려주시기를 간청드립니다. 이를테면 일 분 내에 떠나라고 명령하실 수 있잖아요. 지금이 딱 좋은 것 같은데……"

왕이 어떤 말도 하지 않았기 때문에 어린 왕자는 잠시 머뭇거리다가 한숨을 내쉬고는 길을 떠났다.

그러자 왕이 다급하게 소리쳤다.

"너를 짐의 대사로 임명하노라!"

왕은 여전히 권위에 가득 찬 표정이었다.

'어른들은 참 이상해……'

어린 왕자는 길을 떠나면서 마음속으로 중얼거렸다.

11

어린 왕자가 두 번째로 방문한 별에는 허영심이 가득한 사나이가 살고 있었다.

"오, 드디어 나를 찬양하는 사람이 오는구나!"

허영심 많은 사나이는 어린 왕자를 보자마자 멀리서부터 크게 소리쳤다. 허영심 많은 사나이는 모든 사람이 자신을 숭배한다고

믿고 있었다.

"안녕하세요? 당신은 참으로 괴상한 모자를 쓰고 있군요."

어린 왕자가 말을 건넸다.

"아, 이거? 이건 답례를 위한 모자야. 사람들이 나를 보고 환호를 하면 답례를 해야 하잖아. 그런데 불행하게도 그동안 이 길로 지나가는 사람이 없었지."

허영심 많은 사나이가 대꾸했다.

"네? 뭐라고요?"

어린 왕자는 무슨 뜻인지 이해할 수가 없어서 되물었다.

그러자 사나이가 말했다.

"이렇게 손뼉을 쳐봐."

어린 왕자는 손뼉을 쳤다. 그러자 그 사나이는 모자를 살짝 들어 올리면서 점잖게 인사를 했다.

'아, 왕이 사는 별보다 더 재미있는데!'

어린 왕자는 마음속으로 중얼거리며 다시 손뼉을 쳤다. 이번에도 그 사나이는 모자를 살짝 들어 올리며 인사를 했다.

오 분 동안이나 손뼉을 쳐댄 어린 왕자는 어느새 그 장난에 싫증이 났다.

"어떻게 하면 모자가 떨어지나요?"

어린 왕자가 물었다.

그러나 허영심 많은 사람에게는 오로지 자신을 칭찬하는 소리만 들리는 법이다. 그의 귀에는 어린 왕자의 말이 들리지 않았다.

"너는 진심으로 나를 찬양하지?"

그가 어린 왕자에게 물었다.

"찬양하다니요? 그게 무슨 뜻이에요?"

"찬양한다는 말은 내가 이 별에서 제일 잘생기고, 옷도 제일 잘 입고, 제일 부자이며, 제일 똑똑하다는 것을 인정하는 거지."

"하지만 이 별에는 아저씨 혼자뿐이잖아요!"

"어쨌든 날 기쁘게 해줘!"

"그래요, 아저씨를 찬양해요. 하지만 그게 무슨 소용이 있죠?"

그렇게 말한 어린 왕자는 그 별을 떠났다.

'어른들이란 정말 이상하군.'

어린 왕자는 마음속으로 중얼거리며 여행을 계속했다.

12

그다음 별에는 술꾼이 살고 있었다. 잠깐 머물렀지만, 그 별은 어린 왕자를 무척 실망시켰다.

"뭘 하고 있나요?"

어린 왕자는 빈 병 한 무더기와 술이 가득 찬 병을 잔뜩 늘어놓고 그 앞에 묵묵히 앉아 있는 술꾼에게 물었다.

"술을 마시고 있잖아."

술꾼은 시무룩한 표정으로 대답했다.

"술은 왜 마시는 거예요?"

어린 왕자가 물었다.

"잊어버리려고."

술꾼이 대답했다.

"무엇을요?"

그가 불쌍하다는 생각이 든 어린 왕자가 물었다.

"부끄러움을."

술꾼은 고개를 떨어뜨리며 힘없이 말했다.

"뭐가 부끄러운데요?"

그를 돕고 싶은 마음에 어린 왕자가 또 물었다.

"술 마시는 게 부끄러워!"

술꾼은 더 이상 아무 말도 하지 않았다. 순간 어리둥절해진 어린 왕자는 서둘러 그곳을 떠났다.

'어른들이란 정말로 이상해.'

어린 왕자는 길을 떠나면서 마음속으로 중얼거렸다.

13

네 번째 별에는 사업가가 살고 있었다. 그는 뭐가 그렇게 바쁜지 어린 왕자가 찾아왔는데도 고개도 들지 않았다.

"안녕하세요? 담뱃불이 꺼졌네요."

어린 왕자가 말했다.

"셋에다 둘을 더하면 다섯, 다섯에다 일곱을 더하면 열둘, 열둘에 셋을 더하면 열다섯, 안녕? 열다섯에 일곱을 더하면 스물둘, 스물둘에 여섯을 더하면 스물여덟. 어휴, 담뱃불 붙일 시간도 없군. 스물여섯에 다섯을 더하면 서른하나. 휴우, 그러니까 5억 162만 2731이 되는구나."

"5억이라니요?"

"응? 너 아직도 거기 있었니? 5억 162만……. 이런, 잊어버렸군……. 난 너무 바빠! 무척 중요한 일을 하고 있거든. 그래서 쓸데없는 일로 시간을 보낼 수 없어! 둘에 다섯을 더하면 일곱……."

"무엇이 5억인데요?"

궁금한 것은 꼭 대답을 들어야 하는 어린 왕자가 다시 물었다.

"오십사 년 동안 이 별에 있었지만, 그동안 내가 방해를 받은 건 딱 세 번뿐이야. 첫 번째는 이십이 년 전인데, 웬 풍뎅이 한 마리가 날아와서 날 방해했지. 그놈의 요란한 소리 때문에 계산이 네 군데나 틀렸어. 두 번째는 십일 년 전인데, 신경통 때문이었어. 난 운동 부족이거든. 산책할 시간이 없으니까. 난 지금 중요한 일을 하고 있어. 그리고 세 번째는……, 바로 지금이야! 가만있자, 내가 5억 162만이라고 했지……."

"무엇이 5억이라는 거죠?"

사업가가 고개를 들었다. 그는 이 질문에 대답하지 않고는 조용히 일하기는 틀렸다는 것을 깨달은 모양이었다.

"때때로 하늘에 보이는 저 작은 것들 말이야."

"파리요?"

"아니, 반짝반짝 빛나는 것들."

"꿀벌요?"

"아니, 그게 아니야. 게으름뱅이에게 허황된 꿈을 꾸게 만드는 조그마한 금빛 물체 말이야. 하지만 난 중요한 일을 하고 있기 때문에 한가롭게 허황된 꿈이나 꾸고 있을 시간이 없어."

"아! 별을 말하는군요?"

"그래, 맞아. 별이야."

"5억 개나 되는 별들로 뭘 한다는 거죠?"

"5억 162만 2731개야. 나는 중요한 일을 맡고 있고, 내 숫자는 정확해."

"그 별들로 뭘 할 건데요?"

"뭘 할 거냐고?"

"네!"

"아무것도 하지 않아. 다만 소유할 뿐이지."

"아저씨가 그 별들을 소유한다고요?"

"물론이지."

"하지만 내가 전에 만난 어떤 왕은……."

"왕은 소유하지 않아. 다스릴 뿐이지. 그건 전혀 다른 문제야."

"그럼 그 별들을 소유하는 게 아저씨에게 무슨 소용이 있어요?"

"부자가 되는 데 필요하지."

"부자가 되면 뭐가 좋죠?"

"누군가 별을 발견하면 그 별을 살 수 있게 해주지."

'이 사람도 아까 만난 그 불쌍한 술꾼처럼 말하고 있네…….'

어린 왕자는 그에 대한 신뢰가 깨졌지만 질문을 계속했다.

"어떻게 하면 별을 소유할 수 있나요?"

"별은 누구 거지?"

사업가는 빈정거리듯 되물었다.

"잘 모르겠지만, 주인이 따로 있는 건 아니잖아요."

"그러니까 내 것이지. 내가 첫 번째로 별을 소유하기로 마음먹었으니까."

"그렇게 마음먹는다고 아저씨 것이 되나요?"

"임자 없는 다이아몬드도 그걸 발견한 사람이 주인이 되는 거야. 주인 없는 섬을 발견한다면 그 섬도 네 것이 되는 거고. 네가 다른 사람보다 먼저 뛰어난 아이디어를 떠올렸다면 그것으로 특허를 받아야 해. 그럼 바로 네 것이 되는 거야. 그래서 저 별들은 내 소유가 된 거지. 나보다 먼저 저 별을 가질 거라고 마음먹은 사람은 아무도 없으니까."

"그렇군요. 그런데 아저씨는 별을 가지고 뭘 하려는 거죠?"

"별들을 관리하는 거야. 세어보고 세어보고. 그건 무척 힘든 일이지. 하지만 난 중요한 일에 관심이 많거든."

어린 왕자는 여전히 이해할 수가 없었다.

"나는요, 실크 머플러가 있으면 그걸 목에 두르고 다녀요. 또 꽃이 있으면 그 꽃을 꺾어 가지고 다니지요. 하지만 아저씨는 별을 딸수가 없잖아요."

"그건 그렇지. 하지만 별을 은행에 맡길 수는 있어."

"그게 무슨 소리예요?"

"그건 작은 종잇조각에 내 별들의 개수를 적어서 서랍 속에 넣고 열쇠로 잠가두는 거야."

"그것뿐인가요?"

"그렇지."

'그것 참 재미있네. 아주 낭만적인데. 하지만 뭐 그리 대단한 일은 아니군.'

어린 왕자는 잠시 생각에 잠겼다.

어린 왕자가 중요시하는 일은 어른들의 생각과는 달랐다.

"나는 꽃 한 송이를 가지고 있어요. 날마다 물을 주죠. 세 개의 화산도 가지고 있는데 일주일에 한 번씩은 꼭 청소를 해줘요. 불 꺼진 화산도 똑같이 청소해요. 언제 어떻게 될지 모르니까요. 나는 그것들을 가지고 있으면서 그들에게 도움을 주지요. 하지만 아저씨는 별들을 위해 하는 일이 아무것도 없네요……."

사업가는 머뭇거리다 결국 아무 말도 하지 못했고, 어린 왕자는 곧 그 별을 떠났다.

'어른들이란 정말 이상하군.'

어린 왕자는 마음속으로 중얼거리며 다음 별을 향해 발길을 재촉했다.

14

다섯 번째 별은 매우 흥미로운 별이었다. 그 별은 세상에서 가장

작은 별이었다. 그 별에는 가
로등 하나와 가로등을 켜는 한
사람이 겨우 들어갈 만한
자리밖에 없었다. 어린
왕자는 하늘 한구석,
집 한 채도 없고 사
람도 살지 않는 별
에서 가로등과 가
로등을 켜는 사람
이 무슨 필요가 있
는지 도무지 이해할
수가 없었다. 어린 왕자
는 생각했다.

'이 사람은 분명 어리석
은 사람일 거야. 하지만 내가 만난 왕이나 허영쟁이나 사업가, 또
술꾼보다는 똑똑한 사람일 거야. 적어도 이 사람이 하는 일에는 의
미가 있거든. 가로등을 켤 때는 별 하나나 꽃 한 송이를 깨우는 것
과 같아. 그가 가로등을 끄면 별이나 꽃은 잠이 들 거고. 참으로 멋
진 직업이야. 아주 쓸모 있는 일이야.'

어린 왕자는 그 별에 도착하자마자 가로등을 켜는 사람에게 공
손히 인사를 했다.

"안녕하세요? 지금 왜 가로등을 껐죠?"

"안녕? 그건 내 임무야."

그가 대답했다.

"임무가 뭐예요?"

"가로등을 끄는 일이지. 잘 자."

그러고 나서 그는 다시 가로등을 켰다.

"그런데 왜 다시 가로등을 켜요?"

"이것도 내 임무야."

그가 대답했다.

"이해하기 힘들군요."

어린 왕자가 말했다.

"이해하고 말고 할 게 어디 있어? 임무는 그냥 임무야. 잘 잤니?"

그는 다시 가로등을 껐다. 그러고는 붉은 바둑판무늬가 그려진 손수건으로 이마의 땀을 닦았다.

"내가 하는 일은 정말 힘들어. 전에는 괜찮았는데……. 아침이면 불을 끄고, 밤이면 다시 켰지. 그래서 낮에는 쉬고 밤에는 잠을 잤는데……."

"그럼 요즘은 임무가 바뀌었나요?"

"임무가 바뀐 건 아니야. 하지만 바로 그게 문제지. 이 별은 해가 바뀔수록 빨리 도는데 내 임무는 변하지 않았거든!"

"그래서요?"

어린 왕자가 물었다.

"지금은 이 별이 일 분마다 한 바퀴씩 도니까 나는 일 초도 쉴 틈이 없는 거야. 일 분에 한 번씩 가로등을 켰다 껐다 해야 하니까."

"그것참 이상하네요. 이 별은 하루가 일 분이라니!"

"전혀 이상할 것 없어. 지금 우리가 이야기를 나눈 지도 벌써 한 달이 흘렀거든."

"한 달이라고요?"

"그럼, 한 달이지. 삼십 분 동안 이야기를 했으니까 삼십 일이잖아. 잘 자!"

그리고 그는 다시 가로등을 켰다. 어린 왕자는 그를 가만히 지켜보다가 맡은 일에 충실한 그가 점점 좋아졌다. 문득 의자를 조금씩 뒤로 움직여야만 해 지는 것을 볼 수 있었던 지난날이 떠올랐다. 그래서 어린 왕자는 그를 도와주고 싶었다.

"저……, 아저씨가 쉬고 싶을 때 쉴 수 있는 방법을 한 가지 알고 있는데요……."

"그야 항상 쉬고 싶지."

가로등 켜는 사람이 말했다.

사람은 누구나 성실하면서도 게으름을 피우고 싶을 때가 있는 법이다.

어린 왕자는 계속 말했다.

"이 별은 매우 작기 때문에 세 발자국만 움직이면 한 바퀴를 돌 수 있어요. 햇볕을 쐬고 싶으면 천천히 걷는 거예요. 그러니까 쉬고 싶을 때는 걸어보세요. 그러면 아저씨가 원하는 만큼 해가 길어질 거예요."

"그건 별로 도움이 안 되겠는걸. 당장 내게 필요한 건 잠을 자는 거야."

"그렇다면 유감이네요."

어린 왕자가 말했다.

"어쩔 수 없지."

그는 이렇게 말하고 다시 가로등을 껐다.

'저 사람은 왕이나 허영쟁이나 술꾼, 그리고 사업가에게 무시를 당하겠지. 하지만 내 눈에는 저 사람이 제일 성실해 보이는데. 아마도 자기 자신보다 일에 전념하기 때문일 거야.'

어린 왕자는 한숨을 크게 내쉬며 또 이런 생각에 빠졌다.

'나와 친구가 될 수 있는 사람은 저 사람뿐이었는데. 하지만 여긴 두 사람이 있을 공간이 없어…….'

어린 왕자는 스물네 시간 동안 무려 1440번이나 해가 지는 그 축복받은 별에서 떠나는 게 무척 아쉬웠다. 하지만 이건 어린 왕자가 스스로에게도 차마 고백하지 못한 것이었다.

15

여섯 번째 별은 방금 떠나온 별보다 열 배나 큰 별이었다. 그 별에는 두꺼운 책을 쓰고 있는 노신사 한 명이 살고 있었다.

"오, 탐험가가 오는군!"

그는 어린 왕자를 보고는 큰 소리로 외쳤다.

어린 왕자는 테이블 앞에 앉아 숨을 헐떡거렸다. 너무 먼 거리를 여행했기 때문이다.

"어디서 왔니?"

노신사가 물었다.

"그 두꺼운 책은 뭐예요? 여기서 뭘 하세요?"

"나는 지리학자란다."

노신사가 대답했다.

"지리학자가 뭐예요?"

"지리학자란 바다, 강, 도시, 산, 그리고 사막이 어디 있는지를 훤히 알고 있는 사람이지."

"그것 참 재미있겠네요. 정말 멋있는 직업이에요."

어린 왕자는 지리학자의 별을 둘러보았다. 그동안 본 별 중에서 가장 멋진 별이었다.

"여긴 정말 아름답군요. 넓은 바다도 있나요?"

"그건 모르겠는데."

지리학자가 대답했다.

"그래요? 그럼 산은요?"

"그것도 몰라."

"도시나 강, 사막은요?"

"그것도 모르겠는데."

"하지만 할아버지는 지리학자라면서요?"

"그야 그렇지. 하지만 난 탐험가가 아니야. 지리학자는 탐험가와는 좀 다르단다. 돌아다니며 도시나 강, 산, 바다, 사막 따위를 다니는 건 지리학자의 일이 아니야. 지리학자는 중요한 일을 하는 사람이라서 한가롭게 돌아다닐 시간이 없어. 지리학자는 절대 책상을 떠날 수 없단다. 대신 탐험가를 서재로 불러들이지. 그들에게 질문을 하고 그들이 말하는 것을 기록하는 거야. 그리고 탐험가가 말한 것 중에서 새로운 것이 있으면 그 사람의 품행이 단정한지 그렇지 않은지를 조사하는 거란다."

"왜요?"

"만일 탐험가가 거짓말이라도 하면 지리책이 엉망이 될 테니까. 그래서 술을 너무 많이 마시는 탐험가는 대상에서 제외하지."

"그건 또 왜요?"

어린 왕자가 물었다.

"술 취한 사람의 눈에는 모든 게 다 두 개로 보이거든. 그러면 지리학자는 하나밖에 없는 산을 둘이라고 기록하게 된단 말이야."

"내가 아는 사람도 만약 탐험가가 됐다면 아주 나쁜 탐험가가 되었을 수도 있겠네요."

어린 왕자가 말했다.

"그럴 수도 있지. 따라서 탐험가의 품행이 단정하다고 생각되면 그가 발견한 것을 조사하지."

"직접 조사하러 가나요?"

"아니, 직접 조사하러 가지는 않아. 조사하는 일은 너무 복잡하거든. 대신 탐험가에게 증거물을 가져오라고 하면 돼. 예를 들어 큰 산을 발견했다고 하자. 그러면 증거물로 그 산의 돌을 가져오라고 하는 거야."

지리학자는 갑자기 흥분된 표정으로 말했다.

"그런데 너 말이야! 아주 먼 데서 왔지? 넌 탐험가의 기질이 있어. 네 별이 어떤 별인지 자세히 말해보렴!"

그러더니 지리학자는 커다란 노트를 펴고 연필을 깎았다. 탐험 가가 하는 이야기를 우선 연필로 적었다가, 증거물을 보고서야 잉

크로 다시 적는 것이었다.

"자, 시작해볼까?"

지리학자는 들뜬 표정으로 물었다.

"글쎄요, 내 별은 그리 특별한 곳이 아니에요. 아주 작거든요. 화산이 세 개 있는데 그중에 두 개는 불을 뿜고 나머지 하나는 불이 꺼졌어요. 하지만 언제 어떻게 될지 몰라요."

"언제 어떻게 될지 모른다……."

지리학자는 계속 받아 적었다.

"꽃도 한 송이 있어요."

"우리는 꽃은 기록하지 않아."

지리학자가 말했다.

"왜요? 그 꽃은 정말 예뻐요!"

"하지만 꽃은 덧없는 존재야."

"예? 덧없는 존재라는 게 무슨 뜻이에요?"

"지리책은 모든 책 중에서 가장 중요한 것만 다루지. 결코 시대에 뒤떨어지는 법이 없어. 산의 위치가 바뀔 일도 없고, 바닷물이 말라버리는 일도 거의 없어. 우리는 이렇게 영원히 지속되는 것만 기록한단다."

"하지만 불 꺼진 화산이 다시 폭발할 수도 있잖아요. 그런데 덧없다는 게 무슨 뜻이에요?"

"화산이 꺼져 있든 다시 타오르든 그건 상관없어. 우리에게 중요한 건 산이라는 그 자체야. 산은 절대 변하지 않거든."

"그런데 덧없다는 게 뭐예요?"

어린 왕자는 한번 질문한 것은 꼭 대답을 들어야 하는 성미였다.

"그건 바로 '순식간에 사라져버릴지도 모른다'는 뜻이지."

"그럼 내 꽃도 순식간에 사라져버릴 위험에 처해 있나요?"

"물론이지."

'내 꽃도 덧없는 존재구나. 자신을 지킬 수 있는 건 오직 네 개의 가시뿐인데, 그런 꽃을 혼자 내버려 두다니!'

어린 왕자는 자신의 별을 떠나온 것을 처음으로 후회했다. 하지만 다시 용기를 내어 물었다.

"제가 가볼 만한 별을 알려주시겠어요?"

"지구! 지구라는 별에 가봐. 지구는 아주 평판이 좋은 별이거든."

그래서 어린 왕자는 자신의 꽃을 생각하면서 그 별을 떠났다.

16

이렇게 해서 일곱 번째로 찾은 별이 지구였다.

지구는 보통 별과는 달랐다. 111명의 왕(물론 흑인 왕까지 포함해서)과 7천 명의 지리학자, 90만 명의 사업가, 750만 명의 알코올중독자, 3억 1200만 명의 허영쟁이를 모두 합치면 약 20억 명의 어른들이 살고 있었다.

전기가 발명되기 전까지 여섯 대륙을 통틀어 가로등을 켜는 사람만 46만 2511명이었다는 이야기를 들으면 지구가 얼마나 큰 별인지 짐작이 될 것이다.

멀리 떨어져서 보면 정말 눈부시게 멋진 광경이었다. 그들이 무리를 지어 움직이는 모습은 마치 오페라의 발레단처럼 질서 정연했다.

맨 처음은 뉴질랜드와 오스트레일리아의 가로등 켜는 사람들의 차례였다. 그들은 가로등을 켜고는 잠을 자러 갔다. 다음에는 중국과 시베리아 사람들이 춤을 추듯 등장하는데 이들이 무대 뒤로 손을 흔들며 사라지면 러시아와 인도 사람들이, 그다음은 아프리카와 유럽, 다음은 남아메리카, 그다음은 북아메리카 사람들이 차례로

등장했다. 그들은 무대에 등장하는 순서를 한 번도 틀린 적이 없었다. 그야말로 멋진 광경이었다.

단지 북극에서 가로등을 켜는 한 사람과, 남극에 사는 그의 동료만이 아무 걱정 없이 태평스럽게 지내고 있었다. 그들은 일 년에 딱두 번 일했다.

17

사람이 재치를 부리다 보면 조금씩은 거짓말을 하게 된다. 나 또한 가로등 켜는 사람들에 대해 이야기하면서 모두 진실만을 말한 것은 아니다. 지구를 잘 모르는 사람들이 들으면 지구에 대해 잘못된 생각을 가지게 할 수도 있는 이야기였다.

사람들이 지구에서 차지하고 있는 공간은 매우 작다. 지구에 살고 있는 20억의 사람들이 어떤 큰 모임에서처럼 서로 바짝 붙어 선다면 가로 20마일, 세로 20마일 되는 광장에 모두 들어갈 수가 있다. 또 태평양의 아주 작은 섬 하나에다 그들을 차곡차곡 쌓아 올릴수도 있을 것이다.

물론 어른들은 이 말을 믿지 못할 것이다. 어른들은 자신이 굉장히 넓은 장소를 차지하고 있다고 생각하기 때문이다. 그들은 스스로를 바오밥나무처럼 중요하다고 생각한다. 그러므로 어른들에게 계산을 해보라고 말해주어야 한다. 어른들은 숫자를 좋아하기 때문에 계산을 하라고 하면 기뻐할 것이다. 하지만 그런 일에 시간을 낭비할 필요는 없다. 그건 쓸데없는 짓이다. 이 말만은 믿어도 된다.

어린 왕자는 지구에 도착했을 때 사람이라고는 아무도 보이지 않아 무척 놀랐다. 실수로 다른 별에 온 건 아닌가 해서 마음을 좀

이고 있는데, 황금빛을 띤 고리 모양의 물체가 모래 위에서 반짝거리며 움직였다.

"안녕?"

어린 왕자는 혹시나 하는 마음에 인사를 건넸다.

"안녕!"

뱀이 대꾸했다.

"이 별은 어떤 별이지?"

어린 왕자가 물었다.

"지구. 여기는 아프리카야."

뱀이 대답했다.

"아, 그래? 그런데 지구에는 사람이 살지 않는 모양이지?"

"여긴 사막이야. 사막에는 사람이 살지 않아. 지구는 엄청 크거든."

뱀이 말했다.

어린 왕자는 돌 위에 걸터앉아 고개를 들어 하늘을 쳐다보았다.

"언제든지 자신의 별을 찾을 수 있도록 별들이 저렇게 빛을 내고 있는 건지도 몰라……. 내 별 좀 봐. 어쩌면 저렇게 멀리 떠 있을까!"

"참 아름다운 별이구나. 그런데 넌 어떻게 여기에 왔지?"

뱀이 물었다.

"꽃과 다퉜거든."

어린 왕자가 대답했다.

"그랬구나!"

뱀이 말했다.

둘 사이에 침묵이 흘렀다.

"참, 사람들은 어디 있어? 사막은 왠지 쓸쓸한 것 같아……."

어린 왕자가 먼저 입을 열었다.

"사람들이 모여 사는 곳도 외롭기는 마찬가지야."

254

뱀이 말했다.

어린 왕자는 한참 동안 뱀을 쳐다보았다.

"넌 참 우스꽝스럽게 생겼구나. 손가락처럼 가느다란 게……."

"그래도 난 왕의 손가락보다 힘이 더 센걸?"

뱀이 말했다.

어린 왕자는 빙그레 웃었다.

"그렇게 힘이 세 보이지 않는데……. 넌 다리도 없잖아. 돌아다닐 수도 없고……."

"그렇지 않아. 난 너를 어떤 배보다도 멀리 데려다 줄 수 있어."

뱀은 어린 왕자의 발목을 마치 금팔찌를 두른 것처럼 감으며 말했다.

"나를 건드리는 사람은 누가 됐든 자기가 태어난 땅으로 돌아가게 돼 있어. 하지만 넌 순수하게 생긴 데다가 다른 별에서 왔으니까

......"

어린 왕자는 묵묵히 듣고만 있었다.

"어쩜 가엾기도 해라. 돌멩이뿐인 지구에 그렇게 약한 모습으로 오다니. 혹시라도 다시 네 별로 돌아가고 싶으면 언제라도 말해. 내가 도와줄게……."

"응, 알았어. 그런데 넌 왜 그렇게 수수께끼 같은 말만 하니?"

어린 왕자가 말했다.

"난 어떤 수수께끼도 다 풀 수 있어."

그리고 그들은 아무 말도 하지 않았다.

18

어린 왕자는 사막을 가로질러 갔다. 도중에 만난 것이라곤 꽃 한 송이뿐이었다. 꽃잎이 세 장밖에 없는 볼품없는 꽃이었다.

"안녕?"

어린 왕자가 인사를 건넸다.

"안녕!"

꽃도 인사를 했다.

"사람들은 어디 있니?"

어린 왕자가 조심스럽게 물었다.

그 꽃은 언젠가 상인들이 지나가는 걸 본 적이 있었다.

"사람들? 음, 내가 봤을 때는 한 예닐곱 명은 되는 것 같았는데. 그 것도 몇 년 전 일이야. 지금은 어디 있는지 모르겠어. 사람들은 바람결에 불려 다니니까. 그들도 나처럼 뿌리가 없거든. 아마 사는 게 무척 힘이 들 거야."

"잘 있어."

어린 왕자가 작별 인사를 했다.

"잘 가."

꽃이 시큰둥하게 대답했다.

19

어린 왕자는 높은 산 위로 올라갔다. 어린 왕자가 이제까지 알고 있던 산이란 무릎 높이에 닿는 세 개의 화산뿐이었다. 불 꺼진 화산 은 의자로도 사용하곤 했다.

'이렇게 높은 산이라면 이 별과 모든 사람이 한눈에 보일 거야……'

하지만 바늘의 끝처럼 뾰족뾰족한 바위 말고는 아무것도 보이지 않았다.

"안녕!"

혹시나 하는 마음에 어린 왕자가 인사했다.

"안녕…… 안녕…… 안녕……"

메아리만 되돌아왔다.

"넌 누구니?"

어린 왕자가 외쳤다.

"넌 누구니…… 넌 누구니…… 넌 누구니……."

메아리가 대답했다.

"친구가 되어줘. 난 혼자야."

어린 왕자가 말했다.

"난 혼자야…… 난 혼자야…… 난 혼자야……."

메아리가 대답했다.

'정말 이상한 별이야. 온통 메마르고 뾰족하고 험하군. 게다가 사
람들은 상상력이 없나 봐. 내가 하는 말만 따라 하고……. 내가 살

258

던 별에는 예쁜 꽃 한 송이가 있었지. 그 꽃은 항상 먼저 말을 걸어
왔는데…….'

20

어린 왕자는 사막을 지나 바위와 눈을 헤치고 오랜 시간 동안 걷
고 또 걷다가 마침내 길 하나를 발견했다. 모든 길은 사람들이 사는
곳으로 통하기 마련이다.

"안녕?"

어린 왕자가 인사를 건넸다.

그곳은 장미꽃이 활짝 피어 있는 정원이었다.

"안녕!"

꽃들이 대답했다.

어린 왕자는 꽃들을 쳐다보았다. 그 꽃들은 어린 왕자가 별에 두
고 온 꽃과 닮아 보였다.

"너희는 누구니?"

깜짝 놀란 어린 왕자가 물었다.

"우리는 장미꽃이야."

꽃들이 대답했다.

"어…… 그래."

어린 왕자는 슬퍼졌다. 그의 꽃은 어린 왕자에게 자신이 이 세상에서 유일하다고 자랑하지 않았던가. 그런데 여기 그와 꼭 닮은 꽃이 정원 가득 5천 송이도 더 있지 않은가!

'만약 내 꽃이 이 광경을 본다면 무척 실망하겠지……. 부끄러워서 억지로 헛기침을 해대며 죽으려는 시늉을 할 거야. 그러면 난 일부러라도 간호하는 척을 해야 돼. 그렇게 하지 않으면 내게 죄책감을 느끼게 하려고 정말로 죽어버릴지도 몰라……'

한편으로는 이런 생각도 했다.

'나는 이 세상에서 단 하나밖에 없는 꽃을 가져서 부자인 줄로만 알았는데. 그건 흔하디흔한 꽃일 뿐이었어. 게다가 무릎 높이의 화산 세 개……. 그것도 하나는 불이 영영 꺼져버린 건지도 모르는데……. 아, 난 훌륭한 왕자가 될 수 없나 보다……'

어린 왕자는 풀밭에 엎드려 소리 내어 울었다.

21

여우가 나타난 것은 바로 그때였다.

"안녕?"

여우가 인사를 했다.

"안녕!"

어린 왕자는 울음을 멈추고 공손히 대답했다. 그리고 주위를 둘러보았는데 아무것도 보이지 않았다.

"난 여기 있어. 사과나무 밑에."

조금 전에 들린 목소리였다.

"넌 누구니? 참 예쁘게 생겼구나."

어린 왕자가 물었다.

"난 여우야."

여우가 대답했다.

"이리 와서 나하고 놀자. 난 지금 너무 슬퍼."

어린 왕자가 제안했다.

"난 너랑 놀 수 없어. 난 길들여지지 않았거든."

여우가 말했다.

"아! 그래."

어린 왕자가 시무룩하게 대답했다. 그리고 잠시 곰곰이 생각을 하던 어린 왕자가 다시 물었다.

"네가 방금 말한 '길들인다'는 게 무슨 뜻이야?"

"넌 여기 살지 않는 모양이구나. 도대체 여기서 뭘 찾고 있니?"

"응, 사람을 찾고 있어. 그런데 '길들인다'는 게 무슨 뜻이지?"

"사람들은 총으로 사냥을 해. 하지만 그건 무척 괴로운 일이야. 그들은 또 닭도 기르는데 단지 취미로 하는 거지. 너도 혹시 닭을 찾고 있니?"

"아니. 난 친구를 찾고 있어. 그런데 '길들인다'는 말이 무슨 뜻이야?"

"요즘은 쉽게 잊히고 있는 일이지만 그건 '인연을 맺는다'는 뜻이기도 해."

"인연을 맺는다고?"

"응. 바로 그거야. 내 눈에 넌 수많은 소년과 다를 바 없는 어린 소년이야. 그래서 난 네가 없어도 상관없고, 너도 내가 없어도 상관없어. 너에게 난 수많은 여우 중에 하나일 뿐이지. 하지만 만약 네가 나를 길들인다면 난 너에게 이 세상에 하나뿐인 존재가 되는 거야. 너도 나에게 마찬가지고……."

"무슨 말인지 알 것 같아."

어린 왕자가 말했다.

"나한테 꽃이 하나 있는데……, 그 꽃이 나를 길들인 것 같아……."
"그럴 수도 있지. 지구에선 수많은 일이 벌어지니까."
"아니야, 난 지구에서의 일을 말하는 게 아니야."
어린 왕자가 말했다.
여우는 영문을 모르겠다는 표정을 지으며 무척 궁금해했다.
"그럼 다른 별 이야기야?"
"그래."
"그 별에도 사냥꾼들이 있니?"
"아니. 거긴 없어."
"그것참 이상하군! 그럼 닭은?"
"없어."
"이 세상에 완벽한 데라고는 없군."
여우는 한숨을 내쉬었다. 그러나 곧 하던 이야기를 계속했다.

"내 생활은 무척 단조로워. 난 닭을 쫓고, 사람들은 나를 쫓지. 닭들은 닭들끼리, 사람들은 사람들끼리 모두 비슷하게 생겼어. 그래서 난 좀 지루해. 하지만 네가 날 길들인다면 내 생활은 달라질 거야. 그리고 다른 사람의 발자국 소리와 네 발자국 소리를 구별하게 될 거야. 다른 사람의 발자국 소리가 들리면 더 깊은 곳으로 숨어버리겠지만, 네 발자국 소리가 들리면 반가워서 뛰어나올 거야. 그리고 저길 봐! 저기 푸른 밀밭 보이지? 난 빵은 안 먹어. 그래서 밀은 내게 소용없어. 밀밭은 내게 아무것도 생각나게 하지 않지. 슬픈 일이야. 그런데 넌 금빛 머리카락을 가지고 있어. 네가 날 길들인다면 네 금빛 머리카락은 더 밝게 빛날 거야. 그리고 난 금빛 밀을 보면서 널 생각하겠지. 그럼 난 밀밭을 일렁이며 지나가는 바람 소리도 사랑하게 될 거야……."

여우는 아무 말 없이 한참 동안 어린 왕자를 쳐다보았다.

"제발…… 날 길들여줘!"

여우가 애처롭게 말했다.

"나도 그러고 싶어. 하지만 나는 시간이 없어. 난 친구를 찾아야 해. 그리고 알아볼 것도 많고."

"우린 우리가 길들여진다는 것만 알 수 있어."

여우가 말했다.

"지금 사람들은 그 어떤 것도 알 시간이 없어. 그들은 가게에서 이미 만들어진 것만 사거든. 그런데 우정을 파는 가게는 없어. 그러니까 사람들은 친구를 만들 수 없는 거야. 친구가 필요하다면 날 길들여줘……."

"너를 어떻게 길들이지?"

어린 왕자가 물었다.

"누군가를 길들이려면 인내심이 강해야 해. 우선 나와 좀 떨어져서, 그래, 그렇게 풀밭에 앉아 있으면 돼. 나는 널 슬쩍 쳐다볼 거야. 넌 아무 말도 하지 마. 말이라는 건 오해의 근원이 되니까. 하루 하루가 지나면서 넌 내 곁으로 조금씩 다가올 수 있을 거야⋯⋯."

다음 날 어린 왕자는 다시 여우가 있는 곳으로 갔다.

"언제나 같은 시간에 오는 게 더 좋을 거야. 이를테면 네가 오후 4시에 온다면 나는 3시부터 행복해질 거야. 조금씩 시간이 지나면서 더 행복해지겠지. 4시가 되면 네가 더욱 보고 싶어서 안절부절 못할 거야. 그래야 행복이 얼마나 값진 것인지를 알게 되지. 하지만 네가 아무 때나 오면 언제 널 맞이할 준비를 해야 하는지 나는 모르잖아. 그러니까 적당한 의식이 필요해⋯⋯."

"의식이 뭐야?"

어린 왕자가 물었다.

"이것 또한 쉽게 잊히고 있는 거야. 그건 오늘과 내일, 이 시간과 다음 시간을 구별하는 거야. 이를테면 나를 쫓는 사냥꾼들도 의식이 있어. 사냥꾼들은 매주 목요일이 되면 마을의 처녀들과 춤을 춰. 그래서 목요일은 신 나는 날이야. 그날은 포도밭까지 산책도 나가지. 그런데 사냥꾼들이 정해진 날 없이 마음대로 춤을 춘다면 하루하루가 모두 똑같아지잖아. 그리고 나에게는 휴가가 없어지고 말겠지."

이렇게 해서 어린 왕자는 여우를 길들였다. 어린 왕자가 떠날 때가 가까워지자 여우가 말했다.

"아, 눈물이 나오려고 그래."

"그건 네 탓이야. 난 네 마음을 아프게 하고 싶지 않았어. 나에게 길들여달라고 한 건 너야⋯⋯."

"맞아."

"하지만 넌 울려고 하잖아!"

어린 왕자가 말했다.

"그래."

여우가 말했다.

"그러니까 결국 내가 널 길들였다고 해서 네가 얻은 건 하나도 없어!"

"아니야! 있어. 밀밭을 보면 네 생각이 날 테니까."

여우는 잠시 뜸을 들이다가 다시 말을 이었다.

"장미꽃을 한 번 더 보고 와. 그러면 넌 너의 꽃이 세상에서 오직 하나뿐이라는 것을 알게 될 거야. 그리고 나한테 작별 인사를 하러 와. 그러면 비밀 하나를 알려줄게."

어린 왕자는 장미꽃들을 보러 갔다.

"너희는 내 꽃과 하나도 닮지 않았어. 너희는 아직 나한테 아무것도 아닌 존재야."

어린 왕자는 장미꽃들에게 말했다.

"아무도 너희를 길들이지 않았고, 너희 역시 아무도 길들이지 않았어. 너희는 예전의 내 여우와 같아. 처음엔 그 애도 수많은 여우와 똑같은 여우일 뿐이었어. 하지만 내가 친구로 만들었기 때문에 이제는 이 세상에 오직 하나밖에 없는 여우가 되었어."

이 말에 당황한 장미꽃들이 웅성거리기 시작했다.

"너희는 예쁘지만 텅 비어 있어. 너희를 위해 죽을 사람은 한 사람도 없을 테니까. 물론 지나가는 행인들에겐 내 장미도 너희와 다를 바 없겠지. 하지만 한 송이뿐인 내 꽃은 수천 송이 너희보다 훨씬 소중해. 내가 물을 주었기 때문이야. 유리 덮개를 씌워주고 바람막이도 세워주었어. 또 쐐기벌레도 잡아주었지(나비가 되라고 두세 마리 남겨둔 거 빼고는). 나는 내 꽃이 불평하는 소리도, 자기 자랑을 늘어놓는 소리도 모두 들어주었어. 때론 심술부리며 투정하는 것까지 다 받아줬어. 그건 내 꽃이기 때문이야."

어린 왕자는 다시 여우를 만나러 갔다.

"안녕!"

어린 왕자는 여우에게 작별 인사를 했다.

"안녕! 이제 내 비밀을 말해줄게. 내 비밀은 별게 아냐. 마음으로 봐야 잘 보인다는 거야. 가장 중요한 건 눈에 보이지 않거든."

여우가 말했다.

"가장 중요한 건 눈에 보이지 않는다⋯⋯."

어린 왕자는 잊어버리지 않으려고 되뇌었다.

"네가 너의 장미꽃을 그토록 소중하게 생각하는 건 그 꽃에 바친 시간 때문이야."

"내 꽃에 바친 시간 때문이라⋯⋯."

이 말 역시 잊지 않으려고 어린 왕자는 되뇌었다.

"사람들은 그 진리를 잊어버렸어. 하지만 넌 그걸 잊어버리면 안 돼. 넌 네가 길들인 것에 대해 끝까지 책임을 져야 하는 거야. 그러니까 넌 네 꽃에 대한 책임이 있어⋯⋯."

"나는 내 꽃에 대해 책임을 져야 한다⋯⋯."

어린 왕자는 이 말도 잊지 않으려고 되뇌었다.

22

"안녕?"

어린 왕자가 인사를 했다.

"안녕!"

철도원이 대답했다.

"여기서 뭐 하세요?"

어린 왕자가 물었다.

"천 명씩 몰려오는 승객들을 나누고 있어. 그들을 싣고 가는 기차를 오른쪽으로, 때로는 왼쪽으로 보내는 거지."

철도원이 말했다.

이때 불을 환하게 밝힌 급행열차 한 대가 마치 천둥이라도 치는 듯 요란한 소리를 내며 조종실을 흔들고 지나갔다.

"무척 바쁜가 봐요. 저 사람들은 뭘 찾고 있어요?"

"그들도 자신이 뭘 찾는지 모르고 있어."

철도원이 대답했다.

그 순간 반대 방향에서 불을 환하게 밝힌 급행열차가 요란하게 달려오는 소리가 들렸다.

"벌써 돌아오는 거예요?"

어린 왕자가 물었다.

"저건 아까 그 기차가 아니야. 기차가 서로 엇갈리는 거야."

"그들은 자신이 있는 곳이 마음에 안 들었나 봐요?"

"사람들은 자기가 있는 곳에 만족하는 법이 없어."

철도원이 말했다.

그때 세 번째 급행열차가 불빛을 번쩍거리며 달려왔다.

"저 사람들은 방금 지나간 사람들을 쫓아가나 봐요?"

어린 왕자가 물었다.

"쫓아가는 게 아냐. 그들은 저 안에서 잠을 자거나 하품을 하고 있을 거야. 오직 아이들만이 유리창에 코를 납작하게 대고 밖을 내다보지."

"오로지 어린아이들만 자신들이 무엇을 찾고 있는지 아는 거예요. 아이들은 천 조각을 이어 만든 헝겊 인형을 가지고 노느라 시간을 다 써버리죠. 그래서 인형은 아주 중요한 존재가 되는 거예요. 그걸 빼앗으면 아이들은 금세 울어버리죠……."

"아이들은 행복한 거야."

철도원이 말했다.

23

"안녕?"

어린 왕자가 인사를 했다.

"어서 와."

상인도 어린 왕자를 반겼다.

그는 갈증을 해소하는 알약을 파는 사람이었다. 일주일에 한 알만 먹으면 목이 마르지 않게 된다는 약이었다.

"왜 이런 것을 팔아요?"

어린 왕자가 물었다.

"이 약을 먹으면 시간을 많이 절약할 수 있거든. 전문가들의 계산에 따르면, 일주일에 오십삼 분이나 절약할 수 있다는 거야."

"그럼 그 오십삼 분으로 뭘 하는 건데요?"

"하고 싶은 일을 하는 거지. 뭐가 됐든……."

'만약 나한테 오십삼 분의 여유가 생긴다면, 난 신선한 물이 솟아오르는 샘을 향해 천천히 걸어갈 거야…….'

어린 왕자는 이렇게 생각했다.

24

사막에서 비행기가 고장 난 지 팔 일째 되는 날이었다. 그날 나는 마지막 남은 한 방울의 물을 마시면서 상인에 대한 이야기를 듣고 있었다.

"네 경험은 참 재미있구나. 하지만 난 아직도 비행기를 못 고쳤어. 게다가 이젠 마실 물도 없고. 시원한 물이 솟는 샘을 향해 천천히 걸어갈 수만 있다면 얼마나 좋을까!"

내가 말했다.

"내 친구 여우가……."

"꼬마 친구야, 여우 이야기는 그만두자!"

"왜?"

"난 지금 목이 말라 죽을 것만 같아……."

하지만 어린 왕자는 내 말을 못 알아들었는지 자꾸 엉뚱한 소리를 했다.

"친구가 있다는 건 참으로 좋은 일이지. 난 여우가 내 친구라는 게 정말 기뻐……."

'이 꼬마는 지금 얼마나 위험한 상황에 처해 있는지 모르는군.'

나는 답답한 마음에 속으로 중얼거렸다.

어린 왕자는 배가 고프다고 칭얼거리지도, 물을 달라고 떼를 쓰지도 않았다. 그저 햇빛만 조금 있으면 만족해했다.

그런데 어린 왕자는 한참 동안 나를 뚫어지게 쳐다보더니 내 마음을 안다는 듯 이렇게 말했다.

"나도 목이 말라……. 우리 샘을 찾으러 가자……."

나는 쓸데없는 짓이라는 몸짓을 했다. 이런 광활한 사막에서 무턱대고 샘을 찾아 나서는 건 위험한 일이었다. 그래도 우린 샘을 찾아 걷기 시작했다. 몇 시간 동안 말없이 걷다 보니 어느새 어둠이 내리고 별이 하나둘 보이기 시작했다. 나는 갈증으로 열이 나고 있었기 때문에 마치 꿈을 꾸는 듯 별들이 눈에 들어왔다. 어린 왕자의 말은 내 기억 속에서 가물거리고 있었다.

"너도 목마르니?"

내가 물었다.

하지만 어린 왕자는 내 말에 대답은 하지 않고 그저 이렇게 말했다.

"물은 마음에도 좋을 거야……."

나는 어린 왕자의 말이 이해가 되지 않았지만 잠자코 있었다.

그에게 질문을 해봤자 소용없다는 것을 잘 알고 있었던 것이다.

어린 왕자는 지쳤는지 자리에 주저앉았다. 나도 그 옆에 가서 나란히 앉았다. 어린 왕자는 잠시 깊은 생각에 빠지더니 다시 말을 이었다.

"별들이 저렇게 아름다운 건 보이지 않는 한 송이 꽃 때문이야……."

나는 "그야 그렇지"라고 대답하고는 아무 말 없이 달빛 아래서 주름처럼 펼쳐져 있는 모래언덕을 바라보았다.

"사막은 참 아름다워."

어린 왕자가 다시 말했다.

그 말은 맞는 말이다. 나는 늘 사막이 좋았다. 모래언덕 위에 앉아 있으면 아무것도 보이지 않고, 아무런 소리도 들리지 않는다. 그러나 침묵 속에서 빛나는 뭔가가 있다.

"사막이 아름다운 건 어딘가에 샘을 숨기고 있기 때문이야……."

나는 문득 사막의 그 신비로운 빛이 무엇인지를 깨닫고 깜짝 놀랐다. 나는 어린 시절 무척 오래되고 낡은 집에서 살았다. 그런데 그 집에는 보물이 감춰져 있다는 전설이 있었다. 물론 보물을 발견한 사람은 아무도 없었다. 그걸 찾기 위해 애쓴 사람도 없었다. 그런데도 그 보물이 묻혀 있다는 것 때문에 그 집 전체가 매력적으로 보였다. 우리 집은 깊숙한 곳에 보물을 감추고 있는 것이었다…….

"맞아. 집이든 별이든 사막이든 그것들을 아름답게 하는 건 눈에 보이지 않는 법이야!"

"아저씨도 내 여우하고 같은 말을 하니까 좋아."

어린 왕자는 반갑다는 듯이 말했다.

나는 곧 잠이 든 어린 왕자를 안고 다시 걷기 시작했다. 마음속 깊숙이 감동이 넘쳐흘렀다. 마치 깨지기 쉬운 보물을 안고 가는 듯 했다. 이 지구 상에서 그보다 더 여린 존재는 없을 것 같았다. 달빛 아래서 그의 하얀 이마와 감은 눈, 바람결에 나부끼는 곱슬곱슬한 머리카락을 바라보며 생각했다.

'지금 내가 보고 있는 건 껍데기일 뿐이야. 가장 소중한 건 눈에 보이지 않아…….'

살짝 미소를 띤 어린 왕자의 입술이 움직이는 것을 보고 또 생각 했다.

'이 어린 왕자에게 내가 이토록 감동하는 것은, 한 송이 꽃에 대 한 그의 성실성과 잠들어 있는 순간에 그의 마음속에서 램프의 불 꽃처럼 빛나고 있는 한 송이 꽃의 모습 때문이야…….'

그러자 그가 더 여린 존재로 느껴졌다. 램프의 불은 잘 보호해야 한다. 그건 한 줄기 바람에도 쉽게 꺼질 수 있으니…….

그렇게 걸어가다 나는 동이 틀 무렵 우물을 발견했다.

25

"사람들은 급행열차를 타고 가면서도 자기가 무엇을 찾으러 가 는지 몰라. 그래서 그들은 불안해하면서 제자리를 빙빙 도는 거야 ……."

272

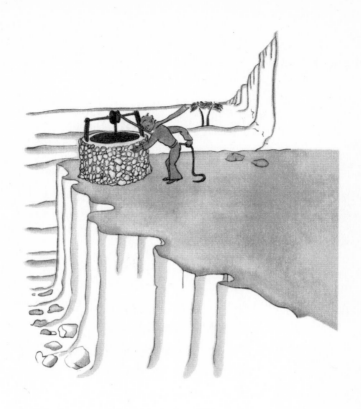

그리고 어린 왕자는 다시 말을 이었다.

"그것도 쓸데없는 짓이야……."

우리가 발견한 우물은 사하라 사막의 우물과는 달랐다. 사하라 사막의 우물은 그저 모래 위에 파놓은 구멍 같았다. 그러나 이 우물은 마을에 있는 것과 같았다. 그곳엔 마을이라고는 없었는데 말이다. 나는 마치 꿈을 꾸고 있는 듯했다.

"이상하다……. 모든 것이 다 갖춰져 있어. 도르래, 두레박, 밧줄까지도……."

나는 고개를 갸우뚱거리며 어린 왕자에게 말했다.

어린 왕자는 미소 띤 얼굴로 도르래 줄을 잡아당겼다. 그러자 도르래는 마치 오랫동안 멈춰 있던 낡은 풍차가 돌아가듯 삐걱거렸다.

"무슨 소리가 들리지? 우리가 우물을 깨우니까 우물이 노래를 부르고 있어……."

나는 어린 왕자에게 힘든 일을 시키고 싶지 않았다.

"내가 할게. 너에겐 너무 무거워."

나는 천천히 두레박을 끌어 올렸다. 그리고 그것을 떨어지지 않게 우물 가장자리에 올려놓았다. 내 귓가에는 도르래의 노랫소리가 계속해서 들렸고, 아직도 출렁이고 있는 물속에서는 햇빛이 빛나고 있었다.

"물을 마시고 싶어. 물을 줘……."

어린 왕자가 말했다.

그제야 나는 어린 왕자가 무엇을 찾고 있었는지를 깨달았다.

나는 두레박을 어린 왕자의 입술에 갖다 댔다. 그는 눈을 감은 채 꿀꺽꿀꺽 물을 마셨다. 물은 참으로 달콤했다. 그 물은 보통 음료와는 달랐다. 그 물은 별빛 아래를 밤새도록 걸은 뒤 도르래의 노랫소리와 함께 내 두 팔이 퍼 올린 물이다. 그것은 마치 뜻밖의 선물을 받았을 때처럼 내 마음을 기쁘게 해주었다. 내가 아주 어린 꼬마였을 때는 크리스마스트리의 불빛과 자정미사의 노랫소리, 다정하게 미소 짓는 얼굴이 내가 받은 선물을 마냥 황홀하게 해주었다.

"이 별에 살고 있는 사람들은 한 정원 안에 장미꽃을 5천 송이나 가꾸지만, 그들은 자신들이 진짜 원하는 걸 찾지 못해."

어린 왕자가 말했다.

"그래, 찾을 수 없지……."

내가 대답했다.

"그렇지만 그들이 찾고 있는 건 단 한 송이의 장미나, 한 모금의 물에서도 찾을 수 있어······."

"응, 물론이지."

내가 말했다.

어린 왕자는 계속 말을 이었다.

"하지만 눈으로는 볼 수 없어. 마음으로 봐야지······."

나는 물을 마셨다. 그제야 살 것 같았다. 해가 뜰 무렵의 모래는 황금빛을 띤다. 나는 그 황금빛에도 행복을 느꼈다. 그동안 나는 무엇 때문에 불행해했는지······.

"약속을 지켜야 돼."

어린 왕자가 살며시 내 곁에 앉으며 조용히 말했다.

"응? 무슨 약속?"

"약속했잖아······. 내 양에게 씌울 입마개 말이야······. 나는 내 꽃을 지킬 책임이 있거든!"

나는 아무렇게나 그린 그림 몇 장을 주머니에서 꺼냈다. 어린 왕자는 그 그림들을 보며 웃었다.

"이 바오밥나무는 양배추 같아."

"뭐라고!"

바오밥나무 그림만큼은 자신이 있었는데, 양배추 같다니!

"이 여우 그림은······ 귀가······ 꼭 뿔 같아. 그리고 너무 길어!"

어린 왕자는 또 깔깔거렸다.

"너무 그러지 마. 난 속이 보이는 보아뱀과 속이 보이지 않는 보아뱀밖에 못 그린다고."

"괜찮아. 아이들은 무슨 그림인지 다 알아보니까."

나는 연필로 입마개를 그렸다. 그리고 그 그림을 어린 왕자에게 건네주면서 가슴이 두근거리는 것을 느꼈다.

"네가 뭘 생각하는지 모르겠구나······."

그러나 어린 왕자는 대답 대신 이렇게 말했다.

"내가 지구에 온 지도 내일이면 꼭 일 년이야……."

잠시 말을 삼키고 있던 어린 왕자는 다시 말을 이었다.

"바로 이 근처였어……."

어린 왕자의 얼굴이 빨갛게 달아올랐다.

나는 왠지 모를 묘한 슬픔에 빠져들었다. 그때 문득 한 가지 의문이 생겼다.

"그러면 팔 일 전 내가 너를 만난 날 아침, 너는 사람들이 사는 곳에서 수천 마일이나 떨어진 이곳을 혼자 걷고 있었는데 그건 우연이 아니었구나. 넌 네가 떨어진 곳으로 돌아가던 중이었지?"

어린 왕자의 얼굴이 또 붉게 물들었다.

나는 약간 머뭇거리다가 말을 이었다.

"네가 이곳에 온 지 일 년이 되는 날이라서?"

어린 왕자의 얼굴이 또 빨개졌다. 그는 내 물음에 대답하지 않았다. 하지만 얼굴이 빨개졌다는 건 '그렇다'는 뜻이 아닌가?

"아, 나는 겁이 나……."

그런데 어린 왕자는 내 말을 가로막았다.

"아저씨는 이제 일을 해야 돼. 비행기가 있는 곳으로 가. 난 여기에서 아저씨를 기다릴게. 내일 저녁에 다시 와……."

하지만 나는 안심할 수 없었다. 여우가 생각났다. 누군가에게 길들여지고 나면 눈물을 흘릴 각오를 해야 하는 것이다.

26

우물 옆에는 폐허가 된 돌담이 하나 있었다. 다음 날 저녁, 일을 마치고 그곳으로 가면서 어린 왕자가 그 담 위에 걸터앉아 다리를 아래로 늘어뜨리고 있는 광경을 보았다. 그의 목소리가 들려왔다.

"넌 기억을 못 하는구나. 여기가 아니잖아!"

그가 다시 대꾸를 하는 것으로 보아 누가 있는 듯했다.

"응, 그래! 오늘이 맞아. 하지만 여긴 아니야."

나는 담 쪽으로 걸어갔다. 그러나 아무것도 보이지 않았고, 어떤 소리도 들리지 않았다. 그런데 어린 왕자는 다시 말을 했다.

"물론. 넌 모래 위의 내 발자국이 어디서 시작되고 있는지 볼 수 있을 거야. 거기서 날 기다리고 있으면 돼. 오늘 밤에 내가 그곳으로 갈게."

나는 벽에서 겨우 20미터쯤 떨어진 곳에 있었지만 여전히 아무것도 보이지 않았다.

어린 왕자는 잠자코 있다가 다시 말을 이었다.

"넌 좋은 독을 가지고 있지? 나를 오랫동안 아프게 하지 않을 자신 있지?"

나는 가슴이 찢어질 것만 같아 그 자리에 멈춰 섰다. 하지만 도대체 무슨 이야기인지 이해할 수가 없었다.

"자, 이제 그만 가! 나 내려갈 거야."

그 말을 듣고 나는 담 밑을 쳐다보다가 등골이 오싹해졌다. 거기엔 삼십 초면 사람을 죽일 수 있다는 노란 뱀 한 마리가 어린 왕자를 향해 혀를 날름거리며 머리를 쳐들고 있었다. 나는 권총을 꺼내려고 호주머니를 뒤지며 다급히 뛰어갔다. 하지만 내가 뛰어가는 소리에 뱀은 모래 속으로 스며드는 물처럼 천천히 사막 속으로 사라져버렸다.

나는 아슬아슬하게 담 밑에 도착했고, 백지장처럼 창백해진 어린 왕자를 안아주었다.

"어떻게 된 거야? 이젠 뱀하고도 이야기하니?"

나는 그가 늘 목에 두르고 있던 금빛 머플러를 풀어주었다. 그리고 그의 관자놀이에 물에 적신 머플러를 대주고, 물을 먹였다. 이제 더 이상 아무것도 물어볼 수가 없었다. 그는 나를 진지한 눈빛으로 쳐다보더니 두 팔로 내 목을 감았다. 나는 그의 심장이 총알을 맞고 죽어가는 새의 심장처럼 뛰고 있는 것을 느꼈다.

"아저씨가 비행기를 고쳤다니 다행이야. 그럼 이제 집으로 돌아갈 수 있겠네……"

"그걸 어떻게 알았어?"

나는 거의 포기하고 있던 비행기를 고치는 일에 성공했고, 그 소식을 전해주려고 왔던 것이다.

어린 왕자는 내 물음에 아무런 대답도 하지 않고 이렇게 덧붙였다.

"나도 오늘 내 별로 돌아가……"

그리고 슬픈 목소리로 말했다.

"내가 갈 길은 너무 멀고 어려워……."

나는 어린 왕자에게 심상치 않은 일이 일어나고 있다는 것을 깨달았다. 나는 아기를 안듯이 그를 꼭 껴안아 주었다. 어린 왕자는 내가 붙잡을 틈도 없이 어떤 깊은 수렁으로 빠져들어 가고 있는 듯했다.

그는 고민이 가득한 눈빛으로 먼 곳을 응시하며 말했다.

"난 아저씨가 그려준 양을 가지고 있어. 그 양이 살 수 있는 상자와 양의 입마개도 있어……."

그러면서 어린 왕자는 쓸쓸하게 웃었다.

나는 오랫동안 어린 왕자를 가만히 지켜보았다. 그리고 차츰 어린 왕자가 기운을 차리는 것을 느꼈다.

"사랑스런 꼬마 친구야, 무서웠던 모양이구나."

어린 왕자는 겁을 먹고 있었던 게 분명했다. 하지만 그는 살며시 미소를 지으며 말했다.

"오늘 밤은 더 무서울 거야……."

다시는 돌이킬 수 없는 어떤 일이 일어날 것만 같은 예감에 온몸이 얼어붙는 듯했다. 그의 맑은 웃음소리를 영영 들을 수 없다고 생각하니 더욱 견딜 수가 없었다. 어린 왕자의 웃음소리는 마치 사막의 샘물과도 같았다.

"꼬마 친구야, 다시 네 웃음소리를 듣고 싶어."

어린 왕자는 여전히 내 말에 대답하지 않았다.

"오늘 밤이면 꼭 일 년이 돼. 내가 작년에 떨어졌던 바로 그곳에 내 별이 떠 있을 거야."

"꼬마 친구야, 뱀이니 약속이니 별이니 하는 것은 다 나쁜 꿈이 아니었을까?"

그러나 어린 왕자는 내 질문에는 대답도 하지 않고 이렇게 말했다.

"중요한 것은 눈에 보이지 않아……."

"물론이지."

"꽃도 마찬가지야. 만약 아저씨가 어떤 별의 꽃 한 송이를 사랑한다면 밤하늘을 쳐다보는 일이 감미롭게 느껴질 거야. 별들마다 꽃을 활짝 피울 테니까."

"물론 그건 나도 알아."

"물도 마찬가지야. 아저씨가 나한테 준 물은 음악의 선율과도 같았어. 도르래와 밧줄 때문에 말이야. 기억하지……? 물맛이 참 좋았잖아."

"그래, 기억하고 있어."

"밤이면 별들을 쳐다봐. 내 별은 너무 작아서 어디 있는지 지금 보여줄 수가 없어. 어쩌면 그 편이 더 좋을지도 몰라. 아저씨에게 내 별은 수많은 별 중의 하나가 될 거니까. 그러면 아저씬 어떤 별이라도 바라보는 것만으로 즐거워질 테니. 별들은 다 아저씨의 친구가 될 거야. 그리고 아저씨한테 선물할 게 하나 있는데……."

어린 왕자는 다시 웃었다.

"아, 난 너의 그 웃음소리가 좋아!"

"그게 바로 내 선물이야. 그건 물도 마찬가지야."

"무슨 뜻이야?"

"사람들은 각자 서로 다른 별을 가지고 있어. 별은 여행을 하는 사

람들에겐 훌륭한 길잡이가 되어주지만, 어떤 사람들한테는 그저 조그마한 불빛에 불과하지. 또 학자들에게는 연구할 가치가 있는 대상이고, 내가 만난 사업가에게 별은 돈이었어. 하지만 별들은 모두 말이 없어. 아저씨는 지금까지 누구도 갖지 못한 별을 갖게 될 거야 ……."

"무슨 뜻이야?"

"아저씨가 밤하늘을 바라볼 때 수많은 별 중의 하나에 내가 살고 있을 거고, 또 내가 거기서 웃고 있을 테니까 모든 별이 다 아저씨에겐 웃고 있는 것처럼 보일 거야. 아저씨는 웃음을 주는 별을 갖게 되는 거야!"

그리고 어린 왕자는 다시 웃었다.

"아저씨의 슬픔이 가라앉을 때에는(시간이 지나면 모든 슬픔은 진정이 되니까) 나를 만난 걸 기뻐하게 될 거야. 아저씨는 항상 내 친구가 될 거야. 나와 함께 웃고 싶을 거고 때론 창문을 열겠지…….

아저씨 친구들은 아저씨가 하늘을 바라보며 웃는 걸 보고 꽤 놀랄 거야. 그럼 아저씨는 친구들에게 말하겠지. '난 별을 보면 웃고 싶어!' 아저씨 친구들은 아저씨를 보고 미쳤다고 할 거야. 그럼 난 아저씨한테 쓸데없는 장난을 하게 되는 셈이네……."

그리고 어린 왕자는 또 웃었다.

"그건 내가 아저씨한테 별이 아닌 웃을 줄 아는 작은 방울들을 잔뜩 준 셈이 되는 거야……."

어린 왕자는 다시 웃었다. 그러더니 곧 심각한 표정을 지었다.

"오늘 밤엔…… 오면 안 돼."

"난 네 옆에 있을 거야."

"아마 내가 아파 보일 거야……. 꼭 죽어가는 것처럼 보일 거야. 그러니까 오지 마. 그러지 않아도 돼."

"나는 네 옆에서 떠나지 않을 거야."

그러나 어린 왕자는 걱정스러운 표정을 지었다.

"내가 이런 말을 하는 건…… 뱀 때문이야. 뱀이 아저씨를 물면 안 되잖아……. 뱀은 사나워. 괜히 장난삼아 물 수도 있어……."

"그래도 나는 네 옆에 꼭 붙어 있을 거야."

그러나 어린 왕자는 무슨 생각이 떠올랐는지 안심하는 듯했다.

"뱀이 두 번째로 물 때는 독이 없대……."

그날 밤 나는 어린 왕자가 떠나는 것을 보지 못했다. 어린 왕자는 소리 없이 사라져버렸다. 바로 뒤쫓아갔지만 어린 왕자는 단호한 결심이라도 한 듯 빠른 걸음으로 걸어갔다. 그저 이 말만 할 뿐이었다.

"어! 아저씨……."

그러고는 내 손을 잡았다. 그는 여전히 나를 걱정하고 있었다.

"아저씬 안 오는 게 좋은데. 힘들 거야. 내가 죽는 것처럼 보일 테니까. 정말로 죽는 건 아니지만……."

나는 대답하지 않았다.

"아저씨는 이해해주겠지. 그곳은 너무나 멀어. 그래서 이 무거운 몸을 끌고 갈 수 없는 거야. 육체는 너무 무거워."

나는 가만히 듣고 있었다.

"그건 버려진 쓰레기와 같아. 그런 별 볼 일 없는 쓰레기 때문에 슬퍼하지는 마……."

나는 아무 말도 하지 않았다.

그는 좀 기운이 없어 보였다. 그러나 다시 기운을 차리려고 애썼다.

"나 또한 별을 쳐다볼 거야. 모든 별은 녹슨 도르래가 달린 샘이 될 거야. 그럼 모든 별은 내게 신선한 물을 뿜어주겠지……. 정말 좋을 거야……."

나는 줄곧 가만히 있었다.

"그건 정말 재미있을 거야! 아저씨는 5억 개의 작은 방울을, 나는 5억 개의 샘을 갖게 될 테니까……."

어린 왕자는 더 이상 말을 잇지 못했다. 울고 있었기 때문이다.

"이젠 나 혼자 놔둬."

그리고 어린 왕자는 그 자리에 주저앉았다. 두려움에 떨고 있었던 것이다.

어린 왕자가 다시 말을 이었다.

"알지? 내 꽃 말이야……. 나는 그 꽃에 대해 책임을 져야 해. 그 꽃은 너무 약해. 너무나 순수하고, 별 도움도 안 되는 네 개의 가시로 자신을 보호하려고 할 뿐이야……."

나도 더 이상 서 있을 수가 없어서 그 옆에 나란히 앉았다.

"이제…… 더 할 말이 없어……."

어린 왕자는 조금 망설이는 듯하더니 자리에서 일어났다. 그리고 한 발짝을 내딛었다.

나는 그 자리에서 꼼짝도 할 수 없었다.

어린 왕자의 발목 가까이에서 노란빛이 반짝이고 있었다. 그는 잠시 동안 움직이지 않고 그대로 서 있었다. 비명도 지르지 않았다. 마치 나무가 쓰러지듯 천천히 쓰러졌다. 모래밭이라 아무런 소리도 들리지 않았다.

27

벌써 육 년 전의 일이다. 나는 이 이야기를 그 누구에게도 해본 적이 없다. 나와 다시 만난 친구들은 내가 살아 돌아온 걸 무척 기뻐했다. 나는 슬펐지만 친구들에겐 그냥 피곤해서 그렇다고 말했다. 지금은 그 슬픔이 조금 가라앉았다. 다시 말하면…… 내 슬픔이 완전히 사라진 건 아니라는 말이다. 하지만 나는 그가 자신의 별로 돌아갔다는 것을 알고 있다. 다음 날 날이 밝았을 때 그의 몸을 찾을 수 없었기 때문이다. 어린 왕자는 그리 무겁지 않았다. 그래서 밤이 되면 별들에게 귀를 기울이게 된다. 그것은 마치 5억 개의 작은 방울들과 같다⋯⋯.

그런데 생각지도 않은 일이 일어났다. 내가 어린 왕자에게 그려준 양 입마개에 가죽끈 달아주는 것을 잊어버린 것이다. 어린 왕자는 자신의 양에게 입마개를 씌우지 못했을 것이다. 그래서 난 이 걱정으로 산다. 그의 별에 무슨 일이 생기면 어쩌지? 혹시라도 양이 꽃을 먹어버리면 어떡하지⋯⋯?

때론 이런 생각도 한다.

'그럴 리 없어! 어린 왕자는 매일 밤 꽃에게 유리 덮개를 씌우고 양을 지킬 테니까⋯⋯.'

이렇게 생각하면 마음이 한결 가벼워진다. 그리고 모든 별을 향해 다정하게 미소를 짓는다.

또 어떤 때는 이런 생각이 들기도 한다.

'한두 번 방심할 수도 있지. 그러면 끝장인데! 혹시 어느 날 저녁 어린 왕자가 유리 덮개 씌우는 걸 잊어버렸는데 그날 밤 양이 소리 없이 사라져버린다면⋯⋯.'

이런 생각을 하면 작은 방울들은 모두 눈물로 변해버린다.

그러니 이것은 정말 크나큰 수수께끼다. 나도 그렇고, 어린 왕자를 사랑하는 여러분도 마찬가지다. 이 세상 어딘가에서는 우리가 보지 못한 양 한 마리가 장미 한 송이를 먹었느냐 안 먹었느냐에 따라 세상이 바뀌는 것이다.

하늘을 바라보라. 그리고 생각해보라. 양이 그 꽃을 먹었을까, 안 먹었을까? 그러면 그것에 따라 이 세상의 모든 일이 달라질 것이다.

그러나 어른들은 그것이 얼마나 중요한 일인지 결코 이해하지 못할 것이다.

　이 그림은 나에게 있어 이 세상 그 무엇보다 사랑스럽고 슬픈 풍경이다. 앞 페이지에 있는 것과 같은 풍경이지만 여러분이 잘 볼 수 있도록 다시 그렸다. 어린 왕자가 지구에 나타났다가 사라진 곳이 바로 여기다.

　이 그림을 잘 기억해두었다가 언젠가 아프리카 사막을 여행하게 되면 이곳을 꼭 알아보기 바란다. 그리고 만약 그쪽으로 지나가게 되면 서둘러서 지나치지 말기를 부탁한다. 저 별빛 아래에서 잠시만 기다려라. 그때 만약 작은 소년이 나타나 웃거든, 금빛 머리카락을 한 그 소년이 묻는 말에 대답을 하지 않거든, 그가 누구인지 알아챌 수 있을 것이다. 만약 그런 일이 일어난다면 그가 돌아왔다고 내게 꼭 전해주길⋯⋯.

노인과 바다

어니스트 헤밍웨이

노인은 작은 배를 타고 멕시코 만에서 홀로 고기잡이를 하는 어부였다. 그는 오늘로 팔십사 일째 물고기를 한 마리도 낚지 못했다. 처음 사십 일 동안은 한 소년이 노인의 배를 타고 함께 바다에 나갔다. 그러나 사십 일이 지나도록 물고기를 한 마리도 잡지 못하자 소년의 부모는 노인이 '살라오', 즉 운수 사나운 상태에 빠진 게 틀림없다고 말했다. 결국 소년의 부모는 소년을 다른 배로 옮겨 타게 했고 그 배는 바다에 나간 첫 주에 커다란 물고기를 세 마리나 잡았다. 소년은 매일매일 빈 배로 돌아오는 노인을 걱정했다. 그래서 노인의 배가 들어올 때마다 달려가 밧줄이나 갈고리, 작살, 혹은 돛대에 감겨 있는 돛을 집으로 옮기는 것을 도와주었다. 밀가루 포대 네 개를 꿰매서 만든 돛은 둘둘 말려 있어 마치 영원한 패배의 깃발처럼 보였다.

야위고 깡마른 노인의 목덜미는 깊게 팬 주름들로 가득했다. 온종일 바닷물에 반사된 햇빛을 받으며 고기잡이를 하는 탓에 양쪽 뺨에는 얼룩덜룩한 검버섯이 줄지어 퍼져 있었다. 노인의 두 손에는 커다란 물고기를 줄로 감아 다룰 때 생긴 깊은 주름 같은 상처가 있었다. 하지만 최근에 생긴 상처는 아니고, 물고기가 살지 않는 사막에서 일어나는 부식 현상처럼 오래된 상처였다.

노인의 몸은 구석구석 노쇠했지만 두 눈만은 예외였다. 푸른 바다와 똑같은 색깔의 눈동자는 패배를 모르는 듯 언제나 생기 있게 반짝였다.

　"산티아고 할아버지."

　배를 정박시킨 노인과 함께 둑 위로 올라오며 소년이 말했다.

　"이제 다시 할아버지 배를 탈 수 있어요. 그동안 돈을 좀 모았거든요."

　처음 노인에게서 물고기 잡는 법을 배운 소년은 노인을 무척 좋아하고 따랐다.

　"아니다. 넌 운수 좋은 배를 타야 해. 그 배에 그대로 있어라."

　노인이 말했다.

　"하지만 저번에도 팔십칠 일 동안 물고기 한 마리 못 잡다가 그후 삼 주간 계속해서 큰 물고기를 잡았었잖아요."

　"그래, 그랬지."

　노인이 말했다.

　"네가 나를 못 믿어서 떠난 게 아니라는 거 알고 있다."

　"아빠 때문에 어쩔 수 없었어요. 전 아직 어려서 부모님 말씀을 따라야 하니까요."

　"나도 안다. 그게 당연한 일이지."

　노인이 말했다.

　"아빤 할아버지를 못 믿겠나 봐요."

　"그럴 수도 있지."

　노인이 말했다.

　"하지만 우린 믿고 있잖니, 안 그래?"

　"맞아요."

　소년이 말했다.

　"제가 테라스*에서 맥주 한잔 사드려도 돼요? 그러고 나서 저 장비들을 같이 집까지 들어다 드릴게요."

"되다마다. 같은 어부 사이에 거절할 이유가 없지."

노인이 말했다.

노인과 소년은 테라스*에 들어가 자리를 잡고 앉았다. 주변에 있던 어부들 대부분이 노인을 놀렸지만 노인은 화를 내지 않았다. 좀더 나이가 지긋한 어부들은 노인을 안타까워했지만 겉으로 그런 내색은 하지 않았다. 그저 해류가 어떻고 낚싯줄을 드리웠을 때 깊이가 어느 정도였는지, 계속 이어지는 좋은 날씨와 바다에서 뭘 봤는지에 관해 이야기를 주고받았다. 가장 많은 수확을 올린 어부는 이미 배를 정박시키고, 잡아 온 청새치들을 다듬어 커다란 널빤지 두 개에 가득 올려놓았다. 조금 뒤에 남자 둘이 비틀거리며 널빤지 양쪽을 들어 생선 가게로 옮겨놓고 아바나**에 있는 시장으로 운반할 냉동 트럭을 기다렸다. 상어를 잡은 어부들은 만의 반대쪽에 있는 상어 공장으로 상어들을 옮겼다. 공장에서는 맨 먼저 상어들을 도르래 장치에 매달아 고정시킨 다음, 간을 제거하고 지느러미를 잘라낸 뒤 껍질을 벗겼으며, 살은 길쭉하게 잘라 소금에 절이는 작업을 했다.

바람이 동쪽으로 불 때면 상어 공장에서 나는 냄새가 항구까지 퍼졌지만 오늘은 바람이 북쪽으로 빠지며 잦아들었기 때문에 희미한 냄새만 풍겼다. 테라스에 앉아 있기 좋은 화창하고 맑은 날씨였다.

"산티아고 할아버지."

소년이 말했다.

"왜 그러니?"

노인이 대답했다. 노인은 술잔을 들고 오래전 일을 생각하고 있

---

* 여기에서는 테라스가 딸린 음식점을 가리킨다.
** 쿠바의 수도.

290

었다.

"내일 쓰실 정어리를 제가 잡아다 드릴까요?"

"아니다. 그만 가서 야구라도 하며 놀아라. 나도 아직 노를 저을 수 있고 로헬리오가 그물을 던질 거야."

"제가 가고 싶어요. 할아버지 배를 탈 수 없다면 다른 방법으로라도 도와드리고 싶어요."

"내게 맥주를 사줬잖니."

노인이 말했다.

"너도 다 컸구나."

"처음 할아버지 배에 탔을 때 제가 몇 살이었죠?"

"다섯 살이었지. 그때 잡아 올린 물고기가 어찌나 힘이 좋은지 배가 부서질 정도로 펄떡거리는 바람에 하마터면 큰일 날 뻔했어. 너도 기억나니?"

"물고기 꼬리가 퍼덕거리면서 바닥을 탕탕 두들기던 소리랑 배의 옆 가름대가 부서지던 소리, 몽둥이 소리도 기억나요. 그때 할아버지가 젖은 밧줄이 감겨 있는 뱃머리 쪽으로 절 밀치셨죠. 배 전체가 흔들릴 정도로 요란했어요. 할아버지가 장작을 패는 것처럼 몽둥이로 물고기를 두들기는 소리도 들렸고, 사방에 들쩍지근한 피 냄새가 진동했잖아요."

"정말 그걸 다 기억하는 거냐? 아니면 내가 얘기해줬던가?"

"할아버지랑 처음 바다에 나갔을 때의 일은 하나도 빠짐없이 기억하고 있어요."

소년을 바라보는 노인의 그을린 얼굴과 눈빛에는 사랑이 듬뿍 담겨 있었다.

"네가 내 아들이었다면 너를 데리고 나가서 내 운을 시험했을 게다."

노인이 말했다.

"하지만 넌 네 부모님 말씀을 따라 운수 좋은 배를 타야 해."

"그 대신 정어리는 제가 가져다 드려도 되죠? 미끼로 쓸 고기 네 마리를 구할 수 있는 곳도 알아요."

"오늘 쓰고 남은 것도 있어. 소금을 쳐서 상자에 넣어두었으니 문제없다."

"신선한 걸로 네 마리 가져올게요."

"한 마리만."

노인이 말했다. 노인의 희망과 자신감은 여태껏 한 번도 사라진 적이 없었다. 그리고 그것은 지금 이 순간 불어오는 산들바람을 맞으며 더욱 새로워지는 것 같았다.

"두 마리요."

소년이 말했다.

"그래, 그럼 두 마리만 부탁한다."

노인이 동의했다.

"훔친 건 아니겠지?"

"그렇게 할 수도 있어요. 하지만 돈 주고 샀어요."

소년이 말했다.

"고맙다."

노인이 말했다. 노인은 단순한 사람이어서 창피한 일인지 아닌지 복잡하게 생각하는 경우가 거의 없었다. 하지만 그렇다 해도 이것이 수치스러운 일이거나 진정한 자부심을 버리는 일이 아니라는 것은 잘 알고 있었다.

"지금 같은 해류라면 내일은 분명 운이 좋을 게야."

"어디로 가실 거예요?"

소년이 물었다.

"가능한 한 멀리 나갔다가 바람이 바뀔 때 돌아올 생각이다. 해가 뜨기 전에 나갈 참이야."

"저희 배도 멀리 나가자고 선장님께 말씀드려볼게요."

소년이 말했다.

"그러면 할아버지가 진짜 큰 놈을 잡았을 때 우리 배가 도와드릴 수 있을 테니까요."

"너희 선장은 멀리 나가는 건 좋아하지 않는 것 같더라."

"맞아요. 하지만 선장님이 못 보는 걸 저는 볼 수 있거든요. 먹이를 발견하고 맴도는 새를 봤다고 하거나 만새기*를 따라가자고 하면 돼요."

소년이 말했다.

"그 친구 눈이 그렇게 나쁘냐?"

"거의 장님이에요."

"그거 이상하구나. 그 선장은 거북잡이 배를 탄 적도 없는데. 거북잡이 배에서 오래 일하면 눈이 남아나지 않거든."

노인이 말했다.

"하지만 할아버지는 모스키토 해안** 근처에서 몇 년이나 그 일을 하셨는데도 아직 끄떡없으시잖아요."

"난 좀 별난 늙은이라서 그렇지."

"지금도 진짜 큰 물고기가 걸리면 잡을 수 있을 만큼 힘이 세요?"

"아마 그럴 거다. 그리고 몇 가지 요령도 알고 있으니까 걱정 없어."

"이제 장비를 집으로 옮겨요. 그러고 나서 투망 챙겨서 정어리 가지러 갔다 올게요."

소년이 말했다.

노인과 소년은 배에 가서 장비를 챙겼다. 노인은 어깨에 돛을 메고, 소년은 탄탄하게 땋은 갈색 밧줄 더미가 들어 있는 상자와 갈고

---

* 몸길이가 90~180센티미터가량 되는 농어목 만새깃과의 바닷물고기.
** 니카라과와 온두라스의 동부에 있는 해안.

리, 작살을 챙겼다. 미끼가 든 상자는 배의 고물 아랫부분에 몽둥이
와 함께 놓여 있었다. 몽둥이는 커다란 물고기를 잡았을 때 두들겨
기절시키는 데 사용하는 것이었다. 노인의 배에서 물건을 훔칠 사
람은 없었지만 돛이며 무거운 장비들은 밤이슬을 맞아봐야 좋을 게
없었다. 노인은 동네 사람들이 물건을 훔쳐 갈지도 모른다는 걱정
은 하지 않았지만 갈고리와 작살을 배에 놓아두어 괜한 관심을 끌
필요는 없다고 생각했다.

　노인과 소년은 함께 길을 걸어 올라가 노인의 오두막에 이르렀고
열린 문을 지나 집 안으로 들어갔다. 노인은 돛이 둘둘 말린 돛대를
벽에 기대어 세워놓았고 소년은 상자와 다른 장비들을 그 옆에 내
려놓았다. 돛대의 길이는 집의 길이와 맞먹을 만큼 길었다. '구아
노'라고 부르는 대왕야자나무의 단단한 새 껍질을 엮어서 만든 오
두막 안에는 침대와 탁자, 의자가 한 개씩 있었고 흙바닥에는 석탄
을 때서 음식을 만드는 곳이 있었다. 구아노의 단단한 섬유질 나뭇
잎이 평평하게 여러 장 겹쳐진 갈색 벽 한쪽에는 예수성심 그림과
코브레*의 성모 마리아 그림이 걸려 있었다. 둘 다 죽은 아내가 남
긴 것이었다. 한때는 빛바랜 아내의 사진도 걸려 있었지만 사진을
볼 때마다 외로움이 사무쳐서 노인은 사진을 벽에서 떼어내 선반
위 한쪽 구석 깨끗한 셔츠 아래 넣어두었다.

　"저녁은 뭘 드실 거예요?"

　소년이 물었다.

　"노란 쌀밥에 생선을 먹어야지. 너도 먹을래?"

　"아니에요. 전 집에서 먹을게요. 제가 불을 피울까요?"

　"아니다. 나중에 내가 하마. 데우지 않아도 돼."

---

* 쿠바의 산티아고데쿠바에 있는 대성당. 이곳에 있는 검은 얼굴의 성모상은 쿠
　바의 수호신으로 여겨지고 있다.

"투망 가져가도 되죠?"

"물론이지."

그러나 투망이 있을 리 없었다. 소년은 이미 오래전에 투망을 팔았다는 것을 기억하고 있었다. 하지만 두 사람은 매일 똑같은 대화를 반복했다. 노란 쌀밥과 생선 같은 건 있지도 않았고 소년도 그 사실을 잘 알고 있었다.

"85는 행운의 숫자다."

노인이 말했다.

"내장을 발라내고도 5백 킬로그램이 넘는 물고기를 내가 잡아 오면 너도 좋겠지?"

"전 투망을 가져가서 정어리를 잡아 올게요. 문밖에 앉아서 기다리시겠어요?"

"그러마. 어제 신문이 있으니 야구 기사나 읽어야겠다."

소년은 어제 신문이 있다는 것도 정말인지 알 수가 없었다. 하지만 노인은 침대 밑에서 신문을 꺼냈다.

"보데가*에서 페리코가 주더구나."

노인이 소년에게 말했다.

"정어리 잡아 올게요. 우리가 쓸 거랑 할아버지 거랑 같이 얼음에 넣어두었다가 내일 아침에 나누면 돼요. 제가 돌아오면 야구 얘기 해주세요."

"양키스는 절대 지는 법이 없어."

"하지만 클리블랜드 인디언스도 만만치 않아요."

"양키스를 의심하지 말려무나, 애야. 위대한 디마지오**를 생각해보렴."

---

* 스페인어로 '작은 술집'이라는 뜻.
** 조 디마지오. 1940년대 뉴욕 양키스에서 활약했던 야구 선수.

"그렇지만 디트로이트 타이거즈랑 클리블랜드 인디언스가 걱정 돼요."

"그러다간 신시내티 레즈랑 시카고 화이트삭스까지 겁내겠구나."

"잘 읽어두셨다가 제가 돌아오면 얘기해주세요."

"끝자리가 85인 복권이라도 한 장 사두면 어떨까? 내일이면 팔십 오 일째니까 말이다."

"그래도 되죠."

소년이 말했다.

"그럼 팔십칠 일째에 세우신 대기록은 어쩌고요?"

"그런 행운이 두 번이나 있을 것 같진 않구나. 85가 적힌 복권을 찾을 수 있겠니?"

"주문하면 돼요."

"한 장이면 돼. 2달러 50센트일 거다. 그 돈은 누구한테 빌리지?"

"그건 걱정 마세요. 그 정도는 언제든 빌릴 수 있어요."

"나도 빌릴 수 있겠지만 가급적이면 돈은 안 빌리려고 한단다. 돈을 빌리기 시작하면 나중엔 구걸하게 되기 십상이거든."

"따뜻하게 하고 계세요, 할아버지."

소년이 말했다.

"지금이 9월이라는 거 잊지 마세요."

"큰 물고기를 잡을 수 있는 달이지. 5월엔 누구라도 어부가 될 수 있지만 말이다."

노인이 말했다.

"이제 정어리 잡으러 갔다 올게요."

소년이 말했다.

소년이 돌아왔을 때 해는 이미 졌고 노인은 의자에 앉은 채 잠들어 있었다. 소년은 침대에서 낡은 군용 담요를 가져와 의자 뒤에서 쭉 펼쳐 노인의 어깨 위로 덮어주었다. 노인은 늙었는데도 어깨에서는 강한 힘이 느껴졌고, 목도 마찬가지였다. 고개를 앞으로 떨어뜨린 채 잠들어 있었기 때문에 목에 깊게 팬 주름은 잘 보이지 않았다. 돛과 마찬가지로 수없이 꿰맨 흔적이 있는 노인의 셔츠는 햇빛을 받은 부분이 서로 다른 탓에 얼룩덜룩했다. 머리도 예외는 아니었다. 세월의 흔적이 역력한 머리에 눈까지 감고 있으니 노인의 얼굴에서 생명이 깃들어 있는 흔적은 찾아보기가 힘들었다. 무릎 위에 펼쳐진 신문은 팔에 눌려 바람에 날아가지 않고 버티고 있었다. 노인은 맨발이었다. 소년이 잠든 노인을 두고 잠시 나갔다가 돌아왔을 때도 노인은 여전히 잠들어 있었다.

"할아버지, 일어나세요."

소년이 말하며 한 손을 노인의 무릎 위에 올려놓았다. 노인은 눈을 떴지만 한동안 선뜻 잠에서 깨어나지 못하는 것 같았다. 그러다가 노인이 미소를 지었다.

"뭘 가져왔니?"

노인이 물었다.

"저녁 식사예요. 같이 저녁 드세요."

소년이 말했다.

"난 별로 배고프지 않아."

"어서 와서 드세요. 고기도 못 잡고 아무것도 안 드셨잖아요."

"전에도 그랬어."

노인이 말하며 일어나 신문을 접었다. 그리고 담요를 개기 시작했다.

"담요는 걸치고 계세요. 제가 옆에 있는 한 절대로 식사를 거르고 고기를 잡으러 나가실 수는 없어요."

소년이 말했다.

"그럼, 넌 오래오래 살고 몸조심해야지."

노인이 말했다.

"뭘 먹는 거니?"

"검은콩 요리랑 밥, 튀긴 바나나, 그리고 스튜요."

소년은 테라스에서 2단으로 된 철제 도시락에 음식을 담아 왔다. 소년의 주머니 속에는 칼과 포크, 수저가 각각 한 벌씩 냅킨에 싸여 들어 있었다.

"이걸 다 누가 주더냐?"

"테라스 주인인 마틴 아저씨요."

"고맙다고 해야겠구나."

"제가 벌써 고맙다고 인사했어요. 할아버지는 따로 안 하셔도 돼요."

소년이 말했다.

"큰 물고기를 잡으면 뱃살을 줘야겠다."

노인이 말했다.

"우리에게 음식을 나눠준 게 오늘이 처음이 아니지?"

"그럴 거예요."

"그럼 뱃살보다 더 좋은 걸 줘야겠구나. 마틴은 우리를 잘 챙겨주는 사람이야."

"맥주도 주셨어요."

"난 캔맥주가 제일 좋더라."

"저도 알아요. 하지만 이건 병맥주예요. 아투에이 맥주*요. 다 드시면 제가 병을 가져다주기로 했어요."

"고맙구나. 이제 먹을까?"

노인이 말했다.

"아까부터 말씀드렸잖아요."

소년이 부드럽게 말했다.

---

* 당시 쿠바에서 많이 팔린 인기 맥주.

"할아버지가 준비를 마치실 때까지 뚜껑을 열지 않고 기다렸어요."

"이제 준비 다 됐다."

노인이 말했다.

"손을 씻을 시간이 있었으면 했는데."

어디에서 손을 씻는다는 거지? 소년이 생각했다. 마을에 들어오는 물을 사용하려면 두 블록이나 더 아래로 내려가야 했다. 할아버지 집에 물을 길어다 놔야겠어. 소년이 생각했다. 비누랑 깨끗한 수건도 필요하실 거야. 지금까지 왜 그 생각을 못 했을까? 새 셔츠랑 겨울에 필요한 겉옷, 신발과 담요도 더 챙겨 와야겠다.

"네가 가져온 스튜가 아주 맛있구나."

노인이 말했다.

"야구 얘기 해주세요."

소년이 노인에게 말했다.

"아까 말한 대로 아메리칸 리그에서는 양키스를 따라올 팀이 없어."

노인이 기분 좋은 목소리로 말했다.

"오늘 경기에선 졌는걸요."

소년이 노인에게 말했다.

"그건 아무것도 아니야. 위대한 디마지오가 다시 실력을 발휘할 거야."

"팀에 다른 선수들도 있잖아요."

"그렇지. 하지만 디마지오만큼 특출한 선수가 없어. 브루클린이랑 필라델피아 중에서 고르라면 난 브루클린 편이지. 하지만 또 딕 시슬러*도 빼놓을 수 없어. 왕년에 멀리 날아가는 안타를 많이 쳤는

---

* 1940년대와 1950년대 필라델피아 필리스, 세인트 루이스 카디널스, 신시내티 레즈에서 활약했던 야구 선수.

데 말이야."

"정말 대단했어요. 제가 여태까지 본 사람 중에 그 사람이 친 공이 제일 멀리 날아갔어요."

"옛날에 그 사람이 테라스에 자주 왔던 거 기억나니? 같이 낚시하러 가고 싶었는데 용기가 없어서 물어보지 못했지. 그래서 너한테 가서 물어보라고 했는데 너도 부끄러워했잖아."

"알아요. 큰 실수였어요. 가자고 했으면 우리랑 같이 갔을지도 모르는데 말이에요. 그랬으면 평생 자랑거리가 됐을 텐데."

"난 위대한 디마지오랑 낚시 한번 가봤으면 좋겠다."

노인이 말했다.

"듣자 하니 디마지오 아버지가 어부였다고 하더라. 디마지오도 어렸을 때는 우리처럼 가난했을지도 모르니 이해할 수 있을 거야."

"위대한 시슬러의 아버지는 한 번도 가난한 적이 없었대요. 제 나이 때 벌써 빅 리그에서 뛰었다던데요."

"내가 네 나이였을 땐 말이다, 아프리카로 가는 가로돛 배의 돛대 앞에 서 있었단다. 저녁에는 바닷가에서 사자도 봤지."

"저도 알아요. 저번에 얘기해주셨어요."

"아프리카에 관해 얘기할까, 야구에 관해 얘기할까?"

"야구가 좋겠는데요."

소년이 말했다.

"위대한 존 J. 맥그로*에 대해 얘기해주세요."

소년은 J를 '호타'**라고 발음했다.

"옛날엔 그 사람도 가끔씩 테라스에 왔었지. 하지만 술을 마시면 성격이 좀 난폭해지고 말도 험하게 해서 다루기가 힘들었어. 존은

---

* 1902~1932년 뉴욕 자이언츠의 감독.
** 스페인어에서 문자 J의 이름.

야구만큼이나 경마에도 관심이 많았나 봐. 늘 말 이름을 가득 적은 종이를 주머니에 넣어가지고 다니면서 수시로 전화기에 대고 말 이름을 외쳐대곤 했어."

"뛰어난 감독이었어요."

소년이 말했다.

"저희 아빠는 그 사람이 최고였대요."

"그 사람이 여기 자주 왔으니까 그렇지. 듀로셔*가 매년 우리 동네에 왔다면 그 사람이 최고라고 생각했을 거다."

노인이 말했다.

"진짜로 최고 감독은 누구였어요? 루케예요, 마이크 곤살레스예요?"

"둘 다 훌륭했지."

"어부 중에 최고는 할아버지예요."

"아니다. 실력 좋은 다른 어부들도 많아."

"케 바.** 실력이 뛰어난 사람들도 많지만 그래도 할아버지가 최고예요."

소년이 말했다.

"고맙다. 네 말을 들으니 기분이 좋구나. 네 생각이 틀렸다는 걸 증명할 만큼 너무 큰 물고기는 만나지 않았으면 좋겠다."

"그런 물고기는 없어요. 할아버지 말씀대로 할아버지가 예전처럼 아직 힘이 세다면 말이에요."

"내 생각만큼 강하지 않을 수도 있지."

노인이 말했다.

"하지만 대처 방법도 많이 알고 있고 뚝심도 있으니까."

---

* 레오 듀로셔. 브루클린 다저스의 선수였다가 나중에 감독이 되었다.
** 스페인어로 '무슨 말씀을요'의 뜻.

"내일 아침에 가뿐하게 일어나시려면 이제 그만 주무셔야 해요. 빈 그릇들은 제가 다시 테라스에 가져다줄게요."

"그럼 잘 가라. 아침 일찍 내가 깨워주마."

"할아버지가 제 자명종이에요."

소년이 말했다.

"나이를 먹으니 그렇게 되는구나. 늙은이들은 왜 그렇게 일찍 일어나는 걸까? 좀 더 긴 하루를 보내고 싶어서 그런 걸까?"

노인이 말했다.

"저도 몰라요. 저 같은 애들은 늦게까지 쿨쿨 잔다는 거밖에는."

소년이 말했다.

"나도 그럴 때가 있었지. 제시간에 깨워주마."

노인이 말했다.

"전 선장님이 와서 깨우는 건 싫어요. 어쩐지 제가 훨씬 못난 사람인 것 같은 기분이 들어서요."

"나도 안다."

"안녕히 주무세요, 할아버지."

소년은 밖으로 나갔다. 그들은 등불도 켜지 않고 저녁을 먹었다. 노인은 그대로 어둠 속에서 바지를 벗고 침대로 올라갔다. 그리고 벗어놓은 바지 사이에 신문을 끼우고 둘둘 말아 베개로 썼다. 노인은 매트리스 스프링 위에 신문지를 깔아놓은 침대로 올라가 담요를 덮었다.

노인은 금세 잠이 들었고 어린 시절에 보았던 아프리카 꿈을 꾸었다. 황금색으로 빛나는 긴 모래사장과 눈이 부시도록 하얗게 빛나던 모래사장, 바다 쪽으로 튀어나온 높은 절벽과 거대한 갈색 산들을 보았다. 노인은 매일 밤 그 바닷가를 서성거렸다. 꿈속에서 철썩거리는 파도 소리를 듣고, 파도를 가르며 다가오는 원주민들의 배를 보았다. 노인은 자면서 배 갑판에서 나는 타르와 뱃밥* 냄새를 맡았고 아침이 되자 어디선가 불어오는 미풍에서 아프리카의 냄새를 맡았다.

보통은 육지에서 불어오는 바람 냄새를 맡으며 잠에서 깨어 옷을 입고 소년을 깨우러 갔었다. 그러나 오늘 밤은 보통 때보다 훨씬 일찍 바람 냄새를 맡았고, 꿈을 꾸면서도 노인은 아직 일어날 때가 아니라는 걸 알 수 있었다. 그래서 계속 꿈을 꾸며 바다에서 솟아오른 섬의 하얀 봉우리들을 보았고 카나리아 제도**의 여러 항구와 정박지를 보았다.

노인은 더 이상 태풍이나 여자들, 큰 사건들, 커다란 물고기나 싸움, 힘겨루기, 죽은 아내에 대한 꿈은 꾸지 않았다. 지금은 오로지 이곳저곳 다른 장소들과 해변에 있던 사자들 꿈만 꾸었다. 사자들은 지는 노을 속에서 고양이 새끼들처럼 뛰어놀았고, 노인은 지금 소년을 사랑하는 것처럼 사자들을 사랑했다. 노인은 꿈에서 소년을 본 적은 없었다.

노인은 문득 눈을 떴다. 그리고 일어나 열린 문 밖으로 달을 보았고 돌돌 말린 바지를 털어 입었다. 노인은 밖으로 나와 소변을 보고 나서 소년을 깨우러 올라갔다. 차가운 아침 바람에 몸이 떨렸지만 몸을 움직이다 보면 곧 온기가 돌 것이고 얼마 후면 노를 젓고 있을 거라는 사실을 떠올렸다.

소년이 사는 집은 문이 잠겨 있지 않았다. 노인은 문을 열고 맨발로 조용히 집 안으로 들어갔다. 소년은 첫 번째 방의 침대에 잠들어 있었다. 점점 약해지는 어렴풋한 달빛 속에 소년의 모습이 또렷하게 보였다. 노인은 살며시 소년의 한쪽 발을 잡고 가만히 기다렸다. 곧 소년이 잠에서 깨어 고개를 들고 자신을 바라보았다. 노인이

---

* 배의 틈 사이로 물이 들어오지 않게 막는 물건.
** 아프리카 서북부 스페인령의 여러 섬.

고개를 끄덕이자 소년은 침대 옆 의자에 걸쳐두었던 바지를 집어 침대에 앉은 채로 그것을 입었다.

노인이 먼저 문밖으로 나왔고 소년이 노인을 따라 나왔다. 노인은 잠이 덜 깬 소년의 어깨에 팔을 두르며 말했다.

"미안하다."

"케 바. 남자라면 당연히 해야 할 일인데요."

소년이 말했다.

노인과 소년은 노인의 오두막으로 걸어 내려갔다. 어슴푸레한 어둠 속에서 몇몇 남자들이 맨발로 자기들 배의 돛을 메고 걸어가고 있었다. 노인의 오두막에 도착한 뒤 소년은 밧줄 꾸러미가 담긴 바구니와 갈고리, 작살을 챙겨 들었고, 노인은 돛이 감겨 있는 돛대를 어깨에 멨다.

"커피 드실래요?"

"먼저 이것들을 배에 실어놓고 나서 마시자꾸나."

두 사람은 어부들을 상대로 이른 아침에 문을 여는 가게에 들러 연유를 섞은 커피를 마셨다.

"푹 주무셨어요, 할아버지?"

소년이 물었다. 아직도 완전히 잠을 털어내긴 힘들었지만 이제야 조금씩 정신이 드는 것 같았다.

"아주 잘 잤단다, 마놀린. 오늘은 왠지 예감이 좋구나."

"저도 그래요."

소년이 말했다.

"전 가서 할아버지하고 제가 쓸 정어리랑 신선한 미끼를 가져올게요. 우리 배 장비들은 선장님이 가져올 거예요. 선장님은 다른 사람이 장비 만지는 걸 싫어하시거든요."

"우리랑 다르구나. 난 네가 다섯 살 때도 장비를 들게 했는데 말이다."

노인이 말했다.

"저도 알아요."

소년이 말했다.

"금방 올게요. 커피 한 잔 더 드세요. 외상으로 드셔도 돼요."

소년은 맨발로 산호 바위를 밟으며 미끼를 저장해놓은 냉동 창고로 향했다.

노인은 천천히 커피를 마셨다. 오늘은 커피 말고는 하루 종일 아무것도 먹지 못할 테니 다 마셔야 했다. 이미 오래전부터 노인은 먹는 것에 흥미를 잃었고 점심을 싸가지고 다니는 법이 없었다. 하루 종일 노인에게 필요한 건 뱃머리에 있는 물통에 담긴 물이 전부였다.

소년은 신문지에 미끼 두 마리와 정어리를 둘둘 말아가지고 돌아왔다. 두 사람은 발밑으로 자갈 모래를 느끼며 노인의 배를 향해 걸어 내려갔다. 그리고 배를 들어 바닷물에 띄웠다.

"행운을 빌어요, 할아버지."

"너도 행운을 빈다."

노인이 말했다. 노인은 노를 묶은 밧줄을 노걸이 말뚝에 묶고 몸을 앞으로 구부려 철썩 소리를 내며 노를 바다에 담갔다. 그리고 어둠 속에서 노를 저어 항구를 벗어나기 시작했다. 다른 쪽에서도 배 몇 척이 바다로 나가는 것이 보였다. 달빛마저 산 너머로 사라져 깜깜했기 때문에 정확하게 보이진 않았지만 바닷물에 노가 부딪치고 밀리는 소리가 들렸다.

이따금씩 배 위에서 이야기를 나누는 소리도 들렸다. 하지만 대부분의 배들은 노 젓는 소리를 제외하고는 매우 조용했다. 일단 항구를 벗어나자 배들은 각자 물고기가 많이 모여 있다고 생각하는 곳을 향해 흩어졌다. 노인은 먼 바다까지 나갈 생각이었기 때문에 육지의 냄새를 뒤로하고 이른 새벽의 신선한 바다 공기를 마시며 노를 저어나갔다. 어부들이 '깊은 우물'이라고 부르는 곳을 지나갈 때 노인은 인광燐光을 발하는 해초를 보았다. '깊은 우물'은 바닥이 갑자기 1200미터 정도로 깊어지는 곳이라서 붙여진 이름이었다. 이곳에는 해류가 바다 밑바닥의 경사진 벽에 부딪쳐 소용돌이가 생기기 때문에 온갖 종류의 물고기가 모였다. 새우 떼와 큰 물고기의 먹이가 되는 작은 물고기들이 모여 있기도 했고, 때로는 가장 깊은 구멍에 오징어 떼가 숨어 있기도 했다. 오징어들은 밤이 되면 표면 가까이 올라왔다가 주변에 있던 물고기들에게 잡아먹히곤 했다.

어둠 속에서 노를 저으며 노인은 아침이 가까워지고 있음을 느꼈다. 날치들이 물에서 튀어나와 어둠 속으로 날아오르며 부르르 몸을 떠는 소리와 빳빳한 날갯짓 소리가 들렸다. 날치들은 노인이 바다에 나와 있을 때 좋은 친구가 되었고 노인은 날치를 좋아했다. 노인은 새들을 불쌍하게 여겼다. 특히 작고 연약해 보이는 제비갈매기들은 언제나 바다 위를 맴돌며 열심히 먹이를 찾지만 정작 먹이를 잡는 일은 드물었기 때문에 더 안타까웠다. 노인은 남의 먹이를 채 가는 도둑 새나 힘세고 큰 새들을 제외하면 새들이 인간보다 더 어렵게 살고 있다고 생각했다. 이렇게 잔인한 바다 위를 맴도는 제비갈매기 같은 새들은 왜 그렇게 연약하고 가녀리게 태어났을까? 바다는 온화하고 아름답지만 갑자기 아주 거칠고 난폭해질 때도 있었다. 그래서 작고 슬픈 소리로 울면서 주둥이를 바다에 담그고 먹이를 잡느라 애를 쓰는 새들이 바다에 살기엔 너무나도 연약하게 보였다.

노인은 언제나 바다를 '라 마르la mar'라고 생각했다. '라 마르'는 바다를 사랑하는 사람들이 바다를 부르는 스페인어였다. 바다를 사랑하는 사람들도 때로는 바다를 욕하긴 했지만 언제나 바다를 여자에 빗대어 얘기했다. 젊은 어부들 중에 부표를 낚싯줄의 찌로 사용하는 사람들이나 상어 간으로 큰돈을 벌어 모터보트를 산 사람들은 바다를 남성으로 생각해 '엘 마르el mar'라고 불렀다. 그들은 바다를 경쟁자나 단순한 장소, 심지어 적으로 인식하기도 했다. 하지만 노인은 언제나 바다를 여자로 여겼고, 바다는 큰 호의를 베풀기도 하고 베풀지 않기도 한다고 생각했다. 때때로 바다가 사나워지거나 거칠게 굴어도 어쩔 수 없어서 그러는 것이며, 여자들이 달빛에 영향을 받는 것처럼 바다도 마찬가지라고 노인은 생각했다.

노인은 쉬지 않고 노를 저었지만 속도를 적당히 조절했고 가끔씩 출렁거리는 것 외에 바다도 잔잔한 편이어서 힘은 들지 않았다. 그리고 힘의 3분의 1 정도는 바닷물의 흐름에 맡기고 있었다. 날이 밝기 시작했을 때 노인은 예상했던 것보다 훨씬 더 멀리 나왔음을 깨달았다. 일주일 내내 깊은 우물에서 시도해봤지만 허탕만 쳤지, 노인은 생각했다. 오늘은 가다랑어와 날개다랑어 떼가 있는 곳을 노려야겠어. 그러다 보면 큰 놈이 걸릴지도 몰라.

날이 완전히 밝기도 전에 노인은 잔잔한 물 위에 미끼를 띄웠다. 첫 번째 미끼는 약 70미터 아래로, 두 번째 미끼는 약 130미터 아래로 내렸다. 그리고 세 번째와 네 번째 미끼는 각각 180미터와 220미터 정도 깊은 물속으로 가라앉혔다. 배 속에 낚싯바늘을 숨긴 미끼 물고기들은 머리를 아래로 향하고 있었고, 낚싯바늘의 뾰족한 부분과 구부러지고 날카로운 부분은 드러난 곳 하나 없이 신선한 정어리가 탄탄하게 감싸고 있었다. 낚싯바늘이 정어리의 양쪽 눈을 꿰뚫고 있어서 마치 반원형의 화환처럼 보였다. 커다란 물고기가 발견한다면 먹음직스러운 냄새를 풍기는 맛 좋은 먹잇감을 의심할 이유가 조금도 없었다.

소년이 노인에게 준 것은 작고 신선한 날개다랑어 두 마리였다. 그 두 마리는 가장 깊은 곳에 드리운 줄에 추처럼 매달려 있었고 다른 줄에는 전갱이와 연어 새끼가 달려 있었다. 전갱이와 연어 새끼는 전에 쓰고 남은 것이었지만 상태가 괜찮았고, 강한 냄새를 풍겨서 정어리와 함께 매달아 두었다. 굵은 연필 두께의 각 밧줄에는 초록색 칠을 한 막대기를 묶어놓아 물고기가 미끼를 건드리거나 물면 막대기가 물속으로 쑥 들어가게 되어 있었다. 각 줄은 약 70미터 정도로 돌돌 말려 있었고 끝은 다른 여분의 줄에 연결할 수 있었기 때문에 필요하다면 물고기가 약 540미터 정도 길이의 줄을 끌고 다닐 수 있었다.

이제 노인은 조각배 너머로 반쯤 물에 잠겨 있는 세 개의 나뭇조각을 지켜보며 적당한 깊이까지 줄이 휘어지지 않고 똑바로 바닷속으로 내려갈 수 있도록 천천히 노를 저었다. 어느새 꽤 날이 밝았고 이제 곧 해가 떠오를 참이었다.

수평선 너머로 해가 떠오르자 다른 배들이 보였다. 배들은 해안을 배경으로 바다에 바짝 붙어 여기저기 흩어져 있었다. 날이 점점 밝아지면서 반짝이는 섬광들이 쏟아졌다. 빛이 잔잔한 바닷물에 꽂혔다가 반사되면서 눈을 찔러 노인은 얼굴을 돌린 채 노를 저었다. 노인은 물속으로 시선을 돌려 바다 밑으로 곧게 뻗어 내려간 줄을 보았다. 노인은 다른 누구보다 줄을 똑바로 내릴 줄 알았다. 그래야 어두운 바닷물 속에서도 자기가 원하는 정확한 깊이에 낚싯줄을 드리워 그곳을 지나다니는 물고기를 잡을 수 있었다. 다른 어부들은 대개 줄이 해류를 따라 흘러 다니게 내버려 두었기 때문에 180미터쯤 내려갔을 거라고 예상할 때 실제로는 고작 100미터 정도 위치에 떠 있는 경우가 허다했다.

하지만 나는 정확한 위치에 줄을 내릴 수 있지, 하고 노인은 생각했다. 그저 더 이상 운이 따르지 않을 뿐이야. 하지만 누가 알아? 어쩌면 오늘은 좋은 일이 있을지도 몰라. 매일매일이 새로운 날이니까. 운이 따라준다면 더할 나위 없겠지만 어쨌든 난 정확한 게 좋아. 행운이 찾아왔을 때 꽉 붙잡을 준비를 하고 있어야 하니까.

해가 뜬 지 두 시간이 지나자 동쪽을 보아도 그다지 눈이 아프지 않았다. 노인의 눈에는 배가 세 척밖에 보이지 않았는데, 그 배들도 이쪽에서 멀리 떨어져 항구 가까운 곳에 있었다. 평생을 내 눈이 저 아침 햇빛에 시달렸지, 노인은 생각했다. 하지만 아직은 쓸 만해. 저녁이면 아직도 똑바로 해를 볼 수 있으니까. 저녁 해가 더 강하긴 하지만 아침 해는 너무 눈부시다니까.

바로 그때 머리 위에서 검고 긴 날개를 펴고 하늘을 맴돌고 있는 군함새 한 마리가 눈에 들어왔다. 군함새는 날개를 한껏 뒤로 젖히고 빠른 속도로 순식간에 아래로 내려왔다가 다시 올라가 하늘을 맴돌았다.

"저 녀석이 뭔가 발견한 게 틀림없군."

노인이 큰 소리로 말했다.

"그냥 둘러보고만 있는 게 아냐."

노인은 천천히 노를 저어 군함새가 맴돌고 있는 곳을 향해 움직였다. 노인은 서두르지 않고 낚싯줄이 곧게 뻗어 있도록 신경 썼다. 새를 이용하지 않을 때보다는 빨랐지만 고기잡이에 빈틈이 없도록 조금씩 해류를 헤치며 나아갔다. 새는 좀 더 높이 올라가 날개를 활짝 펴고 다시 맴돌았다. 그러더니 갑자기 빠른 속도로 급강하했고, 노인은 날치가 물에서 튀어나와 필사적으로 달아나는 것을 보았다.

"만새기로구나."

노인이 큰 소리로 말했다.

"커다란 만새기 떼야."

노인은 노를 내려놓고 뱃머리 아래쪽에서 좀 더 가는 줄을 꺼냈다. 줄에는 철사로 된 목줄*과 중간 크기의 낚싯바늘이 달려 있었다. 노인은 바늘에 정어리 한 마리를 꿴 다음 낚싯줄을 던져 넣은 뒤 고물에 있는 고리에 단단히 묶었다. 그리고 또 다른 줄에도 미끼

---

* 원줄에 연결해 바늘을 묶는 줄.

를 끼워 이물 한구석에 돌돌 말아두었다. 노인은 다시 노를 젓기 시작했고 긴 날개를 가진 검은 새를 관찰했다. 이제 새는 수면 가까이 내려와 날고 있었다.

노인이 관찰하는 동안 군함새는 날개를 비스듬히 젖히고 빠르게 내려와 바닷물에 부리를 살짝 담갔다가 날치를 쫓아가며 거칠게 날개를 퍼덕였지만 별 소득은 없었다. 노인은 도망가는 물고기를 쫓는 큰 만새기들이 물 위로 불룩하게 드러나는 것을 보았다. 만새기들은 날치 떼 아래서 물을 가르며 다시 바다로 떨어지는 날치들을 향해 전속력으로 돌진하고 있었다. 굉장한 만새기 떼군, 노인은 생각했다. 만새기들이 넓게 퍼져 있어서 날치들이 살아남을 가능성은 별로 없겠어. 새도 사냥에 성공하긴 힘들겠는걸. 저에 비하면 날치들이 몸집이 너무 큰 데다 빠르기까지 하니.

노인은 날치가 계속해서 물 위로 튀어 오르고 새의 헛된 날갯짓이 계속되는 걸 지켜보았다. 만새기 떼는 금방 멀어졌군, 노인이 생각했다. 만새기들은 너무 빨리, 너무 멀리 사라지고 있어. 그래도 어쩌면 무리에서 떨어진 만새기 한 마리쯤은 잡을 수 있을지도 모르지. 그리고 내가 노리는 큰 물고기도 그 주변에 있을지 몰라. 분명 근처에 큰 물고기가 있을 거야.

육지 위에 떠 있는 구름은 산처럼 뭉게뭉게 피어 있었고 해안가는 기다란 초록색 선으로만 보였으며 그 뒤로 솟아 있는 회색빛 산들이 보였다. 검푸른 바닷물은 진하다 못해 자줏빛으로 보였다. 바닷물 속을 뚫어지게 들여다보자 어두운 물속에 부유하고 있는 붉은 플랑크톤 무리와, 햇빛 때문에 생긴 이상한 빛이 보였다. 낚싯줄이 어두운 바닷속으로 곧게 뻗어 있는 것을 확인한 노인은 플랑크톤 무리를 보고 기분이 좋아졌다. 플랑크톤이 있다는 것은 주변에 물고기가 있다는 뜻이었다. 이제 해는 하늘 높이 떠오른 상태였다. 노인은 햇빛 때문에 물에 드리워진 이상한 빛과 육지 위에 떠 있는 뭉게구름을 보고 하루 종일 좋은 날씨가 이어질 것을 예상했다. 하지만 새는 이제 시야에서 사라져버렸고 물 위에는 아무것도 보이지 않았다. 햇빛에 노랗게 바랜 해초 더미와 젤리 같은 부레를 달고 있는 제법 형체를 갖춘 자주색 고깔해파리만 배 옆에 둥둥 떠 있었다. 고깔해파리는 옆으로 뒤집어졌다가 다시 바로 섰다. 그것은 강한 독성을 지닌 1미터 정도 길이의 보라색 촉수를 바닷속으로 길게 늘어뜨리고 가벼운 거품처럼 떠 있었다.

"아구아 말라."*

노인이 말했다.

"고약한 것들."

노인은 가볍게 노를 저으며 물속을 들여다봤다. 해파리 촉수와 같은 색깔의 작은 물고기들이 촉수 사이를 헤엄쳐 다니거나, 물 위를 떠다니는 해파리가 만든 그늘 아래에서 놀고 있었다. 이 물고기들은 해파리 독에 아무런 영향을 받지 않았다. 하지만 사람은 달랐다. 간혹 해파리의 가는 촉수들이 낚싯줄에 엉겼다가 묻혀놓은 끈끈한 자주색 점액을 만지면 옻나무에서 독이 옮는 것처럼 손과 팔이 부풀어 오르고 아팠다. 옻나무의 독과 다른 점이라면 해파리한테 쏘인 독은 마치 채찍을 맞은 것처럼 훨씬 빠르고 강하게 나타난다는 것이었다.

무지갯빛 거품 같은 해파리는 아름다웠지만 바다에서 특별히 조심해야 할 대상이었다. 노인은 바다거북이 이것들을 먹어치우는 모습을 보는 게 좋았다. 거북은 해파리를 발견하면 앞에서 접근하며 쏘이지 않도록 눈을 감고 온몸을 딱딱한 껍데기 속에 숨긴 다음 크게 입을 벌려 가는 촉수부터 통째로 삼켰다. 노인은 이렇게 거북이 해파리를 먹는 장면을 보는 것과, 태풍이 지나간 후 모래사장에 밀

---

* '나쁜 물'이라는 뜻의 스페인어로, 해파리를 지칭하기도 한다.

려온 해파리가 거칠고 딱딱한 발뒤꿈치에 밟힐 때 펑 소리와 함께
터지는 것을 좋아했다.

노인은 우아하고 속도가 빠르며 값이 많이 나가는 푸른바다거북
과 대모거북을 제일 좋아했다. 크고 멍청한 붉은바다거북은 좋아하
면서도 무시했다. 누런 등 껍데기를 쓴 붉은바다거북은 암컷과 사
랑을 나눌 때도 멋대가리가 없었고 눈을 꼭 감고 고깔해파리를 꿀
꺽꿀꺽 삼키는 모습도 볼품이 없었다.

노인은 몇 년 동안 바다거북을 잡는 배에서 일한 적이 있지만 바
다거북을 신비하게 생각한 적은 없었다. 오히려 불쌍하게 여겼다.
심지어 지금 노인이 타고 있는 작은 배만 한 길이에 무게가 1톤이
넘는 커다란 거북도 마찬가지였다. 잡힌 거북들은 부위별로 잘리고
난도질당한 뒤에도 심장이 몇 시간이나 계속 뛰지만 사람들은 조금
도 불쌍하게 생각하지 않았다. 하지만 노인은 자기의 심장이나 발
과 다리도 거북과 다를 게 없다고 생각했다. 노인은 힘을 비축하기
위해 거북 알을 먹었다. 5월 내내 거북 알을 먹으면서 큰 물고기를
잡을 수 있는 9월과 10월에 대비하는 것이었다.

노인은 또 대부분의 어부들이 장비를 보관하는 오두막에 있는 커
다란 드럼통에서 상어간유를 매일 한 컵씩 먹었다. 원하면 누구나
마실 수 있었지만 어부들은 대개 그 맛을 싫어했다. 그렇지만 상어
간유를 먹는 것은 새벽같이 일어나는 것보다 어려운 일도 아닌 데
다가 추위와 유행성 감기를 막아주고 눈을 보호하는 데 큰 효과가
있었다.

노인은 고개를 들어 다시 허공을 맴돌고 있는 새를 보았다.

"물고기를 발견한 게 틀림없어."

노인이 큰 소리로 말했다. 표면으로 튀어 오르는 날치도 없었고
큰 물고기의 먹이가 되는 작은 미끼 물고기가 흩어지는 것도 보이
지 않았다. 하지만 노인이 지켜보는 사이 작은 다랑어 한 마리가 허

공으로 튀어 올랐다가 머리부터 다시 물속으로 들어갔다. 햇빛을
받은 다랑어가 은색으로 반짝였다가 물속으로 들어간 뒤 연달아 다
랑어 여러 마리가 물 밖으로 튀어나와 사방으로 흩어졌다. 다랑어
들은 물을 휘저으며 미끼 물고기를 향해 길게 점프했고 미끼 물고
기들 주변을 맴돌며 쫓고 있었다.

　너무 빨리 가지만 않으면 나도 따라잡을 수 있을 텐데, 노인이
생각했다. 그리고 다랑어 떼가 하얗게 물보라를 일으키는 것을 지
켜보았다. 겁에 질린 미끼 물고기들은 어쩔 수 없이 물 밖으로 튀어
올랐고 허공을 맴돌던 새도 미끼 물고기를 향해 곤두박질쳤다.

　"역시 새가 큰 도움이 된다니까."

　노인이 말했다. 바로 그때 노인이 발로 감아 누르고 있던 고물 쪽
낚싯줄이 팽팽하게 당겨지는 게 느껴졌다. 노를 내려놓고 단단히
줄을 잡아서 끌어 올리던 노인은 작은 다랑어가 몸을 떨며 당기는
느낌으로 무게를 감지했다. 점점 잡아당길수록 줄의 떨림이 강해졌
고 다랑어의 푸른 등과 황금빛 옆구리가 보였다. 노인은 다랑어를
낚아 올려 배 안에 던졌다. 총알 모양의 탄탄한 다랑어가 강렬한 햇
볕 아래 누워 크고 초점 없는 눈을 뜬 채 민첩하게 생긴 꼬리를 빠
르게 철퍼덕거리며 생명을 재촉하고 있었다. 노인은 고통을 빨리
끝내주려는 마음으로 다랑어의 머리를 내려치고 가늘게 몸을 떠는
다랑어를 고물 쪽 그늘진 곳으로 던졌다.

　"날개다랑어로군."

　노인이 큰 소리로 말했다.

　"아주 훌륭한 미끼가 되겠어. 4.5킬로그램은 충분히 넘겠는데."

　노인은 혼자 있을 때 큰 소리로 혼잣말하는 버릇이 언제부터 생
겼는지 기억하지 못했다. 옛날에는 혼자 있을 때 주로 노래를 불렀
다. 활어조가 있는 소형 어선이나 거북잡이 배를 타던 시절에는 밤
에 당번이 되어 홀로 조종키를 잡고 있을 때 노래를 불렀다. 아마도

큰 소리로 혼잣말을 하기 시작한 건 소년이 떠나고 난 뒤부터였을 것이다. 하지만 정확히 기억나진 않았다. 노인과 소년이 같이 고기 잡이를 나갈 때면 대개 꼭 필요한 말만 했다. 두 사람이 이야기를 나누는 것은 주로 밤이나 날씨가 나빠져 폭풍 때문에 바다에 나갈 수 없을 때였다. 바다에서는 필요 없는 말은 하지 않는 게 미덕으로 여겨졌고 노인도 그것을 믿고 따랐다. 하지만 이제 노인은 주변에 신경 쓸 사람이나 배가 없었기 때문에 자주 자신의 생각을 큰 소리로 외쳤다.

"내가 큰 소리로 떠드는 걸 누가 들으면 정신 나간 노인네라고 생각하겠지."

노인이 큰 소리로 말했다.

"하지만 난 지극히 정상이니까 누가 뭐라든지 신경 안 써. 돈 있는 어부들은 라디오를 가져와 배에서 이야기를 듣거나 야구 중계를 듣겠지."

지금은 야구를 생각하고 있을 때가 아니야, 노인은 생각했다. 오로지 한 가지만 생각하고 집중할 때다. 그게 내가 태어난 이유이기도 하지. 저 물고기 떼 주변에 진짜 큰 놈이 있을지도 몰라, 노인이 생각했다. 내가 잡은 건 먹이를 먹다 무리에서 뒤처진 날개다랑어일 뿐이야. 하지만 녀석들은 아주 빠른 속도로 멀리 가고 있었어. 오늘 바닷물 위로 나왔던 녀석들은 모두 빠르게 북동쪽으로 가고 있었는데, 지금이 그럴 시기인가? 아니면 내가 모르는 어떤 날씨의 영향인가?

노인이 있는 곳에서 더 이상 초록빛 해안가는 보이지 않았고 푸른 산의 꼭대기들만 겨우 보였다. 산 정상은 마치 눈이라도 내린 것처럼 하얀 데다가 그 위로 구름들이 뭉게뭉게 모여 있어 높은 설산 꼭대기처럼 보였다. 진한 검푸른색 바다에는 햇빛이 만든 프리즘이 넓게 펼쳐져 있었다. 수많은 먼지처럼 떠 있던 플랑크톤도 하늘에서 내리쬐는 햇빛 때문에 보이지 않았다. 노인의 눈에 보이는 것이라곤 바다 깊이 비치는 큰 프리즘과 그 속으로 곧게 뻗은 낚싯줄뿐이었다.

다랑어 떼도 깊이 내려갔는지 보이지 않았다. 어부들은 내다 팔아야 하거나 미끼와 바꿔야 할 때는 물고기의 이름을 제대로 구분해서 정확한 이름을 썼지만, 평상시에는 이와 비슷한 종류의 물고기들을 모두 다랑어라고 불렀다. 노인은 등과 목 뒤로 뜨겁게 내리쬐는 햇볕을 느꼈고 노를 젓는 동안 등에서 땀이 흘러내리는 것을 느꼈다.

이제 노를 그만 젓고 잠시 가만있어도 되겠어, 노인이 생각했다. 낚싯줄을 발가락에 묶고 자면 금방 깰 수 있을 테니까. 오늘이 팔십오 일째 되는 날이니 꼭 큰 물고기를 낚아야만 해.

노인이 무심코 낚싯줄들을 보고 있을 때 뾰족한 초록 막대기 중 하나가 물속으로 쑥 들어갔다.

"옳거니."

노인이 말했다. 이어서 "좋아"라고 말하고는 노가 배에 부딪치지 않게 주의하며 천천히 노를 내려놓았다. 노인은 오른손을 뻗어 엄지손가락과 둘째 손가락으로 살며시 줄을 잡았다. 아직은 어떤 무게나 팽팽하게 당기는 느낌이 없었다. 그러다가 다시 한 번 신호가 왔다. 이번에는 건드려보는 듯 머뭇거리는 느낌이었다. 단단하거나 묵직한 느낌은 아니었다. 노인은 바다 밑에서 무슨 일이 벌어지고 있는지 짐작할 수 있었다. 180미터쯤 아래 깊은 바닷속에서 청새치 한 마리가 낚싯바늘에 꿰인 작은 다랑어를 감고 있는 정어리를 뜯어 먹고 있는 게 분명했다.

노인은 가볍게 줄을 잡고 왼손으로 부드럽게 막대에서 줄을 풀기 시작했다. 이윽고 물고기가 당기는 힘을 느끼지 못할 정도로 살금살금 손가락 사이로 줄을 풀 수 있게 되었다.

지금 시기에 이렇게 멀리까지 나와 있는 걸 보면 아주 큰 놈인 게 분명해, 노인은 생각했다. 먹어라, 물고기야. 다 먹어. 제발 먹어다오. 얼마나 신선한 먹이냐, 물고기야. 더구나 넌 180미터나 되는 어둡고 차갑고 깊은 바닷속에 있으니 걱정 말고 먹어라. 어둠 속을 한 바퀴 돌고 와서 다 먹으렴.

다시 한 번 줄이 살짝 당겨지는 게 느껴졌고 곧 좀 더 강한 느낌이 전해졌다. 물고기가 낚싯바늘이 꽂힌 정어리 머리를 떼어내려고 애쓰는 것 같았다. 그러다가 다시 잠잠해졌다.

"제발."

노인이 큰 소리로 말했다.

"제발 다시 돌아와. 먹음직스러운 냄새를 맡아봐. 먹고 싶지? 그걸 다 먹고 나면 다랑어도 있어. 단단하고 신선하고 맛 좋은 다랑어지. 부끄러워하지 말고 어서 와라, 물고기야. 몽땅 다 먹어버리렴."

노인은 엄지손가락과 둘째 손가락으로 줄을 잡고 기다렸다. 혹시라도 앞이나 뒤로 돌아올지 몰라 다른 쪽에 있는 낚싯줄도 번갈아 쳐다보았다. 그때 다시 한 번 아까처럼 약하게 당기는 느낌이 들었다.

"이번에는 물겠지." 노인이 큰 소리로 말했다.

"오, 제발 덥석 물어다오."

그러나 그런 일은 일어나지 않았다. 또 사라졌는지 아무 느낌도 없었다.

"그럴 리가 없는데."

노인이 말했다.

"그냥 가버렸을 리가 없어. 한 바퀴 돌고 있는 거겠지. 어쩌면 예전에 낚싯바늘에 걸린 적이 있어서 뭔가 비슷한 걸 느꼈는지도 몰라."

그때 다시 줄을 살짝 건드리는 느낌이 전해졌고 노인은 기분이 좋아졌다.

"역시 한 바퀴 돌고 온 거야."

노인이 말했다.

"틀림없이 먹을 거야."

노인이 바닷속에서 부드럽게 줄을 당기는 듯한 느낌에 기뻐하고 있을 때 갑자기 탄탄하면서도 믿을 수 없을 만큼 육중한 무게가 느껴졌다. 엄청난 물고기의 무게에 노인은 낚싯줄이 계속 아래로 내려가도록 줄을 풀었고 두 개로 나눠놓은 여분의 줄 뭉치에서 하나를 풀었다. 낚싯줄은 손가락 사이로 가볍게 미끄러져 내려갔다. 엄지손가락과 둘째 손가락으로는 거의 감지할 수 없을 정도로 줄을 느슨히 잡고 있었지만 노인은 분명 엄청난 무게를 느낄 수 있었다.

"굉장한 놈이군."

노인이 말했다.

"낚싯바늘을 문 채로 도망갈 셈이구나."

그러다가 곧 완전히 미끼를 삼켜버릴 거라고 노인은 생각했다. 하지만 소리 내어 말하지는 않았다. 좋은 예감을 소리 내어 말하면 그 일은 일어나지 않는다고 믿었기 때문이다. 노인은 기대 이상으로 큰 물고기임을 알 수 있었고 녀석이 다랑어를 물고 어두운 바닷속으로 헤엄쳐 가는 모습을 상상했다. 그때 물고기의 움직임이 멈추었다. 하지만 중량감은 여전히 그대로였다. 그러다 점점 더 무거워졌고 노인은 줄을 더 풀었다. 노인이 잠시 엄지손가락과 둘째 손가락에 힘을 주자 줄은 아래로 곧장 풀려 내려갔다.

"드디어 물었구나. 자, 이제 잘 삼키게 도와주마."

노인이 말했다.

노인은 줄이 더 내려가도록 풀어주면서 왼손을 뻗어 여분으로 두었던 두 개의 낚싯줄의 끝을 다른 여분의 낚싯줄에 단단히 묶었다. 이제 노인은 준비를 끝냈다. 지금 노인이 쓰고 있는 것 말고도 70미터 정도 길이의 낚싯줄이 세 뭉치 더 남아 있었다.

"좀 더 먹어라. 많이 먹어야지."

노인이 말했다.

그래야 뾰족한 낚싯바늘이 네 심장을 뚫고 들어가 널 죽일 테니까, 하고 노인은 생각했다. 순순히 올라와서 내가 작살로 널 잡을 수 있게 해다오. 좋아, 이제 됐니? 이 정도면 먹을 시간은 충분했지?

"지금이다!"

노인이 큰 소리로 외치고 두 손으로 낚싯줄을 힘껏 잡아당겨 1미터 정도 되는 줄을 끌어 올렸다. 그런 다음 온몸의 체중을 실어 두 발로 버티고 서서 양팔로 번갈아가며 줄을 붙잡아 힘껏 잡아당기고 또 당겼다.

그러나 아무 일도 일어나지 않았다. 물고기는 그저 천천히 앞으로 헤엄쳐 갔고 노인은 물고기를 조금도 끌어 올리지 못했다. 낚싯줄은 큰 물고기를 잡을 때 쓰는 것이라 튼튼했다. 노인은 낚싯줄을 등에 감고 버티고 있었는데 얼마나 세게 잡아 당겼는지 줄에서 물방울이 튕겼다. 그때 물속에서 낚싯줄이 천천히 철썩거리는 소리를 냈다. 노인은 여전히 줄을 꼭 잡은 채 몸을 한껏 뒤로 젖혔다. 배가 북서쪽을 향해 조금씩 미끄러져 가기 시작했다.

물고기는 천천히 헤엄쳤고 노인이 타고 있는 배도 잔잔한 물을 가르며 나아갔다. 다른 미끼는 아직 물속에 있었지만 어떻게 할 수가 없었다.

"이럴 때 그 애가 있었더라면."

노인이 큰 소리로 말했다.

"물고기에게 끌려가고 있으니, 원. 내가 밧줄 걸이가 된 셈이잖아. 줄을 묶을 수도 있지만 그러면 놈이 끊어버릴지도 몰라. 최대한 붙잡고 있으면서 필요할 때마다 적당히 줄을 풀어줄 수밖에. 녀석이 더 깊은 곳으로 내려가지 않는 게 천만다행이야."

만약 물고기가 더 깊이 내려가면 어떻게 해야 하나. 물고기가 깊

318

은 곳에서 죽어버리기라도 하면 어쩐다지. 하지만 어떻게든 되겠지. 나도 알고 있는 방법은 많으니까.

노인은 여전히 등 뒤로 줄을 감고서 비스듬히 물속으로 들어간 낚싯줄을 가만 바라보았다. 작은 배는 북서쪽으로 계속 나아가고 있었다.

저러다 언젠가는 죽겠지, 노인이 생각했다. 영원히 이러고 다닐 수는 없을 테니까. 하지만 네 시간이 흐른 뒤에도 물고기는 여전히 천천히 배를 끌며 헤엄치고 있었고 노인도 등에 줄을 감은 채 굳건하게 버티고 있었다.

"녀석이 낚싯바늘에 걸린 게 정오쯤이었는데, 어떻게 생긴 녀석인지 아직 구경도 못 했군."

노인이 말했다.

물고기를 잡기 전에 단단히 눌러쓴 밀짚모자 때문에 이마가 아파왔고 목도 말랐다. 노인은 무릎을 꿇고 앉아 갑자기 줄이 당겨지지 않도록 조심하며 뱃머리 쪽으로 움직여서 한 손을 뻗어 물통을 잡았다. 노인은 뚜껑을 열고 물을 조금 마셨다. 그리고 잠시 뱃머리에 기대어 쉬었다. 노인은 바닥에 있는 돛 위에 앉아 버텨야 한다는 것 외에 다른 생각은 하지 않으려고 애썼다.

그러다 문득 뒤를 돌아보니 육지가 전혀 보이지 않았다. 그래도 상관없어, 노인은 생각했다. 언제든 아바나에서 비치는 불빛을 따라 돌아갈 수 있으니까. 이제 해가 지려면 두 시간 정도 남았으니 어쩌면 그 전에 물고기가 올라올지도 모르지. 아니면 달이 떠오를 때 올라올 수도 있어. 나는 쥐도 나지 않았고 건강하니까 충분히 버틸 수 있어. 입에 낚싯바늘이 걸린 건 물고기니까. 하지만 저렇게 끌고 가는 걸 보니 보통 녀석이 아닌데. 낚싯바늘을 삼키고 입을 꾹 다물고 있는 게 틀림없어. 한 번만이라도 봤으면 좋겠다. 내가 어떤 녀석을 상대하고 있는지 딱 한 번만 봤으면.

노인이 하늘에 뜬 별을 보고 짐작한 대로라면 물고기는 방향을 바꾸지도 않고 계속 헤엄치고 있었다. 해가 진 다음부터는 쌀쌀해졌고 한낮에 흘렸던 땀이 말라 등과 팔, 다리가 더욱 춥게 느껴졌다. 낮 동안 미끼 상자를 덮었던 부대 자루를 펴서 햇볕에 말려두었던 것이 다행이었다. 해가 지고 나자 노인은 자루를 목에 묶어 등을 덮은 뒤 어깨에 메고 있는 낚싯줄 아래로 조심조심 잡아 내렸다. 자루는 낚싯줄이 살에 파고들지 않게 쿠션 역할을 해주었다. 뱃머리를 등진 채 앞으로 몸을 구부리고 앉자 그럭저럭 편하게 느껴졌다. 사실 조금도 편한 자세는 아니었지만 노인은 편안하다고 생각했다.

　나도 녀석을 어떻게 해볼 도리가 없고 저 녀석도 나를 어떻게 할 수가 없어, 노인은 생각했다. 녀석이 이 상태로 계속 버티고 있는 한은 말이야.

　노인은 일어나서 바다에 소변을 보았고 하늘에 뜬 별을 보며 방향을 확인했다. 노인의 어깨에서부터 곧장 물속으로 떨어지는 낚싯줄은 한 줄기 인광처럼 보였다. 아까보다 훨씬 천천히 움직이고 있었다. 아바나의 불빛이 비치는 쪽 하늘이 별로 밝지 않은 것을 보고 노인은 해류가 자신의 배와 물고기를 동쪽으로 이끌고 있다는 걸 알았다. 아바나의 불빛이 완전히 보이지 않게 되면 우리가 동쪽으로 더 많이 움직였다는 뜻인데, 노인이 생각했다. 물고기가 방향을 바꾸지 않고 지금 이대로 간다면 앞으로 몇 시간은 불빛이 보일 것이다. 오늘 야구 경기는 어떻게 됐을지 궁금하군, 노인은 생각했다. 라디오가 있다면 얼마나 좋을까. 그리고 노인은 다시 생각했다. 지금 하고 있는 일에 집중해야 돼. 그래야 바보 같은 실수를 안 할 테니까.

　그리고 큰 소리로 말했다.

　"그 애가 여기 같이 있었다면 얼마나 좋았을까. 나를 도와주면서 이 중요한 순간을 직접 봤을 텐데."

320

나이가 들면 혼자 있지 말아야 해, 노인은 생각했다. 하지만 어쩔 수 없는 노릇이지. 기운을 내려면 잊지 말고 다랑어가 상하기 전에 꼭 먹어야겠다. 아무리 먹고 싶은 생각이 없어도 아침이 되면 반드시 다랑어를 먹어야 해. 꼭 기억해야지, 노인은 스스로에게 다짐했다.

밤사이 두 마리의 알락돌고래가 배 주변을 헤엄쳐 다녔고 노인은 돌고래들이 내는 소리를 들었다. 노인은 수컷 돌고래가 물을 뿜는 소리와 암컷 돌고래가 한숨을 쉬듯 물을 내뿜는 소리를 정확하게 구별할 수 있었다.

"좋은 친구들이야."

노인이 말했다.

"같이 놀고 장난도 치고 서로 사랑하지. 날치와 마찬가지로 우리 형제나 다름없는 녀석들이야."

그리고 노인은 낚싯줄에 걸린 큰 물고기를 불쌍하게 생각하기 시작했다. 근사한 녀석이다. 보기 드문 녀석이야. 나이는 몇 살이나 됐을까, 노인이 생각했다. 지금껏 이렇게 힘센 물고기를 만난 적도 없고 이렇게 이상하게 구는 물고기를 본 적도 없어. 너무 영리해서 물 밖으로 튀어 오르지 않는 모양이야. 녀석이 튀어 오르거나 몸부림치면 난 꼼짝없이 당할 수밖에 없을 텐데. 어쩌면 전에도 낚싯바늘에 걸린 적이 몇 번 있어서 어떻게 해야 하는지 대처 방법을 아는 건지도 몰라. 저 녀석은 지금 자기가 상대하고 있는 사람이 나 하나라는 것도, 더구나 나이 많은 늙은이라는 것도 알 리가 없어. 정말 굉장한 녀석이 걸렸어. 상태만 훌륭하다면 시장에서 아주 높은 값을 받을 수 있을 거야. 녀석은 수컷처럼 미끼를 물어 수컷처럼 힘차게 당겼고 당황하는 구석은 전혀 없었어. 녀석에게 무슨 계획이라도 있는 걸까, 아니면 나처럼 필사적으로 싸우고 있는 걸까?

노인은 예전에 청새치 한 쌍 중에서 한 마리를 잡았던 것을 기억했다. 수컷 청새치는 언제나 암컷 청새치가 먼저 먹이를 먹도록 하는데, 그날 낚싯바늘에 걸린 암컷 청새치는 공포에 질려 거칠게 펄떡거리다가 금세 지쳐버렸다. 그러는 동안 수컷 청새치는 내내 암컷 곁을 떠나지 않고 낚싯줄을 넘나들며 그 주변을 맴돌았다. 수컷 청새치가 어찌나 바짝 붙어 있던지 노인은 큰 낫처럼 날카롭고 커다란 청새치 꼬리에 낚싯줄이 끊어질까 봐 마음을 졸였다. 노인은 갈고리로 암컷을 끌어 올려 몽둥이로 두들겼다. 사포처럼 거친 날카로운 주둥이를 붙잡고 몽둥이로 머리를 두들기자 얼마 안 돼서 암컷 청새치는 거울 뒤판과 비슷한 색깔로 변했다. 노인이 소년의 도움을 받아 암컷 청새치를 배 위로 끌어 올렸을 때도 수컷 청새치는 배 옆에서 떠나지 않았다. 노인이 줄을 정리하고 작살을 준비하는 사이 수컷 청새치는 마지막으로 암컷 청새치를 보려는 듯 배 옆에서 허공으로 뛰어올랐다가 다시 바닷속 깊이 들어갔다. 그때 가슴지느러미가 날개처럼 활짝 펼쳐지면서 넓은 연보랏빛 줄무늬가 드러났다. 그날 암컷의 곁을 떠나지 않으려 하던 아름다운 수컷 청새치의 모습을 노인은 기억하고 있었다.

지금까지 물고기를 잡으면서 가장 슬픈 일이었지, 노인은 생각했다. 그 애도 매우 슬퍼했는데. 우리는 암컷 청새치에게 용서를 구한 다음 곧바로 칼로 손질했었지.

"그 애가 여기 같이 있으면 얼마나 좋을까."

노인은 큰 소리로 말하고 뱃머리에 있는 둥근 널빤지에 등을 기대고 앉았다. 노인의 어깨에 걸쳐 있는 낚싯줄을 통해 자기가 정한 방향으로 천천히 움직이고 있는 거대한 물고기의 힘이 느껴졌다. 일단 내 덫에 걸려들었으니 녀석도 어떤 선택이든 할 수밖에 없겠지, 노인이 생각했다.

이 녀석은 모든 올가미와 덫, 계략을 피해 깊고 어두운 바닷속에 남는 것을 선택한 모양이군. 그리고 나는 이 물고기를 잡는 것을 선택했지. 이 세상 그 누구도 아닌 내가. 우리는 정오부터 줄곧 함께 있었어. 물고기나 나를 도와줄 사람은 아무도 없다.

어쩌면 어부가 되지 말았어야 했는지도 몰라, 노인은 생각했다. 하지만 어부는 내 천직인걸. 날이 밝으면 잊지 말고 꼭 다랑어를 먹어야지.

동이 트기 얼마 전 어떤 물고기가 노인의 뒤쪽에 있던 미끼들 중 하나를 물었다. 초록 막대기가 부러지는 것 같은 소리가 들리더니 낚싯줄이 뱃전을 지나 빠르게 바닷속으로 들어가기 시작했다. 어둠 속에서 노인은 칼집을 열고 칼을 꺼냈다. 그리고 왼쪽 어깨에 걸친 낚싯줄을 단단히 잡은 채 몸을 뒤로 기대어 뱃전에 닿아 있는 낚싯줄을 끊은 뒤 앉아 있는 자리에서 가장 가까이 있는 낚싯줄도 끊었다. 그리고 어둠 속에서 여분의 낚싯줄의 끝과 끝을 재빨리 묶었다. 노인은 한 손으로 능숙하게 일 처리를 하며 낚싯줄 더미가 움직이지 않도록 한쪽 발로 고정하고 탄탄하게 매듭을 지었다. 이제 여분의 낚싯줄 더미는 여섯 개가 남은 셈이었다. 방금 노인이 끊어낸 낚싯줄에서 얻은 게 각각 두 개, 물고기가 물고 있는 줄에 이어진 것이 두 개로 각 줄은 서로 연결되어 있었다.

날이 밝으면 70미터 깊이에 내려놓은 낚싯줄도 끊어버리고 남은 낚싯줄과 매듭을 지어야겠다, 노인은 생각했다. 6백 미터도 넘는 카탈루냐산産 낚싯줄과 바늘을 잃게 되겠구나. 그건 나중에 또 사면 되지만 다른 물고기까지 잡으려다 이 녀석이 물고 있는 줄이 끊어지면 무엇으로 보상할 수 있겠어? 좀 전에 미끼를 물었던 물고기는 어떤 종류인지 모르겠네. 청새치나 황새치, 아니면 상어였을지도 몰라. 빨리 끊어내느라 미처 무게를 느껴볼 새도 없었구나.

노인이 큰 소리로 말했다.

"그 애가 여기 있으면 얼마나 좋을까."

하지만 그 애는 여기에 없지, 노인이 생각했다. 오로지 나 혼자

뿐이니 어둡든 말든 마지막 낚싯줄을 손질해서 끊어내고 그 줄에
달린 두 개의 여분 줄을 이어두는 게 좋겠어.

그래서 노인은 그 작업도 마쳤다. 어둠 속에서 작업하는 것은 쉽
지 않았다. 게다가 한번은 물고기가 갑자기 출렁거리는 바람에 노
인은 앞으로 고꾸라져 눈 밑에 상처가 났다. 피가 뺨 위로 조금 흘
러내렸지만 턱까지 닿기도 전에 굳어버렸다. 노인은 조심조심 뱃머
리로 가서 뱃전에 기대어 좀 쉬었다. 노인은 덮고 있는 부대 자루를
매만지고 조심스럽게 낚싯줄을 움직여 어깨에 닿는 부분을 바꾸었
다. 그리고 어깨의 줄을 고정해 물고기의 힘을 느껴보기도 하고 바
닷물에 손을 담가 배가 움직이는 속도를 느껴보기도 했다.

왜 갑자기 요동을 쳤는지 모르겠네, 노인은 생각했다. 어디에 커
다란 등을 긁히기라도 했나. 그래도 녀석의 등이 지금 내 등만큼 아
프진 않겠지. 덩치가 아무리 큰 녀석이라고 해도 영원히 배를 끌고
다닐 수는 없을 거야. 이제 방해가 될 만한 건 다 치웠고 여분의 줄
도 넉넉하게 준비해놓았으니 걱정 없어. 이거면 충분해.

"물고기야, 난 죽을 때까지 너와 함께 있을 거다."

노인이 부드러운 말투로 크게 외쳤다.

녀석도 아마 나랑 끝까지 같이 가겠지, 노인은 생각하며 어서 날이
밝기를 기다렸다. 동이 트기 직전이라 매우 추웠고 노인은 몸에 온기
를 주기 위해 뱃전에 등을 밀었다. 녀석이 버티는 데까진 나도 버틸
수 있어, 노인이 생각했다. 날이 밝기 시작할 무렵 줄이 풀려나가면
서 바닷속으로 내려갔다. 배는 천천히 움직이고 있었고 해가 처음 고
개를 내밀었을 때 햇빛이 노인의 오른쪽 어깨 위에 내려앉았다.

"녀석이 북쪽으로 가고 있구나."

노인이 중얼거렸다. 해류를 따라가면 동쪽으로 멀리 갈 수 있을
텐데, 노인은 생각했다. 물고기가 해류를 타면 좋겠다. 그럼 물고기
도 지쳤다는 신호가 되겠지.

해가 더 높이 떠올랐을 때 노인은 물고기가 조금도 지치지 않았다는 걸 깨달았다. 희망적인 징조는 단 한 가지뿐이었다. 낚싯줄의 기울기로 보아 물고기는 처음보다는 얕은 곳에서 헤엄치고 있었다. 그렇다고 꼭 뛰어오를 거라고 장담할 수는 없지만, 그럴 가능성도 있었다.

"제발 뛰어올라라."

노인이 말했다.

"그 정도는 충분히 감당할 수 있을 만큼 줄도 넉넉히 있단다."

혹시 내가 줄을 좀 당기면 물고기가 아파서 뛰어오를지도 몰라, 노인이 생각했다. 이제 날이 밝았으니 녀석을 뛰어오르게 하자. 그러면 등뼈를 따라 붙어 있는 부레에 공기가 가득 찰 테니 깊은 바닷속으로 들어가 죽을까 봐 걱정할 필요는 없겠지.

노인은 줄을 좀 더 당겨보려고 했지만 줄은 금방이라도 끊어질 것처럼 팽팽하게 당겨져 있었다. 몸을 뒤로 젖히고 줄을 당겨봤지만 여전히 강한 힘이 느껴져서 더 이상 당기면 안 될 것 같았다. 더 당기지 않는 게 좋겠어, 노인이 생각했다. 잡아당길 때마다 상처는 더 넓어질 거고 그러면 물고기가 뛰어올랐을 때 바늘이 빠져버릴지도 몰라. 어쨌든 해가 뜨니 기분이 훨씬 좋구나. 더구나 해를 정면으로 받고 있지 않아 다행이다.

낚싯줄에 해초 한 무더기가 감겨 있었지만 그것도 물고기에게 무겁게 느껴질 거라는 생각이 들자 노인은 기분이 좋았다. 밤에 밝게 빛나던 인광도 해초 때문이었다.

"물고기야, 나는 널 사랑하고 존중한단다. 하지만 난 오늘 안으로 널 죽여야만 해."

노인이 말했다.

꼭 그렇게 되길 빌어야지, 노인은 생각했다.

북쪽에서 작은 새 한 마리가 노인의 배를 향해 날아왔다. 작은 몸집의 휘파람새가 바닷물 바로 위로 낮게 날고 있었다. 노인은 새가 무척 지쳐 있다는 걸 알 수 있었다. 휘파람새는 배의 고물 쪽에 내려와 앉았다가 다시 노인의 머리 위를 맴돌더니 낚싯줄에 앉았다. 새에게는 그게 더 편한 모양이었다.

"넌 몇 살이니?"

노인이 휘파람새에게 물었다.

"처음 나온 여행이니?"

새는 말을 하는 노인을 가만히 쳐다보았다. 휘파람새는 줄을 제대로 살피지도 못할 만큼 지쳤는지 불안정하게 흔들리자 재빨리 작은 발로 줄을 움켜쥐었다.

"줄은 튼튼하니까 걱정 마라."

노인이 휘파람새에게 말했다.

"아주 탄탄하단다. 어젯밤에는 바람도 불지 않았는데 그렇게 지치면 안 되지. 그나저나 새들은 어떻게 될까?"

노인은 이런 작은 새를 노리는 매를 생각했다. 하지만 휘파람새에게 그런 이야기는 하지 않았다. 그래봐야 이해하지도 못할뿐더러 어차피 매가 어떤 새인지는 이제 곧 직접 겪게 될 테니까.

"푹 쉬어라, 작은 새야."

노인이 말했다.

"그러고 나서 멀리 날아가서 사람들이나 새, 물고기들처럼 네 운을 시험해보렴."

간밤에 뻣뻣하던 등이 이제는 무척 아파왔지만 이렇게라도 몇 마디 하고 나니 기분이 한결 나아졌다.

"원한다면 우리 집에서 같이 살아도 돼, 새야."

노인이 말했다.

"돛대를 매달면 너를 데리고 미풍을 받아 미끄러져 갈 텐데, 그렇게 하지 못해 미안하구나. 지금은 함께 가고 있는 친구가 있어서 말이야."

바로 그때 물고기가 또 한 번 출렁거렸다. 그 바람에 노인은 앞으로 확 고꾸라졌다. 얼른 몸에 힘을 주고 줄을 풀지 않았더라면 그대로 바닷속으로 빠질 뻔했다.

낚싯줄이 갑자기 당겨질 때 작은 새는 하늘로 날아올랐고 노인은 휘파람새가 날아가는 것도 미처 보지 못했다. 오른손이 화끈거려서 살펴보니 손에서 피가 나고 있었다.

"물고기도 뭔가에 다친 모양이군."

노인은 큰 소리로 말하고 낚싯줄을 당겨 물고기가 방향을 바꾸는지 살펴보았다. 하지만 줄이 끊어지기 직전의 한계점에 이르자 가만히 팽팽한 줄을 잡고 몸을 뒤로 기대었다.

"이제 너도 내가 당기고 있다는 걸 느끼는구나, 물고기야."

노인이 말했다.

"나도 느낀단다."

노인은 휘파람새를 찾아 주변을 둘러보았다. 휘파람새가 옆에 있어줘서 좋았는데 이제 가버리고 없었다.

새가 오래 쉬지도 못했구나, 노인은 생각했다. 육지까지 가려면 꽤 고된 여행이 될 게다, 새야. 어쩌다 물고기가 한 번 당겼다고 해서 순식간에 상처까지 났을까? 나도 바보가 다 됐군. 아니면 작은 새한테 정신이 팔려 있어서 그랬겠지. 이제 내 일에만 집중해야지. 그리고 기운이 달리지 않게 꼭 다랑어를 먹어야겠다.

"그 애가 여기 있다면 얼마나 좋을까. 그리고 소금도 챙겨 왔더라면 좋았을 텐데."

노인이 큰 소리로 말했다.

노인은 낚싯줄의 무게를 왼쪽 어깨로 옮기며 조심스럽게 무릎을 꿇고 앉았다. 바닷물에 손을 씻고서 그대로 담근 채 피가 바닷물에 흘러가는 것과 배가 움직일 때마다 손에 부딪치는 물살을 한동안 가만히 지켜보았다.

"녀석도 꽤 많이 느려졌군."

노인이 중얼거렸다.

노인은 짠 바닷물에 손을 좀 더 담가두고 싶었지만 또 한 번 물고기가 출렁거릴까 봐 걱정이 됐다. 노인은 몸을 일으키고 서서 해를 향해 손을 들었다. 줄 때문에 생긴 상처는 가벼운 것이었다. 하지만 하필 낚싯줄이 닿는 쪽으로 많이 사용하는 부분이었다. 싸움을 끝내려면 손을 많이 써야 하는데 시작도 하기 전에 상처가 난 것이 마음에 걸렸다.

"자, 이제 다랑어를 먹어야지. 작살로 끌어다가 편하게 먹어야겠다."

손이 다 마른 뒤 노인이 말했다.

노인은 다시 무릎을 꿇고 앉아 작살로 고물 아래에 있던 다랑어를 찍어 낚싯줄 더미 사이를 지나 조심스럽게 자기 쪽으로 끌어왔다. 그러고는 왼쪽 어깨에 낚싯줄을 걸고 왼손과 왼팔로 잡고서 작살에서 다랑어를 뺀 뒤 작살은 제자리에 두었다. 노인은 한쪽 무릎으로 다랑어를 지그시 누르고 머리 뒤쪽에서 꼬리까지 길게 검붉은 살점을 잘라냈다. 그리고 등뼈 옆에서부터 뱃살 쪽으로 쐐기 모양으로 살점을 잘랐다. 노인은 모두 여섯 조각으로 자른 다랑어의 살코기를 뱃머리 나무 위에 펼쳐놓았다. 그리고 칼을 바지에 문질러 닦은 다음, 꼬리를 잡고 뼈만 남은 다랑어를 바다에 던졌다.

"한 조각도 다 먹기 힘들겠는데."

노인이 말하며 칼로 한 조각을 반으로 잘랐다. 그때 낚싯줄이 팽팽하게 당겨지는 게 느껴졌고 갑자기 왼손에 쥐가 났다. 무거운 줄을 붙잡고 있던 손이 속수무책으로 오그라들자 노인은 마땅치 않은 눈으로 왼손을 보았다.

"무슨 손이 이렇게 생겨 먹었나."

노인이 말했다.

"쥐가 날 테면 나라지. 새 발처럼 오그라들어 봐. 그래봐야 아무 소용 없을 테니까."

노인은 낚싯줄이 비스듬히 들어가 있는 어두운 바닷물을 내려다 보며 생각했다. 어서 먹어야 손도 나아질 거야. 이건 손 잘못이 아니야. 오랜 시간 물고기와 씨름하고 있으니 힘들 만도 하지. 앞으로 한참을 더 싸워야 할 텐데. 어서 다랑어를 먹어야겠다.

노인은 다랑어 한 조각을 들어 입에 넣고 천천히 씹었다. 맛이 나쁘지 않았다.

육즙이 다 나오게 꼭꼭 씹어야지, 노인이 생각했다. 작은 라임이나 레몬 조각을 곁들이거나 소금을 쳐서 먹으면 더 맛있을 텐데.

"좀 어떠냐, 손아?"

노인은 사후경직이라도 일어난 것처럼 뻣뻣한 손을 보며 말했다.

"널 위해 좀 더 먹으마."

노인은 반으로 자른 나머지 조각을 먹었다. 그는 천천히 다랑어를 씹은 뒤 껍질을 뱉었다.

"지금은 좀 어때? 뭔가 느껴지기엔 아직 너무 이른가?"

노인이 다시 다랑어 조각 하나를 입에 넣고 꼭꼭 씹었다. 아주 싱싱한 녀석이구나, 노인은 생각했다. 만새기 대신 이놈을 잡은 게 다행이지. 만새기는 너무 달거든. 이 녀석은 단맛도 거의 없고 아직도 혈기왕성한 기운이 느껴지네.

현실적인 생각 외에 다른 건 다 쓸데없는 잡생각이야, 노인은 생각했다. 소금이라도 좀 있으면 좋을 텐데. 햇볕 때문에 남은 다랑어 조각이 썩거나 말라버릴 테니 배가 안 고파도 다 먹는 게 좋겠다. 물고기는 계속 꾸준하게 헤엄치고 있으니 다 먹어두면 나도 든든하게 준비가 되겠지.

"손아, 조금만 참아라. 널 위해서 먹는 거야."

노인이 말했다.

물고기에게도 먹이를 줄 수 있으면 좋으련만, 노인은 생각했다. 내 형제나 다름없는데. 하지만 난 녀석을 죽여야만 해. 그러려면 힘을 모아야지. 노인은 천천히 그리고 공을 들여 다랑어를 씹으며 쐐기 모양으로 자른 다랑어 살코기를 모두 먹어치웠다.

노인은 바지에 손을 문지르고 정리했다.

"자, 이제 낚싯줄을 놓아도 된다, 손아. 바보 같은 쥐가 풀릴 때까지 오른손으로 잡고 있을 테니까."

노인이 말했다.

노인은 왼손으로 잡고 있던 무거운 낚싯줄에 왼발을 올려놓고, 등에 대고 있는 줄을 밀며 뒤로 기댔다.

"이제 빨리 쥐가 풀어지게 도와주세요, 하느님."

노인이 말했다.

"저놈의 물고기가 언제 어떻게 움직일지 알 수 없으니까요."

노인이 생각하기에 물고기는 조용히 자기 계획대로 움직이고 있는 것 같았다. 하지만 녀석의 계획이 대체 뭘까, 노인은 생각했다. 내 계획은 뭐지? 워낙 커다란 놈이니 녀석이 하는 걸 보고 대처하는 게 내 계획이랄 수밖에. 녀석이 뛰어오르면 작살로 죽일 수도 있을 텐데, 계속 물속에서 버틴다면 나도 그럴 수밖에 없지.

노인은 쥐가 난 손을 바지에 문지르며 손가락을 풀어보려고 했다. 하지만 손가락은 좀처럼 펴지지 않았다. 햇볕을 쬐면 펴질지도 몰라. 다랑어가 소화되어서 강한 힘이 전해지면 풀어지겠지. 물고기를 잡으려면 어떻게든 손을 벌려야 해, 무슨 일이 있어도.

하지만 지금은 억지로 손을 벌리고 싶지 않아. 때가 되어서 저절로 펴지고 나아질 때까지 기다려주자. 밤사이 많이 부려먹었으니 줄을 풀고 좀 쉴 시간을 줘야겠어.

노인은 바다를 보며 넓은 바다에 혼자뿐이라는 걸 다시 한 번 깨달았다. 하지만 깊고 어두운 물속에 생긴 프리즘을 볼 수 있었고 앞으로 뻗어나간 낚싯줄과 잔잔한 바닷물에 생기는 이상한 파도 모양도 볼 수 있었다. 무역풍이 불어 구름이 점점 모여들었다. 앞을 보니 하늘을 날고 있는 들오리 떼가 선명하게 보였다가 흐려지더니 다시 선명해졌다. 노인은 바다에 나와 있을 땐 절대 혼자가 아니라는 것을 느꼈다.

노인은 작은 배를 타고 육지가 보이지 않는 먼 바다에 나가는 걸 겁내는 사람들을 떠올렸다. 갑작스럽게 날씨가 나빠지기도 하는 계절에는 그럴 수도 있다고 생각했다. 하지만 지금은 허리케인이 오는 달이긴 하나, 허리케인만 오지 않으면 날씨가 일 년 중 최고인 때였다.

바다에 나와 있을 때는 허리케인이 오는 것을 며칠 전부터 하늘을 보고 예상할 수 있지만 육지에서는 알 수 없었다. 무엇을 살펴봐야 하는지 모르니까 알 수가 없지, 노인은 생각했다. 물론 육지에서도 구름의 모양이든 무엇이든 분명 달라지는 게 있을 거야. 하지만 지금으로서는 허리케인이 발생할 조짐은 보이지 않는군.

노인은 하늘을 올려다보았다. 쌓아 올린 아이스크림 덩어리 같은 뭉게구름이 보였고, 그 위로 9월의 높은 하늘을 배경으로 새털구름이 가볍게 퍼져 있었다.

"가벼운 브리사*구나."

노인이 말했다.

"너보단 나한테 유리한 날씨다, 물고기야."

노인의 왼손은 여전히 오므려져 있었지만 천천히 풀리는 것 같았다.

손에 쥐가 나는 건 질색이야, 노인이 생각했다. 내 몸이 나를 배

---

* 스페인어로 '미풍' 또는 '무역풍'을 뜻하는 말.

신하다니 말도 안 돼.

식중독으로 남들 앞에서 설사를 하거나 구토를 하는 건 창피한 일이다. 하지만 쥐가 나는 건, 특히 혼자 있을 때 그러는 건 자기 자신에게도 창피한 일이라고 생각하며 노인은 '칼람브레'*라는 말을 떠올렸다.

그 애가 있었다면 손을 주물러주고 팔부터 쓸어내려 풀어주었을 텐데, 노인은 생각했다. 하지만 시간이 지나면 풀어지겠지.

바로 그때 노인이 오른손으로 잡고 있던 낚싯줄의 느낌이 달라졌고, 곧이어 물속에 들어가 있던 줄이 비스듬히 기우는 것이 보였다. 노인은 몸을 젖히고 왼손을 허벅지에 세게 때리면서 기울어진 낚싯줄이 천천히 올라오는 것을 보았다.

"녀석이 올라온다."

노인이 말했다.

"어서 풀려라. 손아. 어서 서둘러."

낚싯줄이 계속해서 천천히 위로 올라오더니 배 앞쪽으로 바닷물이 불룩해지면서 물고기가 모습을 드러냈다. 바닷물이 물고기의 등 양옆으로 갈라졌고 물고기는 계속 올라왔다. 햇빛을 받은 물고기는 눈부시게 빛났다. 머리와 등은 어두운 자주색이었으며 햇빛에 연보라색의 넓은 옆줄이 드러났다. 주둥이는 야구방망이만큼 길었고 쌍날칼처럼 끝으로 갈수록 뾰족해졌다. 물고기는 물 밖으로 완전히 모습을 드러냈다가 마치 잠수부처럼 부드럽게 다시 물속으로 들어갔다. 노인은 큰 낫과 같은 물고기 꼬리가 물에 잠기는 것을 보았다. 낚싯줄이 빠르게 풀려나가기 시작했다.

"이 배보다 족히 60센티미터는 더 길겠어."

노인이 말했다. 낚싯줄이 빠른 속도로, 꾸준히 풀려나가는 것을

---

* 스페인어로 '쥐'나 '경련'을 뜻하는 말.

보니 물고기는 침착한 것 같았다. 노인은 줄이 끊어지지 않을 만큼만 힘껏 잡아당겼다. 꾸준하게 줄을 당겨 물고기의 속도를 줄이지 않으면 물고기가 낚싯줄을 있는 대로 다 풀어 가 결국 끊어질 수도 있었다.

아주 큰 녀석이니 내가 잘 다뤄야 해. 노인이 생각했다. 저 녀석이 자기 힘이 얼마나 센지, 속도를 내면 어떻게 되는지 알면 안 되는데. 내가 저 녀석이라면 무슨 일이 일어나든 일단 있는 힘을 다해 무조건 돌진하고 볼 테지만 녀석은 자기를 죽이려는 인간들처럼 똑똑하지 않으니 천만다행이야. 비록 우리 인간들보다 우아하고 능력 있는 생물이긴 하지만.

노인은 지금까지 큰 물고기를 수도 없이 많이 봤다. 450킬로그램이 넘는 물고기를 직접 잡아본 일도 두 번이나 됐다. 하지만 혼자서 잡은 적은 없었다. 그런데 지금은 혼자서, 그것도 육지가 보이지도 않는 먼 곳에 떨어져서 여태 본 적도 들은 적도 없는 큰 물고기를 상대하고 있었다. 게다가 한껏 오므린 독수리의 발톱처럼 굳어버린 왼손은 아직 완전히 풀리지 않은 상태였다.

곧 좋아질 거야, 노인은 생각했다. 분명히 제때 부드럽게 풀려서 오른손을 도와줄 거야. 내게 형제나 다름없는 세 가지가 물고기와 내 두 손인걸. 분명히 풀릴 거야. 물고기는 다시 속도를 늦추고 아까와 같은 속도로 차분하게 움직이고 있었다.

그런데 물고기가 갑자기 왜 올라왔을까, 노인이 생각했다. 자기가 얼마나 큰지 내게 보여주려고 올라온 것 같았는데. 어쨌든 덕분에 잘 봤네, 노인은 생각했다. 나도 내가 어떤 인간인지 보여줄 수 있다면 좋을 텐데. 그러면 쥐가 나서 굳어버린 바보 같은 손도 보겠지. 내가 자기보다 더 강한 상대라고 생각하게 내버려 두자. 그게 사실이니까. 나도 물고기였으면 좋겠다, 노인은 생각했다. 내 의지와 지혜만 남기고 녀석이 가진 모든 것을 지닌 물고기였으면.

노인은 나무를 등지고 편안하게 앉아 밀려드는 통증을 견뎠다. 물고기는 꾸준히 헤엄쳤고 배는 일정한 속도로 검푸른 바닷물을 가르며 나아갔다. 동쪽에서 바람이 불어와 바닷물이 잔잔하게 일렁거렸다. 정오쯤 되자 노인의 왼손이 풀렸다.

"안 좋은 소식이구나, 물고기야."

노인이 어깨를 덮고 있는 자루 위의 낚싯줄을 조정하며 말했다.

자세는 편안했지만 고통스러웠다. 물론 노인은 고통스럽다는 생각을 하지 않으려 애썼다.

"난 종교는 없지만 이 물고기를 잡게 된다면 주기도문과 성모송을 열 번씩 암송하겠어. 그리고 이 물고기를 잡으면 코브레의 성모 마리아님께 참배를 올릴 거야. 진심이야."

노인이 말했다.

노인은 기계적으로 기도문을 외우기 시작했다. 가끔씩 노인은 너무 피곤해서 기도문을 다 기억하지 못할 때도 있었는데 그럴 때는 더 빠르게 외우면 자동적으로 기도문이 흘러나왔다. 주기도문보다 성모송이 외우기 쉽다고 노인은 생각했다.

"은총이 가득하신 마리아님, 기뻐하소서. 주님께서 함께 계시니 여인 중에 복되시며 태중의 아들 예수님 또한 복되시나이다. 천주의 성모 마리아님, 이제와 저희 죽을 때에 저희 죄인을 위하여 빌어주소서. 아멘."

그리고 덧붙였다.

"복되신 마리아여, 이 물고기를 위하여 빌어주소서. 훌륭한 물고기이옵나이다."

기도문을 외고 나자 기분이 한결 나아졌지만 고통은 여전했고, 어쩌면 더 심해진 것도 같았다. 노인은 뱃머리 쪽에 기댄 채 무의식적으로 왼쪽 손가락을 움직였다.

가볍게 바람이 불고 있었지만 햇볕은 따가웠다.

"고물 쪽에 있는 작은 낚싯줄에 미끼를 새로 끼워야겠다."

노인이 말했다.

"만약에 저 녀석이 하룻밤 더 버틸 작정이라면 나도 먹을 게 필요해. 물통의 물도 얼마 남지 않았어. 만새기 말고 다른 걸 잡을 수 있을지 모르겠네. 하지만 만새기도 싱싱할 때 먹으면 그리 나쁘진 않겠지. 오늘 밤엔 날치가 배 안으로 떨어졌으면 좋겠다. 하지만 날치를 유인할 전등도 없구나. 굽지 않고 날로 먹기에는 날치가 최곤데. 굳이 칼로 자를 필요도 없고. 이제 힘을 좀 아껴야겠다. 어휴, 저렇게 큰 놈일 거라고는 상상도 못 했네."

"그래도 저 녀석을 꼭 죽여야 해."

노인이 말했다.

"녀석의 위대함과 영광을 최대한 존중하긴 하겠지만 말이야."

불공평한 일이긴 하지만 녀석에게 인간이 뭘 할 수 있는지, 얼마나 견딜 수 있는지 보여줘야지, 노인은 생각했다.

"그 애에게 내가 별난 늙은이라고 말했었지."

노인이 말했다.

"이제 그걸 증명할 때가 온 거야."

지금까지 수천 번도 넘게 증명했지만 그건 아무 의미가 없었다. 노인은 이제 또 한 번 증명하려 하고 있었다. 노인에게는 매 순간이 새로웠고 그것을 증명할 때마다 지난 일은 생각하지 않았다.

물고기가 잠을 좀 잤으면 좋겠구나. 그럼 나도 자면서 사자 꿈을 꿀 텐데, 노인은 생각했다. 왜 요즘은 주로 사자 꿈만 꾸는 걸까? 쓸데없는 생각 마, 이 영감아, 노인이 생각했다. 아무 생각도 하지 말고 뱃전에 기대어 좀 쉬어둬야 해. 물고기는 열심히 헤엄치고 있으니 이럴 땐 그저 최대한 힘을 아끼면서 쉬어야지.

이제 오후로 접어들고 있었다. 배는 여전히 천천히, 꾸준하게 움직이고 있었다. 하지만 지금은 동쪽에서 부는 바람 때문에 속도가 다소 느려졌고 작은 파도를 헤치며 조용히 나아가고 있었다. 등을 가로지르는 줄 때문에 느껴지는 고통도 훨씬 부드러워지고 편안하게 느껴졌다.

오후에 또 한 번 낚싯줄이 올라오기 시작했다. 이제 물고기는 조금 더 얕은 곳에서 헤엄치고 있었다. 햇빛이 노인의 왼팔과 어깨, 그리고 등을 비추었다. 그래서 노인은 물고기가 북동쪽으로 방향을 바꾸었다는 걸 알 수 있었다.

물고기를 한번 봤으니 노인은 물고기가 자주색 가슴지느러미를 날개처럼 활짝 펴고 바짝 올라선 큰 꼬리로 바닷물을 가르며 헤엄치는 모습을 상상할 수 있었다. 이렇게 깊은 바닷속에 있으면 물고기 눈에는 무엇이 보일지 노인은 궁금했다. 녀석은 눈이 아주 크던데, 말은 눈이 그보다 훨씬 작아도 어둠 속에서 잘 볼 수 있어. 한때는 나도 눈이 꽤 좋았지. 물론 아주 깜깜할 땐 안 보여도 고양이가 보는 만큼은 충분히 봤는데.

따뜻한 햇볕을 쬐고 계속해서 손가락을 움직인 덕분에 왼손은 완전히 회복되었다. 노인은 왼손에 힘을 좀 더 실으며 낚싯줄 때문에 생긴 등의 통증을 줄이기 위해 어깨를 움츠려보았다.

"아직도 지치지 않았다면 너도 보통 녀석이 아니구나."

노인이 큰 소리로 말했다.

노인은 극심한 피로감을 느꼈고, 곧 밤이 오리라는 것을 알았다. 노인은 다른 생각을 하려고 애썼다. 빅 리그 경기는 어떻게 됐을까. 노인은 빅 리그라는 영어보다는 그란 리가스라는 스페인어가 더 익숙했다. 뉴욕 양키스가 디트로이트 타이거스와 경기를 벌였다는 걸 노인은 알고 있었다.

오늘이 이틀째인데 후에고스* 결과를 알 길이 없구나, 노인이 생

---

* 스페인어로 '경기'라는 뜻.

각했다. 하지만 믿어 의심치 말아야지. 위대한 디마지오는 발꿈치 뼈가 아픈데도 불구하고 모든 걸 완벽하게 해내고 있으니 정말 존경스러워. 그런데 뼈가 아픈 게 어떤 거지? 노인이 스스로에게 물었다. 운 에스푸엘라 데 우에소*라고 하지. 우리는 그런 통증이 어떤 건지 몰라. 닭싸움에서 치열하게 싸우는 싸움닭들처럼 아플까? 나 같으면 그런 건 못 참을 텐데. 싸움닭처럼 한쪽 눈도 모자라 두 눈을 다 잃고도 계속 싸운다는 건 상상도 할 수 없어. 그런 새나 짐승에 비하면 인간은 아무것도 아니지. 그래도 어둡고 깊은 바닷속에 있는 저 괴물 같은 녀석이 되는 게 낫겠어.

"상어만 나타나지 않는다면."

노인이 큰 소리로 말했다.

"만약 상어가 나타난다면 녀석이나 나나 큰일 나는 거지."

위대한 디마지오라면 지금 나만큼 이 녀석과 함께 버틸 수 있을까? 노인이 생각했다. 분명 그럴 수 있겠지. 어쩌면 나보다 훨씬 나을지도 몰라. 아무래도 나보다 젊고 힘도 세니까. 더구나 디마지오 아버지도 어부였다지. 그래도 뒤꿈치 뼈 때문에 많이 고통스럽겠지?

"나도 모르겠다."

노인이 큰 소리로 말했다.

"나는 한 번도 뒤꿈치 뼈가 아파본 적이 없으니까."

해가 지기 시작하자 노인은 용기를 잃지 않으려고 오래전 일을 떠올렸다. 노인은 당시 부두에서 제일 힘센 시엔푸에고스 출신의 덩치 큰 흑인과 카사블랑카에 있는 선술집에서 팔씨름을 벌였다. 두 사람은 분필로 선을 그어놓은 탁자 위에 팔꿈치를 대고 팔을 똑바로 세워 손을 맞잡은 채 하루 낮 하루 밤을 보냈다. 서로 상대방의 손을 탁자로 꺾어 내리려고 애쓰며 버텼다. 두 사람을 놓고 사람

---

* 스페인어로 '발뒤꿈치에 뾰족하게 돌출된 뼈'를 가리키는 말.

들이 내기를 걸었고 램프 불빛 아래 많은 사람이 들어오고 나갔다. 노인은 흑인의 손과 팔, 얼굴을 쳐다보았다. 처음 여덟 시간이 지난 후에는 심판이 잠을 잘 수 있도록 네 시간마다 심판을 교대했다. 노인의 손톱과 흑인의 손톱 아래서 피가 흘렀고 두 사람은 서로의 눈빛을 살피며 손과 팔을 번갈아 쳐다보았다. 내기에 돈을 건 사람들은 들락거리기도 하고 벽 앞에 높은 의자를 놓고 앉아 지켜보기도 했다. 밝은 파란색으로 칠해진 나무 벽에는 등불에 비친 두 사람의 그림자가 어른거렸다. 커다란 흑인의 그림자가 바람에 흔들리는 등불을 따라 함께 흔들렸다. 밤이 새도록 승부가 나지 않았다. 사람들은 흑인에게 럼주를 마시게 하고 담배에 불을 붙여주었다. 럼주를 마신 흑인은 엄청난 힘을 발휘해 노인을 공격했다. 물론 당시에는 노인이 아니라 산티아고 엘 캄페온*이었다. 그 바람에 노인은 균형을 잃고 거의 7센티미터나 밀렸지만 다시 힘을 내어 팔을 똑바로 세우고 균형을 잡았다. 노인은 그때 뛰어난 운동선수였던 흑인을 이길 수 있다는 확신이 있었다. 날이 밝아도 끝날 기미가 없자 내기에 참가한 사람들이 무승부로 하자고 했다. 심판도 고개를 흔들며 고민했다. 그때 노인이 있는 힘을 다해 흑인의 손을 누르기 시작했고 마침내 손등이 나무 탁자에 닿았다. 일요일 아침에 시작된 시합은 월요일 아침이 되어서야 끝났다. 내기에 참가했던 사람들이 무승부로 끝내자고 했던 건 부두에 나가 설탕 포대를 싣는 일을 하거나 아바나 석탄 공장에 일을 하러 가야 했기 때문이었다. 그것만 아니라면 모두들 시합을 끝까지 보고 싶어 했다. 어쨌든 노인은 사람들이 출근하러 가기 전에 시합을 끝냈다.

그날 이후 오랫동안 사람들은 노인을 챔피언이라고 불렀다. 봄에 재경기가 있었는데, 그러나 내기에 걸린 돈은 처음처럼 많지 않

* 스페인어로 '챔피언'이라는 뜻.

왔다. 노인은 이미 첫 번째 시합에서 시엔푸에고스 출신 흑인의 자존심을 무너뜨렸기 때문에 비교적 쉽게 두 번째 승리를 기록했다. 이후에도 몇 번의 시합을 했지만 곧 그만두었다. 원한다면 누구든 이길 수 있다는 걸 알았지만 팔씨름은 고기잡이를 하는 오른손에 안 좋은 영향을 준다는 것을 깨달은 것이다. 노인은 왼손으로 서너 번 연습 경기를 했다. 하지만 왼손은 언제나 기대를 저버렸고 노인이 시키는 대로 하지 않았기 때문에 노인은 왼손을 믿지 않았다.

햇볕이 적당히 잘 구워주고 있군, 노인이 생각했다. 밤에 지나치게 춥지만 않으면 다시 쥐가 나진 않을 거야. 오늘 밤은 어떻게 될지 궁금하네.

머리 위 하늘에서 비행기 한 대가 마이애미 방향으로 날아갔다. 노인은 비행기 그림자에 날치 떼가 동요하는 모습을 보았다.

"저렇게 날치가 많으면 분명 근처에 만새기가 있을 텐데."

노인이 말하며 줄을 잡고 몸을 젖혀 물고기를 조금이라도 끌어당길 수 있는지 확인해보았다. 그러나 물고기는 꼼짝도 하지 않았고 줄만 팽팽하게 당겨지며 물방울이 튀었다. 배는 천천히 앞으로 나아가고 있었다. 노인은 비행기가 완전히 사라질 때까지 비행기를 쳐다보았다.

비행기에 타고 있으면 기분이 이상할 거야, 노인은 생각했다. 높은 하늘에서 내려다보면 바다가 어떻게 보일까? 너무 높이 날지만 않는다면 물고기도 잘 보일 텐데. 360미터 정도 높이에서 천천히 날면서 물고기를 내려다봤으면 좋겠다. 거북잡이 배를 탔을 때는 돛대 꼭대기에 있는 가로장에 올라갔었는데. 그 정도 높이에서도 꽤 잘 보였지. 거기서 내려다보면 만새기는 더 진한 녹색으로 보이고 줄무늬와 자줏빛 점들도 보였어. 열심히 헤엄치는 물고기 떼도 다 보였고. 검푸른 바닷물에서 빠르게 헤엄치는 물고기들은 어째서 하나같이 등도 자주색이고 줄무늬나 점들도 자줏빛을 띠는 걸까?

만새기는 실제로는 황금색이니 초록색으로 보이는 게 맞아. 하지만 아주 배가 고픈 상태에서 먹이를 먹을 때는 청새치처럼 옆구리에 자주색 줄무늬가 나타나던데. 그런 무늬가 나타나는 이유는 화가 나서일까, 아니면 빠른 속도로 움직이기 때문일까?

어두워지기 직전, 노인의 배는 햇빛을 받으며 떠 있는 큼지막한 모자반 더미 옆을 지나갔다. 마치 바다가 노란 담요 밑에서 뭔가와 사랑을 나누고 있는 것처럼 보였다. 그때 노인의 작은 낚싯줄에 만새기가 걸렸다. 노인은 만새기가 허공에 떠올랐을 때에야 그것을 보았다. 막 저무는 햇빛을 받아 황금색으로 빛나는 만새기는 허공에서 몸을 구부리고 지느러미를 거칠게 펄럭거렸다. 만새기는 겁에 질렸는지 몇 번이나 계속 튀어 올랐다. 노인은 배 뒤쪽으로 이동해 오른손과 오른팔로 큰 낚싯줄을 잡고 몸을 웅크리고 있다가 왼손으로 작은 낚싯줄을 당겨 배 안으로 들어온 줄을 왼발로 눌러가며 만새기를 잡아끌었다. 고물에 가까워진 만새기가 펄떡거리며 거칠게 몸을 뒤챘다. 노인은 고물 아래로 몸을 숙여 자주색 반점이 있는 윤기 나는 황금색 물고기를 배 안으로 끌어 올렸다. 만새기는 낚싯바늘을 끊어내기라도 하려는 듯 턱을 빠르게 떨었고 바닥에 누운 채 길고 날씬한 몸통과 꼬리, 머리로 바닥에서 힘껏 요동쳤다. 노인은 만새기가 몸을 떨며 잠잠해질 때까지 방망이로 반짝이는 황금색 머리를 두들겼다.

노인은 만새기 주둥이에서 낚싯바늘을 빼고 정어리 미끼를 끼워 다시 바닷속으로 던졌다. 그리고 천천히 뱃머리 쪽으로 움직였다. 노인은 바닷물에 왼손을 씻고 바지에 문질러 닦았다. 오른손에 잡고 있던 두꺼운 밧줄을 왼손으로 옮기고 오른손을 씻으며 수평선 아래로 잠기는 해와 비스듬하게 경사진 낚싯줄을 유심히 바라보았다.

"이 녀석은 조금도 변하지 않았군."

노인이 말했다. 하지만 손에 부딪치는 바닷물을 자세히 살펴보니 속도가 눈에 띄게 줄었음을 알 수 있었다.

"노를 묶어서 고물에 가로질러 놓으면 밤새 속도가 좀 더 줄 거야. 밤 동안은 녀석이나 나나 별일 없겠지."

노인이 말했다.

만새기 피가 살 속으로 좀 더 스며들도록 두었다가 내장을 발라내는 게 좋겠다, 노인은 생각했다. 좀 있다가 만새기를 손질하면서 노를 묶어야지. 지금은 가만히 내버려 두는 게 낫겠어. 해가 질 무렵에는 물고기를 건드리지 않는 게 좋으니까. 하루 중 해가 질 무렵은 물고기를 다루기가 가장 힘들거든.

노인은 바람에 손이 마르게 두었다가 낚싯줄을 잡고 최대한 편안한 자세를 잡았다. 그리고 뱃전에 몸을 기대어 줄을 당기는 힘이 배에 좀 더 실리도록 조정했다.

이제 좀 감을 잡겠네, 노인은 생각했다. 이렇게 하면 되는 거야. 노인은 문득 물고기가 미끼를 문 이후로 아무것도 먹지 않았다는 것을 떠올렸다. 덩치가 큰 녀석이니 먹는 양이 많을 텐데. 난 작은 다랑어 한 마리를 다 먹었고 내일 먹을 만새기도 잡았어. 노인은 만새기를 '도라도'라고 스페인어로 불렀다. 씻을 때 좀 먹어야겠다. 다랑어보다 먹기 어렵겠지만 그렇게 따지면 쉬운 건 하나도 없지.

"기분이 좀 어떠니, 물고기야?"

노인이 큰 소리로 물었다.

"난 기분이 좋단다. 내 왼손도 훨씬 좋아졌고 먹을 것도 있거든. 열심히 끌어라, 물고기야."

하지만 정말로 기분이 좋은 건 아니었다. 등을 지나는 굵은 낚싯줄 때문에 생긴 통증은 이제 아프다 못해 무감각해졌고 조금 걱정도 되었다. 하지만 예전엔 이보다 훨씬 안 좋은 일도 많았는데 뭐, 노인은 생각했다. 손에는 가벼운 상처만 났고 쥐도 다 풀렸어. 다리는 멀쩡하고 식량 문제도 해결되었으니 걱정 없어.

9월이라 해가 지고 나자 금세 어두워졌다. 노인은 낡은 뱃머리에 기대어 최대한 편안한 자세로 쉬었다. 첫 별이 하늘에 나왔다. 노인은 리겔*이라는 이름은 몰랐지만 그 별을 보고 조금 있으면 다른 별들이 뜨고 멀리 있는 친구들도 다 나올 거라는 걸 알았다.

"이 물고기도 내 친구지."

노인이 큰 소리로 말했다.

"지금껏 이런 물고기는 본 적도 들은 적도 없어. 하지만 난 꼭 이 녀석을 죽여야 해. 별들을 죽여야 하는 건 아니니 얼마나 다행이야."

매일 사람이 달을 죽이기 위해 덤벼야 한다고 상상해봐, 노인은 생각했다. 달은 도망가겠지. 아니면 매일매일 태양을 죽이려고 해야 한다면 어떻겠어? 그러지 않아도 되니 얼마나 다행이야, 노인은 생각했다.

그러고 나서 지금까지 아무것도 못 먹은 물고기가 불쌍하다는 생각이 들었지만 물고기를 죽여야 한다는 굳은 의지는 흔들리지 않았다. 이 정도 큰 물고기라면 얼마나 많은 사람이 배불리 먹을 수 있을까, 노인은 생각했다. 하지만 이 물고기를 먹을 자격이 있는 사람들인가? 물론 자격은 없지. 이 녀석의 당당한 행동과 존엄성을 생각하면 먹을 자격이 있는 사람은 아무도 없어.

이런 건 아무리 생각해도 뭐가 뭔지 모르겠다, 노인은 생각했다. 하지만 태양이나 달, 별을 죽이려고 애쓰지 않아도 된다는 것만으로도 감사해야지. 바다에 살면서 진정한 형제들을 죽여야 하는 것으로 충분해.

자, 이제 배의 속도를 줄이는 방법을 찾아보자, 노인이 생각했다. 그러자면 좋은 점도 있고 위험한 점도 있지. 노를 고물에 가로로 묶어 속도를 떨어뜨렸는데 녀석이 뭔가 이상한 낌새를 느끼고 속력을

---

* 오리온자리에서 두 번째로 밝은 별.

낸다면 줄을 더 풀어줄 수밖에 없고, 자칫하면 녀석을 놓칠지도 몰라. 반대로 배가 가벼우면 물고기와 나의 고통이 길어지겠지. 하지만 배는 유일하게 내 안전을 책임지고 있는 데다 물고기가 작정하고 최대 속도를 내면 언제 어떻게 될지 알 수 없는 노릇이니. 어떤 일이 일어나든 간에 우선 힘을 비축하려면 만새기가 상하기 전에 내장을 발라내고 좀 먹어둬야겠다.

꾸준히 가는 걸 보니 녀석은 아직 끄떡없는 모양이네. 이 상태로 한 시간쯤 쉬는 게 좋겠어. 그러고 나서 고물 쪽에 가서 만새기를 손질하고 결정해야겠다. 그동안에는 녀석이 어떻게 움직이는지, 어떤 변화가 있는지 지켜봐야지. 노를 묶어두는 건 좋은 방법이지만 안전을 무시할 수도 없어. 녀석은 아직도 팔팔하고 낚싯바늘이 걸린 입을 꼭 다물고 있어. 낚싯바늘의 고통 따윈 아무것도 아닐 거야. 정체도 알 수 없는 상대와 싸우고 있다는 사실과 굶주림의 고통이 큰 문제겠지. 이제 그만 쉬자. 내가 나서야 할 때까지는 물고기가 알아서 하도록 놔두는 게 좋아.

노인은 두 시간 정도 휴식을 취한 것 같았다. 아직 달이 떠오르지 않아서 시간을 가늠할 방법이 없었다. 상대적으로 편하게 있었다는 것이지 정말 휴식을 취한 것도 아니었다. 노인은 여전히 어깨에 걸쳐진 물고기의 무게를 느끼며 왼손을 뱃전에 올리고 물고기에 저항하는 힘을 배 쪽으로 옮기려고 애썼다.

줄을 묶어놓을 수 있다면 얼마나 일이 간단해질까. 노인은 생각했다. 하지만 물고기가 한 번만 출렁거려도 순식간에 줄이 끊어져버릴 테니 그럴 순 없지. 내 몸을 쿠션 삼아 줄을 조절하고 두 손으로 붙잡고서 언제라도 줄을 풀어줄 준비를 하고 있을 수밖에.

"하지만 아직 한잠도 안 잤잖아, 이 영감아."

노인이 큰 소리로 말했다.

"벌써 반나절을 보내고도 밤이 지났고 또 하루가 지났는데 아직

한잠도 못 잤어. 녀석이 잠잠할 때 조금이라도 잘 수 있는 방법을 찾아야 하는데. 이렇게 안 자고 버티다간 머리가 흐리멍덩해지고 말 거야."

내 머릿속은 아주 맑은데, 노인은 생각했다. 너무 맑아서 탈이지. 내 형제들인 저 하늘의 별처럼 맑고 또렷해. 그래도 잠은 자둬야지. 별도 자고 달도 자고 해도 자고, 심지어 해류도 없고 아주 잔잔한 날에는 가끔씩 바다도 잠을 자는데 말이야.

잊지 말고 눈을 붙여야 해, 노인은 생각했다. 간단하고 확실하게 잠시 줄을 고정할 수 있는 방법을 생각해보자. 곧 만새기 손질도 해야 해. 꼭 잠을 자려면 노를 묶어서 속도를 늦추는 방법은 위험하겠어.

난 잠을 안 자도 버틸 수 있어, 노인은 생각했다. 하지만 그것도 위험한 생각이겠지.

노인은 갑자기 낚싯줄이 당겨지지 않도록 주의하며 무릎걸음으로 배의 고물 쪽으로 옮겨 갔다. 어쩌면 물고기도 비몽사몽일 거야, 노인은 생각했다. 하지만 녀석은 푹 쉬면 안 되는데. 죽을 때까지 계속 배를 끌어야지.

노인은 배 뒤쪽에서 몸을 돌려 어깨를 가로질러 왼손으로 낚싯줄을 잡고 오른손으로 칼집에서 칼을 꺼냈다. 하늘에서 밝게 빛나는 별빛에 만새기의 모습이 뚜렷하게 보였다. 노인은 칼로 만새기의 머리를 찍어 고물 아래쪽에서 끌어냈다. 조심스럽게 한 발로 만새기를 누르고 항문에서부터 아래턱 끝까지 길게 배를 갈랐다. 그리고 칼을 내려놓고 오른손으로 내장을 파낸 다음 아가미를 당겨 깨끗하게 손질했다. 손에 닿는 만새기의 위가 무겁고 미끈거려서 위를 갈라보니 날치 두 마리가 들어 있었다. 날치는 아직 싱싱하고 살이 단단했다. 노인은 날치 두 마리를 나란히 눕혀놓고 만새기의 내장과 아가미를 바닷속으로 던졌다. 내장은 인광 흔적을 남기며 물속으로 가라앉았다. 만새기는 차가웠고 별빛 아래서 나병 환자처럼 회색과 흰색이 뒤섞인 색깔로 빛났다. 노인은 오른발로 만새기의 머리를 누른 채 한쪽 옆구리의 껍질을 벗겼다. 그러고는 뒤집어서 나머지 한쪽도 껍질을 벗기고 머리와 꼬리를 잘라냈다. 노인은 발라내고 남은 것들을 배 밖으로 던졌고 물속에서 어떤 소용돌이가 생기지는 않는지 살폈다. 그러나 천천히 가라앉는 것만 보였다. 노인은 다시 몸을 돌려 만새기 살코기 두 쪽 사이에 날치 두 마리를 놓고 칼을 칼집에 넣은 뒤 천천히 뱃머리 쪽으로 움직였다. 낚싯줄의 무게 때문에 등이 굽어 있는 노인의 오른손에 손질한 물고기가 들려 있었다.

뱃머리로 옮겨 간 노인은 만새기 살 두 조각과 날치 두 마리를 내려놓았다. 그러고 나서 낚싯줄을 어깨의 다른 부분에 걸치고 다시 뱃전에 올리고 있던 왼손으로 낚싯줄을 잡았다. 그리고 옆으로 몸을 기울여 바닷물에 날치를 씻으며 손에 부딪치는 물살의 속도를 가늠했다. 만새기의 살을 발라낸 노인의 손은 인광으로 빛났다. 노인은 손에 부딪치는 물결을 유심히 관찰했다. 배의 널빤지에 손의 옆쪽을 문지를 때 느껴지는 물결은 전처럼 강하지 않았다. 인광으로 빛나는 껍질 조각들이 물 위에 둥둥 떠서 천천히 뒤쪽으로 흘러갔다.

"녀석도 지쳤거나 쉬는 모양이군."

노인이 말했다.

"자, 이제 나도 만새기를 먹고 쉬면서 잠시 눈도 좀 붙여야겠다."

별빛 아래 차가운 밤공기 속에서 노인은 손질한 만새기 살코기 반쪽과 내장을 발라내고 머리를 떼어낸 날치 한 마리를 먹었다.

"구워서 먹으면 맛이 아주 기가 막힌 게 만새기인데."

노인이 말했다.

"날것으로 먹으니 참 형편없군. 앞으로는 꼭 소금이나 라임을 챙겨야겠어."

머리를 좀 써서 낮에 뱃머리에 바닷물을 뿌려 햇볕에 말렸다면
소금을 조금이라도 얻었을 텐데, 노인은 생각했다. 하지만 만새기
를 잡은 건 거의 해 질 무렵이었으니 그럴 새도 없었지. 어쨌든 제
대로 준비를 하지 못한 건 사실이야. 그래도 꼭꼭 씹어서 잘 먹었고
탈도 나지 않았으니 다행이다.

구름이 동쪽 하늘에 몰려 있었고 노인이 알고 있는 별들도 하나
둘 사라졌다. 마치 구름으로 가득 찬 커다란 계곡을 향해 들어가는
것 같았다. 바람도 잦아들었다.

"사나흘 후면 날씨가 나빠지겠군."

노인이 말했다.

"하지만 오늘 내일은 별일 없겠어. 물고기가 잠잠히 있는 동안 나
도 좀 자둬야겠다."

노인은 오른손으로 낚싯줄을 단단히 붙잡고 뱃머리 쪽으로 몸을
기대며 허벅지로 오른손을 눌렀다. 그러고 나서 낚싯줄을 어깨 쪽
으로 조금 낮추고 왼손을 올려 줄을 눌렀다.

왼손으로 고정해놓았으니 오른손에서 낚싯줄이 빠져나가 버리
는 일은 없을 거야, 노인은 생각했다. 만에 하나 잠든 사이에 손이
느슨해지면 왼손에서 낚싯줄이 빠져나갈 테고 그 느낌 때문에 잠에
서 깰 테니까. 오른손이 좀 힘들겠구나. 하지만 노인은 힘든 일에
익숙해져 있었다. 이삼십 분 정도만 자고 일어나도 거뜬할 거야. 노
인은 온 체중을 오른손에 싣고 낚싯줄에 기대어 몸을 앞으로 웅크
린 채 잠이 들었다.

이번에는 사자 꿈을 꾸지 않고 대신 엄청나게 많은 돌고래 떼를
보았다. 약 13~16킬로미터까지 길게 뻗은 돌고래 떼는 한창 짝짓
기 시기인 것 같았다. 허공으로 높이 뛰어오른 돌고래들은 뛰어오
를 때 수면에 생긴 구멍으로 다시 정확히 떨어졌다.

그런 다음 노인은 자기 집 침대에 누워 있는 꿈을 꾸었다. 북풍이 불어 아주 추웠고, 베개 대신 오른팔을 베고 있어서 오른팔에 감각이 없었다.

그러고 나서는 노란빛을 띤 긴 모래사장 꿈을 꾸었다. 어스름이 내릴 무렵 맨 처음 바닷가로 내려오는 사자들이 보였다. 노인은 정박시켜둔 배의 뱃머리에 턱을 괴고서 저녁 미풍을 맞으며, 더 내려오는 사자가 없는지 기다렸다. 노인은 행복했다.

달이 떠오른 지 꽤 오랜 시간이 지났지만 노인은 잠에서 깨지 않았고 물고기는 변함없이 꾸준하게 헤엄치고 있었다. 노인을 태운 배는 구름들이 모여 있는 곳으로 가고 있었다.

그때 낚싯줄을 쥐고 있던 오른손이 갑자기 얼굴을 향해 쑥 들리는 바람에 노인은 잠에서 깼다. 낚싯줄이 오른손을 태울 것처럼 빠른 속도로 빠져나가고 있었다. 왼손에는 감각이 없었다. 노인은 오른손으로 최대한 잡아당겼지만 줄은 맹렬하게 풀려나갔다. 마침내 왼손에 감각이 돌아와 낚싯줄을 붙잡고 힘껏 뒤로 젖혔다. 그러자 이번에는 등과 왼손에 타는 듯한 통증이 느껴졌고, 있는 힘껏 줄을 붙잡고 있던 왼손에 꽤 깊은 상처가 났다. 노인은 고개를 돌려 낚싯줄 더미를 보았다. 줄은 술술 풀려나가고 있었다. 바로 그때 물고기가 큰 소리와 함께 허공으로 튀어 올랐다가 물보라를 일으키며 바다로 떨어졌다. 그리고 한 번, 또 한 번 튀어 올랐고 낚싯줄이 빠르게 풀려나갔음에도 불구하고 배의 속도가 눈에 띄게 빨라졌다. 노인은 줄이 끊어지기 직전의 한계점에 이를 때까지 줄을 당겼다가 놓기를 반복했다. 물고기의 엄청난 힘에 뱃머리까지 끌려간 노인은 만새기의 살코기에 얼굴을 처박았지만 꿈쩍도 할 수가 없었다.

기다리던 순간이 왔다. 노인은 생각했다. 어디 한번 해보자. 녀석에게 낚싯줄 값을 치르게 해야지..노인은 생각했다. 암, 치러야 하고말고.

노인은 물고기가 튀어 오르는 것은 보지 못했다. 큰 물소리와 바다에 떨어질 때 난 엄청난 물보라 소리만 들었다. 순식간에 정신없이 풀려나간 줄 때문에 손에 심한 상처를 입었지만 다행히 손바닥이나 손가락을 다치지는 않았다. 이런 일이 일어날 것을 예상하고 가급적 굳은살이 박인 부분에 낚싯줄이 닿도록 애쓴 덕분이었다.

그 애가 있었다면 낚싯줄을 물에 적셔주었을 텐데, 노인은 생각했다. 그렇지. 그 애가 여기 같이 있었더라면. 그랬더라면.

줄이 빠르게 풀려나가던 속도가 조금씩 느려졌고 노인은 물고기가 수월하게 줄을 끌고 들어가도록 그냥 두지 않았다. 그는 바닥에서 얼굴을 들어 만새기 살에 처박혔던 뺨에 묻은 고깃점을 떼어냈다. 그러고는 무릎을 꿇고 앉았다가 서서히 일어섰다. 노인은 아주 천천히 낚싯줄을 조금씩 내주었다. 노인은 고개를 돌릴 수가 없어서 발에 낚싯줄 더미가 닿을 때까지 조심스럽게 뒷걸음질 쳤다. 여분의 낚싯줄은 아직 넉넉히 남아 있었고 이제 물고기는 새로 풀려 들어간 낚싯줄까지 모두 끌고 다녀야 했다.

그렇지. 노인은 생각했다. 열두 번도 넘게 튀어 오르는 바람에 부레에 공기가 가득 찼을 테니 내가 끌어올릴 수도 없을 만큼 깊은 곳에서 죽을 일은 없겠군. 녀석은 이제 곧 맴돌기 시작할 테니 그때 작업을 시작해야겠다. 그런데 뭣 때문에 그렇게 갑자기 튀어 오른 거지? 너무 배가 고파서 몸부림친 건가, 아니면 어두운 밤중에 뭔가에 놀라기라도 했나? 어쩌면 갑자기 공포심을 느꼈는지도 모르지. 하지만 아주 차분하고 힘센 녀석이라 전혀 겁이 없고 자신만만해 보였는데. 영문을 모르겠군.

"자네야말로 겁내지 말고 자신감을 가져야 해, 이 영감아."

노인이 말했다.

"녀석을 다시 잡긴 했지만 더 이상 줄을 당길 수는 없어. 녀석은 이제 곧 맴돌기 시작할 거야."

노인은 왼손과 어깨로 낚싯줄을 잡고 몸을 구부린 채 바닷물을 떠서 짓이겨진 만새기 살점을 뺨에서 씻어냈다. 노인은 그것 때문에 행여 비위가 상하고 구역질이 나서 기운이 빠져버릴까 봐 걱정했다. 얼굴을 다 닦은 뒤 오른손을 씻고 바닷물에 그대로 손을 담그고서 해가 떠오르기 직전의 부연 하늘을 살펴보았다. 거의 동쪽으로 가고 있군, 노인은 생각했다. 그건 이제 녀석이 지쳐서 바닷물의 흐름을 따라가고 있다는 얘긴데. 얼마 후면 곧 맴돌기 시작하겠어. 바로 그때 진정한 싸움이 시작되는 거지.

오른손을 충분히 바닷물에 담갔다는 생각이 들자 노인은 오른손을 꺼내 들여다보았다.

"그렇게 나쁘진 않네. 이런 고통쯤은 아무것도 아니지."

노인이 중얼거렸다.

노인은 낚싯줄이 새로 생긴 상처를 건드리지 않도록 조심스럽게 잡고 체중을 옮겨서 이번엔 왼손을 반대쪽 바닷물에 담갔다.

"쓸데없는 일을 하느라 다친 건 아니야."

노인이 왼손을 향해 말했다.

"하지만 아까는 잠시 널 찾을 수가 없었단다."

난 왜 튼튼한 두 손을 가지고 태어나지 못했을까? 노인은 생각했다. 왼손을 제대로 훈련시키지 못한 내 잘못일지도 모르지. 하지만 그동안 왼손을 단련하려고 여러 번 애썼다는 건 하느님도 아실 거야. 그래도 간밤에는 나쁘지 않았어. 쥐가 난 것도 한 번뿐이었고. 한 번만 더 쥐가 나면 낚싯줄에 잘려 나간대도 그냥 내버려 둬야지.

노인은 머리가 맑지 않다는 생각이 들자 만새기 고기를 좀 먹어야 하지 않을까 고민했다. 하지만 그럴 순 없어, 노인이 혼잣말을 했다. 속이 울렁거려 토하느라 기운 빼는 것보다는 머리가 어질어질한 편이 훨씬 나으니까. 내 얼굴로 다 짓이겨놓았으니 먹는다고 해도 제대로 소화도 안 될 거야. 그래도 혹시 모르니까 만약을 대비해서 상하기 전까지는 그냥 둬야겠다. 하지만 이제 와서 힘을 내자고 뭘 먹긴 너무 늦지 않았나. 이 멍청한 영감 같으니. 노인은 자신을 탓했다. 남은 날치 한 마리라도 먹어야겠다.

깨끗하게 손질된 날치가 그대로 바닥에 있었다. 노인은 왼손으로 날치를 들고 조심스럽게 뼈를 꼭꼭 씹어가며 꼬리가 있는 부분까지 남김없이 먹어치웠다.

날치는 다른 어떤 물고기보다 영양가가 많지. 노인은 생각했다. 최소한 지금 내게 필요한 양분은 얻을 수 있을 거야. 이제 내가 할 수 있는 건 다 했다. 그는 다시 생각했다. 녀석이 맴돌기 시작하면 싸우는 거다.

노인이 바다에 나온 이후 세 번째로 해가 떠올랐을 때 물고기가 맴돌기 시작했다.

비스듬히 바닷속으로 들어간 낚싯줄만 봐서는 물고기가 맴돌고 있는지 알 수 없었다. 그렇게 단정하기에는 너무 일렀다. 노인은 낚싯줄의 누르는 힘이 아주 약간 약해졌다는 걸 느끼고 오른손으로 부드럽게 조금씩 당기기 시작했다. 전처럼 줄이 팽팽해졌지만 자칫하면 끊어질 수도 있는 한계점에 이르렀을 때 뜻밖에도 줄이 조금씩 딸려 올라오기 시작했다. 노인은 낚싯줄에서 어깨와 머리를 빼고 천천히 그리고 끈기 있게 낚싯줄을 당겼다. 노인은 양손을 내저으며 온몸과 다리를 이용해 줄을 최대한 많이 끌어당기려고 애썼다. 늙은 다리와 어깨를 중심축 삼아 양팔로 번갈아 당기기를 계속했다.

"원을 아주 크게 도는군. 어쨌든 맴돌고 있는 건 분명해."

노인이 말했다.

그러고 나서는 낚싯줄이 더 이상 딸려 오지 않았다. 노인은 그대로 낚싯줄을 붙잡은 채 줄에서 떨어지는 물방울이 햇빛을 받아 빛나는 것을 보았다. 그리고 또다시 낚싯줄이 풀려나가기 시작했다.

노인은 무릎을 꿇고 낚싯줄이 검푸른 바닷물 속으로 들어가는 것을 안타깝게 보고 있을 수밖에 없었다.

"녀석이 원의 제일 먼 쪽을 도느라 그런 모양이야."

노인이 말했다. 힘껏 잡고 있어야만 해, 노인은 생각했다. 계속 당기는 힘이 있어야 물고기가 원을 돌 때마다 그 거리가 점점 짧아질 테니까. 어쩌면 한 시간 내에 녀석을 만날지도 모르겠군. 이제 내가 반드시 녀석을 죽이고 말 거라는 사실을 알릴 때가 왔다.

하지만 물고기는 계속해서 천천히 원을 그리며 맴돌기만 했다. 두 시간쯤 지나자 노인은 땀으로 범벅이 되었고 뼛속까지 피곤이 몰려왔다. 다행히 물고기가 그리는 원이 처음보다는 많이 작아진 것 같았다. 게다가 낚싯줄의 기울기로 보아 물고기가 헤엄을 치면서 점점 위로 올라오고 있다는 걸 알 수 있었다.

한 시간째 눈앞에 검은 반점들이 보이고 있었다. 흘러내린 땀이 눈에 들어가서 눈가가 따끔거렸고 이마에 생긴 상처도 쓰라렸다. 노인은 어른거리는 검은 반점들은 무섭지 않았다. 그건 낚싯줄을 잡아당기느라 힘을 써서 생긴 현상이었다. 그러나 예전과 달리 노인은 두 번이나 쓰러질 것처럼 어지러운 현기증을 느꼈는데 그것은 좀 걱정이 됐다.

"내가 이런 물고기 때문에 죽는다는 건 말도 안 되지."

노인이 말했다.

"이제 멋진 물고기를 끌어 올리고 있사오니 제발 제가 버틸 수 있는 힘을 주세요, 하느님. 주기도문을 백 번, 성모송도 백 번 외우겠습니다. 지금 당장은 못 하겠지만 말입니다."

한 걸로 생각해주세요, 노인은 생각했다. 나중에 꼭 할게요. 바로 그때 노인은 갑자기 뭔가 부딪치는 소리를 들었고 두 손으로 붙잡고 있던 낚싯줄이 확 당겨지는 걸 느꼈다. 날카롭고 단단하며 묵직한 느낌이 전해졌다.

창처럼 생긴 주둥이로 철사 목줄을 치고 있구나, 노인은 생각했다. 예상했던 일이었다. 그럴 줄 알았지. 어쩌면 그것 때문에 또 뛰어오를지 모르지만 그냥 그대로 물속에서 빙빙 돌기만 했으면 좋겠는데. 물고기는 공기를 마시기 위해 또 뛰어오를 것이 분명했다. 하지만 그럴 때마다 낚싯바늘이 걸린 곳이 넓어져 바늘이 빠져버릴 염려가 있었다.

"제발 뛰어오르지 마라, 물고기야."

노인이 말했다.

"제발 뛰어오르지 마."

물고기가 철사 목줄에 부딪치는 소리가 서너 번 더 들렸고 그럴 때마다 노인은 고개를 저으며 조금씩 줄을 내주었다.

저 녀석의 고통이 너무 심해지지 않도록 해줘야 할 텐데, 노인은 생각했다. 내 고통쯤은 아무것도 아니지. 그 정도는 내가 통제할 수 있어. 하지만 녀석은 고통이 심해지면 무섭게 날뛸지도 몰라.

얼마 후 소리가 멈추었고 물고기가 다시 천천히 맴돌기 시작했다. 노인은 꾸준히 줄을 당기고 있었다. 그러나 다시 한 번 현기증이 밀려왔다. 노인은 왼손으로 바닷물을 조금 떠서 이마에 갖다 댔다. 그리고 또 한 번 바닷물을 떠서 목 뒤를 문질렀다.

"쥐는 안 나는데."

노인이 말했다.

"얼마 안 있으면 녀석이 다시 올라올 거야. 난 버틸 수 있어. 꼭 버텨야만 해. 두말하면 잔소리지."

노인은 뱃머리를 등지고 무릎을 꿇은 뒤 잠시 낚싯줄을 다시 등 뒤로 감았다. 녀석이 조용히 맴도는 동안 나도 좀 쉬어야겠다. 그리고 녀석이 올라오면 다시 일어나 싸워야지. 노인은 그렇게 결정했다.

뱃머리에서 휴식을 취하면서는 줄을 끌어 올리지 않고 물고기가 마음대로 맴돌게 놔두고 싶은 마음이 간절했다. 하지만 줄을 당기면서 물고기가 배를 향해 오고 있다는 걸 느꼈을 때 노인은 다시 일어나 중심을 잡고 서서 물고기가 끌고 갔던 낚싯줄을 감아 들이기 시작했다.

다른 때보다 유난히 피곤하군, 노인은 생각했다. 이제 무역풍이 조금씩 강해지는구나. 하지만 녀석을 실어 가는 데 도움이 될 거야. 내겐 꼭 필요한 바람이지.

"녀석이 다음번에 맴돌기 시작할 때 쉬어야겠다."

노인이 말했다.

"기분이 훨씬 나아졌어. 녀석도 이대로 두세 번 더 돌고 나면 꼼짝없이 잡히겠지."

노인은 밀짚모자를 머리 뒤쪽에 걸치고 뱃머리에 주저앉아 낚싯줄을 당기며 물고기가 방향을 트는 걸 느꼈다.

넌 여전히 쉬지도 않는구나, 물고기야, 노인은 생각했다. 네가 돌 때 널 잡아야겠다.

파도는 제법 높아졌지만 바람은 맑은 날씨에 부는 미풍이었다. 집으로 돌아가는 데 도움이 되는 바람이었다.

"이제 남서쪽으로 방향을 잡아야겠다."

노인이 말했다.

"바다에서는 절대 길을 잃어버릴 위험이 없지. 게다가 길쭉한 섬이니까."

노인의 눈에 처음으로 물고기가 들어온 것은 물고기가 세 번째 돌 때였다.

처음에는 검은 그림자로만 보였다. 배 밑을 지나가는 데 한참이 걸리는 검은 그림자를 보며 노인은 그 엄청난 길이에 또 한 번 놀라지 않을 수 없었다.

"아냐, 저렇게 클 리가 없는데."

노인이 말했다.

하지만 물고기는 그렇게 컸고 한 바퀴를 다 돌았을 때 배에서 겨우 30미터쯤 떨어진 곳에서 물 밖으로 모습을 드러냈다. 노인은 물 위로 솟은 물고기의 꼬리를 보았다. 검푸른 바닷물 위로 올라온 꼬리는 커다란 낫보다도 더 길고 아주 옅은 보랏빛이었다. 꼬리는 뒤로 좀 기울어 있었다. 노인은 수면 가까이에서 헤엄치는 물고기의 커다란 몸통과 자줏빛 줄무늬를 보았다. 등지느러미는 아래를 향하고 있었고 가슴지느러미는 활짝 펴져 있었다.

노인은 가까이에서 맴도는 물고기의 눈을 제대로 볼 수 있었다. 물고기 주변에는 회색 빨판상어 두 마리가 헤엄치고 있었다. 빨판상어들은 물고기에게 가까이 붙었다 멀리 떨어졌다 하기도 하고 물고기의 그림자 아래에서 노닐기도 했다. 몸통 길이가 90센티미터가 좀 넘을 것 같은 상어 두 마리가 빠르게 헤엄칠 때는 몸 전체를 장어처럼 흔들었다.

노인은 비 오듯 땀을 흘리고 있었는데 뜨거운 햇볕 때문만은 아니었다. 물고기가 차분하고 잔잔하게 원을 그릴 때마다 노인은 조금씩 낚싯줄을 당겼고, 이제 두 번 정도만 더 돌면 작살을 찔러 넣을 기회가 올 것이라고 확신했다.

하지만 우선 녀석을 가까이, 아주 가까이 오게 해야 돼, 노인은 생각했다. 절대 머리를 겨냥해서는 안 돼. 반드시 녀석의 심장을 찔러야 해.

"침착하고 강하게 행동해야 해, 영감."

노인이 말했다.

다음으로 원을 그릴 때는 물고기의 등이 물 밖으로 나와 있었지만 배에서 좀 멀리 떨어져 있었다. 그다음 원을 그릴 때도 여전히 배에서 떨어져 있었지만 물고기의 몸통이 전보다 훨씬 더 많이 물 밖으로 드러나 있었다. 노인은 좀 더 줄을 당기면 물고기를 가까이 끌어올 수 있겠다고 굳게 믿었다.

노인은 진작부터 작살을 준비하고 있었다. 작살에 연결된 가벼운 줄 더미는 둥근 바구니 안에 담겨 있었고 그 끝은 뱃머리 기둥에 단단히 묶어둔 터였다.

물고기는 맴돌면서 점점 더 배에 가까이 다가왔다. 차분하고 아름다운 모습이었으며 오로지 꼬리의 움직임만 보였다. 노인은 물고기를 배 가까이 끌어당기기 위해 있는 힘껏 줄을 당겼다. 물고기는 잠시 노인 쪽으로 오는 것 같았다. 그러나 곧 다시 힘을 내 또 한 번 원을 그리기 시작했다.

"조금 움직였군."

노인이 말했다.

"내가 녀석을 움직였어."

노인은 또다시 현기증이 느껴졌지만 가능한 한 온 힘을 다해 커다란 물고기를 붙잡고 버텼다. 내가 녀석을 움직였어, 노인은 생각했다. 어쩌면 이번에는 이쪽으로 가까이 끌어올 수 있을지도 몰라. 힘껏 당겨라, 손들아, 노인은 생각했다. 버텨라, 다리야. 견뎌라, 머리야. 나를 위해 견뎌다오. 너는 한 번도 정신을 잃은 적이 없었지. 이번엔 꼭 가까이 끌어당겨야 해.

노인은 물고기가 배 옆으로 오기도 전에 온 힘을 다해 줄을 잡아당겼고 처음에는 물고기가 순순히 끌려오는 것 같았다. 그러나 물고기는 멈칫하는 듯하다가 기운을 내 다시 멀리 헤엄쳐 가기 시작했다.

"물고기야."

노인이 말했다.

"물고기야, 어차피 넌 죽을 목숨이잖아. 꼭 내 목숨까지 가져가야 겠니?"

그래봐야 아무 소용없다니까, 노인은 생각했다. 노인은 말 한마디 할 수 없을 만큼 입이 말랐지만 물병에 손이 닿지 않았다. 이번에는 꼭 배 가까이 끌어와야 해, 노인은 생각했다. 나도 마냥 버틸 수 있는 힘은 없으니까. 아냐, 버틸 수 있어, 노인은 스스로에게 말했다. 자넨 끄떡없을 거야.

다음 원을 돌 때 노인은 거의 물고기를 잡을 뻔했다. 하지만 다시 한 번 물고기는 힘을 내 천천히 헤엄쳐 갔다.

너 때문에 나도 죽을 지경이다, 물고기야, 노인이 생각했다. 하지만 너도 그럴 권리가 있지. 난 지금껏 너보다 크고 아름다운 데다 침착하고 우아한 물고기는 본 적이 없단다. 내 형제여, 어서 와서 나를 죽여봐라. 누가 누굴 죽이든 상관없다.

이제 머리까지 이상해지는 모양이네, 노인이 생각했다. 정신 차려. 정신을 똑바로 차리고 인간답게 고통을 견디는 법을 생각해야 해. 아니면 물고기랑 다를 게 없잖아, 노인이 거듭 생각했다.

"정신 차려라, 머리야."

노인은 들릴락 말락 한 소리로 말했다.

"정신 바짝 차리라니까."

그다음 물고기가 원을 두 번 더 돌 때도 상황은 마찬가지였다.

알 수가 없군, 노인은 생각했다. 물고기를 끌어오려 할 때마다 노인은 금방이라도 기절할 것처럼 아찔했다. 나도 모르겠다. 그래도 한 번 더 시도해봐야지.

노인은 다시 한 번 시도했다. 하지만 물고기를 배 쪽으로 돌렸다고 생각했을 때 또다시 현기증이 났다. 물고기는 이번에도 커다란 꼬리를 흔들며 천천히 헤엄쳐 가버렸다.

다시 해보는 거야, 노인은 마음속으로 약속했다. 그러나 손은 기운이 빠져 흐느적거렸고 눈앞이 아득해지기도 했다. 노인은 한 번 더 도전했지만 결과는 마찬가지였다. 시작도 하기 전에 머리가 어질어질했다. 그래도 또 해봐야지, 노인은 생각했다.

노인은 고통을 견디며 마지막 남은 힘을 다 짜냈고 오래전에 사라진 자존심까지 끌어모아 물고기의 고통에 맞섰다. 마침내 물고기가 노인의 옆으로 가까이 헤엄쳐 왔다. 주둥이가 배의 널빤지에 닿을 만큼 가까워졌고 배를 지나쳐 가는 물고기의 길고 넓은 은빛 몸통의 자주색 줄무늬가 끝없이 이어졌다.

노인은 낚싯줄을 바닥에 내려놓고 발로 밟고서 작살을 최대한 높이 쳐들었다. 그리고 자신의 가슴 높이까지 올라온 물고기의 거대한 가슴지느러미 뒷부분에 힘껏 내리꽂았다.

쇠작살이 물고기 몸통으로 들어가는 것이 느껴졌다. 노인은 작살에 기대어 그것을 더 밀어 넣은 다음 온몸의 무게를 실어 작살을 깊숙이 박아 넣었다.

그러자 갑자기 죽음을 느낀 물고기가 최후의 몸부림을 치는 듯 크고 아름다운 몸집과 힘을 내보이며 허공으로 솟아올랐다. 물고기는 마치 노인의 머리 위에 매달려 있는 듯하더니 곧장 바다로 떨어지며 엄청난 물보라를 일으켰다.

노인은 머리가 어질어질하고 속이 메스꺼웠으며 눈앞이 잘 보이지 않았다. 노인은 살이 벗겨진 손 사이로 작살에 연결된 줄이 천천히 빠져나가도록 했다. 마침내 노인의 눈앞에 물속에 등이 잠긴 채 은색 배를 드러내고 죽은 물고기가 보였다. 물고기의 옆구리에는 작살이 비스듬히 꽂혀 있었고, 심장에서 흘러나온 핏물이 주변의 바닷물을 물들이고 있었다. 피는 처음에는 푸른 바닷물 아래 모여 있는 물고기 떼처럼 보이더니 점점 구름처럼 바닷속으로 퍼져갔다. 은색으로 빛나는 물고기는 움직임 없이 떠 있었다.

노인은 확인이라도 하듯 다시 한 번 조심스럽게 살펴보았다. 그리고 작살에 연결된 줄을 뱃머리 기둥에 두 번 둘러 감고는 양손으로 머리를 감쌌다.

"정신을 바짝 차려야지."

노인은 뱃머리에 기대앉으며 말했다.

"난 지친 늙은이야. 하지만 마침내 내 형제나 다름없는 이 물고기를 죽였어. 이제 귀찮은 뒤처리만 남았군."

올가미와 밧줄을 준비해서 물고기를 배에 묶어야겠어, 노인이 생각했다. 한 사람이 더 있어서 물고기를 배에 싣는다 해도 물이 찰 때마다 퍼내야 할 테니 도저히 이 배로는 녀석을 감당할 수 없겠어. 준비를 철저히 해서 물고기를 배 옆구리에 단단히 묶고 돛대를 세워 집으로 돌아가야겠다.

노인은 낚싯줄을 아가미로 넣어 주둥이로 나오게 꿰어서 머리를 뱃머리 옆에 단단히 묶을 생각으로 물고기를 배 옆으로 끌어당겼다. 물고기를 보고 싶구나, 노인이 생각했다. 만져보고 녀석을 느끼고 싶어. 이 녀석은 내 재산이야, 노인이 생각했다. 하지만 꼭 그것 때문만은 아니야. 아까 녀석의 심장을 느낀 것 같았는데, 노인이 다시 생각했다. 두 번째로 작살 손잡이를 힘껏 눌렀을 때였을 거야. 이제 올가미를 꼬리와 몸통 가운데에 두르고 배 옆에 단단히 잡아매야지.

"어서 시작하지, 영감."

노인이 말했다. 노인은 물을 아주 조금 마셨다.

"이제 싸움은 끝났으니 노예처럼 뒤치다꺼리를 할 시간이야."

노인은 하늘을 한번 쳐다보고 다시 물고기를 봤다. 노인은 태양을 찬찬히 살폈다. 정오가 지난 지 얼마 안 된 것 같은데, 노인은 생각했다. 무역풍이 점점 강해지고 있군. 낚싯줄은 이제 별 필요가 없지. 돌아가면 그 애와 함께 다시 꼬아서 이어야겠다.

"물고기야, 이리 오렴."

노인이 말했다. 하지만 줄을 당겨도 물고기는 꼼짝도 하지 않고 바닷물 위에 둥둥 떠 있었다. 노인은 노를 저어 물고기에게 가까이 갔다.

노인은 눈앞에서 물고기를 보고 머리를 뱃전에 묶으면서도 그 엄청난 크기에 놀라지 않을 수 없었다. 노인은 기둥에 매어둔 작살 줄을 풀어 아가미를 통해 주둥이로 작살을 빼고 창처럼 뾰족한 주둥이를 감아 반대편 아가미로 빼낸 다음, 다시 주둥이를 한 번 더 감아 이중으로 묶어서 뱃머리 기둥에 단단히 동여맸다. 그러고 나서 노인은 줄을 자르고 올가미로 꼬리를 고정하기 위해 고물 쪽으로 다가갔다. 원래 자주색과 은색이 섞여 있던 물고기는 은색으로 변해 있었다. 줄무늬는 여전히 꼬리와 마찬가지로 연한 보라색이었는데 손가락을 활짝 편 어른의 손보다도 넓었다. 물고기의 눈은 잠망경의 거울처럼, 행렬 속의 성자처럼 표정이 없었다.

"녀석을 죽이려면 그 방법밖에 없었어."

노인이 말했다. 노인은 물을 마시고 난 뒤부터 기분이 훨씬 나아졌다. 더 이상 현기증도 나지 않았고 머리도 맑았다. 저 정도면 족히 7백 킬로그램은 나가겠어, 노인이 생각했다. 그보다 더 나갈지도 모르지. 몸통을 발라서 3분의 2만 남아도 450그램에 30센트씩 받으면?

"계산을 하려면 연필이 필요한데."

노인이 말했다.

"내 머리가 그 정도로 맑진 않으니까. 하지만 위대한 디마지오도 오늘 나를 봤다면 자랑스러워했을 거야. 하긴 난 발뒤꿈치 뼈는 멀쩡하니까. 대신 손과 등은 정말 아프네."

뒤꿈치 뼈가 아픈 건 어떤 걸까, 노인은 생각했다. 어쩌면 우리에게도 그런 병이 있는데 못 느끼고 있는 건지도 몰라.

노인은 물고기를 뱃머리와 배 뒷전, 그리고 배 중간의 가로대에 단단히 묶었다. 물고기가 어찌나 큰지 마치 훨씬 더 큰 배를 나란히 묶어놓은 것 같았다. 노인은 배가 더 빨리 갈 수 있도록 낚싯줄 일부를 잘라서 물고기의 아래턱 주둥이를 묶어 입이 벌어지지 않게 했다. 그러고 나서 돛대를 세우고 작살 막대기로 누덕누덕한 돛을 펼쳤다. 배가 움직이기 시작했고 노인은 고물 쪽에 반쯤 드러누운 자세로 남서쪽을 향해 가기 시작했다.

남서쪽을 확인하기 위해 나침반 같은 건 필요하지 않았다. 오로지 무역풍을 느끼며 돛을 올리는 것으로 충분했다. 가짜 미끼에 작은 낚싯줄이라도 이어서 먹을 걸 잡아봐야겠는데. 수분 보충을 위해서도 뭔가 먹어야 해. 하지만 가짜 미끼도 없고 정어리는 모두 상해 있었다. 그래서 노인은 바다에 떠 있는 모자반 더미를 작살로 건져서 바다에 털었다. 그러자 해초 사이사이에 숨어 있던 작은 새우들이 배 바닥으로 툭툭 떨어졌다. 열두 마리도 넘는 새우들은 모래벼룩처럼 바닥에서 팔딱팔딱 뛰었다. 노인은 엄지와 검지로 새우의 머리를 떼어내고 껍질과 꼬리는 그대로 씹어 먹었다. 아주 작은 놈들이었지만 영양가가 높다는 걸 알고 있었고 맛도 좋았다.

물병에는 두 모금 정도의 물이 남아 있었다. 노인은 새우를 먹고 나서 반 모금 정도 물을 마셨다. 묵직한 물고기가 묶여 있는 걸 감안하면 배는 그럭저럭 순조롭게 잘 가고 있었다. 노인은 키의 손잡이를 겨드랑이에 끼고 방향을 조종했다. 노인은 물고기를 볼 수 있었고 손을 보고 고물에 기대고 있는 등을 느끼면서 모든 것이 꿈이 아니라 현실이라는 것을 다시 한 번 생각했다. 싸움의 막바지에 노인은 너무나 힘들고 지쳐서 어쩌면 이 모든 것이 꿈일지도 모른다는 생각을 했었다. 그러다 커다란 물고기가 바닷물 위로 솟아올랐다가 떨어지기 직전 잠깐 허공에 떠 있었을 때 노인은 아주 이상한 일이 일어나고 있다는 생각이 들면서 그 상황이 현실로 믿어지지가 않았다. 게다가 그때는 눈앞이 흐려져 잘 보이지도 않았다. 지금은 모든 게 또렷하게 잘 보이지만.

노인은 물고기를 보고 손과 등을 느끼며 꿈이 아니라는 걸 알았다. 손에 생긴 상처는 금방 나을 거야. 노인은 생각했다. 피가 멈췄으니 소금물이 낫게 해주겠지. 멕시코 만의 짙은 바닷물은 훌륭한 치료제니까. 이제는 정신만 똑바로 차리고 있으면 되는 거야. 손들도 제 할 일을 다 했고 우리는 탈 없이 집으로 돌아가고 있으니까. 주둥이를 다물고 꼬리를 똑바로 쳐들고 있는 형제 같은 물고기와 함께 가고 있으니 아무 걱정 없어. 그때 노인은 잠시 정신이 아득해졌다. 노인은 생각했다. 물고기가 나를 끌고 가는 건가, 내가 물고기를 끌고 가는 건가? 내가 물고기를 끌고 가는 거라면 아무 문제 없지. 물고기가 체면을 잃고 배 안에 있다고 해도 상관없어. 그러나 노인을 실은 배와 물고기는 나란히 묶여 함께 나아가고 있었다. 만약 물고기가 원한다면 녀석이 나를 끌고 가는 거라고 해두지. 나는 녀석보다 요령이 많았을 뿐이고 녀석은 내게 아무런 해도 끼치지 않았으니까.

노인과 물고기는 순탄하게 항해하고 있었다. 노인은 양손을 바닷물에 담그고 머리를 맑게 하려고 애썼다. 하늘 높이 떠 있는 뭉게구름과 그 위로 덮여 있는 새털구름을 보고 노인은 밤새 미풍이 불 거라고 예상할 수 있었다.

노인은 수시로 물고기를 보며 꿈이 아니라는 걸 재차 확인했다. 그로부터 한 시간쯤 지났을 때 첫 번째 상어가 나타났다.

상어가 나타난 것은 우연이 아니었다. 검은 피 구름이 1.5킬로미터 정도 퍼져나가자마자 깊은 바닷속에 있던 상어가 냄새를 맡고 곧장 올라오기 시작한 것이다. 주변을 살필 겨를도 없이 정신없이 돌진하던 상어는 불쑥 바닷물 위로 솟아오르며 햇볕 아래 몸을 드러냈다. 그랬다가 다시 물속으로 들어가 피 냄새를 맡으며 배가 지나온 길로 따라왔다.

때때로 상어는 냄새를 놓치기도 했지만 금세 다시 냄새를 찾아 더 빨리, 더 맹렬하게 추적해 왔다. 녀석은 커다란 청상아리였다. 바다에 사는 어떤 물고기보다 빠르게 헤엄칠 수 있는 청상아리는 무시무시한 턱만 제외하면 모든 것이 아름다웠다. 청상아리의 등은 황새치처럼 푸르렀고 배는 은빛이었으며 껍질은 부드럽고 매끈했다. 거대한 턱만 빼면 황새치와 비슷하게 보였다. 청상아리는 턱을 굳게 다물고 높은 등지느러미로 물살을 가르며 바닷물 아래서 헤엄치고 있었다. 이중으로 된 입술 안에는 여덟 줄의 이빨이 안쪽을 향해 비스듬히 박혀 있었다. 청상아리의 이빨은 다른 상어들처럼 피라미드 모양이 아니라 새 발톱처럼 오므린 사람의 손가락과 비슷한 생김새로, 노인의 손가락만큼 길었고 양 끝은 면도날처럼 날카로웠다. 바다에 사는 물고기라면 종류를 가리지 않고 닥치는 대로 먹어 치울 수 있게 생긴 녀석인 데다 빠르고 강력해서 천적이 없었다. 그런 녀석이 신선한 피 냄새를 맡고서 등지느러미로 물을 가르며 빠른 속도로 배를 향해 돌진해오고 있었다.

가까이 다가오는 상어를 보면서 노인은 녀석이 두려운 게 없고 무엇이든 거침없이 하고 싶은 대로 하는 상어라는 걸 알 수 있었다. 노인은 상어를 지켜보며 작살을 준비하고 줄을 묶었다. 하지만 물고기를 배에 묶을 때 썼기 때문에 줄이 짧았다.

이제 노인의 머리는 더없이 맑아졌고 비장한 결심을 했지만 희망은 별로 없었다. 좋은 일이 오래갈 리 없지, 노인은 생각했다. 그리고 점점 가까워지는 상어와 배에 묶여 있는 물고기를 번갈아 보았다. 정말 꿈이었을지도 몰라, 노인은 생각했다. 상어의 공격을 막을 수는 없겠지만 어쩌면 상어를 잡을 수 있을지도 모르지. 덴투소,* 노인은 생각했다. 이 망할 자식.

상어가 빠르게 배 뒤쪽으로 다가와 물고기를 공격할 때 노인은 쩍 벌어진 상어의 입과 낯선 두 눈을 보았다. 그리고 물고기의 꼬리 바로 윗부분을 덥석 물 때 이빨이 부딪치는 소리를 들었다. 상어의

---

* 스페인어로 '큰 이빨을 가진 상어'를 뜻하는 말.

머리는 물 밖으로 나와 있었고 등도 보였다. 노인은 큰 물고기의 살점과 껍질이 뜯기는 소리를 들으며, 상어의 두 눈 사이에 나 있는 줄과 코에서부터 등으로 뻗어 있는 줄이 교차하는 지점에 작살을 내리꽂았다. 물론 실제로 그런 줄은 없었다. 오로지 거대한 상어의 푸른색 머리와 커다란 두 눈, 그리고 철컥거리는 소리를 내며 모든 것을 집어삼킬 것 같은 무시무시한 턱만 있었다. 하지만 바로 거기가 상어의 뇌가 있는 지점이었고 노인은 정확히 그곳을 찍었다. 노인은 피로 범벅이 된 두 손으로 온 힘을 다해 작살을 밀어 넣었다. 별 희망은 없었지만 비장한 결의와 적의만은 강하게 타올랐다.

상어는 몸을 한 바퀴 뒤집었고 노인은 상어의 눈빛을 보고 녀석이 죽었다는 것을 알 수 있었다. 상어는 한 번 더 돌며 낚싯줄을 몸에 감았다. 노인은 상어가 죽었다는 것을 알았지만 상어는 그 사실을 받아들이지 않는 것 같았다. 상어는 배를 드러내고 뒤집어진 채로 꼬리를 철썩거리고 턱으로 연방 철컥거리는 소리를 냈다. 그 바람에 쾌속정이 지나갈 때처럼 물결이 일었다. 상어 꼬리가 끊임없이 철썩거리는 곳에는 하얗게 물보라가 일어났다. 상어 몸뚱이의 4분의 3 정도가 물 밖으로 드러났을 때 줄이 팽팽하게 당겨지면서 부르르 떨리더니 툭 끊어져 버렸다. 청상아리는 잠시 물 위에 가만히 떠 있었고 노인은 그런 상어를 물끄러미 지켜보았다. 얼마 후 상어는 천천히 물 밑으로 가라앉았다.

"녀석이 20킬로그램쯤은 뜯어 갔군."

노인이 큰 소리로 말했다. 게다가 작살과 줄까지 다 가져가 버렸잖아, 노인은 생각했다. 이제 물고기가 또 피를 흘리고 있으니 곧 다른 놈들도 몰려들겠지.

노인은 훼손된 물고기를 보고 싶지 않았다. 물고기가 상어의 공격을 받았을 때 노인은 자기가 공격을 받는 것 같았다.

하지만 물고기를 공격한 상어를 내가 죽였어, 노인은 생각했다.

녀석도 지금까지 본 중에 제일 큰 덴투소였어. 그동안 큰 상어라면 수도 없이 봤는데 그런 건 처음이었어.

좋은 일은 오래가는 법이 없지, 노인이 생각했다. 모든 게 꿈이었으면. 처음부터 물고기를 잡지도 않았고 혼자 침대에 누워 신문을 읽고 있는 거라면 좋을 텐데.

"하지만 인간은 패배하지 않아."

노인이 말했다.

"인간은 죽을 순 있어도 절대 패배하진 않아."

물고기를 죽인 건 건 미안한 일이지만 말이야, 노인이 생각했다. 이제 곧 최악의 순간이 다가올 텐데 작살도 없으니 어쩐다. 덴투소는 잔인하고 능력 있고 힘세고 영리한데. 하지만 아까 그 녀석보단 내가 더 똑똑했어. 아냐, 아닐지도 몰라, 노인은 생각했다. 그저 쓸 만한 무기가 있어서 이긴 건지도 모르지.

"생각은 그만해, 영감."

노인이 큰 소리로 말했다.

"가던 방향으로 계속 나아가면서 무슨 일이 생기면 그때 대처하면 되는 거야."

하지만 난 생각을 해야 돼, 노인이 생각했다. 지금 내게 남은 건 오로지 그것뿐이니까. 생각과 야구. 위대한 디마지오는 내가 상어의 머리통을 내려찍은 걸 어떻게 생각할지 궁금한데? 사실 그렇게 대단한 일도 아니지, 노인은 생각했다. 그건 누구나 할 수 있는 일이야. 그렇지만 발뒤꿈치 뼈가 아픈 것만큼이나 내 손도 상처로 엉망이었잖아? 나로서는 알 수가 없지. 딱 한 번을 제외하고 발꿈치에 문제가 있었던 적은 없으니까. 언젠가 수영하다가 실수로 가오리를 밟는 바람에 쏘였을 때가 있었지. 얼마나 심했는지 다리 아래쪽이 마비되고 참을 수 없이 고통스러웠어.

"뭔가 즐거웠던 걸 생각해봐, 영감."

노인이 말했다.

"이제 점점 집에 가까워지고 있잖아. 물고기 무게가 20킬로그램쯤 줄었으니 그만큼 배도 더 빨리 가고 있고."

노인은 배가 해류의 한가운데에 닿으면 어떤 일이 일어날지 대충 짐작하고 있었다. 하지만 지금으로선 아무것도 할 것이 없었다.

"아, 할 일이 있지. 노의 손잡이에다 칼을 묶어둬야겠다."

노인이 큰 소리로 말했다. 노인은 키 손잡이를 팔 아래 끼고 발로 돛을 밟고 서서 노 한쪽 끝에 칼을 단단히 동여맸다.

"자, 난 여전히 늙고 지친 노인이지만 무기가 전혀 없는 건 아니야."

노인이 말했다.

상쾌한 미풍이 불어왔고 배는 순조롭게 나아가고 있었다. 노인은 물고기의 앞부분만 보았다. 다시 약간의 희망이 생겼다.

희망을 갖지 않는 건 어리석은 짓이야, 노인은 생각했다. 아니, 그건 죄야. 죄에 대해선 생각하지 말자, 노인은 생각했다. 죄가 아니어도 걱정할 문제가 산더미인데. 더구나 죄가 뭔지 나는 알지도 못하니까.

나는 죄가 뭔지도 모르는 데다가 죄라는 걸 믿는다고도 말할 수 없어. 어쩌면 물고기를 죽이는 게 죄인지도 모르지. 나도 먹고살고 또 많은 사람을 먹이기 위해서였다고 해도 죄는 죄겠지. 하지만 그렇게 따지면 죄가 아닌 게 어디 있겠나. 더 이상 죄에 대한 생각은 하지 말자. 그러기엔 이미 늦었고 돈을 받고 그런 것을 생각하는 사람들도 있으니 그 사람들이 생각하게 두자. 물고기가 물고기로 태어난 것처럼 난 어부가 되기 위해 태어났으니까. 위대한 디마지오의 아버지처럼 성 베드로도 어부였잖아.

그러나 노인은 자신과 관련 있는 모든 것에 대해 생각하길 좋아했다. 그런 데다 지금은 읽을거리도 없고 라디오도 없었기 때문에 생각이 더 많아질 수밖에 없었다. 그래서 그는 계속 죄에 대해 생각했다. 단지 생계를 위해서, 시장에 팔아 먹고살기 위해서만 물고기를 죽인 건 아니지, 노인은 생각했다. 난 어부로서의 자존심을 걸고 물고기를 죽인 거야. 물고기가 살아 있을 때도 사랑했지만 죽은 후에도 똑같이 사랑했어. 물고기를 사랑한다면 물고기를 죽이는 건 죄가 아니야. 아니, 오히려 더 심각한 죄인가?

"쓸데없는 생각이 너무 많아, 영감."

노인이 큰 소리로 말했다.

하지만 덴투소를 죽일 땐 좋았어, 노인은 생각했다. 상어도 나처럼 살아 있는 물고기를 잡아먹고 살지. 녀석은 죽은 동물이나 찾아다니는 거지도 아니고 다른 상어들처럼 왕성한 식욕을 주체하지 못하는 놈도 아니야. 아름답고 우아하고 아무 두려움이 없는 멋진 놈이었어.

"녀석을 죽인 건 어쩔 수 없는 자기방어였어."

노인이 큰 소리로 말했다.

"그리고 큰 고통 없이 한 번에 끝내줬잖아."

더구나 모든 건 어떤 방법으로든 다른 모든 것을 죽이며 살아가는걸, 노인은 생각했다. 고기잡이는 나를 살게 하는 동시에 나를 죽이기도 하지. 그 애는 나를 살게 해, 노인은 생각했다. 나 자신을 너무 많이 속이면 안 되는 거야.

노인은 옆으로 몸을 기울여 상어가 물어뜯은 부분의 너덜너덜한 살점을 조금 뜯어 입에 넣고 씹으며 고기의 질과 맛을 음미했다. 쇠고기처럼 단단하고 육즙이 많았지만 붉은색은 아니었다. 힘줄도 많지 않았고 이 정도면 시장에서 최고의 값을 받을 게 분명했다. 하지만 냄새가 바다로 퍼지는 걸 막을 길이 없었기 때문에 노인은 최악의 순간이 다가오고 있음을 느낄 수 있었다.

바람이 잔잔하게 불고 있었다. 바람의 방향이 약간 북동쪽으로 물러났지만 그렇다고 완전히 잦아든 것은 아니었다. 노인은 앞쪽을 보았다. 주변에 다른 돛이나 배 한 척 보이지 않았고 배에서 피어오르는 연기도 눈에 띄지 않았다. 뱃머리 쪽에서 양옆으로 튀어오르는 날치들과 모자반 무더기만 보였다. 새 한 마리조차 보이지 않았다.

노인은 고물 쪽에 앉아 두 시간쯤 항해했다. 그 사이 기운을 회복하려고 물고기 살점을 뜯어 먹으면서 휴식을 취했다. 그때 상어 두 마리가 눈에 들어왔다.

"아아!"

노인은 이렇게 큰 소리로 말했다. 이 말은 다른 어떤 언어로도 옮길 수 없는 말이었다. 자기도 모르게 못을 손바닥에 대고 쳤을 때 나오는 소리와도 비슷했다.

"갈라노*들이군."

노인이 큰 소리로 말했다. 노인은 첫 번째 상어 뒤로 두 번째 상어의 지느러미가 다가오는 것을 보았다. 삼각형 모양의 갈색 지느러미와 곡선을 그리듯 움직이는 꼬리를 보고 삽 모양의 코를 가진 상어라는 것을 알았다. 피 냄새를 맡고 흥분한 데다 배가 고파서 머리까지 어떻게 됐는지 어쩔 줄 모르고 우왕좌왕하고 있었다. 그러면서도 상어들은 점점 가까워지고 있었다.

노인은 돛을 묶고 키 손잡이를 고정한 뒤 칼을 묶어둔 노를 잡았다. 손이 많이 아파서 최대한 살짝 노를 들었다. 그리고 통증을 줄이기 위해 가볍게 손을 쥐었다 폈다 했다. 그래도 별 소용이 없자 통증이 무뎌지도록 아예 있는 힘껏 노를 쥐고 꼼짝도 하지 않은 채 상어들이 오는 것을 지켜보았다. 먼저 넓고 평평한 삽처럼 생긴 머리가 보였고 뒤이어 끝이 희고 넓은 가슴지느러미가 보였다. 고약

---

* 스페인어로 상어의 한 종류를 뜻하는 말.

한 냄새를 풍기는 놈들이었다. 물고기를 죽이기도 하지만 찌꺼기도 먹는 놈들이었고 배가 고프면 노나 배 밑창까지 뜯어 먹을 녀석들이었다. 바닷물 위에서 자고 있는 거북이를 공격해 다리와 지느러미발을 잘라 먹고, 배가 고프면 물고기 피 냄새나 점액과는 전혀 상관없는 사람도 공격하는 무서운 녀석들이었다.

"아아! 갈라노 놈들, 덤벼라 이놈들."

노인이 말했다.

상어들이 가까이 왔다. 하지만 청상아리와는 달랐다. 한 마리가 몸을 돌려 배 아래쪽으로 사라졌다. 노인은 배가 흔들릴 때 상어가 물고기를 물어뜯기 시작했음을 알았다. 다른 한 마리는 길게 찢어진 노란 눈으로 노인을 살피다가 재빨리 접근하여 반원 모양의 턱을 크게 벌리고 청상아리가 공격한 쪽을 물어뜯었다. 상어의 갈색 머리와 등 위에 선명하게 줄이 보였다. 머리와 척수가 연결되는 곳이 분명했다. 노인은 노에 동여맨 칼을 들어 정확히 그곳을 내리찍은 다음 뽑아서 다시 고양이 눈처럼 노란 눈을 찔렀다. 상어는 물고기를 놓고 미끄러져 내려갔다. 죽어가면서도 물고 있던 살점을 삼키는 것이 보였다.

남아 있는 한 마리가 물 밑에서 물고기를 공격하는 통에 배가 계속 흔들렸다. 노인은 서둘러 돛을 풀었고 배가 옆으로 돌자 밑에 있던 상어의 모습이 드러났다. 상어가 나타나자 노인은 옆으로 몸을 숙이고 상어를 공격했다. 그러나 몸통에 맞았을 뿐 껍질이 단단해 칼은 들어가지도 않았다. 그 바람에 오히려 노인의 손과 어깨만 아팠다. 상어는 머리를 드러낸 채 빠르게 접근했고 상어의 코가 물 밖으로 나와 물고기를 물어뜯을 때 노인은 평평한 머리 중앙을 정확하게 공격했다. 노인은 칼날을 뽑았다가 다시 정확히 같은 곳을 찔렀다. 그래도 상어는 끈질기게 물고기를 물고 놓지 않았다. 노인은 상어의 왼쪽 눈을 찔렀다. 상어는 여전히 버텼다.

"그걸로 모자라냐?"

노인은 이렇게 말하며 척추뼈와 머리 사이를 칼로 찍었다. 처음보다는 수월했고 상어의 연골이 잘리는 것이 느껴졌다. 노인은 입을 벌리게 하려고 주둥이 사이로 칼날을 밀어 넣고 비틀었다. 마침내 상어가 미끄러져 내려가자 노인이 말했다.

"가거라, 갈라노야. 깊은 바다로 내려가거라. 가서 친구나 만나라. 엄마를 만나든지."

노인은 칼날을 닦고 바다에 노를 내려놓았다. 그리고 돛을 조정해 바람을 타고 항구를 향해 달리게 했다.

"놈들이 내 물고기의 4분의 1은 뜯어 먹은 것 같군. 그것도 제일 맛있는 부분만 공격하다니."

노인이 큰 소리로 말했다.

"차라리 이게 꿈이고 물고기를 잡지 않았더라면. 정말 미안하구나, 물고기야. 괜히 널 잡아서 문제만 더 생겼구나."

노인은 말을 멈추었다. 이제 물고기는 보고 싶지 않았다. 피가 다 빠져나가고 물에 씻긴 물고기는 거울 뒤판과 같은 은색이었지만 줄무늬는 그대로였다.

"이렇게 멀리 나오지 않는 건데 그랬다, 물고기야."

노인이 말했다.

"너나 나나 이렇게 멀리 나오지 말았어야 했는데. 미안하구나, 물고기야."

자, 노인은 혼잣말을 중얼거렸다. 칼을 묶은 줄을 확인하고 혹시 끊어지진 않았는지 살펴봐야지. 그리고 좀 있으면 또 다른 녀석들이 덤벼들 테니 미리 손 상태도 좀 봐둬야겠어.

"칼을 갈 수 있는 돌이 있었으면 좋겠네."

노인은 노에 칼을 매어놓은 줄을 확인하고 나서 말했다.

"숫돌을 챙겨 왔어야 했는데."

안 가져온 게 어디 그것뿐인가, 노인은 생각했다. 하지만 안 가져온 걸 어쩌겠나, 이 영감아. 지금은 여기 없는 걸 생각하며 아쉬워하고 있을 때가 아니야. 여기 있는 걸로 뭘 할 수 있는지를 생각해야지.

"좋은 말만 골라서 하는군."

노인이 큰 소리로 말했다.

"이제 더 듣기 싫어."

노인은 겨드랑이에 키 손잡이를 끼고 배가 앞으로 나아가는 동안 두 손을 바닷물에 담가 흠뻑 적셨다.

"마지막 놈이 얼마나 뜯어 먹었는지 모르겠군."

노인이 말했다.

"배가 훨씬 가벼워졌어."

노인은 아랫부분이 뜯겨 나간 물고기는 생각하고 싶지 않았다. 노인은 상어가 배를 툭툭 칠 때마다 살점이 뜯겨 나가고 있다는 것을 알았고, 거기서 흘러나온 피가 바다에 있는 모든 상어에게 고속도로만큼 넓은 길을 내주었음을 충분히 짐작했다.

이 정도 물고기라면 겨울 내내 버틸 수 있었을 텐데, 노인은 생각했다. 그 생각은 하지 말자. 그저 가만히 쉬면서 남은 물고기의 일부라도 지킬 수 있게 손을 관리하고 준비를 해둬야지. 온 바다에 퍼진 물고기 피 냄새에 비하면 내 손에서 나는 피 냄새쯤은 아무것도 아니야. 그렇게 많이 피를 흘리지도 않았어. 상처도 그리 심각하지 않고. 피가 나서 왼손에 쥐는 안 나겠군.

이제 무슨 생각을 하지? 노인은 생각했다. 아무것도 생각하지 마. 아무것도 생각하지 말고 다음에 올 상어를 기다려. 정말 모든 게 꿈이었으면 좋겠다, 노인은 생각했다. 하지만 누가 알아? 어쩌면 전화위복이 될지도 몰라.

다음에 나타난 것도 코가 삽처럼 생긴 상어 한 마리였다. 상어는 마치 여물통에 머리를 처박고 있는 돼지 같았다. 사람 머리가 들어갈 만큼 큰 입을 가진 돼지라고나 할까. 노인은 상어가 물고기를 공격하게 내버려 두었다가 노에 묶은 칼로 머리를 찔렀다. 그러나 놀란 상어가 몸을 돌리며 풀쩍 물러나는 바람에 칼날이 부러지고 말았다.

노인은 얼른 키를 잡았다. 커다란 상어가 천천히 바닷물 아래로 잠기는 것도 보지 않았다. 상어는 처음에는 원래 크기대로 보였다가 점점 작아지더니 점이 되어 사라졌다. 그런 광경은 언제나 노인을 사로잡았지만 지금은 쳐다보지도 않았다.

"아직 작살이 남았지."

노인이 말했다.

"하지만 별 쓸모는 없어. 노 두 정이랑 키 손잡이, 그리고 짧은 방망이만 남았네."

이제 상어들이 이겼어, 노인은 생각했다. 상어를 방망이로 때려서 죽이기엔 난 너무 늙었으니까. 하지만 노와 방망이가 있고 키 손잡이가 있는 한 하는 데까진 해봐야지.

노인은 다시 한 번 바닷물에 손을 담갔다. 늦은 오후로 접어들고 있었고 바다와 하늘 외에는 아무것도 보이지 않았다. 바람은 전보다 조금 더 강해졌고 노인은 어서 육지가 보이길 바랐다.

"지쳤구나, 영감. 몸과 마음이 다 지쳤어."

노인이 말했다.

석양 무렵에 다시 한 번 상어들의 공격이 있었다.

노인은 물속에 퍼진 물고기의 흔적을 따라 움직이며 가까이 접근하는 갈색 지느러미를 보았다. 상어들은 냄새를 찾아 헤매지도 않고 양쪽에서 나란히 헤엄치며 곧장 배가 있는 쪽으로 다가오고 있었다.

노인은 키 손잡이를 고정하고 돛을 묶은 다음 고물 아래에 있는 몽둥이를 향해 손을 뻗었다. 몽둥이는 부러진 노를 다듬어 만든 것으로 약 80센티미터 정도의 길이였다. 몽둥이의 손잡이를 한 손으로 잡는 게 훨씬 효과적이었기 때문에 노인은 상어가 다가오는 것을 지켜보며 오른손으로 방망이를 움켜쥐었다. 두 마리 모두 갈라노였다.

앞서 오는 녀석이 물고기를 제대로 물 때까지 기다렸다가 코를 정통으로 갈기거나 머리를 가로질러 후려쳐야 해, 노인은 생각했다.

상어 두 마리가 가까이 다가왔다. 노인은 앞서 있는 상어가 턱을 벌리고 물고기의 은빛 옆구리를 무는 것을 지켜보고 있다가 넓은 상어의 머리꼭지를 향해 있는 힘껏 방망이를 내리쳤다. 처음에는 방망이가 단단한 고무에 부딪친 것 같은 느낌을 받았지만 딱딱한 뼈도 느껴졌다. 상어가 물고기에서 떨어져 미끄러져 갈 때 노인은 다시 한 번 코를 가로질러 방망이를 세게 후려쳤다.

이번에는 보였다 안 보였다 하던 다른 상어가 입을 쩍 벌리고 다가왔다. 노인은 상어가 물고기를 물고 입을 다물 때 입가에 비어져 나온 물고기의 허연 살점을 보았다. 노인은 상어를 향해 몽둥이를 휘둘렀지만 겨우 머리에 맞았다. 상어는 노인을 보며 슬그머니 물고기를 놓았다. 노인은 상어가 살점을 삼키며 잠시 물러나려 할 때 몽둥이를 휘둘렀다. 묵직하고 단단하며 고무 같은 느낌이 전해졌다.

"어서 와라, 갈라노야. 다시 덤벼봐."

노인이 말했다.

상어가 갑자기 다시 덮쳤고 노인은 상어가 입을 닫을 때 몽둥이로 내려쳤다. 몽둥이를 최대한 높이 들어 올렸다가 힘껏 갈겼다. 이번에는 머리 뒤쪽에 딱딱한 뼈가 느껴졌다. 노인은 상어가 물고기의 살점을 물어뜯고 느릿느릿 미끄러져 내려갈 때 같은 곳을 다시 한 번 내리쳤다.

노인은 상어들이 다시 나타날 것으로 예상하고 기다렸지만 두 마리 모두 나타나지 않았다. 그러다가 수면에서 빙빙 돌고 있는 상어 한 마리를 발견했다. 그 외에 다른 상어의 지느러미는 보이지 않았다.

녀석들을 죽일 수 있을 거라고는 기대하지도 않았어, 노인은 생각했다. 한참 때였다면 충분히 죽일 수 있었을 텐데. 하지만 두 녀석 다 세게 후려쳤으니 크게 다쳤겠지. 두 손으로 몽둥이를 잡을 수 있었다면 첫 번째 상어는 분명히 죽였을 거야. 아직은 그럴 수 있어, 노인은 생각했다.

노인은 상어들의 공격을 받은 물고기를 보고 싶지 않았다. 물고기의 절반 이상이 훼손되었다는 걸 알고 있었다. 노인이 상어들과 싸움을 벌이는 동안 어느새 해가 졌다.

"이제 곧 어두워지겠군."

노인이 말했다.

"그러면 아바나의 불빛이 보일 거야. 만약 동쪽으로 너무 내려와 있다면 낯선 바닷가의 불빛이라도 보이겠지."

그렇게 멀리 떨어져 있는 건 아닐 텐데, 노인이 생각했다. 다들 내 걱정을 너무 하지 않았으면 좋겠군. 물론 걱정할 사람은 그 애뿐이지만. 하지만 그 애는 틀림없이 믿고 있을 거야. 그래도 나이 든 다른 어부들은 염려하겠지. 다른 사람들도 그렇고, 노인은 생각했다. 나는 좋은 동네에 살고 있으니까.

물고기가 너무 많이 손상됐기 때문에 노인은 더 이상 물고기에게 말을 걸 수도 없었다. 그때 노인의 머릿속에 뭔가 떠올랐다.

"반쪽 물고기야."

노인이 말했다.

"좀 전까지만 해도 온전한 고기였는데. 내가 너무 멀리 나와서 미안하구나. 내가 너와 나를 다 망쳤다. 하지만 우린 상어를 죽이기도 했고 다치게 한 놈들도 많아. 넌 얼마나 죽였니, 물고기야? 머리에 있는 창 같은 주둥이는 장식으로 달고 있는 건 아니겠지."

노인은 물고기에 대해, 이 물고기가 살아서 자유롭게 헤엄치고 있었다면 상어들을 어떻게 했을까를 생각하는 것이 좋았다. 저 긴 창을 잘라서 상어들과 싸우는 데 사용할 걸 그랬군, 노인이 생각했다. 하지만 손도끼도 없고 칼도 없는걸.

만약 칼이 있어서 창을 잘라 노에 묶었다면 아주 훌륭한 무기가 됐을 거야. 그러면 우리 둘이 같이 싸울 수 있었을 텐데. 녀석들이 밤에 또 공격해 오면 어떻게 하지? 어떻게 해야 한담?

"싸워야지. 죽을 때까지 녀석들과 싸울 거야."

노인이 말했다.

하지만 이제는 완전히 어두워져서 아직 달빛도 없고 불빛도 없이 오로지 바람과 돛이 당기는 느낌뿐이었다. 노인은 죽은 게 아닌가 하는 생각이 들었다. 두 손을 포개 손바닥을 느껴보았다. 손바닥의 느낌은 살아 있었고 그저 손을 폈다가 오므리기만 해도 생생한 통증이 되살아났다. 노인은 고물에 등을 기대고 아직 죽지 않았다는 것을 깨달았다. 고통스러운 어깨도 그 사실을 일깨워주고 있었다.

이 물고기를 잡게 되면 기도문을 외우겠다고 약속했는데, 노인은 생각했다. 하지만 지금은 너무 피곤해서 못 하겠어. 자루를 가져와 어깨에 둘러야겠구나.

노인은 배 뒤쪽에 누워 키를 잡고 하늘에 비치는 불빛이 없는지 찾아보았다. 물고기가 아직 반은 남아 있지, 노인은 생각했다. 어쩌면 반이라도 가져갈 수 있을지 몰라. 행운이 찾아왔으면 좋겠는데. 아니, 노인이 말했다. 이렇게 먼 곳까지 나왔을 때 이미 운수를 어긴 거야.

"바보 같은 소리 마. 정신 바짝 차리고 키를 잡아. 아직 운이 남아 있을지도 모르잖아."

노인이 큰 소리로 말했다.

"행운을 파는 곳이 있다면 좀 사고 싶군."

노인이 말했다.

무슨 수로 행운을 사나? 노인은 스스로에게 물었다. 잃어버린 작살과 부러진 칼, 상처투성이 두 손으로 살 수 있나?

"안 될 것도 없지."

노인이 말했다.

"팔십사 일간 바다에서 보낸 시간으로 살 수 있을지도 몰라. 거의 살 뻔했잖아."

쓸데없는 생각은 안 하는 게 좋겠어, 노인이 생각했다. 행운은 여러 가지 형태로 온다는데 누가 그걸 알아볼 수 있을까? 그래도 난 약간의 행운을 얻었고 대가도 치른 셈이야. 어서 하늘에 비치는 불빛이 보였으면 좋겠는데, 노인은 생각했다. 내가 너무 많은 걸 바라고 있나. 하지만 지금 당장 내가 바라는 건 그것뿐인데. 노인은 좀 더 편안하게 앉아서 키를 잡으려 했고 여기저기 통증을 느끼며 아직 살아 있음을 확인했다.

노인은 10시 방향 하늘에서 도시의 불빛으로부터 반사된 것 같은 빛을 발견했다. 처음에는 달이 뜨기 전 하늘이 밝아지는 것인 줄 알았다. 그러나 바람이 조금씩 거세지면서 거칠어진 바다 너머로 계속해서 불빛이 보였다. 노인은 그 빛을 향해 키를 조종했고 이제 곧 멕시코 만을 만나게 될 거라고 확신했다.

이제 다 끝났다, 노인이 생각했다. 녀석들은 아마도 또 공격해 올 거야. 어둠 속에서 무기도 없이 녀석들을 어떻게 막아내지?

뻣뻣해진 몸은 말할 수 없이 아팠고 차가운 밤공기가 밀려와 상처들과 몸 여기저기에 통증이 느껴졌다. 또 싸울 일은 없었으면 좋겠는데, 노인은 생각했다. 제발 또 싸울 일이 생기지 않았으면 좋겠다.

그러나 자정쯤 노인은 또 싸워야 했고 승산 없는 싸움이라는 걸 알았다. 여러 마리의 상어가 한꺼번에 공격해 온 것이다. 노인의 눈에는 오로지 놈들의 지느러미가 물살을 가르며 만들어낸 선과 놈들이 물고기를 공격할 때 번쩍이는 인광만 보일 뿐이었다. 노인은 몽둥이로 상어의 머리를 내리쳤고 물고기를 물어뜯는 소리를 들었다. 놈들이 아래쪽에서도 물고기를 공격해대는 통에 배가 흔들렸다. 노인은 오로지 느낌과 소리만으로 몽둥이를 휘둘렀는데 어느 순간 뭔가에 몽둥이가 걸리는 느낌이 들더니 몽둥이마저 없어져 버렸다.

노인은 키에서 손잡이를 잡아 빼 두 손으로 잡고 계속해서 휘두르며 사정없이 두들겼다. 그러나 상어들은 뱃머리 쪽에서 번갈아가며, 혹은 한꺼번에 물고기를 덮쳐 사정없이 물어뜯었다. 놈들이 한 바퀴 돌아 다시 가까이 다가왔을 때 바다 밑에서 너덜너덜한 물고기 살점들이 인광을 발하며 번쩍거렸다.

마침내 상어 한 마리가 머리 쪽으로 다가왔다. 노인은 모든 게 끝났다는 걸 알았다. 노인은 상어의 머리를 가로질러 키 손잡이를 휘둘렀고 상어는 잘 뜯어지지 않는 묵직한 물고기의 머리를 끈질기게 물고 늘어졌다. 노인은 한 번, 두 번 계속해서 키 손잡이를 휘둘렀다. 키 손잡이가 부러지는 소리가 들렸다. 노인은 부러진 쪽으로 상어를 찔렀다. 날카로운 끝 부분이 살을 뚫고 들어가는 것이 느껴지자 끝이 뾰족하다는 것을 깨달은 노인은 다시 한 번 힘껏 상어를 찔렀다. 마침내 상어가 물고기를 놓고 뒹굴며 떨어져 나갔다. 그것이 몰려든 상어 무리 중 마지막 놈이었다. 더 이상 상어가 먹을 것도 남아 있지 않았다.

노인은 숨쉬기가 힘들었고 입안에 이상한 맛이 느껴졌다. 구리 같고 들척지근한 맛이었다. 노인은 더럭 겁이 났지만 입안에 고인 것이 그렇게 많지는 않았다.

노인은 그것을 바다에 뱉으며 말했다.

"이거나 먹어라, 이 갈라노 놈들아. 그리고 사람을 잡아먹었다는 꿈이나 꾸려무나."

노인은 결국 졌다는 것을 알았지만 별다른 해결책도 없었다. 노인은 고물로 가서 부서진 키 손잡이 한쪽을 찾아 키 구멍에 끼워 방향을 잡았다. 노인은 어깨에 자루를 두르고 배를 몰았다. 노인은 이제 가볍게 항해하고 있었고 아무 생각도 감정도 남아 있지 않았다. 모든 것을 지나온 노인은 집이 있는 항구에 닿을 때까지 최대한 순조롭고 빠르게 항해하는 것에만 집중했다. 밤사이에도 탁자 위에 떨어진 부스러기를 줍듯 뼈밖에 남지 않은 물고기를 공격하는 상어들이 있었다. 그러나 노인은 그 상어들을 조금도 신경 쓰지 않았다. 배를 모는 것 외에는 아무것도에도 관심을 두지 않았다. 오로지 배가 얼마나 가볍게 나아가는지를 느끼고 있었다. 이제 묵직하게 매달려 있는 짐도 없었다.

배는 무사하구나, 노인은 생각했다. 키 손잡이 외에는 어디에도 손상된 데가 없어. 키 손잡이는 쉽게 바꿀 수 있으니까. 어느새 조류 안에 들어와 있음을 느낀 노인은 바닷가를 따라 마을에서 흘러나오는 빛을 보았다. 노인은 자신이 어디쯤 와 있는지 알 수 있었다. 이제 집까지 가는 건 식은 죽 먹기였다.

바람은 우리의 친구니까, 노인은 생각했다. 때로는 그렇지, 노인이 다시 생각했다. 위대한 바다는 우리의 친구일 때도, 적일 때도 있지. 침대도 마찬가지야, 노인은 생각했다. 침대는 내 친구야. 침대라, 노인은 생각했다. 침대는 대단한 거야. 피곤할 땐 침대만큼 편한 게 없잖아. 침대가 얼마나 편안한 건지 미처 몰랐어. 날 이렇게 피곤하게 하는 건 뭘까, 노인은 생각했다.

"아무도 아냐."

노인이 큰 소리로 말했다.

"너무 멀리 나온 것뿐이야."

노인은 작은 항구로 들어갈 때 테라스의 불빛이 꺼져 있는 것을 보고 모두들 잠자리에 들었다는 것을 알았다. 조금씩 강해지던 바람이 이제는 제법 거세게 불고 있었다. 그러나 항구는 조용했고 노인은 바위 아래에 있는 작은 돌무더기 쪽으로 배를 몰았다. 도와줄 사람이 아무도 없었기 때문에 노인은 최대한 멀리까지 배를 끌어올렸다. 그리고 배에서 내려 바위에 단단히 잡아 묶었다.

노인은 돛대를 떼어낸 뒤 돛을 둘둘 말아서 꼭 묶었다. 그런 다음 돛대를 어깨에 메고 걸어 올라가기 시작했다. 그제야 노인은 깊은 피로감을 느꼈다. 노인은 잠시 멈추곤 돌아서서 배 뒤쪽으로 불쑥 솟아 있는 거대한 물고기의 꼬리가 불빛에 비치는 것을 보았다. 드러난 하얀 뼈대와 창처럼 뾰족하게 솟은 어두운 덩어리 같은 머리가 보였지만 가운데는 텅 비어 있었다.

노인은 몸을 돌려 다시 올라가기 시작했다. 그러나 꼭대기에 이르렀을 때 그만 넘어졌고 어깨에 돛대를 멘 채 잠시 그대로 누워 있었다. 노인은 일어나려고 애를 썼지만 너무 힘들었다. 할 수 없이 그대로 어깨에 돛대를 멘 채로 주저앉아 길가를 바라보았다. 저 멀리 지나가는 고양이 한 마리를 멍하니 지켜보다가 다시 길가를 보았다.

마침내 노인은 돛대를 내려놓고 일어섰다. 그리고 다시 돛대를 들어 어깨에 메고 걸어 올라가기 시작했다. 노인은 오두막에 도착하기까지 다섯 번이나 앉아서 쉬어야 했다.

오두막에 들어간 노인은 돛대를 벽에 기대어 세워놓았다. 어둠 속에서 노인은 물병을 찾아 물을 마셨다. 그리고 침대에 누웠다. 노인은 담요를 어깨까지 끌어당겨 등과 다리를 덮고 팔을 쭉 뻗어 손바닥은 하늘을 향하게 하고 신문지에 얼굴을 묻은 채 잠이 들었다.

아침이 되어 소년이 오두막을 들여다봤을 때 노인은 깊은 잠에 빠져 있었다. 바람이 너무 세게 불어 유자망 어선들도 바다에 나가지 않았기 때문에 소년은 늦잠을 자고 일어나 여느 때처럼 노인의 오두막에 들른 것이었다. 소년은 노인이 숨을 쉬는지 확인했다. 그리고 노인의 손바닥을 살펴보고는 울기 시작했다. 소년은 커피를 가져오기 위해 소리가 나지 않도록 조심스럽게 밖으로 나가서 가는 내내 울었다.

많은 어부들이 노인의 배 주변에 모여 옆에 묶인 것을 구경하고 있었다. 누군가 바지를 걷고 물속에 들어가 뼈대만 남은 물고기의 길이를 재고 있었다.

소년은 내려가지 않았다. 어부들 중 한 명이 소년 대신 배를 살펴보고 있었다.

"영감님은 좀 어떠시니?"

누군가 외쳤다.

"주무시고 계세요."

소년이 대답했다. 소년은 사람들이 보고 있어도 개의치 않고 계속 울었다.

"할아버지를 깨우지 마세요."

"코부터 꼬리까지 길이가 5미터도 넘는구나."

물고기의 길이를 재던 어부가 외쳤다.

"그런 것 같네요."

소년이 대답했다.

소년은 테라스로 들어가 커피를 부탁했다.

"우유랑 설탕을 넉넉히 넣고 뜨겁게 해주세요."

"더 필요한 건 없니?"

"네. 나중에 뭘 잡수실지 여쭤보고요."

"굉장한 물고기더구나."

테라스 주인이 말했다.

"저런 물고기는 처음 본다. 어제 네가 잡은 물고기 두 마리도 훌륭했어."

"제가 잡은 건 아무것도 아니에요."

소년은 이렇게 말하고 다시 울기 시작했다.

"너도 마실 것 좀 줄까?"

주인이 물었다.

"아니요, 사람들에게 산티아고 할아버지를 귀찮게 하지 말아달라고 말해주세요. 다시 올게요."

소년이 말했다.

"정말 유감이라고 전해다오."

"고맙습니다."

소년이 말했다.

소년은 뜨거운 커피를 들고 오두막으로 돌아가서 노인이 일어날 때까지 옆에 앉아 기다렸다.

한 번 노인이 깨어나는 것 같은 때가 있었다. 그러나 노인은 다시 깊은 잠 속으로 빠졌고 소년은 길을 내려가 커피를 데울 불을 피우기 위해 나무를 빌려 왔다. 마침내 노인이 잠에서 깼다.

"일어나지 마세요."

소년이 말했다.

"이거 드세요."

소년이 잔에다 커피를 덜어 내밀었다.

노인은 커피를 받아 들고 마셨다.

"녀석들이 이겼다, 마놀린. 내가 졌어."

노인이 말했다.

"저 물고기는 할아버지를 못 이겼잖아요. 물고기한테는 안 졌어요."

"그래, 그건 아니지. 물고기를 잡은 다음에 일어난 일이니까."

"페드리코 아저씨가 배랑 장비들을 살펴보고 있어요. 물고기 머리는 어떻게 할까요?"

"페드리코에게 잘라서 미끼로 사용하라고 하려무나."

"창은요?"

"원한다면 네가 가져도 돼."

"갖고 싶어요."

소년이 말했다.

"이제 우린 다른 일들에 대해 계획을 세워야 해요."

"사람들이 나를 찾았니?"

"그럼요. 해안경비대랑 비행기도 떴었는걸요."

"바다는 끝없이 넓고 배는 너무 작아서 찾기 힘들었을 게다."

노인이 말했다. 노인은 바다에 대고 떠들거나 혼잣말을 하는 대
신 누군가 얘기할 사람이 있다는 사실이 얼마나 즐거운 것인지 새
삼 깨달았다.

"네가 보고 싶었단다. 넌 뭘 잡았니?"

노인이 말했다.

"첫째 날 한 마리, 둘째 날 한 마리, 셋째 날 두 마리 잡았어요."

"아주 훌륭하구나."

"이제 할아버지랑 같이 나갈래요."

"아니야. 난 운이 없어. 내겐 더 이상 운이 따르지 않는단다."

"운 같은 건 필요 없어요. 운은 제가 가져갈게요."

소년이 말했다.

"너희 부모님이 뭐라고 하시겠니?"

"상관없어요. 어제 제가 두 마리나 잡았거든요. 이젠 할아버지랑
같이 잡으러 나갈 거예요. 전 아직 배울 게 많으니까요."

"길고 질 좋은 사냥용 창을 만들어서 배에 싣고 다녀야겠어. 낡은
포드 자동차에서 스프링을 떼어내면 창날을 만들 수 있을 거야. 과
나바코아에 가서 뾰족하게 갈면 될 테니까. 불에 단련하지 않아서
부러지기 쉽겠지만 아주 날카로울 거야. 내 칼은 부러졌단다."

"제가 칼을 하나 더 구하고 스프링도 갈아 올게요. 이 거센 브리
사가 며칠이나 계속될까요?"

"아마 사흘쯤. 어쩌면 더 오래갈지도 모르지."

"필요한 건 제가 알아서 다 준비할게요. 할아버지는 손부터 치료하세요."

소년이 말했다.

"상처는 어떻게 하면 되는지 내가 잘 알아. 간밤에 이상한 걸 뱉어냈는데 가슴께에 뭔가 문제가 생긴 건 아닌지 모르겠다."

"그것도 치료하셔야 해요."

소년이 말했다.

"이제 누우세요, 할아버지. 제가 깨끗한 셔츠를 가져올게요. 먹을 것도 챙겨 오고요."

"내가 바다에 나가 있는 동안 나온 신문이 있으면 좀 가져다주려무나."

노인이 말했다.

"빨리 몸을 회복하셔야 제게 많이 가르쳐주시죠. 얼마나 고생이 많으셨어요?"

"꽤 힘들었지."

노인이 말했다.

"가서 음식과 신문을 가져올게요."

소년이 말했다.

"푹 쉬세요, 할아버지. 약국에 들러서 손에 바를 것도 가져올게요."

"페드리코에게 물고기 머리를 챙기라고 꼭 전해라."

"네. 잊지 않고 말할게요."

소년은 문을 열고 나가 산호 바위로 된 길을 내려가며 또 울었다. 그날 오후 테라스에서는 관광객들이 모여 파티를 열었다. 한 여자가 널려 있는 빈 맥주 깡통들과 꼬치구이들 사이로 바다를 내려다보고 있었다. 여자는 항구 입구 바로 바깥쪽에서 강한 바람에 높게 출렁이는 바닷물을 따라 흔들리고 있는, 길고 하얀 커다란 등뼈와 등뼈 끝 부분에 달린 큰 꼬리를 발견했다.

"저게 뭐예요?"

여자가 거대한 물고기의 긴 등뼈를 가리키며 웨이터에게 물었다.
그 뼈는 이제 바닷물에 휩쓸려 사라지길 기다리는 쓰레기에 지나지
않았다.

"티뷰론이에요."

웨이터가 말했다.

"상어지요."

웨이터는 어떻게 된 것인지 설명하려고 했다.

"상어 꼬리가 저렇게 멋지고 근사한지 처음 알았네요."

"나도 저런 건 처음 봐요."

옆에 있던 남자가 말했다.

길 위에 있는 노인의 오두막 안에는 노인이 다시 잠들어 있었다.
여전히 엎드려 자고 있는 노인을 소년은 옆에 앉아 지켜보고 있었
다. 노인은 사자 꿈을 꾸고 있었다.